JN234096

熊楠の家
根岸庵律女

小幡欣治戯曲集

早川書房

上）「畸型児」劇団炎座　1957年5月　一橋講堂
左から三神（五十嵐康雄）大沢（桜井貞治）光枝（丸島悦子）

下）「畸型児」劇団文化座　1976年3月　都市センターホール
悠子（佐々木愛）三神（楠高宣）

上）「逆徒」劇団炎座　1956年9月　一橋講堂
通仁（池田生二）菊次（伊藤亨治）仁美（山崎百世）

下）「埠頭」劇団文化座　1961年4月　都市センターホール
コンピラ（森幹太）お内儀（鈴木光枝）敏江（河村久子）

上）「熊楠の家」劇団民藝　1995年5月　紀伊國屋ホール
　　松枝（津田京子）熊楠（米倉斉加年）

下）「熊楠の家」劇団東宝現代劇七十五人の会　1996年7月　東京芸術劇場小ホール2
　　熊楠（横沢祐一）松枝（下山田ひろの）

上）「根岸庵律女」劇団民藝　1998年6月　東京芸術劇場中ホール
子規（伊藤孝雄）律（奈良岡朋子）

下）「根岸庵律女」劇団民藝　1998年6月
登代（樫山文枝）子規（伊藤孝雄）八重（北林谷栄）

目次

装幀　多田　進

畸型児

五幕

人物

三神敬二　バスケット選手
大沢　大和鋼圧バスケット部選手
小林　〃
蒲原　〃
田中　〃
作間　〃
柳　同キャプテン
久保内　大和鋼圧大阪本社部長
松前　東京工機バスケット部選手
畑中　〃
塚本　〃
村瀬　〃
日比野　〃
木村　同コーチ
館野　東京工機横浜工場長
山本　〃　事務長
堀　〃　本社役員

千野五郎　東京工機従業員
丘部　〃
深見　〃
高坂　〃
稲葉　〃
室井　〃
井上　〃
山本悠子　〃
横山夏子　〃
阿部光枝　〃
小池輝子　〃
丸長　大阪のゴム商人
小使
他に新聞記者、守衛、男女社員など。

一九五三年の晩春から翌年の冬へかけて

大阪、横浜郊外、そして東京

第一幕

大阪N体育館二階正面観客席。

例えば、国際スタジアム（旧国技館）の館内を想わせるように、この建物は体育館特有のガランと高い天井の尖端を芯にして大きく円を描いている。従って、コート（舞台客席）に向って階段式に低くなる客席も、手垢で黒光りのしている手摺も、更に均等な間隔を置いてどっしりと立ったゴシック様式の柱も、すべてがこの広い館内をぐるりと一周している。

客席の後景は二階の通路と窓であり、開け放された窓から青く澄んだ晩春の夕空が、茜色をにじませて拡がって見える。

舞台に現れたこの一区画の客席は大和鋼圧株式会社の指定席になっている。

さて、館内は、先程終了した全日本実業団バスケットの最終戦と同時に、客の大半を吐き出した後なので、妙にしらじらと静まり返っている。左右の一般席を紅白の幔幕で遮断したこの指定席には、今一団の選手達と数人の男女が坐っている。

席の真中辺に腰を下した三人の選手——蒲原、田中、小林（いずれも海老茶のトレーニングシャツ姿）——疲労の為か、皆むっつりと黙りこくったまま口をきかない。その選手達に並んで世話係の大阪本社の社員1、2、が飲物や菓子などをすすめ、この席の取持ちをやっている。

少し離れた所に立って一人メモをしている大沢（選手）、更にその横にデンと坐りこんだ選手の作間が、双眼鏡のピントを合わせながら下（コート）を見たり、上（真向いの客席）を見たり……そして一人でニヤついている。

その他席の後片付けをする女事務員1、2、通路を往き来する若い男女の客など。

幕あくと同時に場内アナウンス——（これは観客の背後、つまり劇場の入口の拡声器から流れ出るものでなければならない。即ち体育館のコートの中心部と目される所に放送者がいるという想定なのである）

場内アナ　（太いボキボキした調子で）……大変お待たせ致しました。まもなく本大会の閉会式、並びに表彰式を行いますが、詮衡委員会の決定が少々遅れていますので、その儘で今暫くお待ち下さい。以上。

蒲原　やれやれ、この分だともう三十分がとこ釘づけだな。飯もお預け、風呂にも入れずか。

社員1　蒲原はん。こりゃ長期戦ですわ。一寸、横になったらどうです。

蒲原　いや、そうもしとられんですよ、我等のチャンピオンが帰ってくる迄はね。（冷笑）
小林　バスケットの試合に最優秀選手を決めようって言うんだからな。委員会のハゲ頭め！　ありゃみんな気違いだ。
蒲原　まあ、個人賞はいいがね。
小林　俺は反対だ。
蒲原　いや、問題は決定した選手だろ。決定じゃない、内定か。
小林　あの立廻りのうまい胡麻すり男がさらって行くんだ。奴のツラ見てると俺ぁヘドが出る。（どしんと坐る）
田中　まあまあ、そう興奮しなさんな。どうせこっちには廻ってこないんだから……（と言い乍ら、彼は膝の上に置いた携帯ラジオを聞いている。低くグレンミラー・スタイルの音楽）

正面を見ていた作間が急に頓狂な声をあげる。

作間　へえ……真向いは東京工機の指定席か……ホッ、何だい、眼ん玉の青いのまで居るじゃないか。
社員2　派手に御招待しましたからな。
作間　それで負けて帰りゃ世話はねえや。大沢君、一寸見てみな。誰かね、ありゃ。奇麗な人が居る。
大沢　小林君、胡麻すり男とは誰の事だ？
小林　大阪駅まで牧さんを送って行った奴さ。
大沢　それがどうして胡麻すりなんだ？
小林　親友ヅラしている貴様には分らんよ。

大沢　分らないのは君の方だろう。（不意に）大嫌いなんだ！　僕は、そうやって蔭口叩くのは！
小林　ほう、偉そうな口きくじゃねえか。
蒲原　よせよせ。
小林　待て。君もスポーツマンなら個人賞とはどんな性質のものか知ってるだろうな。
大沢　……
小林　大体個人賞というのはな、プレイヤーの技術を云々する前に、その選手の人格とか私生活とかを第一に問題にすべきなんだぞ。だのに何だ、あいつはたかが……
大沢　（憤慨して）たかが何だ、人夫上りとでもいうのか。失敬だぞ、君は！
小林　失敬は百も承知で言ってるんだ。見ろ！　奴が入ってきてからこの方、チームの中はモメ事ばかり起きてるじゃねえか。人足上りにチームを牛耳られて口惜しくないのか。
作間　口が過ぎるぞ。大阪迄来て仲間喧嘩する事はないだろう。
社員2　（通路を見て、社員1に）荻さん！　部長が戻ってきよりましたぜ。
社員1　うちの部長もしつこい男やな。迎えに行ったいうてるのに又来やがる。（社員2）君、すまんけど頼むわ。僕は一寸あしこへ隠れとるさかい。
社員2　そ、そら殺生や、荻さん！
社員1　（構わず幔幕の中に入る）じゃ頼むわ。大阪駅へ三人程で探しに行きました言うてな。

そこへ真赤な造花章を胸につけた久保内（小柄だが精悍な感じ）がキャプテンの柳と一緒に現れる。

久保内　（いきなり吃驚するような大声で、社員2に）何ボテーとした顔しとるんや！　田圃の案山子かて今一寸ましな顔しとるぞ。三神はんはどないした、三神はんは？
社員2　三神はんは一寸この……今、迎えに行きましたさかい。
久保内　委員会じゃもうとうに決定しとるんやぜ。それを肝心の選手が居らんさかいギリギリ延ばしてるいうのに、ほんまにどいつもこいつもしょむない奴ッちゃ。（ズカズカ客席へ降りて）大体牧君があかんよ、牧君が……
柳　しかし何分、東京から電報が……
久保内　いや、電報が来ようがどうしようが、コーチでっしゃろ、彼は。なんぼ仕事が忙しいいうたかて選手を放ったらかして先帰るいう法がありまっかいな。（又通路に上ってくる。社員2に）おい、そこでヌウーとつっ立つとらんで電話でもしたらどうや？
社員2　東京へですか？
久保内　東京へ電話して誰呼ぶつもりや。大阪駅呼出して三神はんを探して貰うんやがな。
社員2　ハ、ハイ、じゃ……（去ろうとする）
久保内　おい！　黙ってかけてもあかんぞ！　大和鋼圧のバスケットチームや言うてな、ええか！

そこへ一ダースのビールを若い男に担がせた丸長（ゴム商人）がやってくる。

丸長　いよう部長はん！　今日はほんまにお目出度うございります。皆はん、どうもお疲れはんだす。
（とお辞儀をする）
久保内　（じろっと見て）何や、こんなとこ迄ゴムパッキンを売りにきよったんか。

丸長　又あれや。丸長はそんな商人と違いまっせ。
久保内　酒位で仕事貰えるとおもうたら大間違いや。どだいここはゴム屋の来る所じゃあらへん。とっとと帰ったらどうや。
丸長　まあまあ、何とでも言いなはれ。（ビールの箱をおろし乍ら、彼の眼は、同業者のツケ届で山になっている酒、菓子折、果物籠の方に移る）……ふうん、根岸の親爺めもう来よったか。抜目のない奴ちゃ。
久保内　今頃のこのこやって来るのはお前のとこだけや。
丸長　そらどうもすんまへん。優勝したいうのに今日はえろ御機嫌悪いな。さ、退散々々。皆はん、これ、どうぞ後で飲んどくれやす。（若い男と共に去る）
柳　驚いたなァ、大阪ってとこは。
久保内　なにが？
柳　ツケ届けですよ。業者からの。
久保内　土地柄やさかい仕方あらへん。みんな遠慮せんとこれ喰うたらよろし……（大沢を見て）大沢君、君、何やっとるんやね？
大沢　一寸、員数を……
久保内　そんなもんよろしよろし。
小林　（不意に）チームの雑用なら後で三神にやらしたらいいんだ。
大沢　小林！　いいかげんにしないか。
久保内　何やね？　柳君、三神はんがどないしたと？
柳　いや、あの……（口籠る）

蒲原　キャプテン、この際だ、はっきり言った方がいいんじゃないかね。
柳　実は、会社の仕事もなんですけど、三神君には主にチーム関係の仕事をやって貰っているんです。
で、まあ、色々と問題がおきまして……
久保内　成程ね。いや、儂は三神はんのことはよう知らんさかい何とも言われへん。ま、一つうまい事頼むわ。

再び場内アナウンス――（女声）

場内アナ　お呼び出しを申し上げます。大和鋼圧の久保内様、おいでになりましたら至急大会進行係の許までお越し下さいませ。
久保内　何やろ。（女2に）君、すまんが一寸聞いてきてんか。
女2　ハイ。（去る）
久保内　（時計を見る）そやけど、ほんまに遅いなあ。個人賞は三神はんになるかもしれんてあれ程いうとったのに、何で又牧君のお伴して行ったんやろ。

その時、それまで一人つくねんと双眼鏡を見ていた作間、急に、

作間　おや？　変だぞ。三神が居らあ……
久保内　なんやて？
作間　東京工機の席に……誰かと話してます。確かに三神だ。

久保内　ちょ、ちょっと貸してみい。どら。（見る）……ふうむ、こら、ほんまや。一体どないしたというんやろ。
田中　挨拶でもしてるんじゃないですか。
久保内　あ、来るらしいわ。こっちへ来よる……
小林　（柳に）挨拶なら君がやるべきだな。
柳　まあ、いいじゃないか。一寸寄ってみたんだろう。
久保内　そうやろ。誰か知ってる人でも居たんやろ。

そこへ先程電話をかけに行った社員2、続いて女2が来る。

社員2　三神さんが戻ってきよりました！
久保内　仰山な声出して何や。映画スターじゃあるまいし。
女2　あのォ……戻られはったんですか？
久保内　うむ。どうやった、何の用や？
女2　いえ、それでしたらええんです。三神はんの事ですさかい。
久保内　そうか。
社員2　部長！　お見えになりました。

皆一斉に見る。（小林だけがそっぽを向いている）
やがて、きちんと背広を着こんだ三神敬二が、新聞記者の話をフンフンと軽く受けながら現れる。（二十五歳だが年よりはずっと老けて見える。背はかなり高い。骨太でがっしりした体軀。戦後の激変でどん底の生活につき落され、それに耐え抜いて生きてきた人間特有の強靭さ、卑屈さなどが整った顔の中に見られ、フト横を向いた時など、ギクリとする程鋭い眼つきになる事がある。その癖、長い放浪生活を続けた人間によくある、暗く淋しそうなカゲが眼のあたりに見られ、一人になると時々、自分の眼の前にあるものを透かして、遠くの空を眺めようとする一種の虚脱状態になる事がある。頭髪は常に短く、めったに油をつけない）その三神の後に花束を持った社員1（荻さんと呼ばれた男）とカメラマンが続く。

記者　じゃ一寸、ここで写真を一枚……
三神　待って下さい。（しっかりした声で）部長、遅くなりましてどうも……
久保内　やあ、御苦労はんだす。先刻から首長うして待ってたんや、ハハ……そらそうと牧君どないしました？
三神　ええ、十八時の列車に丁度……
久保内　そらよかった。ま、一休みしてから下へ行きまひょう。まだ時間あるやろ。
記者　（社員1から花束を取って）じゃ、これを持って——いいですか。

三神、黙ってされる儘になっている。

記者　うん、笑って、そう、ハイ、行きますよ。

カメラマンすかさずフラッシュを焚く。

記者　どうも済みません。じゃ、いずれ後程……（二人、忙しそうに去ろうとする）

久保内　（その背中へ）失礼やが、貴方はん達どこの新聞社の方です？

記者　西日本新報です。

久保内　それは丁度ええ。うちが優勝したいう事を三面でも四面でもよろしいさかい、なるたけデカデカと宣伝して貰えんでっしゃろかな。

記者　（苦笑）ふふん、まあご期待に副うようにしましょう。（去る）

久保内　ほんなら頼みますわ。ええと……（急に財布から何枚かの千円札を出し、社員1に）おい！これ紙に包んで今の二人に渡してんか。写真の代金やいうてな。

社員1　お車代の方がよろしいでっしゃろ。

久保内　名目はなんでもええがな！

社員1　はい。（去る）

久保内　他の奴に覚られたらあかんぜ——（ニコニコして）さあ、これでよろしと。（女1、女2に）おい、ひやでええさかいに皆に一杯ずつ出さんかい。式の前に一寸気勢あげとく必要あるわ。さ、三神はんもここへ坐ったらよろし。

柳　時間は大丈夫でしょうかね？

三神　（坐ったまま）ああ、悪かったな。七時から始めるそうだ。

柳　七時？（時計を見て）まだ二十分ある。じゃ、飲むか。

久保内　（上機嫌で）ほんまに今日はよう戦ってくれはりましたな。これで東京工機も大概へこたれたやろ。大体、アメさんの註文で鉄砲弾造ってる会社やさかい、チームの選手にも芯がないわ。風でも吹いたらひっくり返るような連中ばっかりやないか。

この間に女1、2、コップにビールをついで皆に渡す。

久保内　さ、では景気よく乾杯といきまほ。
○　お目出度う。
○　実業団優勝を祝して。
○　御苦労さん。（みな、それぞれ飲む）
柳　併し、問題は来年の全日本だな。このメンバーが一人も欠けずに、今の調子を持続出来りゃ脈があるけれど、でなけりゃあまず学生チームにしてやられる。
久保内　おいおい、キャプテンからしてそない弱音吐いたらあかんがな。全日本だろうと全世界だろうと、絶対勝つ！　今日もな、九州へ出張中の社長から頑張れいう電報頂いてるんやぜ。バスケットを単にスポーツだと思って貰うては困るな。社の仕事や思うて貰わんと、な、諸君……
蒲原　そりゃそうと、今日の東京工機は随分呆気ない負け方をしたな。
田中　ディフェンスが統一されてなかったんだ。
作間　ディフェンスもなんだけど、大体、バスケットを鴨打と一緒にしやがるから悪いんだ。
久保内　ホウ、そりゃなんの話やね？
作間　いや、あの会社はね、あちらさんの仕事をやってる関係から、色々と手を使う訳ですよ。早い話が、鴨打、ゴルフ、バスケットって具合に。
久保内　なるほど。
作間　ですから御覧なさい。東京から引張って来た招待客が選手の倍位居るんですよ。ホラ、あの席の真中辺にズラリと並んでいるでしょうが……
久保内　ハハハ……まあま、それはええがな。特需、特需でワンワン儲かってるんやさかい、金の捨て場に困ってひねり出した事やろ。なあ、三神はん。
三神　（久保内は単に相槌を求めるという軽い意味で言ったのだが、三神、何故か一瞬顔色が変る。が、すぐと冷静に）そうでしょうね、僕はよく知らんけど……（ぐっとビールを呷り、女1にもう一杯注げと差出す）
大沢　三神、後でゆっくり飲んだらどうだ。
社員2　ほんまでっせ、急に飲んだら身体に毒ですさかい。
三神　俺の身体はそんなお上品に出来とらんよ。小林、一つどうだ。
小林　（不快そうに無言）
三神　（蒲原に）君は……
蒲原　（嗤って）俺はお上品に出来てるからな。ま、やめとこう。
三神　おしとやかだな、大学出の社員様は。
小林　なにっ。
三神　（一瞥したきりで相手にせず）所で部長、変な事をお聞きする様ですが、最優秀選手の賞品というのは記念品ですか、それとも賞金ですか？
久保内　（吃驚して）えっ？　そ、そりゃ君、記念品ですよ。アマチュア選手に現ナマ渡したらえらい事になりますわ。
三神　なるほど。ハハハ……
久保内　そやけどな、こればかりは金で買えまへんで。三神はんは勿論やが、会社としてもえらく信用がつきますさかいな。ま、今夜はお酒で我慢して貰うんやね。（三神の露骨な質問に少々気を悪くしている）
柳　部長、もうそろそろコートへ出た方がいいんじゃないでしょうかね。
久保内　おう、そやった。じゃ下へ行くか。

久保内が腰を上げる。と同時に場内アナウンス。（女声）

場内アナ　大変お待たせ致しました。まもなく閉会式、並びに表彰式を行います。大会関係者はコートへお集り下さい。（くり返す）

アナウンスはそれで終り、静かな音楽に変る。やがて薄暗くなった館内にパッと灯がともり、通路を往き来する人が次第に多くなる。

柳　みんな仕度して行こう！

皆、ざわざわと立上る。通路に出た柳、田中、社員1。

田中　（窓から外を眺め）……綺麗な夕焼だなあ。生駒山が真赤に燃えている……（社員1に）荻さん、本社はどっちになります？

社員1　ええと……御堂筋がこの方角になるさかい、この辺ですかな。（と指さす）

久保内が上ってくる。大沢と三神、それに小林の三人がまだ席にいるので、

久保内　さあさ、行きまほか。

大沢　（トレーニングシャツに着かえている三神を手伝い乍ら）ええ、今すぐ。

この時、かなり興奮した新聞記者一人――急ぎ足で現れる。

記者　（柳に）失礼ですが、キャプテンの柳さんですね。

柳　ええ。

記者　私、スポーツタイムスの神戸支局の者です。（名刺を渡す。渡し乍ら選手達の顔をじろっと一瞥し、三神の顔を見て急に緊張する）実は、一寸お訊ねしたい事がありますので……

柳　何でしょうか？　（皆、一瞬、しいんとなる――）

久保内　新聞社の方ですか？

記者　そうです。

久保内　それは御苦労はんです。で、何か？

記者　（近づいて）失礼ですが、三神さんですね。

三神　（一寸表情を硬ばらせ）ええ。
記者　あの……今日、最優秀選手に内定されたセンターの？
三神　そうですよ。
記者　えっ？　（と今度は逆に驚く）
大沢　三神に何かあったんですか？
大沢　何かあったんですか？
記者　するとこの問題はまだチーム内では公表されてないんですか？
久保内　何やね、この問題って？　（柳に）君、知っとるか？
柳　さあ。（記者に）どういう事なんです、一体？
記者　そうですか。いや、実はね、まだはっきりと私、確かめていないので止むを得ずこんな不躾な方法をとった訳なんですが——（ぐるっと皆の顔を見廻し）構いませんか、申上げても？
久保内　どうぞ。
記者　実は今日ね、ある所からこちらの三神選手が会社をお辞めになる、つまりチームをお辞めになると聞いたんですよ。
大沢　えっ⁉　辞める？
三神　……
大沢　三神！　それは事実か、おい！
記者　（自分で作ったこの場の雰囲気に却って吃驚し）いやいや、ですからその点、事実かどうか三神さんにお訊ねにきた訳でして、決してまだ決ったというものでは……ないと思いますので。
大沢　失礼ですが、その……三神が辞めるという話を、貴方はどこでお聞きになりましたか？

記者　いや、皆さんが御存知ないとするとー寸申し上げにくいですね。三神さん、今の件如何でしょう？　（皆、緊張して三神の顔を見つめる）
三神　出鱈目だよ。僕は知らんね。
記者　知らん？　するとこのニュースを貴方は否定なさる訳ですね。
三神　否定？　僕は君、被告じゃないですよ。
記者　いやいや、そんな風にとらないで、単にお聞きするだけだから……
三神　ですから知らないと言ってるでしょうが。
久保内　（突然大声で）デマや！　そんなもんデマにきまっとるがな、デマや！
記者　何故です？
久保内　何故も蜂の頭もあるかいな。つい先刻まで汗水たらして会社の為に奮闘していた三神君がやね、何で大和鋼圧を辞めんならん。そら君、悪質なデマや。
田中　攪乱戦術か。
作間　寝耳に水って奴だな。
記者　ふむ。じゃ、やっぱり単なる噂ですかなあ……
久保内　そうやって、ハハハ……
作間　（記者に）ま、一つどうです。（ムリヤリ、コップを持たせビールを注ぐ。皆、その恰好が可笑しいのでどっと笑い出す）
小林　（不意に）で、ですがね、今のその話、貴方、どこで聞いたんですか、え？
蒲原　そうだ。デマだと分りゃ教えて下さってもいいでしょう。
記者　さあ、そいつはどうかなあ。向うに迷惑が掛るとなんですから。

小林　（異常な真剣さで）いや、決してそんな、大丈夫だから。ね、どこから出たんです、その話？
蒲原　（ニヤニヤ嗤って）言って頂かないと貴方の捏造だって事に決めますよ。
記者　脅迫ですな、これは……（笑う）じゃ、後々ゴテないという事を約束して頂いて。
蒲原　勿論！
記者　そうですか。じゃ申しましょう。実はうちの副部長が東京工機の山本さんて方と親しくしてましてね、ニュースはその方から出た訳なんですよ。
小林　（嚙みつくように）山本!?
記者　御存知ですか。あちらの事務長だそうですな。
蒲原　それで？
記者　怒っちゃいけませんよ。つまり、こちらの三神氏が大和鋼圧を辞めて、東京工機に移ると言うんですな。
久保内　ホホウ……（皆、啞然として沈黙――）
蒲原　（だしぬけに高笑い）ハッハハハ……そりゃいいや、ハハハ……
記者　（これもつられて）ハハハ……いや、とんだお邪魔を致しました。いずれお詫びに。三神さん、失礼しました。（去る）

白けた間――再び場内アナウンス（女声）

場内アナ　大和鋼圧チームの皆様に申し上げます。唯今より閉会式を行いますので、至急コートへお集り下さい。（くり返す）

三神　（重苦しい空気をはねのけるように、弾んだ声で）さ、行こうじゃないかね、キャプテン！　どうした？　大沢！　田中！　（皆無言）……ふうん、デマを信用するのか、諸君は。部長、下へ行きませんか。

三神、下へ行こうとする——

蒲原　（その背中へ）三神君。
三神　……
蒲原　今の話を一寸我々に説明してくれないかね。
三神　説明の必要はなかろう。分り切ってる事だ。
蒲原　どう分ってるのかな。
三神　なに？
蒲原　三神君、君は先刻、東京工機の指定席に居たね。何の用事があったんだ？
三神　挨拶をしたんだ。悪いか。
蒲原　挨拶ならもうしてきた筈じゃなかったかい。
三神　……
蒲原　東京を発つ前の日にだな、君が京橋にある東京工機の本社へ行ったのを僕は見てるんだ。ここに居る小林君と一緒にね。
三神　（蒼白な表情になる）
蒲原　勿論、僕もデマである事を望んでいるがね。実を言えば、君とは一番親しい大沢君ですら、君の最近の態度に疑問を抱いているんだ。聞いてみな、大沢君に。
三神 （次第に冷静になる。やがてニヤッと笑う）ふん、呆れ果てたもんだな。
蒲原 なに？
三神 呆れたよ、大学出の社員様が聞いて呆れらあ。イヌの真似してどこが面白いんだ。恥を知れ、恥を！
蒲原 御大層な口をきくな。いいのか、そんな強がりを言って。
三神 俺はな、もう御殿女中みたいに、あたりに気兼ねしてビクビク喋る真似はやめにしたんだ。（一歩退がって）今日限りでチームの小使さんを辞めさせて貰うぜ。
大沢 じゃ、ほんとうだったのか。
蒲原 そろそろ正体を現わすか。見て下さい、部長、この男の顔を！
三神 （急にギラギラした眼をむけ、戦闘的になる）見て下さい？ おお、よく見るがいいや。俺はな、馴合いバスケットでキャアキャアうつつぬかしている、お前さん達のお相手はとても出来ないんだ。実力のある奴がどうして貴様らの使い走りをしなきゃならないんだ。人夫だったからか？ へっ、バスケットってのはな、女の尻追いかけ廻している片手間に出来るような、そんなヤワなものじゃないんだ。蒲原！ この次の試合には、俺が貴様らのボールを片っぱしからカットしてみせるから、しっかりと練習しとくがいいぜ。それから、個人賞のトロフィは、小林、君に進呈するよ。俺はな、一銭にもならねえガラスのトロフィなんか貰っても、置き場所に困るんだ。熨斗つけて呉れてやらあ！じゃ、これで失敬！

三神、そばにあった自分のボストンバッグを持つと足早に去る――

大沢　（血相かえて、その後を）三神！　待て！　おいっ！

駆け出したらしく、ダッダダと言う足音が聞え、やがて消える。皆、呆然と立ちすくむ。

間——

蒲原　狸め！　化の皮はがされて逃げて行きやがった。
小林　チームの恥さらしだ。
蒲原　辞めると言ったな。キャプテン、それじゃこっちは除名通知を連盟に出したらいいや。
小林　そうだ、除名したがいい、除名だ！
久保内　（不意に）お黙んなさい！
小林　……？
久保内　（苦々しく）いい気になってベラベラ喋りなはんな。諸君らは悪口いうてるだけで済むやろうが、あの男に今逃げられたら会社のメンツはどないなるんや。一体、君らの誰があの男の代りをしてくれますね。阿呆くさ！　その上、下手に新聞にでも書かれてみい、社の信用問題や。人の悪口ばかりいうてないで、君らこそチト反省せい！

間——再び場内アナウンス。（女声）

場内アナ　大和鋼圧の皆様、至急コートまで起こしください、大和鋼圧の皆様……（くり返す）

みな、動かない。窓の外は、もうトップリと暮れている――

幕

第二幕

東京工機横浜工場。

ここは砲弾、銃剣などの製作の他に、一部で火薬、爆薬類の危険物を取扱っている関係上、比較的建物の密集している本館事務所の付近を除いては、各工場が広大な丘陵の全面に亘って、一定の距離を保ちながらもポツンポツンと散在している。

前幕から十日程経った日の、明るく晴れ上がった午下り。

赤く錆びた砲弾のスクラップが、雑草の生繁っている空地の一隅につまれてある。舞台の左の方に、酸素ボンベの貯蔵室のコンクリートの厚い壁が僅かに見え、その後方に（これは見えない）修理工場、原動部室の建物がある。ボンベ貯蔵室の前に掲示板が一つ、「危険　係員以外立入厳禁　溶接班」遠く、緑の色を増した初夏の丘陵が、ゆるやかなカーブを描いて涯しなく広がる。

昼休みとみえて、工員A、Bが縁台将棋をやっている。上手奥の方で、バレーボールに興じている若い女達の明るく弾んだ声。その声の他は物音一つせず、気のぬける程しーんと静まり返っている。時折、高い空でチチッと鳴く揚げひばり。

A　へへ、角道の説法、屁一つとね。どうだ、火薬庫に火がついたぞ。お手は？
B　では、こちらは……こちらはと、捨身の白兵戦といくか。
A　バカだね、こいつ。剣付鉄砲で戦が出来るか。ああ、無知程恐しきものはなし……と。
B　（欠伸をする。声をひそめて）よう、随分長い事話してるじゃねえか。（と貯蔵室の方を見て頤をしゃくる）
A　（一寸ふりむく）うん。
B　長さん、面白いのか、こんな真似してて。
A　ああ。
B　見張りし乍ら将棋さしてて、面白いのかって言うのよ。
A　つまんねえな。
B　やめようじゃねえか、だったら。
A　まあ、そういうなよ、頼まれたんだから。

上手からボールが転がってくる。続いて女達の声——〃有難う〃〃放ってよォ〃

B　又来やがった。（ボールを取る）
A　おい、投げてやれよ。
B　嚇かしてやるんだ。くせになる。

女子工員1が駈けこんでくる。

女1　意地悪！　放ってくれたっていいでしょう。
B　これで三度目だぞ。今度きたらコレだ！　（と縁台に置いてあったゴボウ剣で突き刺す真似）
女1　あら、又そんなもん持ってきて、見つかったら首よ。
B　夏蜜柑の皮むきだよ。ホラ。
女1　サンキュウ。（ボールを貰い、上手へ）行くわよオ！　（と去る）
B　バスケットだかバレーだか知らねえけどよ、何て騒ぎだ、近頃。
A　偉え選手が入ってきたっていうから、ま、無理もねえや。さ、続けねえか。
B　俺、もう御免だ。さっぱり気が乗らねえもの。
A　そう言えば嫌にのんびりしているな。事務長の娘が来てるっていうから話が弾んでんだろう。どら。
（立上ってそうっと貯蔵室に近寄り、中を覗きこむ。戻ってくる）ひっそりしてるぜ。
B　なんの寄合だ？
A　文化サークルがどうのこうの言ってたけど、俺には分らねえ。
B　なら、隠れてコソコソやる事ねえだろうに。
A　大っぴらにやれる位なら、俺達に見張りなんか頼まねえよ。四人五人と集って話してるとすぐ怪しまれる工場だからな。（下手を見て）おや、室井がくる。

工員の室井が駈けてくる。

室井　（Aに）五郎ちゃん、いるか？

A　（顎で）そこだ。

室井、貯蔵室に入る。

B　なんだろう。
A　うん……

室井出てくる。

A　おい、何かあったのか？
室井　アメ公が事務所へ来てるんだ！　（言い捨てるとそのまま下手へ）
B　変だな。また誰か、こっそりオシャカの弾作ってたのがバレたんじゃねえのか。
A　いや、ひょっとすると音さんかも知れないぞ。
B　音さん？
A　ほら、朝礼をやめろって言った、仕上のおやじさ。
B　ああ。
A　くそっ。ここで一発。賃上げでもやってくれねえかな。
B　駄目々々、組合のお偉方はコンニャクばっかりだ。
A　じゃ、五郎にでも頼むか。
B　俺ァ、赤は嫌いだ。

A　でも、丘部さんみたいな人ならいいだろう、温和しくて、親切で。
B　厭だよ。虫が好かねえんだ、どうも。

急に上手のバレーボールがやんで、キャーッと言う女達の若い声――

A　みんなしてこっち へ来るぞ。（盤に向い）では、軽い気持で、王手。

話声が一団となって近づいてくる。やがて、片手で自転車を押し乍ら松前が、続いて三神が現れる。（三神の左手に黒い手袋がはめてある）――その二人を取囲むようにして、四、五人の女子工員達。

女2　何とかならないの。たかがボールじゃないの。
女1　松前さんから会社の方へお願いしてみてよ。輝けるキャプテンじゃないの。
松前　いや、今日は御覧の通り、三神君の案内役ですから、その話はいずれ後で。
女3　とにかく、絶対数が足りないんです。だからお昼休みになると、ボールのとりっくらで何時も華々しくてね。
女1　凄いんだ。
女4　お見せしようかしら、実演して。
女5　事務所へ行っても私達じゃ駄目だしね。
女2　一寸、厚生課の女の方って、こうね。（シナを作って）アラ、私、存じませんの、ハア……（女

達どっと笑う）
女４　現場の人間だと思って馬鹿にしてるのよ。
女達　そうよ、そうよ。
松前　どうも弱ったな。組合を通じて要求したらどうなの。
女５　予算がないんですって。
女１　それよりも、交渉の仕方がまずかったらしいのよ、あの時は。
松前　誰ですか、ここの職場委員は？
女２　五郎ちゃん。
女３　千野さんです。千野五郎。
三神　（詰らなそうにあたりを眺めていたが、急に視線を女達の方にむける）
女４　五郎ちゃんたら、すぐこう肩を怒らしちゃってね、我々は要求する権利がある……（笑って）あれじゃァ、いくら権利があっても通らないわよ。ねえ。
三神　（だしぬけに）……あの、千野五郎って人がいるの？
松前　御存知ですか、千野君を？
三神　い、いいや、勿論、知らないけど。
女２　（いいキッカケが出来たとばかり）三神さんは、試合には何時から出場なさるんですか。
三神　まだ分りません。
女５　センターですか、ガードですか。
三神　（ぶっきら棒に）それも分らない。
松前　（時計を見て）大分遅くなったな。（三神に）じゃ、昼にしましょう。（女達に）とにかく、話

だけは通しておきますから、今日はこれで勘弁して下さい。じゃ。（二人、下手の方へ）
女達　（口々に）お願いしまァす。（後は小声で話し合って、時折、どっと笑う）
松前　（下手へ入り乍ら）これが酸素ボンベの貯蔵室、うしろが修理工場、その向うが原動部室です。
（二人去る）
女4　（見送って）フーン、一寸いいね、三神さんて。松前君はイヤミだけどさ。
女1　憚りさま。いるのよ、いい人が。
女4　悠子さんでしょう。
女3　アラ、あの人、そうなの？
女4　今年あたり、結婚するんじゃないかな。
女3　へエ。私も誰か居ないかしら。
B　ぷうっ、居るもんか、お前みたいなオカチメンコ。
女3　なんですって。

女達、ガヤガヤ言い乍ら上手へ去る。

B　チェッ、あんな奴らのどこがいいんだろうなあ。同じ男じゃねえか。
A　そう言ったって、マシン工とバスケット選手じゃ人の見る目が違うよ。
B　油だらけのマシン工か。俺も子供が出来たら何かスポーツを習わせるんだ。出世の早道だよ。
A　併し、あんなの雇ってどうする気だ、会社は。一文の得にもならねえだろうにな。
B　見栄だよ。ウインドの飾り物さ。

A　俺達を首にするのしないのって騒いでる癖に、全く妙なこったな。
B　哀れなもんだな、俺達は。（剣をつかんで）見ろ！　食う為とは言い乍ら、こんなもん作るのに大事な汗を流さなきゃならねえんだ。
A　バターナイフだと思ったらいいじゃないか。
B　へっ、人殺しの道具だぞ、こりゃ。刃をつけてズボリと刺せば、赤い血が出てくるんだからな。その点、俺は、同じ兵器でも大砲の弾作ってる奴が羨しい。
A　なんで？
B　なんでって、あれはゴボウ剣みたいに、この……直接的じゃねえものな。あの儘じゃ使えねえんだから。
A　同じこっちゃないか。

二人、又黙りこむ。下手より三神が急ぎ足でやってくる。

三神　君たち、ここの現場の人ですか？
A　（じろっと見上げ、黙って頷く）
三神　千野君て人に会いたいんだけど。
B　居ねえな、そんな奴は。
三神　欠勤ですか？
A　（駒を指し乍ら）さあ、どうかな……
三神　聞いてきたんだけど、ここにいるって。

Ｂ　それがどうしたっていうの。あんた、人に物を訊ねる時は、ちゃんと挨拶位したらどうなんだ。
三神　(全然動じない) 三神っていうんです。今度入った……
Ａ　(盤を見た儘) 千野君を知ってるの、あんた？
三神　前に蒲田の方に居た事のある男で、二十四五の、痩せぎすの……
Ｂ　(Ａに) 知ってるらしいな。

Ａ、黙って貯蔵室に入る。やがてＡに続いて、千野五郎が出てくる。

三神　(落着いた声で) 千野！
千野　やっぱり敬ちゃんだったのか。
三神　しばらくだな。
千野　ふーん、変ったな、敬ちゃん。ま、坐れ坐れ。(と将棋盤をどかす)
Ｂ　な、なんだなんだ、おい。
千野　もう話は終りだ。有難う。
Ａ　(盤を抱えて) 知合いか？
千野　昔の友達だ。さ、坐ってくれよ。敬ちゃん。
Ａ　じゃ。(二人上手へ去る)
千野　(坐ると、せかせかと) 俺な、先刻、貯蔵室の横の窓から見てたんだよ。知ってたんだ。
三神　知ってた？
千野　みんなにサインせがまれてたろう。どうもよく似た人だなと思ってたら、やっぱり敬ちゃんだった。凄え人気だな。
千野　知ってたら会いにくればよかったのに。
三神　いや、名前は聞いてたけど、まさかあの昔の敬ちゃんが、バスケット選手になるとは思わねえもの。
千野　俺もそう思ってるんだ。
三神　

二人愉快そうに笑う。千野、ポケットから煙草を出す。バット。三神それを見て

三神　よかったら、これ喫えよ。
千野　ありゃ、ピースか。社員だろう、敬ちゃん。
三神　うん。でもまだだ。辞令がおりてない。
千野　豪勢だな、社員様は。じゃ……（喫う）
三神　……何やってるんだ、今？
千野　ミーリングいじってるよ。
三神　組合運動か何かやってるんだろう。
千野　（鋭く三神を見て）誰に聞いた？
三神　誰でもいいけど、余り派手に立廻って、首になるなよ。
千野　敬ちゃん、変な事を聞くようだけど、それが言いたくて俺を呼出したのか。
三神　なに？
千野　まさか、会社から頼まれて……

三神　バカ。俺がスパイの真似をすると思うか、ふざけんな。
千野　いや、御免々々。時々そんな例があるからね。ま、気にしないでくれ。
三神　運動選手がスパイをやるのか？
千野　選手って訳じゃないけど、紡績会社なんかでは、会社が外から招んできた、お花やお茶の先生にそれを頼むそうだ。
三神　フーン。だが、安心しろよ。会社はそんな事を俺に頼めねえんだから。
千野　そりゃ、どういう訳？
三神　どういう訳？　鈍いな、お前も。契約以外の仕事をさしたら、俺は飛出すからさ。他の条件の良い会社へ移るからさ。現に二、三の会社から引っぱりに来てるんだ。分ったか。
千野　成程、偉くなったもんだな。よく分らねえけど。
三神　バカヤロウ。（二人笑う――）……静かだな。
千野　うん。
三神　この辺は空気が澄んでいて気持がいい。海も近いし。
千野　なァ、敬ちゃん。
三神　む？
千野　その手、どうしたんだ。
三神　これか。指はバスケット選手の生命だからな。怪我しないように注意してるんだ。
千野　俺は又、あの時の傷かと思った。
三神　……
千野　俺、まだ残ってるんだ。（右のズボンをまくる。股の辺に痣）……ノッポの永井、知ってるだろう。
三神　グズ長か。奴は元気か？
千野　死んだよ、肺病で。
三神　……
千野　出てきた晩にひでえ喀血してな。一カ月位してポックリ逝っちまった。敬ちゃんが俺達の前から姿を消した少し前だ。
三神　千野……
千野　奴は口惜しがって泣いてたよ。一番頼りにしていた敬ちゃんが、あんな事位で脱落しちまった、情ねえ、情ねえって、窪んだ目ん玉から涙ボロボロこぼして泣くんだよ、子供みたいに。俺もあの時は敬ちゃんを恨んだよ。
三神　三年前の話を引っ張り出しても仕様がねえだろう。
千野　だけどさ、あの時は俺も、敬ちゃんを尊敬してたから。
三神　尊敬か、フン。それで、今でもあんな事をやってるのか。
千野　正しいと思った事は一生続けるべきだろう。あてこすりじゃないけど、もし途中で投出すような事があったら、俺は、働いている仲間に対して、悪辣な詐欺を働いた事になるんだ。いい加減な気持でやってるんじゃない。

その時、貯蔵室の方から人の出てくる気配がする。

三神　誰だ？

千野　仲間だよ。来たら紹介しよう。

やがて工員の丘部、深見、横山夏子に続いて山本悠子が出てくる。

千野　（近づいて丘部に小声で何か言う。そして皆に）一寸、紹介する人がいるんだ。
悠子　（三神を見て）アラ！
三神　やあ。
千野　なんだ、知ってるのか？
悠子　フフ、試合見てますもの。
千野　成程。じゃ、簡単に紹介します。僕の昔の友人で三神君。知ってるんじゃないかなァ、バスケット選手の三神君って……ええと、こちらから深見君、丘部さん、横山の夏ちゃん、そして庶務課の山本さん。（皆それぞれ挨拶を交す）
丘部　三神さんが千野の友人だったとは意外でしたねえ。いや、初対面でこんな事を申上げちゃァなんですけど。
千野　俺だって意外に思ってるんだ。（皆笑う）
夏子　お忙しくなければ、少しお話したいわね。
丘部　この次の会にでもどうかしら。
夏子　素敵だわ。お話聞きたいな、私。
深見　あの……千野君とはどんな知合いなんですか？
三神　どんなって、彼とは昔一緒に人夫をやってたんです。

丘部　深見君、そういう個人的な事をお訊ねするのは失礼だよ。
三神　別に失礼じゃないでしょう、事実なんだから。
丘部　え？　そりゃそうですけど、ハハ……まあ、いきなりお願いしても、何の会だか分らないので妙に思われるでしょうけど、実は僕達、今度文化サークルの様なものを工場の中に作って、色々勉強していきたいと思っているんです。で、まあ手始めに読書会とか歌を歌う会とかを作って、いや、三神さんが参加して下さればスポーツなんかもいいね。まあ、そういう会を持って、お互いに教養をひろめていきたいと思っているんです。山本さん、笑ってないで、貴女からも薦めて下さいよ。
悠子　私だって今日始めてじゃないの。夏ちゃん、言いなさいよ。
夏子　（頭をさげて）よろしくお願い致します。
悠子　イヤだわ。フフ。
丘部　（ニコニコしていたが）一寸三神さん、失礼します。ねえ、千野ちゃん。（と彼を引張って貯蔵室の裏へ。深見がその後を追う）
悠子　どうしてこちらへいらっしゃったの？
三神　松前君に案内されてね、現場を見て廻ったんです。
悠子　じゃ、私もお供すればよかった。
夏子　事務所でも御案内したらどう。
悠子　バカね。
三神　（夏子に）君も事務所の方？
夏子　以前はね。
三神　以前っていうと？

夏子　降職されたんです。睨まれちゃいましてね、ホホ……目下現場で砲弾の磨きをやってます。
三神　ふうん。（悠子に）あの、話は違うけど、この前出した社員の認可申請書って奴ね。あれで、辞令は何時頃貰えるんです？
悠子　さあ、二月位は掛るんじゃないかしら。
三神　二月？
悠子　書類審査に手間が掛るらしいんです。

二人が出てくる。千野がひどく不機嫌な顔をしている。

丘部　どうも話の途中で失礼しました。千野ちゃん、お話ししてよ。
千野　ねえ敬ちゃん、くどいようだけど先刻の話どうだろう。駄目かね？
三神　先刻の話？　ああ、参加してくれっていうの。
千野　うん。
三神　無理だよ、藪から棒にそんな事言われたって。
深見　でも、話し合うだけでも。
三神　とに角、文化サークルだなんてそんな高尚なもん、俺には分らねえから。
丘部　いや、雑談の程度なんですよ、始めは。
三神　まあ、お断わりしときます。
丘部　残念だなあ。折角、山本さんも参加してくれるというのに。
深見　三神さんが入ってくれると、我々何かにつけて宣伝しいいんだけどなあ。

三神　宣伝？
深見　（しまったと言った表情で）い、いや、力強いと言ってるんですよ、僕達。
三神　千野！　帰るぜ。
千野　敬ちゃん。
三神　じゃ、失礼します。（足早に上手へ。間）
悠子　（時計を見て）そろそろ時間ね。じゃ、私も帰るわ。
丘部　そうですか。では、よろしく。

悠子、これも上手へ去る。

丘部　いやに横柄な男だな。
夏子　得意なんでしょう、バスケット選手が。
丘部　所で、深見君。
深見　（頭をかいて）いや、何とも申訳ない。うっかり口が滑っちゃって……
丘部　あんな事いわれれば誰だって腹たてるよ。露骨すぎるもの。
千野　そうだ。俺だって腹たてる。
丘部　でも千野ちゃん、もう少し喋ってくれてもよかったな。何といったって君の友達なんだから。
千野　だから余計いやなんだ。
丘部　いや？
千野　俺、先刻からむかついていたんだけどね。一体君は奴が欲しいのか、奴の名前が欲しいのか、どっちだい。
丘部　なんだと？
千野　そうじゃないか。スポーツマンを仲間へ引き入れて、その名前で人を呼び集めて行こうなんて姑息な真似はやめるべきだよ。勧誘する動機が不純じゃないか。
丘部　協力して貰う事がなんで不純なんだ。
千野　協力？　だったら何故宣伝なんて言葉が出たんだい。俺はね、純粋な気持で奴をサークルに入れる事なら大賛成だよ。併しその名前を利用する為に奴をさそいこむんだとしたら、とても我慢ならんね。それは決して正しい運動方法ではない筈だよ。

不意に下手より先程の室井が駈けこんでくる。

室井　丘部さん！　音さんが首になったぞ！
丘部　なに？
室井　組合の掲示板に今貼り出されたんだ。写してきた。（くしゃくしゃに丸めた紙片を渡す）

丘部、黙って読む。皆、のぞきこむ。

夏子　首って、理由がないじゃないの。
室井　軍命令の解雇だよ。
千野　ＰＤ工場でもないのに軍命令ってのがあるのか。

室井　（ジロッと見て）千野君、音さんが君の事をひどく怨んでるそうだ。
千野　俺を？
室井　後で話すがね。丘部さん、そいつは違法じゃないのか。
丘部　うむ。（読む）…今般、会社側より左記の者に、工場防衛保安の見地による軍命令解雇の申渡しがありましたので速報します。仕上工、島田音吉。右に付組合は協議中。うまい手を考えたな、会社は。発注先があちらさんでは、指定を受けなくても準管理工場だからな。
室井　抗議しても駄目か？
丘部　待ち構えてるよ、抗議してくる奴を、バッサリ切ろうと思ってな。
深見　それにしても、この組合の協議中ってのは、どういう事なのかな。
室井　それはね、組合も初めは、この通告を拒否しようって大分騒いだらしいんだな。所が稲葉や高坂あたりが会社から嚇かされて、採決を挙手できめようって言い出したそうだ。
丘部　なんだ、無記名投票じゃないのか。
室井　ああ、挙手採決だったら反対者の名前はすぐ分るからな。それで一切おしまいよ。
深見　それじゃ協議中もなにもないじゃないか。
室井　出鱈目だよ、組合なんて。
夏子　ひどいのねえ。
千野　すると、この問題はこのまま見送りって訳か、抗議もしないで。
丘部　やっても無駄だろう。
千野　どうして？　軍命令なんて明らかに不法じゃないか。こんな嚇かしに頭下げてたら、この先何も出来ないぞ。

室井　（冷笑して）千野ちゃん、君はこの問題については余り大きな事は言えないんだよ。
千野　どういう意味だ、それは？
室井　音さんが首になった理由は分るだろう。
千野　朝礼を拒否したからか。
室井　そうさ。君が音頭とりでやった事だ。
千野　併し、みんなも賛成したじゃないか。朝仕事に掛る前に、工場の神棚に頭を下げるなんて凡そ前時代的だ、馬鹿々々しいって。
室井　その通り。だが君は音さんになんて言ったの。各工場で一斉に朝礼拒否をするからって言ったんだろう。所が実際にやったのは音さん一人で、他の連中はそっぽむいてたじゃないか。音さんにすりゃ、体良く君に騙された。利用された……
千野　利用した？
室井　そうだろう。肝心の君はうまくすり抜けて健在なんだから。
千野　だって、だって俺はそんなつもりでやったんじゃないんだ、俺は……
丘部　まあ、いいさ。いいじゃないか。別に君一人の責任って訳じゃない。俺達みんなの責任なんだ。気にするなよ、な。
千野　（頭を抱えて縁台に腰をおろす）
夏子　でも私、この軍命令っての怪しいと思うな。
深見　俺もそう思う。
丘部　併し、首切られたのは事実だろう。とにかく慎重に行動しような。あせらず、じっくりと、な、千野ちゃん。

千野　（動かない）
夏子　この調子だと、読書会も危くなるんじゃないの？
丘部　でも、それだけは何としても守ろうよ。僕達の運動とか何とかは別にしても、働く者の当然の権利なんだから。

その時、坐っていた千野が不意に上手へ駈け出す。

丘部　（驚いて）おい！　何処へ行くんだ、千野ちゃん！
千野　俺、組合事務所へ行ってくる！
丘部　馬鹿！　（後を追って千野を捕え、抱えこむようにして無理矢理引きずってくる）いい加減にしないと俺は怒るぞ、少しは後先のことを考えろ！
千野　だって、俺は奴の事を利用したんじゃないんだ。俺はみんなが……
丘部　まだそんな事言ってるのか。君一人の責任じゃないと言ってるじゃないか。
千野　併し、音さん一人首になって、俺達がここでヌクヌクしていられるか。奴一人を見殺しに出来るか。
丘部　バカだな、こいつ。今、君は事務所へ駆け込み訴訟をしたからって、何がどうなるというんだ。一蓮托生、首になるのが落ちじゃないか。（おだやかに）千野ちゃん、感情的になっちゃ駄目だよ。音さんには気の毒だけど、出来てしまった事は仕方ないじゃないか。
千野　（がっくりと肩を落し）ち、畜生！　ちくしょう。（その場にうずくまる）

皆、そんな千野をじっと見つめている。折から午後の始業のサイレンが高らかに鳴り響く
――

幕

第三幕

同工場の運動具室。

暗い舞台のままで幕があがる。この部屋に続く体育館から練習中の選手達の声、ボールの音、ホイッスルなどが、高い天井にこだまして甲高く聞こえてくる。やがて正面、鉄格子を嵌めた小さな窓からボウッと鈍い光線が射しこんできて次第に明るくなる。だが、何となく薄暗い、しめっぽい感じの部屋である。真中の汚い机に大沢が坐っている。

かなり遠くでズシンズシンと火薬の炸裂する音——ややあってダークブルウのユニホームを着た三神が、片手にズボン、作業衣をぶらさげて、汗をふきふき現れる。

三神　待たせて悪かったな。暑かったろう。

大沢　随分、熱心じゃないか。

三神　十月に関東リーグがあるからな。うかうかしとれんよ。あ、煙草。（机の上にポンと放る）

大沢　三神、今日は折入って話があるんだ。

三神　……

大沢　まあ、坐らないか。
三神　（坐る。急に難しい顔になる）どんな話か知らんけど今日は少し用事があるんでね、オメデタがあるんだ、俺の。
大沢　オメデタ？
三神　辞令がおりるんだ。俺も愈々社員様さ。ふふ……
大沢　（黙って、三神の顔を見ている）
三神　それで、事務長の家へお礼参りという訳さ、今夜。
大沢　そうか、それはお目出度う。
三神　有難う。じゃ、いずれ君とも機会をみてゆっくり飲もうや。悪かったな、折角来てくれたのに。なんだったら駅まで送って行くぜ。（と腰を浮かす）
大沢　（冷静に）三神、俺は少し話があるんだよ。それで来たんだよ。
三神　（今度は不貞腐れたように坐る）……なんだ？
大沢　改めて聞くが、もう一度大和鋼圧に復帰する意志はないか。
三神　ない！
大沢　会社が君に対して正式に頼みこんでもか。勿論、陳謝の意味も含めてだ。
三神　謝るというのか。
大沢　（頷く）
三神　ハッハハハ……（いきなり笑い出す。笑い終えると今度は吐き捨てるように）君はそれをわざわざ言いに来たのか、頼まれて？
大沢　そうだ。併し、それは会社の意向だ。俺は俺個人として別に話がある。

三神　（厳しい口調で）断る。そんな話なら一切断る。もし会社に知れたら俺の立場はどうなるんだ。入社早々詰らん噂をたてられて事務長の逆鱗にふれたくないね。第一、勿体ねえよ。今ここで社員の株を手離してみろ、今度は永久に沈みっ放しだ。

大沢　誤解しないでくれよ。俺は会社やチームの連中みたいに、今更君を引戻そうなんて考えてやしない。

三神　……

大沢　言ったって無駄だろうし、それに今の君の状態じゃ、何処へ行っても同じ事だ。

三神　今度は皮肉か。

大沢　ひどすぎると思わないか、自分の生活の変り方が。

三神　人夫が社員になるのはいけねえとでもいうのかね。

大沢　馬鹿っ！　話は素直に聞くもんだ。

三神　（フンといった表情）

大沢　はっきり言うがね、俺は中学時代の君は好きだった。だが今、俺の目の前に居る三神敬二という人間は大嫌いだ。

三神　大嫌いな奴をよくここまで有名なプレイヤーに育ててくれたな、俺の方じゃ感謝している位だ。

大沢　……君をチームへ推薦した時、俺は何と言ったか覚えているか。

三神　忘れたね、すっかり。

大沢　もう一度、昔の快活な君に戻って欲しい、そう言った筈だ。俺は、バスケットが、あの当時の君のいじけた心を救って呉れるだろうと思った、そして躊躇なく推薦した。所がどうだ、今はそのバスケットが君の全生活を支配している。誰がこんなもので食えなんていうものか！

三神　仕方なかろう、実力だから。
大沢　実力？
三神　俺にはそれが出来る。だがお前には出来ない。それだけの話だろ。
大沢　君はボールの取りっくらを生活だと言うのか。
三神　おっと、これでも月給貰ってるんだぜ。気をつけて口をきいてくれよ。
大沢　呆れた奴だな。この会社にだって労働者は沢山居る筈だ。一日油につかって、やっとその日の生活費を稼ぎ出している労働者に対して、君は恥かしいとは思わないのか。
三神　偉そうにきめつけるなよ。バスケットだって労働の一種だ。腹も空きゃあ汗も出る、身体を動かす事に変りあるか。
大沢　貴様！　よくもそんな事が言えたもんだな。奴隷根性丸出しだ。
三神　奴隷根性だと。（じっと大沢の顔を見ていたが）……そうか、分った、君の来た理由が分ったぜ。（黙ってズボンのポケットから紙入を出し、三枚の千円札を机の上に置く）三千円ある。俺が日傭人夫の時、生活費として借りた金だ。これがあるから貴様、づのぼせた口きいてやがったんだろう。さ、持って帰れ！
大沢　（始め呆然としていたが、やがてこみ上げる怒りを押えて）どうして君はそんな人間になっちゃったんだい。何の事だい、これは？
三神　だから借金さ。
大沢　三神。俺は、新しい就職口を見つけてきたんだよ。その話で来たんだよ、今日は。
三神　就職!?
大沢　そうだよ。君はバスケット選手なんかで暮らしていたら、何時か駄目になっちゃう。だから、平凡な勤めでもちゃんとお金の貰える所をと思って、俺はなにしていたのに……（爆発して）それをなんだ！　こんなものなんぞだしやがって、馬鹿野郎！
三神　（黙って大沢の顔を見ている）

間——ドアをノックする音。

三神　ハイ。

ドアがあいて悠子が入ってくる。

悠子　失礼します。三神さん、一寸……
三神　は？
悠子　あの……社員辞令の件なんですけど……
三神　あ、そりゃわざわざ……届いたんですか、辞令。
悠子　（首をふる）
三神　えっ、おりないの？
悠子　本社の人事課長の所でストップしてるっていうんですの。
三神　なんだろう、一体？
悠子　分りません。父がお話したいと言ってましたわ。
三神　事務長は知ってるんですね。

大沢　どうしたんだ？
三神　辞令がおりないんだ。
大沢　何かの手違いじゃないのか。
三神　うむ……（沈みこむ）

三人、そのまま無言。練習が終ったらしく選手達の声——〝お疲れさん〟〝三神君、お先に〟など言い乍ら、バタバタ駆け去る音。
ドアの外で松前の声。

松前　山本さーん。（と言い乍らドアをあける）失礼。帰らない？
悠子　まだ仕事があるんです。お先にどうぞ。
松前　（大沢を見て）大和鋼圧の大沢さんじゃない、松前です。
大沢　しばらく。お邪魔してます。
松前　何ですか、今日は？（二人を見較べ）引抜きですか、三神君の？
大沢　（笑っている）
松前　（皮肉に）スタープレイヤーともなると、お座敷がひんぴんと掛って中々大変ですな、ハハハ……（急に）そうそう、お座敷で思い出したけど、明後日の東都新聞のアマチュアスポーツマンの座談会ね、うちからは、貴方と僕と出席するんだけど、会社から特に次の点を座談会で強調して欲しいって……（ポケットを探す）……忘れた。机の中だ。とに角明日にでも相談しましょう。まあ、一種の宣伝ですな。（悠子に）本当に残業ね？

悠子　ええ。
松前　じゃ、お先に……（去る）
悠子　私、もう一度連絡してみますわ。
三神　いいですよ。別に君の責任って訳じゃないんだから。
悠子　でも手違いにしちゃ少し変だわ。まだおいでになるでしょう。
三神　いいですよ、ほんとうに。
悠子　ええ。（去る。間）
大沢　そら見ろ。会社のやり方ってのは大概こんなものだ。年とってバスケットが出来なくなった時の事が想像出来るだろう。先刻の話、冷静に考えてみないか。
三神　（ぼんやり椅子に坐る）
大沢　なあ三神、もし仮にだよ、バスケットが出来るから社員になれるとしたらだよ、出来なくなった時には当然、社員の資格を剝奪されてしまうという論理も成立つ訳だな。分るかい？　君の今置かれている状態はそれなんだ。詰らん虚栄は捨てろよ。ちっぽけな虚栄が、往々にして人間の一生を破滅させる大きな力になる事もあるんだぜ。それにね、スポーツはあくまでスポーツだ。バスケットが生活の手段になる訳がないよ。俗な言葉だが、人間は生身の身体だ。何時病気で倒れるか分らない。例えばだ、何時君の左手がダメになるか分らないと同じ様にね。
三神　なにっ！
大沢　ふだん手袋をはめているのは何の為だ？
三神　ありゃ指を痛めない為にやってるんだ。変な言い掛りをつけるな。
大沢　そうか……

三神　詰らん事を喋って歩いたら承知せんぞ！
大沢　喋らんよ、そんな事は。（穏かに）……所でね、先刻の就職先ってのは俺の知合の、ちっぽけな町工場なんだ。でも人殺しの道具を造っているこの会社よりは数等ましじゃないかね。どうだ、考えてみないか。
三神　俺にバスケットをやめろと言うんだな。
大沢　就職しないかと言ってるのさ。
三神　俺が失業してるとでも思ってるのか。
大沢　そんな風にとらないで、君の一生の問題なんだから、よく考えるんだ。
三神　哀れみをかけてくれるのは有難いがね、安手の同情にはもう飽き飽きしてるんだ。就職の話なんか真平お断りだ。
大沢　どうして？
三神　能書は沢山だよ。俺はこれで食ってるんだ。
大沢　バスケットは仕事じゃないよ。
三神　俺はここの社員だぞ。毎月二万なにがしかの金を貰ってるんだ。馬鹿にするな！
大沢　そんな事が長続きして堪るもんか。
三神　余計なお世話だ。俺は自分の思った事をやるんだ。貴様の指図は受けん！
大沢　（ついにカッとして）何だってそうバスケットにばかりしがみついてるんだ！　品物が大事にされるのは新しいうちだけだぞ。貴様が倒れたって、会社の奴は、誰一人だって涙なんか流すもんか！
三神　なにっ！
大沢　（覗きこむ様にして）……三神、君は何か隠していることがあるんじゃないのか。

三神　そ、そんなものはない。
大沢　そうか。（黙って机の上の金を取る）これ、頂いとくよ。悪かったな、大きな声出したりして……
三神　帰るのか……
大沢　俺の態度もいけなかったね。仕事を探してやったという妙な優越感があったんだ。まあ、気にしないでくれ。
三神　……
大沢　……所でね、先刻から聞こう聞こうと思ってたんだけど、その作業服の胸についてる徽章は何だ？
三神　これ？　身分章さ。
大沢　身分章？
三神　つまり、階級章だな。
大沢　へえ。じゃ、それぞれ違う訳か。
三神　工員が無地のカーキ色でね、それに白線を通したのが現場の班長、青線一本が平社員、主任が二本、課長が三本……だと思ったな。部長以上になると金筋だ。
大沢　社長は？
三神　三本。
大沢　すると君のは、青と白が半分ずつ……
三神　見習社員。
大沢　成程、ハハハ……いや、笑い事じゃないな。こういう世界が僕達の知らない間にどしどし出来ち

まうんだな。そうか、白、青、金、階級章……（と又しげしげ徽章を見る）

不意にドアがあいて、金筋一本を胸に縫いつけた事務長の山本が入る。続いて悠子――

三神　（愕いて）あ、うっかりしておりまして、どうも……

山本　……こりゃ黴臭い部屋だね。

三神　どうぞ。（椅子をすすめる）

山本　有難う。（坐り）所で早速だが、例の辞令の件ね、どうも私の不手際からえらい事になっちまったよ。ハッハハ……

三神　……

山本　実はね、先日提出した社員の認可申請書、あれが却下されたんだよ。内容が不適格だと言うんだ。

悠子　アラ、申請書の内容は何時もと同じ書式になっているんですのよ。

山本　書式じゃない。つまりこの……何と言うか、はっきり言いますとね、貴方、気を悪くせんで下さいよ。本社の方では貴方の学歴に難点があると言うんだ。精一杯無理しても準社員、いや、うちには準社員というのはないから一等工員だと、規則を楯にとって一歩も譲らんのだよ。

三神　しかし、僕がここへ入る時の条件は、二カ月間見習社員で、二カ月たったらその儘社員に……

山本　ですから言ってるでしょう、私のミスです。率直に認めますよ。だがね、会社としては学歴だけでなく、思想調査っていうか、前歴調査も一応しなければならんし、といって別に貴方の思想がどうっていうのではなく、ここは御存知の様に兵器工場ですから、特にその点喧しいんでね。まあ、そんな点も色々重って辞令がのびてるんじゃないかと私は思うんだ。

三神　（唇をかんで無言――）
大沢　（何か言いたそうに、じりじりした表情）
山本　（急に笑い出す）ハッハハ……だが、心配いらんのだよ、三神君。今悠子からお聞きになったでしょう、一度出た辞令がストップしてるという話。
三神　……
山本　あれはね、元々認可する腹なんだ。
三神　と言いますと？
山本　うん……（改った口調で）話は違うけど、今度十月に関東リーグ戦がありますな。
三神　はあ……
山本　どうですか、現在の貴方のコンディションは、上乗？　（ニヤリと笑う）
三神　ええ……まあ。
山本　実はね、あれを皮切りに今後の試合に出て頂きたいんですよ。もう大分チームの連中の気心も分ったと思うんでね。如何です。
三神　（意味が分ってくる）
山本　まあ、社としても関東リーグ戦の結果に依ってというのなら、認可の大義名分も立派にたつ訳ですからねえ。どう、分りました？
三神　（きっぱりと）分りました。そうなんですか。
山本　そうなんだよ、ハハ……まあ、今の状態も一月か二月の辛抱だね。その間にコレ（ボールを投げる真似）の方をしっかりやって頂いて。
悠子　でも、随分ヘンな話じゃない？

山本　む？
悠子　試合の結果によって待遇がきまるなんて。私、初めて聞いたわ。
山本　社の方針さ。
悠子　幾ら社の方針でもそれは少し常識を外れてません？
山本　（苦笑）馬鹿な、お前に分るか。

ポケットから煙草を出す。三神急いで火を点ける。大沢、そんな三神を不愉快そうに見つめている。

山本　有難う。これで君達も中々大変だねえ。練習を怠けりゃ駄目になる、と言って無理すれば病気になるし、日本重工の辻本君は、坐骨神経痛で廃人同様になったそうじゃないか。
三神　そうですか。
山本　君なんかも充分気をつけてな、会社にとっては大事な身体なんだから。いずれ折をみて選手諸君の身体検査をやりましょう、それに体力検査と。もっとも、この二つはチームの年中行事として、毎年十月か十一月にやってるんだがね。
三神　はあ……
大沢　（三神の卑屈な態度にむらむら腹がたってくる）
山本　頼むよ、チャンスを逃さんようにね。関東リーグが君の命取りになったなんて言うと、いや、それは冗談。どれ、私はまだ用事が残っているので、じゃ。
大沢　（堪りかねて）三神！　君はそんなひどい条件を甘んじて受けるつもりなのか？

三神　よけいな事を言うな。
大沢　そんな詰らん安売りをしてみじめだと思わないか。先刻の話を、この方に申し上げたらどうだ。
山本　何だね、君は？
大沢　何度も言うようだが、俺の方は責任を持つ。事情を話してお願いしてみるんだ。君の一生を左右する問題だぞ。
山本　なにかあったのかね？
三神　（冷静に）事務長、少しお話ししたいことがあります。
山本　……
三神　多分御承知の事と思いますが、僕がこちらへ移ってから、今日で約二月になります。で、この二月の間というもの、僕は色んな人から大和鋼圧へ復帰する様勧誘されました。御存知だろうと思いますが……
山本　噂だけはね。
三神　今日、ここへ来ている大沢君もそうです。彼は、僕の為に新しい就職口を持って来てくれたんです。
大沢　（緊張して、三神を見つめている）
三神　この際だからはっきり申上げます。（急に語気強く）事務長！　僕は大和鋼圧へ復帰する意志は全然ありません。他へ就職する意志もありません。復帰の噂は全く事実無根です。
大沢　き、貴様！　（と絶句してしまう）
三神　誤解されると困りますので、その点、御了解頂きたいと思います。
山本　いや、よく分りました。それだけ伺えば、別に申し上げる事はないですよ。じゃ、私はこれで…

……悠子。

悠子　お邪魔しました。（ぼんやりした表情で去る）

三神　（棒立ちになって睨みつけている大沢に）騙したなんて思わないで欲しいな。僕に対する誤解をとき、同時に君の勧誘を断る方法としては、これが一番簡単で効果的だと考えたんだ。分って貰いたいね。

間——外はもうすっかり陽が沈んだとみえて、鉄格子からの光線も消え、舞台は二人の姿をぼんやり浮上らせて、急に暗くなる。かなり遠くでズシンズシンと火薬の炸裂する音。

三神　（さり気ない調子で）暗くなったな。もう何時頃だろう。

大沢　（押し黙ったまま動かない）

三神　帰らないか。

大沢　……

三神　ふん。（作業衣を肩に引っかけ立上る）

大沢　（今迄堪えていた怒りが一ペンに爆発する）下司！　よくも騙したな！　人の会社でなけりゃ、この場で、貴様のその土性っ骨を叩き直してやるんだぞ、冷血漢！

三神　冷血漢？

大沢　つら見るのも癪に触る。貴様との交際《こうさい》は今日限りだ。

三神　それもよかろう。が、一つだけ言っとく事がある。

大沢　小便野郎とは口をきかんよ。帰る。

三神　そうかね。ま、言った所でお坊ちゃんの君には分って貰えまいがね。
大沢　お坊ちゃんだァ？
三神　下司の根性は分るまいと言うのさ。
大沢　誰が貴様なんか哀れに思うか、裏切者のエゴイストめ！
三神　おっしゃる通りだ。俺は世話になった会社へ小便引っかけて、さっさとこっちへ鞍替えした裏切者だよ。エゴイストだよ。
大沢　人間の屑だ！　貴様がのたれ死にしたと聞いたら、僕は大きな声出して笑ってやる。
三神　おお、幾らでも笑うがいいや！　（不意に狂った様に）大沢！　俺はみんなから軽蔑されている人夫上りの選手だ。今更きいた風な口はきかんぜ。俺はな、（ギョロッと大沢を睨みつけ今にも泣きそうな表情で）へっ、吃驚して腰抜かすなよ。俺はな、俺は金を貰ったんだ、金を！　契約金という金を。
大沢　（愕然として息をのむ。沈黙）
三神　（今度は急に卑屈に笑い出す）……へっへ、どうした、急に黙りこくっちまったじゃねえか。おい、へへへ……
大沢　……いくら貰ったんだ？
三神　いくらでもいいさ。
大沢　いくらだ？
三神　十万だよ。
大沢　どうした、それは？
三神　使ったさ。貰ったら俺のもんだ。

大沢　アマチュアの倫理規定を知ってるだろうな。
三神　ああ。
大沢　公けに知れたらどうする？
三神　その時はその時だ。
大沢　……十万か。（急に）十万あれば君は自由になれるのか？
三神　自由？　お女郎さんみたいに言うなよ。この会社へ入ったのは、俺の意志なんだ。
大沢　違う！　君は身売りしたんだ。
三神　身売り？　そうだ。俺は十万で身売りした品物だよ。商品だよ。
大沢　馬鹿。そんなヤケッパチ言ってる場合じゃないぞ。もっと冷静に、自分の将来の事を考えてみるんだ。十万円を一遍には作れないが、少しずつ僕の方から融通する。
三神　断るよ。
大沢　どうして？　君は自分の将来をバスケットに託そうっていうのか。そうじゃあるまい。仕事だろうが。初手からそんな事は分り切っているのに、何故一時の誘惑なんかに負けちまったんだ。
三神　負けたんじゃない、宿命だ。
大沢　キザな事を言うな。俺達はプロ選手じゃないぞ。仕事を離れて、どこに生きる道があるんだよ。
三神　（嗤って）それがあるって言うんだから不思議じゃないか。
大沢　なに？

三神　まあ、黙って聞けよ。俺はな、君やチームの他の連中みたいに、ちゃんと大学を卒業して、正式に入社した人間じゃなかった。（いきりたつ大沢を制して）待てよ、これはひがみ根性じゃない、事実だ。俺は君と一緒に中学を出るとすぐ一人になった。家族はみんな空襲で死んでしまった。それからおきまりの放浪生活だ。ボーイ、皿洗い、行商、荷上人足、そして君に拾われる日迄、陽の目を見ないもぐらもちのような生活が続いた。世間て奴はね、俺のような学歴も、職歴も、又ちゃんとした身許保証人もない奴は、てんから問題にしないんだよ。家族がないのはそいつの責任で、日銭生活で苦しい目に遭うのは自業自得って訳なんだ。人間扱いしちゃくれないのさ。だからね、あの会社へ入って、暫くして準社員に推薦された時、ああ、俺もやっと認められたってモロに喜んだものさ。君も知ってるね。所がだ、よく考えてみたら、俺はその時はもう人夫はやめて、チームの雑用をやってたのさ。はいて捨てる程居る人夫を準社員にしようなんて馬鹿がどこの世界にいるかね。だからそう考えた時俺は、間違えるな、そして騙されるな、俺は従業員じゃなくてバスケット選手なんだって、改めて自分に言い聞かせたもんさ。その点、大学から送りこまれてきた君達とは本質的に違うんだよ。

大沢　そ、そりゃ、君の劣等意識だよ。

三神　そうかな。併し、俺があの会社でやってた仕事はチームの雑用だった。滓みたいな仕事だった。君だったら劣等意識を感じないかね。しかも、あんな仕事に自分の将来が託せるかね。

大沢　……

三神　だから俺は考えたのさ。どうせそんな扱いしかして貰えないんなら、いっそバスケット選手として条件の好い方へ移ってやれ。俺が奴らに売りつける事の出来るものは、ウヌが身体とこの腕だけだ。この先どう転んだって、自分の思う様には生きられない。だったら、もう二度とドン底生活なんかするもんか。（プツンと口をつぐむ）……そう思ってね。

大沢　（すくんだように立つ）

三神　……君は先刻、十万円で身売りしたと言ったな。正にその通り、俺は正札十万円附の商品だよ。だがね、俺に言わせりゃ、怒るなよ。チームの連中だって、どれもこれも缶詰のレッテルみたいなものじゃないか。（ユニホームを指して）この通り、トレードマークを胸につけて、派手に会社の宣伝をしてるんだ。言ってみりゃ、体のいいサンドウィッチマンだよ。つまり会社は、一銭の金も使わねえで新聞に名前をのせる手を考えたんだ。それが俺達だって訳さ。馬鹿々々しくって腹も立たねえだろう、ハハハ……どうも柄にない事を言っちまったな、へへ。とに角、俺は今の境遇に満足するよう暮していくよ。（立上る）……じゃ、遅くなるから。

大沢　（ぐっときて）どうしてもここに居るのか。

三神　ああ、ここに居る。会社へ帰ったらよろしくってな、みんなに。いや、そんな事いえた義理じゃないか、ハハハ……

三神うつろに笑い乍ら、左手を突出して、壁に吊されてあるボールを、ゴツンゴツンと叩き始める。

三神　迷惑かけてすまなかったな。忘れないよ。

大沢　（じっと見詰めたまま）……この次会うのは来年か……

三神　（ボールを叩き乍ら）そうだ、来年だ。敵と味方で相まみえようって奴だ。

大沢　（堪らなくなって）三神！　無理するなよ、なあ……

三神　うむ……（と言い乍ら、ドスッドスッと叩き方が次第に烈しくなる）

大沢　身体をこわしたら何もならんぞ。
三神　（さり気ない調子でそれを受ける）ああ、身体が元手だよ。（大沢の視線をはずすように）あ、まだやってる、爆発……
既に、全く暗くなったこの部屋に、炸裂音のみがズシンズシンと響いてくる——その中で急速に幕。

第四幕

第一場

同工場の本館会議室。その年の秋。午前十時頃。

正面一杯にガラスを嵌めこんであるアトリエ風の部屋。以前は研究室に使われていたらしく、部屋の隅にガス管の跡などが残っており、一隅の棚に試薬瓶が幾種類か並んでいる。中央にテーブル、ソファ、壁際に大きな書類戸棚。

幕あくと、正面ガラス窓が大きなカーテンに閉されて部屋の中は暗い。舞台始め空虚――やがて下手より千野五郎が紙の束を小脇に抱えて入ってくる。眼は血走り、興奮して蒼くなっている。続いて工員の高坂、これ又少々うろたえ気味で後を追って入る。千野、壁際の書類棚をガサゴソ開け始める。

高坂　(追って入り) おい、待てったら、千野！
千野　(構わずその紙の束の半分位を摑み取って戸棚の隅にねじこむ)
高坂　(それを奪おうとする) 馬鹿！　気でも狂ったのか、貸せ！

千野　（ぴしゃっとしめ）やかましい！
高坂　なんだと！
千野　うるせえよ、このベッタラ大根野郎！　貴様なんぞの指図はうけん、どけどけ！　（もつれながら上手のドアへ抜けようとする）
高坂　（それを力一杯押しとどめて）よせったら！　そんな事してバレたらどうするんだ。俺達を裏切るつもりか。
千野　な、なに？　裏切りだあ？　へっ、裏切りはどっちだい。碌な交渉一つ出来ない癖に役員面しやがって、きいた風な口きくな！
高坂　貸せったら！
千野　離せよ。
高坂　馬鹿！　今日は他の日と違うぞ。
千野　おおよ、百も承知でやってるんだ！　どけったらこの野郎！　（つきとばして上手へ去る）
高坂　おい、待て、こら！　（と上手へ）

間——下手よりバケツを下げた悠子と、阿部光枝の二人がやってくる。

光枝　おやおや、真暗だ。
悠子　（カーテンをあける）

正面遠く、海と空の一連りの紺青が渺茫と広がり、その右を房総の山脈がうっすらとのびる。

光枝　こんな日に体力検査だなんて、選手諸君も楽じゃないわね。（掃除を始める）所で何時から始まるの？

悠子　午後でしょう。

光枝　じゃ、慰安会とカチ合うじゃないの。

悠子　光枝さん、いらっしゃる？

光枝　とてもとても、ノオ・サンキュウだ。

悠子　落語や漫才は御趣味にあわないこと。

光枝　そうでもないけどさ、近頃は毎晩のようにラジオで聞かされるから食傷気味なのよ。この上、生《なま》で聞かされたら、それこそ下痢起しちゃうね、フフ……（書類棚の方をふき始める。ふと床に落ちている一枚のビラを見つける。眼で読むと、悠子の方を気にして素早く丸めてポケットにしまう。何食わぬ顔で）……創業記念日なんだからもう少し気のきいた催しものやったらどうなのかしら。センスの問題か、それとも会社の政策かな。

悠子　（ビラを拾った光枝に気づいている。が、知らん顔で）でもね、今日はコーラスがあるそうよ。横浜の何とかいう合唱団の人達がくるんですって。

光枝　そう。（掃除を終えると）さて、こんなもんでいいかしら。

悠子　簡単でいいのよ。

光枝　じゃ、後は肺活量の器械ね。運ぶんでしょう？

悠子　チームの人に頼んだわ。

光枝　じゃ、帰ろうっと……
悠子　光枝さん、ちょっと。
光枝　……？
悠子　（笑いながら）今のビラ見せてよ。
光枝　……
悠子　隠してもだめよ、見せて。
光枝　（無言でさし出す）
悠子　（これも無言でうけて読む。やがて、何思ったか、急に下手へ歩む）
光枝　駄目よ。事務長にお見せしたいんでしょうけど、そうはいかない。返して。
悠子　事務長に？
光枝　でしょう。
悠子　どうして？
光枝　だって貴女は……
悠子　経営者側の親族だっていうの。光枝さん、そんな風に私を見てらっしたのね。
光枝　理由を言って頂戴よ。何するんだか。
悠子　私の顔がスパイをやる程利口そうに見えて。いやだわ、マッチ取りに行こうと思ったのに。
光枝　燃やすの？
悠子　やだなあ。みんなそんな風に私を見ているのかしら……
光枝　そういう訳じゃないけど、ただ、何時もと違うでしょう、近頃は。整理だとか賃上げだとかで、
　みんな神経がつんつんしているから。

悠子　それにしてもよ、怪しからん話だわ。
光枝　御免々々。でも、マッチなら持ってる。ハイ。

悠子、マッチを擦って灰皿の中でビラを燃やす。下手より松前が現れる。

松前　やァ、掃除？
悠子　え、ええ……（あわてて灰をかき廻す）
松前　キナ臭いな。何を燃やしたの？
悠子　あのォ……ゴミ……
松前　ゴミ？　捨てないで燃したんですか。横着な掃除だな。（笑う）所で、事務長を御存知ない？
悠子　さあ……
光枝　新館事務所の方で工場長とお話してましたわ。
松前　そうですか、じゃ。（一礼してそくさと去る）

悠子、黙ってソファに坐る。

光枝　又なんか嗅ぎつけたらしいね、彼……（気づいて）いけない、又失言だ。ごめんなさい。
悠子　いいわよ。
光枝　でも、今の貴女のパントマイム、一寸面白かったわね。
悠子　ひやひやしちゃった、私。

光枝　違う！　貴女は未来のハズに対して嘘をついたのよ。ひやひやしたなんてどだい可笑しいじゃないの。もっとも私にはそれが面白かったんだけど。
悠子　……
光枝　私が居たからかな。
悠子　まさか。
光枝　じゃ、何故嘘をついたの？
悠子　何故かしら。
光枝　とぼけるつもり。なら、私が言いましょうか。
悠子　（笑って）どうぞ。
光枝　あなた、三神さんをどう思う？
悠子　（顔をあげて光枝を見る）
光枝　ほうら顔色が変った、ホッホホ……どう、ズバリでしょう？
悠子　お生憎さま。
光枝　駄目々々、もっぱらの評判なんだから、フフ……
悠子　変ねえ、今日の光枝さんて。
光枝　一度男に捨てられると、自分でも吃驚するくらい勘が鋭くなるんだ。どうなの、松前さんとの話？
悠子　予定はね、来年の春。
光枝　じゃ、早く断っちゃいなさいよ。気をもたせるだけ罪だわ。それに婚約者で候のだなんてオットリ構えてるのは、凡そ前時代的だね。今時はやらないわよ。それとも……（フッと口をつぐむ）……

何かあったの、断れない理由が？

悠子　（一瞬、烈しく光枝を見る。が、すぐと）ないわ。

光枝　そう。（バケツを持つ）貴女って見かけは随分しっかりしてらっしゃるけど、芯は案外脆いんじゃないかなあって、怒らないでよ、私には何となくそう思えるんだ。三神さんが本当に好きなら勇敢にぶつからなきゃ駄目よ。と、まあ演説はこれ位にして、さ、行くかな。（下手ドアをあけて廊下へ――急に、声のみ）あら失礼！　ごめんなさい！

ぶつかって水がはねたらしく、男の声〝ひゃあ冷てえ〟〝ひでえなあ〟そして先程の高坂（通称ケンちゃん）、稲葉（通称サブさん）それに丘部と室井が入ってくる。（高坂と稲葉は胸にカーキ色徽章をつけているが、後の二人はつけてない）

丘部　（入るなり）山本さん、今、下の医務室でバスケットをやる人達が探してましたよ。

悠子　そうですか。（下手へ行きかける）

室井　（急に藁半紙のとじた束を示し）あの、一寸これお願いしたいんですけど……

丘部　室井君、後でもいいじゃないか、それは。

室井　む？　うん、じゃ、のち程……

悠子　はあ……（考えに沈み、ぼんやりと下手へ）

丘部　（見送ると、高坂に）所で、何処へ隠したって、君？

高坂　そこの戸棚だ。

室井　（戸棚をあける）あったあった。ふうん、奴は自分でガリ切ったとみえるな。（丘部と稲葉に一

枚ずつ渡す）
丘部　（ちらっと見て）まずい事をやってくれたな。
高坂　（えたりとばかり）そうだろう、君達だってそう思うだろう。だから俺が止めたのさ。だのに野郎、ふり切って工場の中に飛びこんじまったんだ。奴はテロリストだ。
稲葉　（先刻から黙ってビラを見ていたが、フト顔をあげて）丘部君、この責任は一体だれがとってくれるんだね。
丘部　千野君にでも聞いてみるんだな。
稲葉　そんな言いぐさってあるかい。彼は君達の仲間じゃないか。
丘部　これは驚いた。まるで千野のうしろで糸を操ってるのはお前達だと言わんばかりだな。断っとくが、これは千野個人としてやった事だよ。責任を云々したきゃ千野君個人に言うべきだね。お門違いだ。
高坂　といっても、丘部君達のグループは特殊だからね。
丘部　どういう意味だ、それは？　いい加減な憶測位で物事を断定するもんじゃないぞ！
高坂　（一喝されて小さくなる）
稲葉　併しだな、君達の間では千野君個人ですむだろうけど、会社側ではどうかね。千野を煽動したのは組合だときめつけてくるかもしれんよ。
丘部　（冷笑）君は会社の代弁までするのか。
稲葉　なにっ？
丘部　一体、こういう問題がおきた根本的な原因は何だろうね。何だと思うね？
稲葉　……

丘部　言わなくても分ってるだろう。一度、とっくりと現場の声を聞いてみるんだな。
稲葉　責任がなけりゃ何でも言えるさ。
高坂　そうだ。交渉の当事者になりゃ分らあ。
室井　冗談いうなよ、みんな。伊達や酔狂で君達を選んだんじゃないぞ。
丘部　交渉の上手下手じゃないんだ。君等、組合幹部の誠意をぶちまけて欲しいのさ。場合によったら実力行使も辞さないという位のね。
稲葉　（急に威丈高になる）君は一体我々にどうしろというんだね。実力行使が出来る位なら賃上交渉なんかとうに済んでる筈だよ。雨だれ発註のお蔭で工場じゃ一部の機械をとめるっていうのに、何だね、君こそいい加減な憶測で物事を断定しているじゃないか。
丘部　ホホウ、大きく出たな。併しね、僕が資本家だったら、首切りを正当づける為に、機械の半分位簡単に止めちまうがね。
稲葉　それだ！　そうやってひねくって考えて得意になってるのが君達なんだ。まあ、俺達の前では構わんがね、工場の中ではせいぜい口を慎んで欲しいな。この機会に一本釘をさしとくよ。
丘部　それはそれは、御親切な忠告有難うって言いたい所だが、何しろ面白い話が次々と出てくるんでね、口を慎しもうと思ってもつい喋ってしまうんだ。例えばね、（ニヤリと笑い）昨日、ある所から聞いた話では、君達執行部の役員数名が、事務長に招待されて、大森の何とかいう料理屋で芸者をあげてドンチャン騒ぎをやったというんだがね。どうも、こういう話は現場の連中がとても喜ぶんで、つい僕も得意になって一席ぶってしまう。
稲葉　（真蒼になる）
丘部　稲葉君。君はそうやって会社の偉方の鼻毛を抜いていりゃあ、まあ、首を切られず、何とか食っていけるだろうけど、だが、それじゃ労働者として、いや、人間として余りにもみじめじゃないか。ここで働いている人達は——米軍の仕事をさせて貰っているのだから——という会社側の都合のいいオドシ文句に小さくなって、実にひどい条件に甘んじているんだぞ。賃上げの問題だけじゃない。臨時工の問題にしたってそうだろう。一日二百四十円で、二カ月契約で、二カ月たったらまた契約を更新して、要らなくなったら何時でもおっぽり出せるようにしてあるんだ。この先、臨時工をふやす為に正工員の首を切るという事も考えられるじゃないか。そりゃ俺だって、賃上げ要求を強硬に進めれば、ゆれ返しに首切りが始まるって事位は承知している。だがその時、他の労働者が黙っているかな。稲葉君、ヘンな理屈は言いたくないけど、お互い労働者として、歴史の歯車を逆に廻したくないなあ……

稲葉 （黙って立っている）

室井 それとさ、今度の署名の件でも、現場の連中は協力してくれているのに、君達は拒否すると言ってるじゃないか。

高坂 い、いや、それは君達サークルが中心になってやってる事だから……

室井 どうしてそう色眼鏡で見るのかねえ。これは良心の問題だろ、俺達の会社が永久的な兵器工場になってもいいかという——もっと真剣に考えてくれよ。

その時、上手より肺活量計を持って三神、畑中、悠子の三人が現れる。

三人、肺活量計を中央のテーブルに置く。（この時、三神の胸の徽章は既に青線一本に変っている）

畑中　（三神に）じゃ、悪いけど後頼みます。なにしろ慰安会の裏方でテンテコ舞してるんだ。（笑いながら上手へ去る）
稲葉　（丘部に）とに角、その問題は後で話し合おう。（高坂に）行こう。（二人、下手へ）

三神と悠子、肺活量計の準備を始める。室井、先程のビラの束を新聞紙に包む。

丘部　（別人の如く慇懃に）三神さん、何時ぞやは大変失礼致しました。
三神　（ふりむきもせず）いや、こちらこそ。
丘部　肺活量検査ですか。大変ですなあ。（室井に目配せをする）
室井　（悠子に）あのォ……先刻の話なんですが……
悠子　あ、何でしたの？　うっかりしておりまして。
室井　（署名簿を出し）機銃弾製造反対の署名なんですがね。まあ、見てください。
悠子　（黙って読む）
室井　既に御承知の事と思うんですが、今度、会社で機銃弾の製造を始めると言ってますね。今迄のような砲弾や照明弾製造の段階なら、その機械でその儘平和産業への転換はきく訳ですよ。所が今度のように銃弾を作り始めるとなると、機械が専門化されている為に転換が不可能なんです。と言うことは、ここが永久的な兵器工場になってしまうという事なんです。で、僕達……
悠子　分りました。でも、何故私の方に連絡がなかったのかしら。私、サークルの一員じゃなくって？
丘部　いや、署名をとるっていうのが急に決ったもんですから……
室井　ほら、今日重役が来るっていうでしょう。

丘部　丘部君！
悠子　（笑って、書く）ハイ。
室井　どうもすみません。
丘部　（室井に）三神さんにも一つお願いしてみたら。三神さん如何でしょう？
三神　（言下に）お断りします。
丘部　……
三神　利用されるのはもう真平ですよ。これも何に使われるか分らんからね。
丘部　と言いますと？
三神　丘部さん、貴方はサークル活動に僕の名前を使ってるそうじゃないか。僕は如何なる協力もお断りした筈だ。一体、どういう了見なんです。
丘部　お名前を借りた事は確かで、それはお詫びします。併しね、それによって貴方の名前が傷つけられたという事はないと思うんだ。
三神　誰がそんな事を言ってる。
丘部　いや、貴方だって、嘗てはそういう事に関心を持っていたのではないですか、よく知りませんけど……
三神　（鋭く丘部を睨む）
丘部　とに角、人間は環境や立場に支配されますからね。無理もないと思いますが……（一礼して）どうも失礼しました。いずれ、また。
室井　（上手へ続いて）青線か、将校気取りだな。
三神　なにっ？

二人、去る。三神と悠子、暫くそのままで無言。遠く、大島航路の船の汽笛が流れてくる。

三神　（吐き出すように）文化サークルとは一体なんですね、あれじゃ立派な脅迫じゃないか。

悠子　ねえ、一度、丘部さんとお話しになってみたらどうかしら？

三神　興味ないね。

悠子　無駄じゃないわ。

三神　無駄です。僕はバスケット選手でしてね、バスケットだけやってりゃいいんですよ。

悠子　あら、チームの方だって会社の従業員じゃないの。

三神　君は丘部君の信奉者らしいから言っとくがね、この先、僕をあの連中に引合わせるのはやめにして欲しい。彼等の崇高な運動のお手伝いなんか、僕のようなエゴイストには到底出来ないんだからね。

悠子　でも……

三神　黙ってお聞きなさい。僕は誰よりも自分が大事だ。身を捨てて人民の為に尽して、挙句の果に首を切られる、というのは厭だね。人に利用されるのもコリゴリさ。それにだ、丘部が幾ら偉そうに立廻っても、言ってみりゃみんな自分の為なんだよ。

悠子　それは違います！

三神　騙されているんだ。

悠子　誤解してるのよ。

三神　（烈しく）自分以外は信用出来るか。

悠子　（ハッとして黙る）

三神　他人は信じられない。過去に一度でも人に騙された経験を持っていれば、それがよく分るよ。
悠子　人は信じられない……とおっしゃるの？
三神　僕にはね。
悠子　私も？
三神　む？
悠子　私も信用出来ない？
三神　（驚いて彼女の顔を見る。が、すぐと視線をはずして）誰かくる、駈け出してくるよ。
悠子　三神さん。
三神　離れていた方がいい。松前君に知れたら僕の立場が困る。（自分の方から離れる）
悠子　（蒼ざめて、顔を伏せたまま、急いで下手へ去る）

三神まっすぐ海の方に向う。間——不意に上手のドアがあき血相かえた千野が駈込んでくる。振向いた男が三神なので、救われた様にホッと表情が柔らぐ。

千野　敬ちゃんか……
三神　どうしたんだ？
千野　うん、一寸……（窓から下を眺め、今度は戻って書類棚をあける。中を探し始める）
三神　（黙って見ている）
千野　（抜かれたと分り）畜生！　敬ちゃん、ここにあったビラ知らないか、藁半紙の束になった奴だ。
三神　知らん。

千野　野郎、抜きやがったな。
三神　千野！　貴様！
千野　（断ち切る様に）よう！　すまねえけど一服喫わしてくれよ。
三神　（煙草を渡す）
千野　（一本抜いて、たて続けにスパスパ始める）
三神　貴様、追われてるんだろう！
千野　（鋭く見返し）敬ちゃん！　俺、我慢出来なかったんだ。奴らはな、この慰安会が終ったら、間髪いれず首切りを始めようって魂胆なんだぜ。
三神　どうして分る？
千野　調べたのさ。だのに見てくれよ、ここの労働者のザマを。どんなひどい状態に追込まれても、手前さえなんとか食えりゃそれで一切沈黙だ。首切りが始まっても、わめきたてるのは首切られた御当人位のもので、他の連中はまず知らん顔だろうよ。俺は、それがもうとても我慢ならねえんだ。敬ちゃん、まさか協力してくれとはいわねえけど、俺の気持察して黙っててくれよ、な。
三神　……
千野　（一寸笑い）丘部と喧嘩してな、サークルの方は謹慎処分さ。（窓の方を見て急に顔色をかえる）ちっ！　来やがった。
三神　守衛か？
千野　頼むな、敬ちゃん。あ、そうそう。（ポケットから手帳を出しその手帳から一枚の紙を出す）これ、暇の時に読んでくれ。本に出てたのを写したんだ。（三神の手を握り）じゃ、頼むぜ。（そのまま下手へ抜けようとしたが、すぐと引返し、再び書類棚をあけ、素早く中へ入る）出るとまずいんだ、

頼む！　（戸をしめる）

部屋の中が一瞬にしてしいんとなる。上手より制服の守衛、右手に警棒、左手に一枚のビラを持って現れる。三神に会釈し、部屋の中をぐるりと見廻す。次に下手へ歩みドアをあけて外を見る。が、又戻ってくる。

守衛　今、ここに若い男が来なかったでしょうか。紺のヨレヨレの服を着た痩形の男なんですがね。
三神　（平然と）来ませんね。
守衛　来ない？
三神　なにかあったんですか？　（煙草を出して勧め）どうぞ……
守衛　これはこれは、そうですか、では遠慮なく……（火をつけて貰い）いや、この慰安会のドサクサに紛れてビラを貼って歩いた男がおりましてね。ええ、確かにこの本館事務所へ……
三神　逃げこんだんですか？
守衛　いや、直接私が見た訳ではないんですがね。ふうむ、来ませんか。そうですか。どうも失礼しました。

守衛、もう一度ぐるりと見廻して、下手へ歩む。出会頭に工場長の館野、事務長の山本、そして松前の三人、談笑しながら入ってくる。

守衛　（ぶつかりそうになって）こ、これはどうも……

山本　（うさん臭そうに）どうしたんだ？
守衛　は、ええと、この……
山本　（眼ざとくビラを見つけ、引ったくる）アジビラじゃないか。君、どうしたんだ、こんなもん!?
館野　便所！
守衛　実はですな、先程、工場の便所の中にこれを貼りつけて歩いてた男がおりましたので。
守衛　すぐに後を追って来たんですが、つい先刻、本館事務所へ逃げこみまして……
館野　どんな奴だね。外部の者か？
守衛　それがその、何しろ足の早い奴だもんでして、うっかりとこの……
館野　ハッハハ、馬鹿々々しい、まるでスリラー映画じゃないか。
山本　（苦々しく）重役がお出でになるというのに何て事だ。君！　非番の者を集めてすぐに手配するんだ、すぐにだ。
守衛　はっ。（泡食って下手へ）
山本　（見送ると）松前君、御苦労だが、今のアレ、一寸見てやってくれないか。
松前　はい。
山本　それから先刻頼んだこともな。
松前　分りました。（下手へ去る）
山本　三神君は勿論、その男を知らんでしょうな。
三神　知りません。
山本　ふむ。厭がらせにしては度が過ぎる。（気難しい表情でビラに見入る）
館野　（咥え煙草でそんな山本の様子を冷やかに見ていたが、やがて上衣の内ポケットから分厚い封書を出し）三神君、いよいよきまったよ。

三神　なんですか？

館野　例のアジア大会さ。

三神　きまりましたか。

山本　そうそう、それ写しといて貰おう、本社へ返送しなけりゃならんのだから。いや、ここでいい、ここでざっと……

三神　一寸、拝見します。（見る）

館野　三神君、この間は本社の女の子達が大騒ぎしとったよ。

三神　は？

館野　関東リーグ戦で優勝したろうが。

三神　いやァ、リーグ戦じゃ……

館野　いやいや、この調子なら来年一月の全日本に勝てそうだっていうんでね。（山本に）堀重役が来年アチラさんを堂々と御招待してやるとよ、堂々と。

山本　三神君の責任重大って訳ですかな。

館野　そうだとも、ふっふ……所で話は違うが、本社の営業部の連中ってのは、商売柄、流石に計算高いね。

山本　なんですか。

館野　いや、三神君を前にしてなんだけどね。一回五十万も六十万も払ってラジオのスポンサーになるより、バスケットならバスケットを通じて広く宣伝して貰った方が、うちのスタンディングを徹底させる意味においても効果的で、且安上りだと言うんだな。考えてるじゃないか、君。

山本　工場長の創作じゃありませんか。
館野　俺にそれだけの才覚がありゃ、みすみす部長の椅子を君に渡さなかったろうよ。
山本　これは、どうも……（三神に）ええと、アジア大会の開催地はバンコックになるらしいが、松前君と一緒に代表選手の人選をやってくれないか。いや、その前にとに角、写して頂こうよ。

　三神、上手寄りのテーブルに席を移して書き始めるが、書類棚の方が気になり、時折そっと伺う。

館野　（山本に）所で君、先刻のナニを見せないが、ビラを。
山本　いや、全くひどい事が書いてあります。赤新聞のヨタ記事そっくりです。
館野　（見る）ふうん、こんな事が何処から洩れたんだろう。（読む）諸君、慰安会という菓子袋に騙されるな。奴らは、奴らときたよ、首切りを用意している。事務長の山本は、この首切りが終り次第本社の部長に昇進する予定だ。諸君、山本の部長昇進を阻害する為にも断固斗おう。アメリカ帝国主義の手先館野、山本を追放しよう。おいおい、君と僕は、何時のまにかアメリカ帝国主義とやらの手先になっておるぞ、ハハハ……
山本　うがった事を書きやがる。（鼻をかむ）
館野　それに、ひどく間違いだらけの字だな。館野の館が、ヤカタじゃなくて棺桶の棺という字になってる。意識的に書いたとすると怪しからん話だな。
山本　とにかく、見つけ次第即刻処罰します。
館野　まあ併し、余り他の連中を刺戟せんようにな。といっても今度の整理の責任者は君だし、それに本社へ移れば僕より上役という事になるんだから、ま、その辺は適当に、フフ……

山本　私は厳罰方針で臨みます。この連中はとても人間扱い出来ませんよ。正当に物事を判断する能力が欠けてるんじゃないかと思いますね。例えば、今度の銃弾製造にしても、現状の砲弾製造が行き詰った結果止むなく決定した問題でしょう。しかもこれには従業員の整理を最小限度に食止めるという意味が含まれている訳ですよ。それをこんな調子で銃弾製造反対、首切り反対って騒ぎたててくると、彼等は他に、なにか企んでる事があるんじゃないかと、しないでもいい心配までしてしまう。しかも重役がお出でになるという日を狙って、こんな低級なアジビラを、事もあろうに便所の中に貼りつけて歩いたというんですからね、いい加減腹もたつじゃありませんか。

館野　そういえば、もうそろそろ重役さん、お出でになるころだな。

山本　それに工場長、コレには書いてありませんが、松前の話では、組合の一部の連中が銃弾製造反対の署名をとり始めたというんです。

館野　本社へでも持って行くつもりか。

山本　いや、それを手渡すという理由で重役に……

館野　そりゃまずいぞ、君！

山本　ですから、事前に調べあげて。

館野　そうだ、首謀者と署名者は分るだろうから。

山本　ええ。これの方も徹底的に洗い出して、処罰するつもりです。

その時、不意に書類戸棚の中でガタッと音がする。

三神　（はっとしてペンをとめる）
山本　（じっと音の方に耳を傾けていたが、やがて何食わぬ顔で）所で工場長、何時かお願いしようと思ってたんですが、この部屋ですね。
館野　研究室に復元か。
山本　無任所の会議室じゃ勿体ないですよ。
館野　そうだな。重役が来たらついでに話しとこう。
三神　（冷静を装って）事務長、写しが終りました。
山本　どうも御苦労さん。では、その一部はチームの方で保管しといて下さい。（書類棚の方を横目で睨み、上手の方へ近づく）……で、工場長。復元といっても実験台を新調する位で充分でしてね、以前使った道具はその儘そっくり倉庫に眠っていますし、ガス管はここの、この書類棚のうしろに……（と言って急に鋭い声で）この中に誰かおるぞ！　誰だ！　出て来給え！　（振向き）三神君、君、あけて！
三神　はっ、は……（蒼白になる）
山本　先刻から怪しい怪しいと思ってたんだ。三神君、早くあけて！
三神　はい。（近づく）
と同時に、堪らなくなった千野、戸棚をあけて飛出す。が、行き場がなくて、その儘ふて腐れたように山本の前で仁王立ち。館野、吃驚して腰をうかす。三神すくんだ様に立つ。
山本　誰だ？　君は誰だ？

千野　……

山本　名前を言いなさい、誰だ？

千野　第三工室の千野ってもんだ。

山本　なぜそんな所に隠れてた？

千野　フン。（そっぽを向く）

山本　なぜそんな所へ入ってたんだ？

千野　……

山本　言えないのか、君！

千野　俺は罪人じゃない。

山本　なに？

千野　そんな聞き方に答えられるか。

山本　（真赤になって）なんだと！

千野　俺は不正な事をしたんじゃない。盗人《ぬすっと》じゃないぞ。（三神の顔を見る）

山本　（感じて、鋭く）三神君！　君はこの男を知ってるのかね？

三神　だれが知るもんですか！

千野　敬ちゃん！

三神　やかましい！　（すっかり落着きを取戻し）貴様、俺に迷惑かけようというのか、この盗人野郎！（驚いて声も出ない千野をその場に烈しく殴り倒す）

千野　なにする！　俺だ、俺だよ敬ちゃん！

三神　うるさい！　戸棚なんかに入りこみやがって、この野郎！　（襟首を摑んで上手ドアの方へズル

ズル引く）
山本　（面食って）きみ、そんな乱暴な……
三神　こんな奴は話位じゃ分らんのです。
山本　おとなしく守衛所へ、君……
三神　ええ、つき出してやる、来いっ！
千野　（初めて分る。憎悪で一杯になり、泣声になり、むしゃぶりつく）畜生！　畜生！　裏切者！
　騙しやがって、貴様は悪魔だ！
三神　やかましい！　（強引に連れ出す）

二人のもつれた怒号が、やや暫く聞える。間――

山本　（やっと冷静になり）どうも、若い者ってのは荒っぽいですな。暴力をふるったらこっちの負け
　なのに。ハハハ……
館野　あんな乱暴をして組合に知れたらまずくないか。
山本　いや、私に考えがありますから。
館野　併し、あんな調子で重役の前で騒がれたら、こっちは責任上、進退伺いを出さんならんぜ。
山本　その点は充分心得ておりますから。

下手より光枝、握力計を持って現れる。

光枝　堀重役がお着きになりました。
館野　そりゃいかん。おい、山本君。（慌てて去る）
山本　（続いて後を追う）昼からこの部屋で肺活量検査をやるからね。チームの諸君を集めといて。
光枝　はい。
山本　多分、堀重役も同席されると思うから……（気づいて）何だそりゃ？　握力計と違うか？
光枝　そうです。
山本　握力検査までやる必要はなかろうにな。誰の差し金だ？
光枝　松前さんです。
山本　松前君？　じゃ、頼むよ（去る）

光枝、握力計を机の上に置くと、これも続いて去る。

やがて上手よりガックリと肩を落した三神が戻ってくる。暫くぼんやりと立っていたが、急にポケットから先刻千野から貰った紙を出し、あたりに注意しながら読む。読むうちに次第に表情が硬ばり、やがてボソボソとかすれたような声で

三神　……正しいものの正しさの証明は、正しいものがこれを証明するだけでなく、不正なものも、彼等の不正な行為によって……証明する……という（口の中で呟くように）……皮肉ではあるが、動かす事の出来ない真理によって……今……実証……されているのだ……（ぷつんと黙る。やがてブルブルと震え出し、不意に狂ったように笑い出す）ハッハハハ……（笑い終えると、怒りとも悲しみともつかない烈しい声で）ふん、下らねえ！　こんな能書は俺に必要ねえんだ、こんなもん！　くそ！

くそっ！

その紙を真二つ引裂き、更にそれをズタズタに破き捨て、カッと空間の一点を睨みつける。

急速に幕

第二場

幕あき前に、肺活量計の目盛を読みあげる、男の高い声が聞えてくる。

声 ……二千五百……三千……三千三百……三千八百……四千……

幕あく——舞台は前場に同じ。
中央の肺活量計を囲んで、日比野、塚本、畑中、三神の各選手が坐っている。（三神の左の手袋は取ったとみえてない）——更にその左に重役の堀が、隣の館野とならんで、何か話し合っている。立って読みをやっているのは松前、吹込口を持って真赤になっているのは村瀬。二人とも恐しく真剣な表情だ。悠子がお茶をいれて廻る。
時刻は午後二時を少し廻った頃で、かなり強い秋の午後の陽が、ガラス越しにギラギラと照りつけている。

松前 ……四千……四千五十……八十……

畑中　どうしたどうした！
日比野　ホラホラ、もう一息！
松前　……四千百……百四十……百六十
村瀬　（苦しくなって放す）駄目だ！　とてもいけませんや、フウ！
館野　中々頑張ったじゃないか。余程行ったろう？
日比野　俺より百立方多かったな。
松前　（ノートに書きこみ乍ら）村瀬君、四千百六十二立方です。次。
塚本　（立上る）フォワード、塚本。

上衣をぬぎ、堀に一礼。それ迄笑って見ていた堀と館野、選手達の表情が余り真剣なので、次第に釣りこまれ、熱心に見つめ出す。

松前　用意、ハイ！　（ゲージを見乍ら読みを始める）……二千五百……三千……三千五百……三千八百……

舞台は気のぬける程しいんと静まり返っている。

松前　……四千……四千五十……八十……（塚本放す）塚本君、四千八十立方。次。
畑中　（丁寧に一礼）畑中です。ガードです。

その時下手ドアがあいて、守衛を伴った山本が入ってくる。

山本　どうも遅くなりまして。工場長、一寸……

館野　うむ。

山本　突然ですが、検査を一時中止して、この儘新館事務室の方へ移って頂きたいんです。

館野　どうしたんだ？

山本　守衛長からの報告を今聞いたんですが、どうも面白くない噂が入っておりますので……

堀　組合か？

山本　重役に面会を強要しとるんです。

堀　理由は？

山本　どの道厭がらせに決ってます。先刻から何回となく言ってきておるんですが、その都度、拒否しておりました。

堀　断るのはいいけど、そう正面切って睨み合っていたんじゃ、何時迄たっても解決はせんよ。

山本　重役は、京橋の本社の程度の高い職員と同一にお考えになっておりますから、そんな悠長な事をおっしゃるんです。ここの労働者ときたら、とてもそんな訳には参りませんよ。まるで手負猪のようなもんですからな。

堀　併し移らんでもよかろう。逃げたと思われるのは厭だね。

下手、窓下の辺で自動車の止る音がする。山本、ハッとして下を見る。

館野　なんだ？
山本　取敢えず重役のお車だけ、裏の方へ廻しておくように言っておきましたので……
堀　随分と手廻しがいいんだな。とにかく来たら来た迄さ。松前君、続けなさい。
松前　はい。
堀　そうそう、先刻からお訊ねしようと思っていたんだが、人間、この肺活量という奴は、どの位あるのが普通なんだね？
館野　どうなの、松前君？
松前　一般男子の平均は、大体三千二百から四千位迄ですが、スポーツマンはやはり四千以上ないと運動に支障を来す様です。
堀　成程、すると君達はみんな合格品という訳か。ハハハ。

畑中、その間に吹込口を持つ。

松前　じゃ……用意、ハイッ！

渋い顔をしてそれを見ていた山本。

山本　（守衛に）では充分気をつけてくれ給え。いいな。
守衛　承知しました。（早足に去る）
松前　……三千八百二十……三十……四十……（そこで放り出した畑中の顔を訝しそうに眺め）畑中君、

三千八百四十立方……

堀　こりゃ不良品だ。オシャカだ、君は。

館野　どうした、風邪でもひいたか？

畑中　（頭をかいて）いやァ、今日は演芸会の舞台裏を手伝わせられまして。

館野　それと肺活量とどんな関係にあるんだ？

畑中　どうも、へへへ。

松前　じゃ、次。

三神　ガード、三神。

堀　君だね、大和鋼圧から移籍した選手は。ま、お手並拝見といくか。

三神、無言で肺活量計に近づく。

悠子、その横で食入るように見つめている。

松前　（チラッと一瞥し）いいですか、ハイッ！　（読み始める）……二千……二千八百……三千……

三千……（意識的に強く繰返す）……三千七十……三千百……

山本　落着いて、落着いて。

松前　……三千二百……三千四百……三千七百……七百二十……三千七百六十……

館野　さっぱり伸びないじゃないか。

畑中　三神、速攻だ！

村瀬　ホレ、もう一息！

松前　……三千八百……三千九百五十……四千……四千百……二百……
館野　ホウ、こ、こりゃ……
堀　(椅子から乗出してじっと見ている)
松前　(やや興奮して)……四千二百五十……三百……三百五十……
堀　(山本に)君！　大丈夫かね？
山本　まだまだ、まだ行きます。
松前　三百七十……四百……四百十……

三神、遂に放す。皆一瞬、フッと吐息。

堀　こりゃどうだい。大した心臓じゃないか。
館野　いや全く、度肝を抜かれましたな、ハハハ……
松前　(ノートに書きこみ、ひょいと顔をあげ、悠子の視線にぶつかり眼をそらす)……三神君、四千四百十五立方センチです。
山本　(ニコニコ上機嫌で三神の肩を叩く)お見事。素晴しかったよ。(松前に)さて、これで肺活量の方は全部終了ですか？
三神　(松前に)君はまだだろう？
松前　……
三神　キャプテンはやらなくてもいいのかな。
松前　なに？

三神　断っとくがね、僕は好きこのんで検査を受けてる訳じゃないんだよ。それを握力計迄持出してきた君が、検査を拒否するという手はないだろう。
松前　事務長、僕はどうも身体の調子がよくありませんので、今日は辞退させて頂きます。
山本　どうしたというんだね、二人とも……（呆気にとられて三神と松前を見較べていたが、やがて何かを感じる）三神君の言う事も一応もっともだが、併し、身体の悪いのに無理してやる事もない訳だ。じゃ、次の機会になさい。
三神　……
山本　（堀、館野に）木村コーチが出張しているので、彼に今日の雑用一切を任したんです。大方疲れたんでしょう。三神君も、その点了解してやって欲しいね。
松前　（事務的な口調で）早速ですが、今の結果を申上げます。最高は三神君の四千四百十五立方、最低は畑中君の三千八百四十立方、従って平均計算は四千百二十四立方センチでした。では、続いて握力検査を始めますが、順序は先刻の逆で、最初にガードの三神君から。

不意に下手ドアがあいて先程の守衛が入ってくる。

山本　なんだ、ノックもせんで。
守衛　ハ……あの……一寸……
山本　（堀の方を伺い）構わんからここで言いなさい。何だ？
守衛　実は、今、下で運転手が……
山本　運転手？　重役のお車のか？

守衛　ハイ。一寸車を離れた隙を狙って、右側のうしろのタイヤに、錐の様な物で穴を明けた奴がおりまして。
山本　なに、タイヤに穴開けた？
堀　おい、パンクしたのか？
守衛　申訳ありません。
堀　何と物騒な工場じゃないか。ハハハ……
山本　(守衛に)よろしい、行きなさい。行ってすぐ手配するんだ。だから言わんこっちゃない。(守衛一礼して去る)工場長、どう致しましょう？
館野　そうだな。検査は一時中止して、新館の方へ移って頂くか。
堀　馬鹿な、単なる厭がらせだよ。一々取り合っている奴こそどうかしている。松前君、構わんから続けなさい。
松前　ハイ。じゃ、三神君。(と促す)
山本　(堀に)私の監督不行届きで、何とも申訳ございません。
堀　まあいいさ。

山本、窓に近寄り、不安そうに下を見る。三神、椅子に坐ったまま。

松前　(聞えなかったのかと思い)三神君、君から。
三神　(腕組した儘無言。立たない)
松前　(むっとして)聞えないのか、君？

三神　握力検査迄やる必要はなかろう。
松前　チームで決定した事だ。
三神　去年はやらなかったと言うじゃないか。
松前　君だけ反対するのはどういう訳なんだ。
三神　なんだと？
松前　よし！　握力検査は僕からやろう。それなら文句あるまい。
山本　（慌てて）おいおい、喧嘩迄して無理にやる事はないだろう。
松前　いえ、キャプテンとして責任を感じます。村瀬君は記録を頼む。
山本　（苦笑。堀に）どうも血の気の多い者ばかりだもんでして……

村瀬はノートを片手に持ち、立上る。松前、ゆっくりと握力計を握る。皆、固唾を呑んで見守る中に――

村瀬　じゃ、右手から先に行こう……ハイッ！　（松前、握る。やがてゲージを見て）……右、握力四十八。続いて左（松前、持ちかえて力を入れる）……よし、左、握力四十。（ノートに書きこむ）

松前、ホッとした表情で席に戻る。

村瀬　お次は三神君か。
三神　（立上がる）

村瀬　いいね。じゃ、ハイッ！

右に持つと、無造作にぐっと握る。

村瀬　（見る）ホホウ、これは驚いた。右、握力五十五だ。

三神、今度は左に持ちかえ、やがて一呼吸あって力を加える。皆緊張した面持で、その握りしめた握力計を見ている。顔面は真赤になり、全身を震わせて、完全に最後の力までしぼり出す。

村瀬　（握力計を受取り）ううん、凄い！　左の方が強いときている。左、五十八。
日比野　五十八？　一寸した小型の万力だな。ゲージ、故障してるんじゃないのか？
村瀬　馬鹿、気をつけて口をきけよ。このゲージはな、前にうちの会社で作ってたもんだ。
日比野　いけねえ！　（首をすくめる）
堀　ああ、一頃ゲージ類を作ってたな。戦後すぐだったけど、あれか？
村瀬　そうです。
堀　じゃ、大した品物じゃない。（皆、どっと笑う）
三神　（自席に戻り、煙草を出し火をつけようとする。不意にボロッとマッチを落す）
畑中　震えがきたな。（火をつけてやる）
三神　力をいれすぎた。（さり気なく言う。だが痛むらしく、やや苦しそう）

松前　（村瀬からノートを受けとり）では、続けます。次、畑中君。

突然、階下で怒鳴り合う声が起こり、続いて荒々しい足音がする。

山本　（立上る）工場長！
館野　来たか。
山本　（堀に）如何です、お会いになりますか。なんでしたらこちらから……
堀　そうだな、他へ廻る用事もあるから、じゃ……（急にそわそわする）

と殆ど同時に——

声○　暴力はよせよ、暴力は！
○　話をするだけだ。
○　少しは後先の事も考えろ！
○　君らの指図はうけん！

上手のドアがあき、ドカドカと一団の男女が雪崩れこんでくる。丘部を先頭に、室井、深見、夏子。その後から稲葉、高坂、井上、他に数人の男女がドアの外にいる。堀に館野、逃げおくれた感じで、下手窓の近くに立つ——

山本　（大喝）静かにしないか！　なんだ君達は！
丘部　重役さんにお願いがあってきました。
山本　誰の許可を得てここへ入ってきたんだ、帰り給え！
丘部　貴方にお願いしてあった筈です。
山本　そんなもん知らん！
丘部　握りつぶす権利はどこにあるんです！
山本　必要を認めないからだ。
丘部　（一歩踏みこんで）話も聞かずに認めないとは何事です！
山本　なんだ、暴力は許さんぞ。
堀　山本君。何の話だか、話だけは聞いてやろうじゃないか。但し時間がないからな、（時計を出し）十五分、いや、十分間に制限して貰おう。いいな。
丘部　はい。
堀　それから、組合からの正式な申入れというのでは、私はお聞きする訳にはいかんよ。ここは非公式な場所なんだから。
丘部　結構です。
山本　稲葉君、君達も仲間かね。
稲葉　と、とんでもない、私達はこの……
丘部　一寸黙ってて下さい。（ふりむいて）室井君。
室井　（緊張して）重役さんにお訊ねしますが、うちの会社で銃弾製造を始めるというのは本当なんですか？

山本　そういう問題にはお答え出来ません。
室井　貴方に言ってるんじゃないよ。どうなんです、重役さん？
堀　本当だとしたらどうなんだね？
室井　我々は反対します。
深見　僕達はここに横浜工場従業員の、約五分の一にあたる人達の署名をとって持って来ておるんです。
夏子　署名した二百人の人達の意志を尊重して下さい。
深見　銃弾製造への転換は、首切りを正当づける為の、会社側の企みじゃないんですか。
山本　企みとは何だね、口を慎しみなさい。
堀　いや、どうも酷い事を言うね。会社の経営状態が順調に行っておれば、銃弾製造への切換えという事も起らなかった筈なんだよ。もう少し素直な気持ちで考えてみませんか。
室井　会社の経営状態と言いますがね、株主には依然として二割五分の配当を出してるじゃありませんか。我々の首を切るとか、賃上げを認めないとか言ってる前に、そういう事をお考えになったらどうなんです。
夏子　そうしますと、直接工場で働いている私達の生活は、どうでもいいって事になるんですね。
山本　君達は一体何を言いに来たんだね。署名簿を出すなら出して、さっさと帰ったらいいじゃないか。企んで掛ってるのは君達の方だろう。
丘部　（冷笑して）事務長、余り御自分の事ばかり考えないで下さい。
山本　なんだと？
堀　まあまあ、もっと冷静に話し合うという手もあるだろう。
室井　会社では、もう銃弾製造に決定した訳ですね。

堀　結局だね、こういう問題は、君達と会社側との見解の相違……というよりは、立場の相違からくる訳だから、まァ止むを得んじゃないですか。
深見　すると、この署名簿は無意味だという事になりますね。
夏子　軍需産業以外にもう道はないとおっしゃるんですか。
室井　誠意の問題でしょう。平和産業に対して会社は誠意がないですよ。
堀　失礼な事を言うようだが、あなた方はこれに署名する事によって、労働者としての良心を満足させる事が出来るでしょうが、会社経営の任に当っている我々は、そう単純にはいかんのですよ。御承知のように、この三月程前から工場の仕事が徐々にではあるが減ってきております。あなた方はただヤミクモに反対々々と言ってないで、一体この原因が何処から来たものかもよく考えて頂きたい。特需産業といい平和産業といい、現状はもう殆んど極限迄きておるんですよ。こういう言い方は厭だがね、社の存続を願う為には、好むと好まざるとに関わらず、今の仕事を拡大していかなければならない。時に火中の栗を拾うような危険な事もせにゃならんのです。今の署名の件も、そんな訳で受ける訳にはいかんですよ。
山本　（ニヤニヤして）署名簿を出すのはいいがね、それによって署名者が不利な立場に追込まれるという事も、君達、考えなきゃいかんよ。
室井　首切りのリストに載せようって言うんですか。
山本　君らのやってる事に協力するような人間は、どうせ不良分子にきまっとるよ。
丘部　（鋭く）署名者を不良分子だと言うんですね。
山本　組合では認めておるのかね、稲葉君。
稲葉　いえ、関知しておりません。

山本　見給え！　そんな署名なら何百持ってきても一向に驚かん、ハハハ……
丘部　もう一度お訊ねしますが、署名者を不良分子だとおっしゃいましたね。
山本　それがどうした？
丘部　悪辣なデマゴギイです。我々は常々、会社側のそういうデッチ上げに悩まされておりましたからね。ここで一つ証明してみましょう。（ふりむいて）横山君。
夏子　あの……事務長のお嬢さんも、私達と同じように不良分子なんですか。
山本　なんだと!?
夏子　お見せしましょうか。これには悠子さんも署名なさっているんです。
山本　（真青になり）悠子！　それは本当か！
悠子　（やや青ざめて）ええ、本当です。
山本　馬鹿！　誰にそそのかされた、誰に強制されてそんな真似をしたんだ？
悠子　署名したのは私の意志です。誰にも強制されません。
丘部　如何です。これでもまだ我々を、不良分子だと言いますか。
山本　（震え声で）……き、君達は、実に下劣極まるね。あらかじめこういう事を目算にいれて……実に陰険だ。
丘部　なにが陰険です。下劣極まるのは貴方達じゃないか。
館野　やめないか！　仮にも上長に向って何という口をきくんだ、失敬な。
丘部　失敬なのはあんた達でしょう。我々を陰険だというんならね、ビラをまいた工員を豚箱へ放りこんで、頬っ被りしている貴方達は一体なんなんです。
館野　（あわてて）そ、そりゃ……

丘部　いいですか、あれは工場の中で起った事件ですよ。内部の問題ですよ。それを関係のない警察へ引渡して、豚箱へ放りこむとは一体どういう事なんです。闇から闇に葬ろうたってそりゃ駄目だ。我我は今、調べてきたんですからね。工場長、どういう事になるんです、これは？

館野　（返答に詰り）そ、そりゃ誤解だ、つまり、事実はだな……

○　誤解とはなんだ！

○　人権蹂躙じゃないか！

○　即時釈放！

口々にわめきたてる。堀に館野、余りの変わりように呆然としている。

山本　（不意に）お黙んなさい！　（皆の顔を見廻し）あの男は、警察へ引張られても当然なんだ。つべこべ言いなさんな。

丘部　貴方の感覚からすりゃ当然かも知れないけど……

山本　丘部君、君は他人に暴行を働いても刑事事件にはならんと言うのかね。

丘部　なんですって？

山本　君の感覚からすりゃ罪にはならんだろうけど、併し、工場長に暴行を働いた奴を、私は許す訳にはいかんよ。

丘部　出鱈目言っちゃいかん！

山本　なにが出鱈目だね。暴行の現場に君達の誰と誰が居合せたというんだね。見もしない癖にいい加減な事を言うな。

丘部　（ぐっとつまり、口惜しそうに睨む）
山本　証人が必要だというのなら、私と工場長の他に、まだ三神君もおる。変な言い掛りをつけなさんな。（時計を見て、堀に）失礼しました。もう大分時間も過ぎたようですから、一応これで……
堀　そうだな、では、行くか。
丘部　ちょっと待って下さい。こんな馬鹿な事ってあるもんじゃない。
山本　くどいね。もう予定の十分は過ぎてるんだ。
丘部　（真剣に）三神さん、千野君を守衛所へ連行したのは、貴方でしたね？

皆の視線が一斉に三神に向けられる。三神、他の選手が殆んど立っている中で、中央やや下手寄りの椅子に一人坐っている。左手を胸に抱え、顔色はやや蒼ざめている。

丘部　貴方も現場に居た訳ですね？
三神　居ましたよ。
丘部　すると、千野君が暴行を働いたのを貴方も見た訳ですね？
三神　……
丘部　三神さん？　本当の事を言って下さい。千野はそんな真似をしたんですか？
山本　そうだとも。なァ、三神君。
丘部　我々は事実を知りたいんだ。お願いですから本当の事を言って下さい！
山本　うるさいね、決ってるじゃないか。
丘部　貴方に聞いてるんじゃない。三神さん！

三神　（すっと立上り）事務長の言った通りです。（坐る）
丘部　（燃えるような眼で三神を見つめる）
山本　ハハハ……それ見ろ、だから言わんこっちゃない。
丘部　（三神の正面に立ち）三神さん、貴方は嘘を言いましたね。千野はお蔭で二、三カ月、豚箱生活ですよ。豚箱がどんな所か、貴方だって充分知ってる筈じゃありませんか……
三神　（顔色を変え）な、なに言うか！

みな、愕然として三神を見る。

丘部　麦飯に沢庵のシッポですよ。腹へしみこむ様な南京錠の音ですよ。忘れましたか、すっかり……
山本　（色をなして）三神君！　君は、前科があるのか？
丘部　昔、千野君と一諸に腕を組んで、がっちりやってたそうじゃありませんか。恥かしいと思いませんか、友人を裏切り、しかもぬけぬけと嘘をつく……
三神　（全く混乱して）黙れ！　黙らないか、貴様！

矢庭にテーブルの上の茶碗をワシ摑みにして叩きつける。茶碗は床に落ちて砕ける。投げた三神は左手を押えて、くたくたとその場に蹲る。

畑中　どうした、肉離れか？
山本　腕を痛めたのか？

畑中　いや、左手が紫色になっとるんです。
三神　（すぐとフラフラ立上り）大丈夫だ、大した事はない。それより事務長、この男は、今、彼の言った事は……
山本　（苦々しく）ああ、もうよろしい。君は左手の心配でもするんだな。まるで鼬の騙しごっこじゃないか。工場長、参りましょう。

三人、下手より去る。

丘部　（室井達に）我々はこれから警察へ行こう。

この一団は上手へ去る。丘部、一人残って暫く三神の顔を見ていたが、そのまま黙って去る。間——

村瀬　奴ら、凄え鼻息だな。さ、帰ろ帰ろ。
塚本　三神君、大事にした方がいいぜ。じゃ……（塚本、村瀬、日比野、去る）

松前は、隅で悠子と話合っている。畑中心配そうな顔で三神の左手をもんでやっている。

畑中　握力計で無理をしたんだな。
三神　うむ。

畑中　すぐ医者に診て貰えよ、痛むか。

悠子、松前に言い含められたとみえ、三神の顔を心配そうに見つめ、下手へ去る。

松前　(近づいて) どう、痛むの?
三神　……。
松前　バスケットはウインタースポーツだから、神経をやられると一寸まずいね。お大事に。(去る)
畑中　治るまで暫くトレーニング中止だな。じゃ……(去る)

間——急に部屋の中がしんかんとなる。上手窓下の辺りから慰安会に集った人達の拍手、笑声が風に乗って聞えてくる。三神、しょんぼりと海の方を見る。眼を落して今度は左手を見る——寂しい姿。ややあって悠子、急ぎ足でくる。

悠子　三神さん!
三神　(ふりむくが、すぐと海の方に眼を移す)
悠子　御面会の方が見えてます。
三神　(その儘で) だあれ?
悠子　大和鋼圧の大沢さん。
三神　(驚いて) 大沢?
悠子　面会室にいらっしゃるそうです。

三神　そう……（動こうともしない）
悠子　お会いにならないの？
三神　重役さん達はもう帰った？
悠子　ええ。
三神　松前君は？
悠子　新館事務所へ行ったわ。（そっと左手を握り）……痛むの、肉離れって？
三神　（陰鬱に）肉離れじゃない。
悠子　突指？
三神　持病が出たんだ。
悠子　えっ？
三神　でも、一月の試合迄には必ず治すからって、お父さんに言っといて下さい。
悠子　持病ってなんですの？
三神　神経痛の一種だね。
悠子　何時頃から、あちらに居た頃から？
三神　人夫してた時の形見だよ、こいつは。
悠子　治らないの。
三神　治せなかった。
悠子　どうして？
三神　金持ってりゃドカチンなんかしなかったろうよ。それに怪我してるのが分りゃ誰も使っちゃくれねえもの。

悠子　……
三神　随分前の話だ。その頃僕は、王子のある肥料会社で担ぎ人足をやってた。担ぎ人足は明けても暮れても俵担ぎだ。俵の中には八十キロのソーダ灰が詰っている。ソーダ灰はずっしりと重い。担ぐと肩がめりめりとめりこむように感じる。所がある日、僕は、その俵を肩からトラックに移す時、左手の肘の上にモロに落しちまった。丁度何て言うかね、真赤に燃えている焼鏝を押しつけられたように左手が一ぺんに熱くなった。そして暫くしたら、今度はしーんと冷たくなっちまった。でも痛みはなかった。その代り、毎年冬になると、左の筋がキリキリ吊るようになった。随分注意していたんだけど今日はこのザマだ。フン、誰も恨めねえな……（低く笑う）
悠子　（何も言えない――）
三神　握力検査か……練習中、松前君に感づかれたんだ。畜生、陥し穴を仕掛けやがって……（自嘲）もっとも俺だって人の事は言えないんだ。お互い様か……
悠子　千野さんは本当に工場長や父に乱暴を働いたの？
三神　でまかせさ。
悠子　そんな……よく平気で嘘がつけたもんだわ。
三神　ホウ、君は、俺が首になる事を望んでいるのかね。千野を助けたお蔭で俺が首になったら、今度は誰が俺を助けてくれるんだね。丘部君か。利用されるのが関の山だ、君のように……
悠子　署名したのは私の意志よ。
三神　意志か。だから君は羨しいよ。
悠子　貴方はすぐそんな言い方なさるんだわ。誤魔化しよ。
三神　どうせまともに聞いてくれるとは思わないが、悠子さん、俺なんかね、政治がどうの、武器がどうの、やれ署名がどうしたのなんていう人間じゃないんだ。人間じゃねえや、人形だよ。その上こいつはバスケット選手という品物ときてやがる。だから御覧なさい、西瓜の目方でも計る様なあの検査。まともな人間が何であんな真似しますか。手前の力が知りたかったら、手前一人でやればいいのさ。見世物じゃあるまいし、じろじろ見やがって糞面白くねえ。

悠子　……

三神　でも、他の連中は俺よりまだましだ。俺は金で買われたバスケット選手だ。他の諸君よりは値がついている。だから俺は、何時の場合にも絶対に勝たなきゃならない。西瓜の中味が真赤に熟れてなかったら大変だって訳さ。握力計の針が一つずつ目盛を刻んでいる間に、一カ月の俺の生活費が生み出されている。手前の意志なんか通す余地がない。だからね、右向けったら温和しく右向いて、左向けったら左向いてた方が無難でいいってもんですよ、ふふん……

悠子　三神さん、いっそ思い切ってバスケットお辞めになったら。

三神　も一度ドカチン生活に舞い戻れって言うんですか。真平だ。

悠子　でも、こんな状態が何時迄も続くもんじゃないわ。

三神　その時には又トックリと考えますよ。どうせ俺の生活なんか行き当りばったりなんだからね。

悠子　そういうのをヤケって言うのよ。希望のない生活なんかに一日だって耐えられるもんじゃないわ。

三神　そういう君はどうなんだい？

悠子　え？

三神　自分の経験しない他人の生活や、他人の悩みを、そう軽々しく、無責任に批判するもんじゃないよ。

悠子　無責任ですって、私が……

三神　そうだよ。君こそ偉そうな口をきいたって、何一つやってないじゃないか。世の中の仕組に不満があるんなら、千野や丘部君達みたいに勇敢にやったらいいだろう。言うだけだったら誰だって言えるんだ。

悠子　（うなだれて無言——）

三神　その点、俺にはもう社会意識だとか良心だとかは興味ないのさ。バスケットが俺を社員にしてくれた。他の何ものでもない。

悠子　……

三神　そうじゃないかね。戦争で家族が皆殺しに遭った。そして学校へ行けなくなった。こいつは俺の責任じゃない。人夫になった。所がアブレが多いので腹が減る。こいつも俺の責任じゃない。それで俺は仲間と一緒に抗議した。途端に豚箱に放りこまれた。今度は俺の責任だという事になっている。俺は何だかさっぱり分らなくなった。結局、人間や、人間が集って作っているこの社会を信じる事の愚かさ……人間なんて大概無責任な生き方をしている。だから生活に嘘や誤魔化しの多いのは当り前さ。そこで俺は、生きて行く為に嘘が必要なら、そいつも一緒に背中へくくりつけて、堂々と生きてやろうと思った。いや、現にこうして、嘘の生活だと言われているバスケットで食ってるんだからね。その点、君の様に純粋に生きている人とは、根っからタチが違うんだよ。

悠子　……貴方よ、純粋なのは……私なんか、駄目だわ……

三神　どうして？

悠子　私、貴方を騙してるかも知れなくてよ。

三神　松前君の事？　だったら僕には直接関係はないからね、構わない。

悠子　……三神さんは、私がお嫌いなのね。

三神　（烈しく見返す）嫌いじゃないよ。
悠子　好きでもないんでしょう。
三神　好きも嫌いも、君は遠からず僕から離れてしまう人じゃないか。結婚するでしょう。
悠子　……（うつむいて、無言）
三神　今更何を話してみたって、何がどうなるというもんでもないしね。君がここを辞めれば、明日にでも君は僕とは別世界の人間になる。共通の問題を話合えるのは、今、こうして二人で顔を合せているこの瞬間だけだとしたら、何を話しても無駄だしね、フッフ……人と人との関係ってのはそういうもんなんだろうなあ……
悠子　（たまらなくなって低く嗚咽）
三神　でも、千野や丘部君達みたいに、未来を信じて生きてる人間ってのは、やっぱり幸福なんだなァ。あれが人間の本当の姿かも知れない。（急に）フン、下らねえ。さ、帰りましょうか。
悠子　（涙をぬぐうと、急にキラキラ眼を輝かせて）三神さん！　お願いがあるの。
三神　……
悠子　私と一緒にこの工場を辞めない!?
三神　え？　辞め？　（息を呑む）
悠子　どこか他の所で働くのよ。
三神　だって君……
悠子　もう私、ここに居たくない、父の顔も見たくないのよ。
三神　で、でも、辞めてどうして生活する？
悠子　それはアノ、いえ、私だって働くから……

三神　駄目々々、世の中って奴はそんな甘っちょろいもんじゃない。何処へ行ってもムンムン息苦しいもんだ。
悠子　ですからね、大沢さんの所へ行くのよ。
三神　大沢!?
悠子　今日が始めてじゃないの。前に二、三度こっそりお見えになってるんです。
三神　じゃ、君は、彼から聞いているのか。
悠子　ええ、何かあったら来るようにって、そう伝えてくれって、貴方に。三神さん、何時までバスケットが出来ると思うの、出来なくなってからじゃ遅いのよ。
三神　(左手を見る)
悠子　ね、行きましょう!　二人で働けばきっとやれると思うの。
三神　(ふっと)行けるだろうかね。
悠子　行けます!
三神　行ける。
悠子　貴方を信じたい、別れたくない、私……
三神　(思わず激情的にぐっと悠子を抱きしめる。やがて)大沢は下に居るんだね。
悠子　会って下さる?
三神　細かい打合せは後でしょう。口惜しいけど、もう一度、奴の世話になる。
悠子　どうして口惜しいの?
三神　一人歩き出来ないのが嬉しいとでも言うの?
悠子　フフ……

三神　（ゆっくりと悠子を放し）勇気がいるんだよ。大丈夫？
悠子　大丈夫よ。私が言い出した事ですもの。それよりね、ここを辞めたらもう二度とボールは握らないって約束して。
三神　うん。
悠子　お願いだから、本当に約束して。
三神　（烈しく）君には嘘をつかん！
悠子　え、ええ……（フッと暗い表情になる）
三神　下へ行こう、待たせちゃ悪いよ。

二人が下手へ歩み出すのと殆ど同時に、ドアがあき、右手に青写真と折尺を持った松前が現れる。二人ハッとして立止る。一瞬、気まずい沈黙――

松前　（三神を無視して）やっぱりここに居ましたね。事務長がお呼びですよ。
悠子　……
松前　それから先刻の署名の件、僕の方から取消の要求を出しておきましたから……

そう言うと今度は無言で部屋の隅などを折尺で計り始める。やがて例の書類戸棚を勢いよくあける。
三神、悠子を促して下手へ歩む――

松前　（冷静に）三神君、一寸……
三神　……
松前　君に少し話したい事があるんだけど……
三神　俺に当てつけのつもりでそんな事をするのか。
松前　当てつけ？　ああ、これですか。いや、これはね、研究室に復元する為の下準備ですよ。スケッチを頼まれたんだ。
三神　話って何だね？
松前　三神君、僕はアタック戦法ってのは余り好きじゃないんだけどね。
三神　……
松前　火遊びは困るな。相手が違うだろう。
三神　火遊び？
悠子　三神さん！
松前　（その彼女に）君もそうだよ。（じりっと一歩下り、二人の顔を等分に見乍ら）あまり妙な事すると、お父さんの立場が困るんじゃないですか。
三神　どういう意味だ、それは？
松前　三神君、君は僕と山本君の関係を知ってるんだろうな。
三神　婚約か。そんなもんがなんだって言うんだ。
松前　そんなもん？　すると君達は……
三神　一緒に生活するつもりだ。
松前　そうか……だったら、僕も言おうか。三神君、君は知らないだろうけど、悠子は既に僕の妻なんだよ。
三神　なんだと!?
松前　つまり、事実上僕達は結婚しているんです。こんな事を言うのは厭なんだけど。
悠子　（顔を蔽い、傍らの椅子に崩れるように坐る）
三神　（意味が分る。何も言わない）
松前　失礼しました。じゃ、ごゆっくり……（上手へ抜けようとする）
三神　（不意に鋭く）悪党！　スパイ！
松前　なんだと、もう一度言ってみろ！
三神　おお、何度でも言ってやる。貴様は人間の屑だ。そんな温和しそうなツラしやがってやる事は獣以下だ。恥を知れ！
松前　僕が悪党なら、さしずめ君は裃つけた山猿ってとこかな。
三神　なに、猿だ！
松前　そうだよ。無教養な山猿だよ、君は。
三神　言ったな、貴様！
悠子　三神さん、やめて！
三神　（急に残忍な表情になり、ガラッと調子が変る）フン！　猿か、俺は。キャッキャッの猿か。そして貴様はおつにすました人間様だって訳か。へっ！　親のスネ嚙って学校行きやがった野郎が何ぬかす、ウヌが身体で生きてる山猿とは出来が違うとでも言うのか！　来いっ！　先刻のお返しだ、この腕で貴様を締め殺してやる。
松前　（上手ドアまで退り）暴力はよせよ！　売り言葉に買い言葉、君が言ったから答えた迄さ。無茶な真似をして、又指でも痛めたらそれこそ間尺に合わないだろう。
三神　なんだと？
松前　（もう一度強く）指でも痛めたら詰らんでしょうって事よ、失敬。（去る）
三神　ち、畜生っ！　（くたくたとその場に坐る。何とも言い様のないみじめな恰好）

悠子、呆然と立っている。間——下の建物から、合唱団の混声コーラスが静かに流れてくる。

おいらは子供　小さい時から見捨てられ
投げ出されて　おいらはみなし児
おいらが死んだら　誰かがおいらを
埋めてくれるだろ　けど誰も知らぬだろ
春がくりゃ　鴬がそっと来て
鳴いてくれよさ　おいらの墓場で
——人生案内

三神　（ブツブツと呟く様に）ゆ、指か……指、くそっ、負けて堪るか！　（血走った眼をぐいとあげて、フラフラと立上る）

悠子　三神さん！
三神　（冷然と）お帰り。
悠子　えっ？
三神　（窓の方に歩みながら）君はやっぱり彼の所へ行くべきだよ。
悠子　三神さん！　（急に恐怖に襲われた様な表情になり）厭よ、そんなの厭！　あれは違うんです、
　本当の事をお話しする！
三神　もういいんだ、そんな事はどうでもいいんだ。
悠子　じゃ、何なの、どうして？　先刻は私と一緒にここを辞めるとおっしゃっていたのに。
三神　（突然烈しく）君はまだ俺を騙し続けるつもりか！　最後の俺の夢までぶちこわしたくせに！
悠子　言えなかったのよ。
三神　お帰り。僕はもう君の顔を見るのもいやなんだ。
悠子　まあ！　（よろよろと三神から離れ、やがて烈しく泣き出す）
三神　（その儘海の方に向い、もうすっかり悠子の存在を忘れたかの様に、左手の屈伸運動を始めている。始めはゆっくりと低く、そして徐々に烈しく高くなる）……一二……一二……伸ばす、伸ばす……一二……二二……くそっ、二二……負けるもんか……一二……一二……二二……く、くそっ……ち、畜生っ……負けないぞ……（顔はひっつかれたようにみじめに歪み、眼に涙が一杯溢れてくる。そして唯声のみが震えながら昂まって行く）
　遠く、それもずっと遠くで鳴る海鳴のように、混声コーラスが深く永く聞こえてくる。折から秋の午後の陽が、ガラス越しにカッと照りつける――その中で。

幕

第五幕

東京体育館更衣室。翌年一月下旬。全日本総合選手権試合当日——
ひえびえと灰色の壁に囲まれた体育館更衣室。正面にロッカー、その左に鉄製の頑丈なベッド、部屋の中央に大火鉢一つ。他にテーブル、椅子など。下手のドアは廊下へ続き、上手のドアはその儘コートへ続く。窓はその上手ドアに並んで一つ。そこから試合の様子を見る事が出来る。壁に試合の組合せ表。今日まで勝ち進んできた事を朱線で示し、今日、準決勝の相手が大和鋼圧である事が分る。
もう夕暮に近い——裸電球が寒々とこの部屋を照らしている。上手コートから観客の声援、レフェリーのホイッスル等が聞えてくる。（ドアできっちり隔離されてある為か、やや遠い感じ）大火鉢を囲んで三人の男、いずれもヨレヨレのオーバーやジャンパーを着て、寒そうに手あぶりをしている。やがてコートの方から場内アナ。

場内アナ　大和鋼圧チーム、ライトガードに十二番、大沢君が入ります。以上。

三人、化石のように押し黙ったままで動こうともしない。華やかなコートの声援と、ひえびえしたこの灰色の更衣室と、壁一つ隔てただけで奇妙なコントラストをなしている。

高坂　(貧乏ゆすりを始めながら）おそいなァ。本当にくるだろうかね。
稲葉　(ぶすっとして）くるだろう。
高坂　誰が話を切り出してくれる。俺はとても駄目だぜ。
稲葉　俺が言う。
高坂　なるべく下手に出た方がいいよ。名前を言うより部長さんと言った方が。
稲葉　分ってる。
高坂　だけどよ、せめて、俺達だけでもなんとかして貰わん事には……
井上　(いらいらと神経質に）ケンちゃん！　俺達は正当な要求をしてるんだぞ。何も卑屈にへり下って物を言う事はないじゃないか。
高坂　いや、俺は口の利き方を言ってるのさ。やはり一応下から出た方がいいと思って……
稲葉　俺に任しとけ。外で待ってる連中の事もあるんだ。ヘタな口はきかんよ。
井上　そうだ。あの吹きっ曝しで立ちん坊してたんじゃ、寒くて凍えちまうぞ。
高坂　でも一刻さ。我慢して貰うんだな。
井上　一刻だァ？
高坂　ああ、大体、始めから整理通告を黙って呑んだからこんな事になったんだ。
井上　それは君じゃないか。騒がないで後からゆっくり話す、偉そうな口をきいたんだ、君は。
高坂　部長が、君達だけは後で別に考えると言ったからよ。
稲葉　やめないか！　今更、ギャアギャア吐かしてみたって糞の役にも立つもんか！　(三人、またむ

すっと押し黙る）

場内アナ　……東京工機、三神君のパーソナルファウルによって、大和鋼圧、大沢君にフリースロウが与えられます。ツウスロウです。

稲葉　フン、楽しそうにバスケットなんかやってやがる。

井上　遅いなあ。何してるんだろう。

高坂　（立上って）来たのかな？

井上　サブさん！　来たぞ。

上手があいて、山本が現れ、続いて光枝が入る。

山本　お待たせしました。寒かったでしょう。（光枝に）お茶だ。

三人、それぞれ頭を下げる。

山本　（椅子に坐り、せかせかと忙しそうに）……早速ですが、御用件は今、阿部君からお聞きしました。で、すぐに工場長とも話合ってみたんですがね、御承知の様に私は昨年の暮から本社勤務を命ぜられまして、この問題の一切を工場長の館野君にお任せした訳なんです。と申し上げても、当時の交渉の当事者は私なんですから、そう冷淡な事は言えないんですがね、何分この……試合で取込んでいますでしょう。ですから何時か日を改めて又お会いする、そしてお話を伺う。まあこれが一番妥当な方法じゃないかと、いやいや、決してあんた方を敬遠する訳じゃないんですよ。何しろもう前半戦が十分位しかないのでね。お客の接待やら試合の進行やらで、私、全く動きがとれないんです。如何です、日を改めてというのは？　（と言い乍ら時計を出してチラチラ見る）

高坂　（稲葉の顔を伺いながら）それはあの……何時頃が……？

山本　左様、まァ来月ですかな。（茶を啜る）

高坂　来月？

山本　まずいかな、十日頃じゃ。

稲葉　部長さん。我々が在社出来るのは明後日迄なんです。

山本　だからさ、一応退社して頂いてですな、その上で改めて話し合う。お互い白紙に還って、ね。

稲葉　では、その話の後で、我々復帰希望者を全員入社させて頂けるでしょうか？

山本　それは君、なんですよ。本社の意向を伺って、担当重役が好いと言えば全部の方に復帰して貰うさ。一体、何人位居るんです？

稲葉　五十二名です。

山本　五十二名。すると後の残りが整理通告を拒否した連中という訳か。ええと、二百六十名だから五十二引いて、二百八名か。そうですな。

稲葉　いや、その儘辞めた人が二、三十人居ますから強硬派は——我々は拒否した連中の事を強硬派と呼んでいますが、実際の数は百八十名位です。

山本　成程、強硬派か。ハハハ。いや、あれには参ったね。整理は反対、銃弾製造は反対ってまるで駄駄っ子みたいな事を言うだろう。いえ、諸君らではないよ。君達は何といっても穏健ですよ。それは私も工場長も認めてます。所があの連中ときたら、銃弾造りは反対だと言っておきながら、今度は辞めさせないでくれ、整理反対だって騒ぐ。何ともはや、矛盾も甚だしいって訳さ。ハハハハ……

稲葉　全くです。で、部長さん、我々が復帰出来るとすれば何時頃になるんでしょう？
山本　それはこの間も言ったでしょう。今うちの副社長がドイツへ飛んで、フリッツワーナー社と雷管製造機購入の交渉をしてるって。それの買付が決り、操業が軌道に乗り始めれば……
稲葉　それは何時頃でしょうか？
山本　そうさな、まァ、早くても五月頃かね。
稲葉　（びっくりして）五月!?
山本　うむ。
井上　（真っ赤になって）そ、それじゃ我々に約束した事は、ありゃみんな嘘ですか？
山本　なんの話だね？
井上　あの時部長は、五十二名の復帰希望者を前にして、解雇日より二月以内に臨時工として採用するから、一応整理通告を呑んでくれとおっしゃったんですよ。
山本　いや、あれはね。出来るだけそうしたいという私個人の気持で、約束じゃないよ。別に正式に文書を取り交した訳ではないんだから。
井上　（激怒して）そんな馬鹿な！
山本　（むっとなり）馬鹿とは何だね、失敬な。大体、向うでの交渉が長引いているんだから仕方あるまい。
高坂　す、するとこの……我々は五月迄の四カ月間、遊んでいなければいけないんでしょうか……
山本　（返答に詰り）いや、だからさ……（時計を見て）むむ、時間がないな。（光枝に）君、一寸、スコアを見てきてくれんか。

光枝、黙って上手へ——

山本　（三人に）とにかく君、会社の方も一応誠意を披瀝しておるんだからね。その点分って貰わなくちゃァ。で、どうだね、来月十日にお会いするというのは、え？

高坂　ですがあの……我々だけをこの儘引続いて……

山本　（あっさりと）そりゃ駄目だ。強硬派といえども同じ解雇者ですからね。同情はしますが、君達だけ別にという訳にはいかんですよ。

光枝　（来る）二十二対十六だそうです。

山本　どっちが？

光枝　大和鋼圧が二十二点です。

山本　負けてるのか。なにやっとるんだい、うちの選手共は。

光枝　それから、連盟の矢代さんて方がお見えになっております。

山本　おお、それは丁度いい、お待ちしてたんだ。じゃ諸君、そんな訳で今日は全然暇がありませんので、いずれ又。

稲葉　（ついに爆発して）お待ちなさい！

山本　なんだ？

稲葉　俺達はみんな世帯を持っていたり、家の生活を支えている者ばっかりだから、唯復職を認めて貰いたい、それだけに希望を繋いで、今迄じっと黙って会社の言う事を聞いてきたんですよ。それを何ですか、貴方は強硬派の連中と一緒に扱おうとおっしゃるんですか。

山本　いや、そんな事はない。唯今日は、なにしろバスケットの方が忙しいんでね。

稲葉　バスケット？　フン！　バスケットが何だい、そんなもんと俺達と天秤にかけられて堪るもんか。あんたは俺達五十人の生命より、バスケットの方が大事だって言うんですか。俺達はね、明日からどうやって食って行こうかって頭抱えてガンガン考えているのに、それを何て事を言いやがるんだ！
井上　ねえ部長さん、みんなこの話を心配して、この体育館の裏の吹きっ曝しの中で、焼芋を頬張りながら俺達の帰りを待っているんですよ。東京へ来るのに電車賃を使っちゃったからって、昼飯ぬきで立ちん坊してるんですよ。そういう人間の気持が貴方には分りますか？
山本　（素直に）分る。よく分ります。お気の毒だと思う。
稲葉　それなら、せめて二日以内に復職させるって確約位して下さいよ。明後日になればもう工場の中へは入れないんだ。お互いの連絡だって出来ないじゃありませんか。
山本　（いらいらし始め）だけど君、何と言っても私の一存ではね。
稲葉　だったら、工場長も呼んで下さい。
山本　君は私に命令するのか。
稲葉　あんたは我々よりタマ転がしの方が大事なんですか。
山本　口を慎しみ給え！　チームの諸君は、休みを返上して迄会社の為に戦っているんだ。
井上　会社のため？
山本　そうだとも。
稲葉　あの連中は別ですよ。
山本　別？　別とは？
稲葉　奴等は労働貴族じゃないですか。
山本　馬鹿な！　チームの中にも解雇者はおる。君達と一緒に発表しなかったのは試合があったからだ。

失敬な事を言いなさんな！　（憤然として左手へ去る）
稲葉　山本さん！　山本さん！　（二、三歩追いかけるが、諦めて立止る）

間――光枝はオーバーを頭から被って、黙々と本を読んでいる。やがて上手の窓からパッと明るい電光が流れてくる。（コートに灯がともったのだ）

場内アナ　……前半戦の試合時間はあと四分二十秒、四分二十秒です。以上。
井上　（ふっと我に返り）サブさん、帰ろう。
稲葉　……（動かない）
井上　仕方ないじゃないか。なァ、サブさん。
高坂　みんなに何て言うんだ。十日の会見日まで温和しく待ってろって言うのか。誰が言ってくれる。俺はとても駄目だぜ。
井上　畜生！　分裂さえしなきゃあこんなみじめな負け方はしなかったんだ。
高坂　後の祭さ。それより何かい、強硬派とはやっぱりこの儘で行くの？　いや、行くんだろうね。
井上　そうさ、今更一緒になれるかよ。
稲葉　（ポツンと）待てよ。
井上　む？
稲葉　（くるっと振向き）俺はな、俺はやっぱり強硬派の連中と腕組んでやるぞっ！
井上　なんだと？
高坂　サブさん！

稲葉　（ギラギラと一点を睨みつけ）そうじゃねえか？　五月迄なんてのは実質的には永久解雇だ。糞っ！　これが奴等の手なんだ。俺はもう騙されないぞ、騙されないぞ！
光枝　（だしぬけに）そうよ！　あんた達どうかしている。ズルかったんだ！
高坂　なに？
光枝　そうじゃないの。分裂々々って言うけど、分裂したのはあんた達なのよ。
高坂　ちっ！　首を切られんでヌクヌクしてる奴にそんな事言って貰いたくねえな。
光枝　だって、あんまり意気地がないんですもん。
高坂　馬鹿野郎、女なんぞに分るかい！
稲葉　おい、行くんだ。

三人、下手へ去る。光枝はまたひっそりと本を読み始める。不意にホイッスル。続いて場内アナ。

場内アナ　……只今、東京工機よりタイムアウトの要求がありました。なお、残り前半戦試合時間は二分五十秒、二分五十秒です。以上。

下手ドアが乱暴にあいて、小池輝子が走りこんでくる。興奮している。

輝子　光ちゃん！　塚本君知らない、ここへ来なかった？
光枝　知らないわ。

輝子　どうしよう。困っちゃったわ。
光枝　なんなの、一体？
輝子　木村さんがすぐ探して来いって。先刻迄居たのよ、ベンチに。（と言い乍ら、上手ドアをあけてコートを見廻す）
光枝　チェンジするの？
輝子　居ないわねえ、コートにも。（バタンとしめて）うん、三神さんと。駄目なのよ、てんでひどいんだ、あの人。
光枝　そう。
輝子　来たら言ってね。すぐ戻るようにって。

輝子、上手へ去ろうとする。と、出会頭に、これ又血相かえたコーチの木村が新聞記者と共に飛び込んでくる。

木村　居たか、君？
輝子　いえ。
木村　あのトンチキ野郎め、素っとぼけて何処へ行きやがったんだろう。
記者　（ニヤニヤして）木村さん、塚本君なら多分二階の客席ですよ。
木村　客席？
記者　女の子に囲まれてニコニコしてると睨んだがね、僕は。
木村　（輝子に）君、すまんけど二階だ！

輝子　ハイ。（下手へ）
木村　（その背中へ）二階に居なかったら三階、四階の客席だ。ぐるっと廻ってこい！（言い終るとすぐ上手へ）
記者　（鉛筆を持った右手でそれを制し）おっと木村さん、今度は商売。三神君、どうしたんだね、指は？
木村　指？
記者　突指じゃないね、ありゃ……
木村　知らん知らん。
木村　だってコーチとして貴方責任あるよ。三神にハンブルやファウルの多いのは、左が思うようにいかないからでしょう、そうだろう。
木村　スランプだよ。さ、のいてのいて。（すり抜けてコートへ）
記者　ふん、スランプか。バスケット界の麒麟児、遂に駄馬となる、そう書いてやるかな。さて、俺も社へ電話しなくちゃあ。（光枝に）どうも御邪魔様。（下手へ）

間――やがて、コートの方が急にしいんとなる。同時に前半戦終了を告げるホイッスルが一際高く鳴り響く。割れんばかりの拍手と喚声――

場内アナ　……これで前半戦が終了致しました。十分間休憩の後、引続いて後半戦を行います。以上。
音楽が流れてくる。光枝、本をとじ、立上り、お茶の仕度を始める。間――急にざわざわと話声が近づき、上手より選手の村瀬を先頭に、畑中、日比野、松前の四人と、他に取巻きと見られる男が二、三人、入ってくる。（ここで気がつく事は選手のユニホームに、東京工機の所謂商標ともいうべき派手なマークが、KOKIの上に縫着けてある事だ）

村瀬　（光枝に）お茶頼むぜ。熱くしてな。

日比野　（真赤に上気している。畑中に）あれでも名ガードだというのかね。マンツウマンもゾーンもあったもんじゃねえ。

畑中　ディフェンスだよ。間違えるな。敵はこっちの裏をかいたのさ。

日比野　違う！　ガードのテクニックだ。

村瀬　テクニック？　いや、よく言った。だからお前さんも、ローリングでも穴とみたらどんどんシュートやってみるんだな。

日比野　偉そうに言うない。逆立しやがって、このスッテン童子め！

この頃から人の出入りが烈しくなる。用もないのにフラフラ控室をのぞき見する女子高校生、一寸喋りにやってくる会社の同僚、胸に造花章をつけた進行係が、忙がしそうに上手から下手へ通り抜けて行く。

畑中　（下手を見て）松前君、塚本が来たらしいぞ。

日比野　野郎、マンツウマンだ。

村瀬　なに、アベックか？

日比野　鼻持ちならんね、全く。（下手へ）塚本、速く来いっ！　速攻々々！

塚本、グリーンのトレーニングシャツを着て、後ずさりしながら現れる。

塚本　（下手へ向い）どうも……ええ、有難う……ええ、やります頑張ります……

女の声○　しっかりね

○　頑張ってねえ。（と、騒ぎながら遠ざかる）

塚本　（縁なし眼鏡を一寸指であげて）……どうも遅くなって悪かった。前半からチェンジするとは思わなかったんだよ。

日比野　とてもマンツウマンなんてもんじゃねえな。誰だ、ありゃ？

塚本　い、いもうとだ。

村瀬　妹？　あんなに大勢か？

塚本　家は多産系なんだ。

村瀬　てへっ！　多産系ときたよ。

塚本　実はファンなんだ。

日比野　（頭を小突いて）笑わせるなよ。ここは宝塚の楽屋口じゃねえんだぞ。

村瀬　おい、口紅がついてる。

塚本　え？　（頬っぺたをなでる）

村瀬　馬鹿野郎。（皆、どっと笑う）

塚本　（照れ臭さそうに）コーチは？

松前　いいからそれぬげよ。
塚本　うん。（ユニホーム姿になる）

上手より、コーチの木村と、既にトレーニングシャツを着た三神とが、何か喋り乍ら入って入る。一瞬、気まずい沈黙——

木村　松前君、一休みしたらすぐトレーニング始めて……
松前　はい。（皆に）じゃ、行こうか。
木村　（塚本を見て）来たな。
塚本　すみません。うっかりしてまして……
木村　まァいいさ、頑張ってくれ。
塚本　ハイ。
村瀬　所でね、木村さん。
木村　む？
村瀬　先刻連盟の人が来て、なんか、これがいけないとかって……（ユニホームのマークを指す）本当ですか？
木村　もう耳に入ったか。
畑中　じゃ、事実なんですね。
木村　アマチュアの倫理規定に触れるかもしれないって言うんだがね。まァ、君達が心配する問題じゃないんだ。

畑中　出来る事なら取って欲しいですね。看板ぶら下げてるみたいで足が重いよ。
日比野　でも、この間は松本電機でもしてたんじゃありませんか。
木村　いずれ連盟から裁定があるだろうけど、その時はその時さ。
松前　じゃ、行くか！

みな、肩を組み、丸くなって

皆　フレフレ、工機！

そしてコートの方へ走り去る。それをきっかけに男達も上手へ。

木村　（せかせかしているので、喋り方が勢い形式的になる）まあ、なんだね、余り気にしないでゆっくり休む事だよ。
三神　（笑おうとするが笑えず、顔だけ妙にゆがむ）
木村　併し驚いたよ、突指じゃなかったんだね。どうして黙ってたの？
三神　言っても仕様がないでしょう。まア、冷えるといけないんですね。
木村　でもバスケットはウインタースポーツだからね。まずいよ君……（と言いながらも気はコートの方へ）
三神　（察して）時間ですね。じゃ、ラストの十分位前には迎えにきてくれますね。
木村　迎えに？　どうして？

三神　勿論、試合に出る為ですよ。
木村　だ、だって君は。
三神　指の故障位が何ですか。僕は絶対出場しますよ。
木村　（曖昧に）ま、考えてみよう。
三神　是非頼みますよ、木村さん！
木村　じゃ後でね。後でゆっくり。

　木村、逃げるようにコートへ。再び元のひえびえした更衣室に戻る。黙念と頭を垂れる三神のうしろから、光枝がそっとオーバーをかけてやる。

三神　試合見に行ってもいいぜ。
光枝　いいわよ。
三神　俺、留守番してやるよ。
光枝　見たくないのよ、あんなもん。
三神　あんなもん？
光枝　御免なさい。でも私、興味ないんだ。休日出勤の手当を呉れるって言うからね、それで来たの。
三神　……
光枝　試合見る位なら、ここのてっぺんから夕焼の空でも見ていた方が気がきいてるわよ。
三神　……
光枝　……勝ったとか負けたとか、好いとか悪いとか、スランプになればイライラして腐って、気兼ねして、はたから見ていると、まるで熱に浮かされてる人間みたい。
三神　そうかねえ……
光枝　歪んでるのよ、生き方が……（プツンと）……畸型児……
三神　畸型児……

やがてコートの方から場内アナ。

場内アナ……間もなく後半戦を開始致します。各チームの進行係は至急、大会計時係の許へお集り下さい。尚只今より前半戦のチーム記録、並びに個人記録を発表いたします。大和鋼圧、得点三十四——フォワード小林君、反則なし、得点四、フォワード田中君、反則一、得点八、ガード蒲原君、反則二、得点四、ガード大沢君、反則なし、得点六、センター柳君、反則二、得点十二。次に東京工機、得点二十六、——フォワード村瀬君、反則二、得点八、フォワード日比野君、反則なし、得点なし、ガード畑中君、反則なし、得点六、ガード三神君、反則四、得点二、センター松前君、反則一、得点十。以上でした。
光枝　（アナウンスを聞いて）ふうん、それで三神さん交替したのね。
三神　させられたんだ。指がきかなきゃ反則も多くなる訳さ。
光枝　みじめねえ、スポーツマンて……
三神　（怒ったような表情で口をつぐむ）

その時、上手ドアがあいて真白なユニホームを着た大沢、駆けこんでくる。

大沢　（息はずませて）おいっ!!
三神　（思わず立上る）おう！
大沢　今、聞いたんだ。どうしたって、チェンジか？　指か？
三神　（立上った自分が急に照れ臭くなり、又坐りこむ）ああ、駄目さ、もう……
光枝　じゃ、あとお願いするわね。（と下手へ）
大沢　（彼女の去るのを待って）駄目？　駄目とは何だよ、駄目とは。
三神　仕様がねえよ、これじゃあ、フフ……（と左手をブラブラふってみせる）
場内アナ　只今より後半戦を開始致します。尚東京工機のメンバーに一部変更がありました。ライトガード三神君に代り、十五番塚本君が入ります。（調子をかえて）ボールキーパーの中西さん、お出でになりましたら至急コートまでお越し下さい。
三神　始まるぞ。
大沢　うん。
三神　早く行けよ。
大沢　いいのか。お前。（試合と三神と両方気になって行き兼ねる）
三神　（苦笑）いいも悪いも、何しろこれじゃあね……
大沢　いや、仕事の方さ。会社の方だよ。
三神　（煙草を出して喫う）
場内アナ　大和鋼圧の大沢君、至急コート迄お出で下さい。間もなく後半戦の開始になります。
三神　ホラ、行けよ。

大沢　うん、じゃ後でな、後でゆっくり……（とドアの方へ歩む）
三神　（不意に）おい！　一寸！
大沢　（驚いて振返り）む？　何だ？
三神　（立上ったのが又坐り）いや、何でもない……（微笑して）頑張れよ。
大沢　（凝視して）終ったらここへ来るからな、何処へも行っちゃいかんぞ。いいか。

大沢が去ると間もなく、後半戦開始のホイッスルが一際高く鳴り響く。三神うなだれて黙然と聞いている。（場内の喚声が、ズウンと地鳴りのように昂まってくる）三神、次第にいらいらしてくる。煙草を投げ捨て、コートのどよめきから逃れようとして、下手ドアの方へ歩む。ベッドに仰向けに引っくり返る。が、すぐと又起き上り、今度はガツガツと上手窓へ近づき、噛みつく様にコートの方を睨む。突然くるっと振向くと、瞬間、激情的に傍らのロッカー目掛けてガツンと左手を叩きつける。が、すぐと打った左手を抱え、苦しそうに、その場へ蹲る。その儘で動かなくなる。間——下手のドアが音もなくあいて千野五郎が現れる。以前より更にやせて、顔色も青白く、まるで病人のような感じだ。陽の目を見なかった生活の跡がはっきりと現れている。だが粗暴で尖鋭的だった嘗ての面影は消え、大人びた、いい意味での落着きが感じられる。服装もこざっぱりしている。黙って三神の姿を見下している。やがて悄然と立上った三神、何気なく下手を見て、一瞬、愕然となる。

千野　（おだやかに微笑んで）暫くだな、敬ちゃん……

三神　（痴呆のように見つめている）
千野　どうしたの、身体でも悪いのか？
三神　（じりじりと後退りして）貴様、何時出て来たんだ？
千野　何時だっていいさ。それより珍しい人が来てるんだ。（振向いて）お入んなさい。

悠子――和服のせいか、前幕よりずっと落着いてみえる。

悠子　しばらくでございます。
三神　……君か……
千野　今、廊下でね、偶然ぶつかったんだよ。ここへくるって言うから、それじゃ一緒にって訳で。
三神　ま、どうぞ……（椅子をすすめる。三人坐る。三神、やっと冷静になり）……お変りない？
悠子　ええ。
三神　ここに居るのがよく分ったね。
悠子　貴方がチェンジしたって聞いたもんですから。
三神　……（急に、しゅんと黙る。間――この会話の間に時折、わずかに聞える程度で、場内アナウンスが入る）
三神　一人で来たの？
悠子　いえ、松前のお母様と……
三神　もう二月になるかねえ。
悠子　三月よ、あれから。

三神　三月になる……（まじまじと悠子を見て）……君、すっかり落着いちゃったねえ……変るもんだな、女の人って……

千野　（ニコニコと聞いていたが）……敬ちゃん、こうやって三人で膝を交えて話していると、あの横浜の工場の裏の空地が想い出されるなあ。敬ちゃんが会社の女の子にサインせがまれて弱りきってた顔を、俺は今でも覚えてるぜ。

三神　そんな事があったかなあ。

千野　ホラ、敬ちゃんと初めて会った日だよ。

悠子　私も覚えてるわ。雨の降った翌日でね、丘陵の緑と、空がとっても綺麗な日だった。もう半年になるのねえ。

三神　うむ。

千野　考えてみると、人間ってのは実に目まぐるしく変って行くもんだな。半年たって工場に残ってるのは僅かに敬ちゃん一人。丘部や夏ちゃんは首になる、山本さんは結婚する、そして俺は、豚箱へ放りこまれて、まァ何とか出て来たもののやはり解雇者の一人には違いない、と、こうしてみると……

三神　（すっと穏やかな色が引込む）千野、嫌味を言いにきたのか貴様……

千野　嫌味？　ああ、あの事か。忘れたよ。何とも思ってないよ。

三神　……

千野　今日はね、お別れに来たんだ。

悠子　何処かへいらっしゃるの？

千野　立川へね。引っ越しだよ、敬ちゃん。

三神　それだけの用事か。

千野　勿論、他にもあるがね。
三神　それ見ろ。皮肉を言いたきゃ早いとこ言って、さっさとここから消えうせるんだな。
悠子　そんな言い方ってないじゃないの、折角おいでになったのに。
千野　（顔色も変えず）だが敬ちゃんには直接関係のない用事さ。
三神　……？
千野　聞きたきゃ黙っててくれよ。その儘で温和しくしててくれよ。（呆気にとられている三神を尻目に下手へ行き、そっとドアをあける。体育館の外でやっているらしい、労働者の合唱する〝インターナショナル〟がかなりはっきりと聞えてくる。三神、はっとして思わず腰をうかす。千野、その様子をじいっと見ている）
千野　分るかい、あれ？
三神　（動かない）
千野　（近づいて）覚えてるかい？　昔、よく二人で歌ったな。懐かしい歌だ……
悠子　どなたが歌っているの？
千野　稲葉君達です。これから京橋の本社へ押しかけるんだと言ってました。（三神に）……先刻ね、体育館の西側の、煉瓦が沢山積んである空地で、稲葉君を囲んで四、五十人の人達が、恥も外聞も忘れて男泣きに泣いてたんだ。俺達だけは別だと思ってたらしいんだな。しかも殆んどが年配者だ。
三神　……
千野　敬ちゃん、お互いに、俺だけは別だと思ってたら大間違いだな。難しい事は言いたくないが、俺は敬ちゃんがもう一度まともな人間に立返って、我々の中に飛込んできてくれる事を、心から期待するよ。

三神　生憎と俺はバスケット選手でね。ストライキなんかに興味ねえんだ。
千野　ホウ。試合に出られない選手ってのがあるのかね。
三神　なんだと？
千野　指が悪くて動けなくなった癖に、詰らねえ虚勢張るなよ。
三神　何が虚勢だ！　一休みしてるのはチームの作戦なんだ。つべこべぬかすな！
悠子　じゃ、指が悪いってのは嘘だったの。
三神　木村さんに聞いてみるといいよ。塚本じゃ、とてもラストまで持たないからね。
悠子　そうかしら。
三神　君は、塚本の方が俺より優秀だとでも思ってるのか、あんな奴が？
悠子　違うのよ……私ね、前半戦が終る時、木村さんがもう絶対貴方を出場させないって、父に話してるのを聞いてしまったのよ。
三神　（真蒼になる）
悠子　御免なさい、こんな事言ってしまって。でも、事実は事実なのよ。貴方は……もう……選手としては……駄目なのよ……
千野　敬ちゃん、バスケット選手で偉くなろうなんて夢は捨てなきゃ駄目だぜ。
悠子　そうよ。もしもの事があったら、どうなさるおつもり？
三神　よしてくれ！　黙って聞いてりゃいい気になりやがって、貴様らは寄ったかってこの俺をどうしようって言うんだい。
千野　敬ちゃんも俺も、同じ所に突ったってる人間だって言うのさ。労働者なんだよ。
三神　俺は薄汚え労働者にはならねえよ。誰が糞っ！　（悲痛に）俺はな、俺の力で立派に社員になったんだ。社員様に！
千野　そしてカゲロウのように儚く消えて行くか……
三神　なんだと？
千野　空にプカプカ浮んでる雲みたいな仕事だよ。お前さんのどこがこの大地にくっついているんだね。敬ちゃん、もしもだ、もしも最悪の事態がきた場合に、労働者にそっぽをむかれ、金持にケンツクくらって、一体何処へ転がって行くんだ。その気になれば俺達は、敬ちゃんを暖かく迎えると言ってるんだよ。
三神　誤魔化すない！　この上まだ俺を宣伝の道具にしようって言うんだろう。赤のお手伝いなんか真平だ。
千野　分らん奴だな。もしそういう事がおきれば、これは社会に訴えるに充分な価値があると言うんだよ。
三神　見ろ、化けの皮剝がしやがって！　俺が首になって野垂死したら貴様らには都合いいんだろう。人をどこ迄利用したら気がすむんだ、畜生！　俺は、俺は品物じゃねえ！　これでも人間だぞ！
悠子　三神さん！
三神　やめないか、もう沢山だ！　俺が調子悪くなりゃ、どいつもこいつもそうやって白い眼で見るんだ！　よし、見てろ！　俺がまだどの位やれるかよく見てろ！
悠子　三神さん、行っちゃ駄目！　待って！
千野　おい！　馬鹿！　敬ちゃん！
三神　畜生、見てやがれ！　（バタンとドアをしめてコートの方へ走り去る。深い間——）
千野　（冷静さを取戻し）彼が来たらよろしく言って下さい。我々は何時でも君を待ってるからって、そう伝えて下さい。
悠子　お断りします。
千野　どうして？
悠子　あの人を利用するのもういい加減になさったらどうなんです。
千野　見解の相違って奴でしょう。じゃ、これで失礼します。貴女もお元気で……（下手へ歩む）
悠子　千野さんも変ったわね。
千野　（立止り）あんたが変ったと同じ様にね。じゃ失敬。（去る）

再び昂まってきたコートのどよめき。不意に上手ドアがあいて輝子がくる。

輝子　（わめくように）くっ、くっ！　光ちゃん、靴探して、あのイカレポンチときたら……（気づいて）アラ！　まァ悠子さん……
悠子　しばらくね。
輝子　へエ……あんた、もうすっかりねえ……（と突立った儘、感じ入っている）
悠子　厭よ、そんなジロジロ見ちゃあ。何か御用事なんでしょう。
輝子　そうそう、ええと、塚本君のロッカーはと……あったあった。（ロッカーから靴を出す）……終りまでいらっしゃる？
悠子　ええ。
輝子　じゃ、後でね、ゆっくり……（去る）

ホイッスル。続いて場内アナウンス。

場内アナ　後半戦、残り試合時間は、あと七分十秒、七分十秒です。以上。

やがて興奮した三神を引きずるようにして山本が現れる。

三神　何もこんな所へ来なくても話は出来ますよ。率直に、駄目だという理由をおっしゃって下さい。
山本　いやいや、まァとに角落着いて。(悠子に)何だ、こんな所に居たのか。お母さんが探しておったよ。早く行ってやりなさい。
悠子　ええ。
山本　試合がすんだらすぐお帰り。松前君は今夜、遅くなるよ。(三神に)さて、君の方だがね、弱ったなァ、折角調子が出てきた所なのに……
三神　ラストの五分位で結構ですから、ね、事務長。
山本　私は事務長ではない。
三神　は、はい。
山本　どうもね、色々まずいと思いますよ。第一外聞が悪かろう。東京工機は再起不能に近い病人を、いやいや別に君という訳じゃない、例えがさ、そういう病人迄狩出したとなるとだよ、では他に、有能なプレイヤーが居なかったのかって事になる。これは社としては随分面白くない話ですよ。
三神　……
山本　(笑って)それに君はなんでしょう、後一回反則すれば出場資格を失うんだろう。

三神　（自信を失いかけてくる）で、ですから、だから今度は全力を尽して戦います。
山本　（皮肉に）それじゃ今迄は全力を尽してなかったって訳か。
三神　木村コーチは、ラストの出場を認めてくれたんですよ。
山本　それは君が頼んだから、言葉のハズミでそう答えただけでしょう。
三神　そんな事はない！
山本　悠子、お父さんは行くよ。（ドアの方へ歩む）
三神　（追いすがり）これほど頼んでも聞いて頂けないんですか？
山本　くどいね。そこをどき給え。
三神　どきません。いいですか、僕はレギュラーメンバーですよ。個人賞まで貰った事があるんですよ。
貴方はそれを御承知の筈じゃありませんか。今更、忘れたとは言わせませんよ。
山本　そう、昔はね、昔はそういう事もあった。併し、会社の欲しいのは昔の記録じゃなくて今の記録
だよ。古新聞には価値はないからね。
三神　よろしい。貴方がいけないと言うのなら、木村コーチに直接頼んでくる。
悠子　三神さん！
山本　（厳しく）待ち給え！　君は、僕の言う事が聞けないのか！
三神　バスケットさえうまくやりゃあ文句ないでしょう！
山本　何という事を言うんだ。私は試合中だと思って先刻からじっと我慢していたんだが、君がそんな
無礼な言葉を吐くんなら、この際だ、私もはっきり申し上げよう。三神君、君にはもう会社のユニホ
ームを着て、試合に出て貰わなくてもいい事になったんだ。
三神　な、なんですって!?

悠子　お父様！
山本　お気の毒だが本社の意向です。
三神　（全く蒼白になり、卒倒する直前のような姿で立っている）
悠子　残酷だわ、こんな事ってあるんですか、お父様……
山本　仕方あるまい、社の意向ではね。（流石に気の毒になり）いや、年甲斐もなく、私もつい感情的になってしまったんだが、まァ解職と言っても、一カ月間は工場に居ても結構なんだから……余りヤケを起さん様にな……
場内アナ　……残り試合時間は、あと三分四十秒、三分四十秒です、以上。
三神　（冷静になる）部長は、もう僕が、バスケット選手としては使い物にならないと思ってらっしゃるんですね。
山本　いやいや、別にそういう訳ではないですよ。これは純然たるビジネスでね。
三神　では、もう一度試合に出させて貰う訳にはいきませんか。その結果を見て頂く訳にはいきませんか。
山本　（この異常な懇願にタジタジとなり）どうしたと言うんだね君。そりゃまァそんなに言うんなら聞いてみてもいいけど……
三神　頼みます、是非お願します。
山本　いや、併しね、弱ったな……実はどうも言いにくい事なんだが、君の例の問題が連盟に洩れちまったんだよ。
三神　えっ？
山本　アマチュアの倫理規定に触れるんじゃないかってね、いや全く誰が喋ったのかね、実際……ま、

でもなんだ、それ程に言うのならとに角木村君に相談してみよう。一緒に来なさい。（とコートへ去る。三神、続いて追うのを）

悠子　行っちゃダメ！　今の貴方に何が出来るって言うの。御自分がみじめになるだけよ。

三神　つべこべ言わないでここで見てたらいい。よく見てい給え！　（去る。悠子、崩れるように一つの椅子に坐る。動かない。間——）

場内アナ　……唯今、東京工機よりタイムアウトの要求がありました。東京工機、ライトガード塚本君に代り、再び二十二番三神君が入ります。なお本準決勝戦の残り試合時間はあと二分五秒、二分五秒です、以上。

やがて熱狂した観客の声援がぐうんと昂まってくる。悠子立上る。上手窓へ近づく。食入る様にコートを見つめる。間。下手ドアがそっとあいて光枝が現れる。悠子、ふりむく。

光枝　（並んでコートを見る）彼、とうとう出たわね。貴女？　薦めたの？

悠子　……

光枝　あっ、三神さん、シュート！　アラ！　入った。入ったわ。ヘエ……

悠子　（息を呑んで見ている）

光枝　指が直ったのかな。

悠子　無理してるのよ。

光枝　（刺す様に）それなのに薦めたの。残酷ね、貴女って人も。

悠子　違う。私、とめたのよ。

光枝　いいの、結婚すりゃ御主人が大事になるんだから。アッ！　松前さんからパス！　まァ、落した。やっぱり同じ事じゃないか……
場内アナ　……試合時間は、あと四十五秒、四十五秒です。（どよめきが愈々最高潮に達してくる）
光枝　……まるで手探りでバスケットやってるみたい……あ、又！　指がてんできかないんだわ。
悠子　（次第にうつむいてくる）
光枝　よたよたしてきたわ……もうおしまいね。まァ、ボールを胸でうけてる。これが嘗ての花形選手だったの、これがスポーツマンの墓場なの……みじめねえ……
悠子　（耐え切れなくなり）あァ、もうやめて！　やめてやめて……（両耳を抑え、その場に蹲る）
光枝　（冷やかに悠子を見下す。やがて試合終了を告げるホイッスルが、高く長く鳴りひびく。再び割れんばかりの拍手と喚声）
場内アナ　……これで全日本総合選手権試合準決勝戦を終了致します。なお、唯今の試合は、六十八対五十二で大和鋼圧チームの勝利と決定しました。以上。

悠子、立上り、悄然と下手の方へ歩む。光枝はそのままで動かない。間——上手より塚本、畑中、日比野、村瀬、他に数人の男女、最後に木村コーチが入ってくる。皆試合に敗れてやり場のない憤懣と、深い疲労感が重って、一様に不機嫌な表情。黙々と着替え始める。

木村　（努めてニコヤカに）一寸聞いて下さい。今日は本当に御苦労さんだった。仕度がすんだら、これから京橋の本社で慰労会があるから、なるべく揃って行くように、分ったね。（皆黙ってうなずく。上手へ去りながら）塚本、そうしょげるなよ。

塚本　別にしょげちゃいません。
木村　どうだか。（笑いながら去る）
畑中　（悠子に）ま、お坐んなさい。（椅子をすすめ）松前君、すぐきますよ。
村瀬　（着替え乍ら）何てこった、あれだけシフトしてやったのにそれでも抜かれてるんだ。おまけにラストゴールはインターセプトでやられる。なっちゃねえや。
畑中　指が悪いんじゃ仕方あるまい。
村瀬　だったら何故出たんだ。ラストでいい所を見せようとしたのか、大物づらしやがって。
日比野　馬鹿。今更愚痴こぼして何になるんだ。みっともない。
村瀬　何がみっともない。俺は反省して……

村瀬、言葉を切る。肩を落した三神が疲労の極に達したような表情で、黙って入ってくる。白けた間——三神、皆の視線を浴び乍ら服を着替える。着替えが終ると、小さなボストンバッグを片手に持つ。不意に上手から賑かな話声が聞えてくる。笑声も混り、やがて館野、山本、松前の順で現れる。が、三神の既に整った服装に気づき、立止る。

三神　（小さな声で）じゃ、お先に失礼します。（言い終ると急に険しい表情に変り、憎悪に燃える眼をぐっとあげて館野を見つめ、次に松前を見、最後に山本の顔を睨みつける。やがて静かに下手へ）
畑中　三神君。
三神　（ふり返り）……？
畑中　京橋の本社だよ、分ってるね。

三神　うん。（微かに笑って頷くと、今度は大股に、悠子の顔を見ようともせず彼女の前を通り抜けて下手へ姿を消す）

深い間——コートの方から低く静かな音楽が流れてくる。悠子、打ちのめされたように立ち竦む。山本、この沈んだ雰囲気に気づき、

山本　諸君、今日は本当に御苦労でしたな。どうか試合の結果など気にせんように、今夜は慰労会で大いに騒いで下さい。ええと、怪我をしたり、気分の悪くなったりした方は居ないでしょうな……（と選手の肩を叩き乍ら、ニコヤカに話して歩く）
松前　（悠子に）母さんは先に帰ったよ。
悠子　すみません。
松前　僕は今夜遅くなるからね、先に帰んなさい。（着替えを始める。悠子、それを手伝う）
館野　ホウ、奥さん稼業がすっかり板についたじゃないか、ハハハ。
悠子　（そっと頭をさげる）
山本　なあにね、嫁に行ってもやる事は相変らずで、今日も一緒に来た年寄を置きっ放しにして御覧の通りなんだ。
館野　そりゃ当り前だろう。あんただって覚えがある筈だよ、ハハハ。

その時、すっかり帰り仕度した大沢が駈けこんでくる。

大沢　（一応丁寧に）お疲れ様。今日は色々と有難うございました。（皆それぞれ返礼。見廻して）あの三神君は居ないでしょうか？
畑中　三神君なら、今帰りました。
大沢　帰った？
畑中　でも、今からなら追いつくでしょう、まだ電車道まで行ってない筈です。
大沢　そうですか。有難う！　（去る）

この間に、バスケットファンと見られる男女が折々のぞきこんだり、又知った顔の選手に挨拶して行くが、もう客もまばらで、コートの方はガランと静かになった。

館野　三神君といえば、あの男も随分無茶をやるねえ。大丈夫かね、身体の方は？
山本　私も極力とめては見たんだがね、人の忠告なんぞまともに聞くような男じゃないし、匙を投げたよ。
館野　人間、誰しも下り坂になると詰らん所で焦るからな。無理もないけど……
山本　じゃ、ボツボツ引上げますか。
館野　そうだな。
山本　みんな仕度はいいかね。よかったら、表に社の自動車が待ってるから、すぐ乗りこもう。
日比野　コーチはどうしたんです。
山本　連盟の方に用事があって、一寸遅くなる。
館野　これでアジア大会は望み薄ってことになるか。

山本　うむ。
館野　堀重役、お冠だろうな。
山本　黙って頭を下げるさ。さて、大体いいようだな。じゃ、後の片付けは……（光枝に）すまんけど、頼むよ。（選手達、口々に〝光ちゃん頼むぜ〟〝悪いね〟などと言い乍ら下手へ去ろうとする。出合頭に、真赤に頰を染めた大沢が再び駆込んでくる）
大沢　（息せき切って）あ、お帰りですか。あのォ……三神、本当に先に帰ったんでしょうか？
畑中　本当ですよ。入れ違いだったんだ、君と……
大沢　居ないんです、この廻りには。電車道も見て来たんだけど……
畑中　そいつは可笑しいな。
日比野　タクシー、拾ったんじゃない？
大沢　三神はどうして先帰ったんです？　気分でも悪かったんですか？
畑中　それ程でもなかったなァ。
山本　失礼ですが、何かお約束でも？
大沢　試合が終ったら、一緒に帰ろうって話合っていたんです。
山本　それは残念でしたな。お言伝てがあるんでしたら伝えておきますけど。
悠子　大沢さん！
大沢　（驚く）これは、いつぞやは……
悠子　（それには答えず）三神さんはね、今日解雇されたんです！
大沢　えっ!!
山本　な、なにを言うか！

悠子　（一気に）三神さんは、解雇された上に、連盟から出場停止処分をうけたんです。
山本　馬鹿！　黙りなさい、黙れ！
悠子　お父様、御自分でそうおっしゃったんです。
松前　いい加減にしなさい。
悠子　貴方までがそんな……
大沢　（呆然と立っている）……そうか、そうでしたか……首に、なった……首に……（語尾はよく聞きとれない。呟いている）
山本　（強引に）みんな行くんだ。時間が遅くなるぞ。
大沢　（衝動的に）待って下さい！
山本　何だね。私達は用事があるんだ。
大沢　僕も用事がある。（山本の前に仁王立ちとなる）
山本　何するんだ！　のき給え！
大沢　ふん！　三神が出場停止ですって？　山本さん、ぬけぬけとよくそんな事が言えたもんですね。
山本　黙んなさい！
大沢　黙るもんか！　奴の事を連盟に洩らしたのは一体誰だ、誰だ！　言いなさい！　あの問題を詳しく知ってるのは、僕と貴方と、他にそちらの二、三の人位なんだ。大和鋼圧で知ってるのは僕一人だ。その僕が喋らないとしたら、連盟に洩らしたのは一体誰だ！　誰だ！　言えないのか、勝手にデッチ上げといて、今更何が出場停止だ。（急に烈しく）出鱈目言うなっ!!
山本　（そっぽをむいている）
皆　（しいんと直立して聞いている）

大沢　（怒りにぶるぶる震えて）その上、最後の一たらしの血まで吸取りやがって、吸い尽したらバッサリお払い箱か！　擦り切れるまで便利に乗り廻して、キズ物になったらハキ溜へ叩きこもうって言うんだ。畜生、人間は古タイヤと違うんだぞ！　山本さん、貴方には奴を首にする資格はない。俺達は、人を不幸に出来る程の偉い力を持った人間じゃないんだよ。君達だって、俺だって、いや、山本さん、貴方だって、何時ハキ溜へ放りこまれるか分らない人間じゃないか、十把一からげなんだぜ、俺達は！

山本　（威厳を保って）失敬な！　言掛りをつけに来たのか、君は。

大沢　誰がそんな事を言ってる。山本さん、奴は、指が全然きかなくって、ボールを身体で受けてたんですよ。ボールを落したら首になっちまうと思って、それこそ油汗流して、あの堅いボールを胸で受けてたんですよ。こんなみじめな事ってありますか。こんな哀れな真似をさせたのは一体誰なんです。冷血動物だ、貴方達は……（大沢、試合の疲れとこのショックから何時になく興奮し、涙で一杯になった顔をあげて、山本、館野を見る）

山本　（気押され、唯口だけ）か、帰れ！　失敬な奴だ。帰れ帰れ。

大沢　糞っ！　誰が頼まれたって居るもんか。山本さん、いいですか、三神は僕が面倒をみます。この先、まだ問題をこじらすようなら、僕は連盟に全部バラしますよ。（皆に）君達も同じプレイヤーなら、僕の言ってる事が分ってくれると思うんだけどね。どうもお邪魔しました。（皆に一礼し、やがて下手へ去ろうとした時、急に、廊下の辺りで人の駈け抜ける足音――大沢ハッとして立止る。不意にガタンとドアがあいて、片手に箒、片手に小さなボストンバッグを持った小使のおじさん――小柄な五十前後――走りこんでくる）

小使　大変だ！　おめえとこの選手が四階から飛び降りたぞ！

皆――〝えっ‼〟〝何っ‼〟〝おじさん！〟など、愕然と驚きの声を発す。

小使　（ゴクッと一つ呑みこんで）んだ！　確かにおめえとこの選手に違いねえ。

大沢　おじさん！　そ、そりゃ何処だ、どこだ！　え？

小使　西側のな、煉瓦の積んである空地だ！

大沢　畜生っ！　（山本、館野を睨みつけ）人殺し奴！　（さっと飛び出す。その後を皆わらわらと追う。一番最後に館野と山本。間――後に残った小使、悠子、光枝の三人）

光枝　（ポツンと）おじさん、おじさんは、その人を見たの……？

小使　ああ、見ただよ……（ボストンバッグを椅子の上に置き、ホッとした表情になる）

光枝　どこで？

小使　四階でよ。

光枝　四階で？

小使　ああ……（ゆっくりと宙を見つめ）……つい今し方だ、俺がな、何時もの通りひとっぱきしべえと思って上さ上ったら、もう暗ァくなって、だあれも居なくなった四階の裏の窓さあけて、ずうっと遠くの空眺めてる男がいただよ。んで、こらァどうも様子が可笑しいつうんで、俺がそっと駈けて行ったら……たら、もうハァ、すん時には男の姿が見えねえで（バッグを指し）これが窓の把手《とって》さ一つ、ポツンとぶら下ってただ、ポツンと一つ……（そして黙る。そして怒った様に）若えのにバカな事しただよ、なあ。

悠子　（突然激しく泣き出す）

不意に、深い闇が襲ってきたように暗くなる。コートの方から流れてくる音楽は、そのまま低く続いている。

悠子　（虚脱した様に）おじさん……煉瓦の積んである空地ね……

小使　んだ……

悠子　……煉瓦の……（放心した様に、下手ドアに去る）

舞台は再び、元のひえびえした更衣室に戻る。小使、黙々と掃除を始める。光枝、そっと小さなボストンバッグを拾う。

静かに幕

逆　徒（教祖小伝）

五幕

第一幕　大正七年（一九一八年）の夏
第二幕以降　昭和十六年（一九四一年）の五月中旬より年末へかけて

所　京都府西郊　亀山町

人物

上司	通仁	大仁教学会会長・後に教祖	33―56歳
〃	すみ	その妻	28
〃	仁美	長女・大仁教二代教主	24
〃	通子	次女・学生	17
田川	菊次	信者・後に大仁教祭司部長	28―51
倉本	甚吉	「米甚」の主人	43
倉本	浩一	長男・後に検事	7―30
中村	うめ	信者・料亭「梅の家」の女将	30―53
船岡	晃	信者・大仁教教務院研修生	22
古川	和市	信者・後に大仁教東京別院長	22―45
工藤	よし	信者・大阪西部地区支部長	43
風間	房子	信者・神奈川支部長	50

外崎千鶴子　信者・本苑祭司課職員　26

三川藤次郎　信者・関西主教会宣伝使　38

小山　松夫　西日本紡績庶務課長　35

若い男

私服

その他信者、研修生、警官等。

第一幕

山裾を一文字に延びた亀山町のメインストリートの街外れにある老朽した白壁造りの民家。大仁教学会布教所。

舞台は十畳程の信徒詰所。正面の壁に寄せて、ここに寝泊りしている信者達の脱衣箱が一列に並び、その傍らに、会長上司通仁の自筆になる、

仁は惟神の大道なり

と書かれた掛軸。室内の調度品としては他に脱衣箱の上の一輪差し、塗りのはげ落ちたテーブルと、そしてうず高く部屋の隅に積まれた古書籍の山。全体にうらぶれたわびしい感じが漂う。
右手は唐紙——左手はまっすぐ廊下が走り、腰高のガラス戸をへだてて左奥一面に荒れ果てた庭が見える。なお、部屋と廊下との間仕切り障子は取り払われてない。
幕あき前——舞台、客席、共に暗黒の中で音楽。やがて音楽にダブって遠い群衆の喚声と、その中を突き抜けて走り去る馬蹄の音。十数騎——
幕あく。

大正七年（一九一八年）八月下旬。どんよりと雨雲の垂れこめたむし暑い山国の夕暮れである。庭越しの遠い空に僅かな雲間をのぞかせて、早くもこの部屋一杯に暮色が忍びこんでいる。

夕闇が濃くなってしんかんと静まり返った部屋の中央に二人の男が対坐している。その一人、上司通仁――痩せぎすで柔和な面持ち。粗末な和服姿。今一人の男は、隣接の西日本紡績会社の庶務課長、小山である。

小山　（テーブルの上に青写真をひろげ）……なァ会長さん、僕も今度ばかりは会社とあんたはんの板挟みで、ほんまに悲鳴あげとるんですよ。工場敷地としてなんぼ条件がええ言うたかて、宅地一坪二円五十銭というのが、当節ここらあたりの常識じゃありませんか。それを京都、大阪なみの値段で取引せえ言うのやったら……

通仁　ですから、何度も言いました様に、お願いした金額が無理でしたらこの家を抵当に入れて頂いて。

小山　会社では利用価値のない家迄は必要ないんですわ。大体がそういう約束やったじゃありませんか、始めから……

庭を通って社員風の若い男、登場。

男　課長はん、庭の垣根までやっぱり、七十三坪キッシリだっせ。

小山　御苦労さん。（男、去る）……見なはれ、何遍測っても七十坪は百坪と違いますのや。会長さん、今言った金額で折合いがつかなければ、残念ですが僕はこれで手を引かせて貰いますわ。（青写真を

仕舞う）

右手の襖があいて、すみが茶を持って入ってくる。

すみ　熱いのが入りましたさかい……

小山　奥さん、もうお構いなく。遅うなって会社で心配するといけませんから。

すみ　まあ、よろしいやおまへんか。表通りが危うなったら庭伝いに行ったらええのやさかい。どうぞ。

小山　そうですか。ほな……

すみ　（団扇で風を送りながら）……ほんまにどないなりますのやろなァ……昨日は京都にも焼打ちがあった言うてましたけど。

小山　（茶をすすり乍ら）京都どころか奥さん、このちっちゃな亀山の町にも……いや、今や日本全国が米騒動の嵐にゆさぶられておるんですからね。政府のお偉方も、やれ青島出兵だ、シベリヤ出兵だいうてないで、チッとは国内の不景気退治に精出したらいいんですよ。いや、これはどうもとんだお喋りをして、ハハ……（腰を浮かし）ほな、私はこれで。

通仁　小山さん。

小山　……？

通仁　（頭を垂れて）何も申しません、よろしくお願いします。

小山　ハ……？

通仁　始めのお約束で結構ですから、どうか一つ――

小山　そうですか……（首垂れた通仁を見て急に気の毒になり）僕かて、何とかしてあげよう思って色色骨折ってみたんですが、なにせあんたはん、課長いうても会社に使われている身分やさかい、この辺が僕に出来るギリギリの所なんですよ。御不満もあるでしょうが今度の所は一つ目をつぶって耐えて下さい。いずれ別の機会にでも償いの意味で、こちらの布教活動のお手伝いをするとか、或いは——（不意に言葉を切る）

表通りを駈け抜ける馬蹄の音。三人、一瞬沈黙——

すみ　なんでっしゃろ？
小山　軍隊の出動でしょう。警察が手薄やさかい、大方それが着いたんと違いますか。
通仁　すみ、戸締りは全部したか？
すみ　はい。
通仁　信者さんは皆家に居るだろうな。今夜は絶対に外へ出したらいかん。
すみ　中村はんがまだお戻りになりまへんけど……
小山　ほんまに夜分の外出は注意せなあきまへん。どれ、僕も流れ弾に当らん様に早めに引上ぐるか——ほな会長さん、お金の方は半金だけでも今日明日中には届けさせますさかい。
通仁　色々御面倒をお掛けしまして。
小山　（頭を掻いて）辛いなァ、ほんまにそれ言われるのは、ハハハ……ほな奥さん、失礼します。

小山、一礼して立上ろうとする。と、だしぬけに左手の方で人の言い争う声が起る。

声　あきまへん！　あきまへん言うたら！
声　止めとけ！　なんやこの忙しい最中ゴチャゴチャ言いくさって——会長はん！　会長はんおるか！

通称米甚こと倉本甚吉が呶鳴り乍ら入ってくる。赫らんだ顔に仰々しく白鉢巻をしめ、左手に黒鞘の刀まで携えている。そのうしろから、これは白木のお祓いを捧げ持った田川菊次が、弱り切った顔でついてくる。

倉本　おお会長はん！　おるんやったら返事位したらどうやね。わいはな、酔狂で呶鳴ってるんやおまへんで。
通仁　どうしたんです、その恰好は？
倉本　どうしたもこうしたもあるかい。おまはん、何か、信者総代のわいの頼みなぞ可笑しゅうてきけんいうのか？
通仁　いや、その事に就いては先程も——（と言って急に）すみ！　ぼんやりしている奴があるか。履物を出さなければ小山さん、お帰りになれんじゃないか。
すみ　（吃驚して）ハ、ハイ。あの、庭の方に廻してありますさかい、どうぞ。
小山　（訳が判らず）ほな、僕はこれで……

小山、そそくさと庭伝いに去る。すみは廊下を通って奥へ入る。

通仁　（お祓いを持ってポカンとしている菊次に）田川。君はどうしたんだ？

菊次　倉本はんいうたらなんぼ規則やさかいいうてもこれ受けて呉れしまへんのや。後で神さんの罰が当っても知りまへんで。
倉本　こら面白い。罰が当ったら大仁教にも神さんあるちゅう証拠になるやないか。頼もしい事いうで、ハハハ……そらそうと会長はん、今夜はええやろな、貸して貰えまっしゃろな。
通仁　とに角、その鉢巻を取ってくれませんか。ここはお宅の店先とは違うのだから。田川。（目で去れと言う）
菊次　（お祓いを示して）これはよろしいか？
通仁　いいから行き給え！
菊次　へ、へエ……（驚いて去る）
倉本　（部屋の真中にどっかり胡坐をかいて）会長はん、先刻の男、あら何やね？　わいが来たら急に追い立てる様にして帰しよって——何ぞあったんか？
通仁　いや別に……それより家の中で騒がれたら困るな。
倉本　誰も騒ぎとうないけどな、あんたはんも鉢巻とれ言う前に、チッとはわいの頼みも聞いて呉れたらどうだす。米屋がこんな刀持ったかて一銭の得にもならへん。そやけどな、亀山の警察は地主と町会議員の家を守るのに手一杯で、わいみたいな小商人は始めから問題にしよらへん。その上頼りにしていた兵隊さんは、通りの真中にフカフカ馬糞だけ残しよってみんな綾部の方へ行きよるし、とどのつまりはあんたはんにお願いして信者はんを貸して貰おう思うたら、それも断られて——なあ会長はん、わいは手伝いに来てくれたら日当位は出すと言うとるんや。（上の額を指して）一寸上を見なはれ、これ書いたんは会長はんだっせ。〝仁は惟神の大道なり〟——つまり、相愛ゴジョーの精神たらいうのが、この大仁教のお題目やおまへんか。

通仁　倉本さん、僕はその事に就いて、今朝程古川に手紙を持たせてやった筈だが……
倉本　フン、あんなもんどだい無茶苦茶や。米屋が赤十字みたいな真似出来るかいな。
通仁　僕は何もただであげろとは言ってませんよ。仕入れた時の原価で分けてあげたらどうかと言ってるんだ。
倉本　今更原価で売る位やったら、誰が無理算段して一升四十銭もする高い米なんぞ買込むかいな。それよりな、今晩一晩でええのや、この通り頭下げて頼むさかい、手伝いに貸してんか、な、会長はん。
通仁　まさか米俵の運搬だけじゃ済まないでしょう。
倉本　そらまァ、なんせ相手は腹空らした狼みたいな奴ばっかりやさかい、暴れこまれたら、うちのボンボン連れて逃げて貰わんならん場合もあるやろけど。
通仁　それに人殺しの手伝いもという訳か。
倉本　なんやて？
通仁　米を渡す代りに刃物ですか。米甚さん、あなたそれでも大仁教の信者か？
倉本　い、いや、この刀はな、こら先刻、在郷軍人会から通達があって、武器のある者は携行して暴民を鎮圧せえ言われたさかい、ほんで持っとんやがな。誰も人なんぞ殺しとうないわ。
通仁　それをもう一歩進めて何故人を助けようって気にはならない？　開祖様はそのお筆先の中で「吾《われ》さえよけら、他人《ひと》は何ほど難渋いたしても心をとめぬ利己心厚き者がある。改心いたされよ」……とこう仰言っている。古い信者さんのあなたがそれを知らぬ筈はないだろう。
倉本　米を吊り上げたんは政府やないか。政府の尻拭いをわいにせえ言うのか。そらあべこべや。
通仁　確かに米の値段を吊り上げたのは今の政府です。国の政事《まつり》が人民よりも地主と資本主を肥やす様に仕組まれている。だから安く手に入る外米の輸入を拒否したり、シベリヤ出兵の軍用米に大量に買占めたり……政事の本当の精神を歪めているのは政府の役人たちなんだ。あなたも知っている様に政事、つまり祭は、右も左も平均に吊り合うという意味だ……米甚さん、吊り合わないで喘いでいる片方へ、あなたはまだ重しを載せるのか。

倉本　そやけどな、商売いうのはあんたはんみたいに「惟神霊魂幸ませ《かんながらたまちはえ》」を唱えて金の入る様な悠長なもんと違うで。わいかてここを助けて貰うたら、広前建立の寄附金位、ポンと出しまんがな。

通仁　あんたがそういう気持ならそれでも構わん。併し、信者を貸すことは絶対お断りします。

倉本　なんやて？

通仁　米騒動に参加した避難民を狼だというのなら、大仁教は教会をあげて全部がその狼の仲間に入ります。お気の毒だがあなたのお手伝いは出来ん。

倉本　……ホウ、さよか。それやったら信者がどないに困ろうと教会は一切頰ッ被りいうのやな――どないしても手伝いには来てくれへんのか？

通仁　幾らあなたが信者総代でも、こればかりはお断りだ。僕の主義なんだから。

倉本　よろし、それやったらもうあんたはんには頼まへん。その代りわいも今日限りで信者はん辞めさせて貰いますわ。フン！　取る物だけはやれ寄附金や玉串料やいうてガッチリ絞りよって、後で面倒みてくれへんのやったら、そら立派な詐欺やないか。

通仁　詐欺だと？

倉本　そうやないか。そのええ例がここに寝泊りしとる若い四人の信者はんや。大仁教は世の中の立替え立直しをする立派な教会やいうて、うまい事おだてあげてみんなに土方人足までさせとるんやろ。あんたら親子三人はそのあがりで喰べとるんやないか。大仁教学会が聞いて呆れるわ。

通仁　（遂にカッとなって）帰れ！　出て行け！

すみ　（争いが烈しくなったので、廊下の所でオドオドし乍ら見ていたが、堪りかねて）あんた、そんな……倉本はん、どうぞ堪忍しておくれやす。
倉本　（立上って）わいも呆れてしもうた。おれ言うたかて誰がおるもんか——すみ子はん、ほんならこれで……

倉本、廊下へ出ようとした時、庭を通って先程の若い男、登場——

男　あの……（紙包を出して）課長はんに頼まれてきたんです。土地の内金や言うてましたけど。
通仁　（複雑な表情で）すみ、頂いとけ。
男　（すみに手渡すとカラッとした調子で）あとの残りは売買契約が済んでからお払いする言うてました。ほんなら……

若い男去る。瞬間、気まずい空気が流れる。

倉本　（ジロリとその金包を睨み）ふうん、何や思うたらこんな事か、愛想つかして逃げて行くのんは信者はんだけや思うとったら大仁教は愈々土地にも見限られたいう訳やな。（チラッと上の写真を睨み）死んだ開祖はんに一体何ちゅうてお詫びするつもりやね。
通仁　……
倉本　わて一遍あんたに言うたろ思うとったんやけど、こらすみ子はんもいやはるさかい丁度ええわ。大体この裏の地所はな、開祖はんが、つまりすみ子はんのお母はんが、広前を建てるつもりで古い信者はんと一緒に買いこまはった土地やで。丁度あれは……明治天皇様がお隠れになった年やさかい今から七年程前や。年寄って、腰の曲った開祖はんが、毎晩遅うまで草履作りの内職やったり、糸引きの賃仕事やったり、それでも足らんで仕舞いには朝御飯まで抜いてしもうて……そらもう、ほんまに苦労して作らはった七十坪や。すみ子はんかてよう知っとる筈や。
すみ　そやけどな、倉本はん。
通仁　いいから黙ってなさい。
倉本　今更うだうだ言うてみた所で始まらんけど、大事な土地を売らんならんのも元はいうたら金が無いさかいや。——ま、うちも先ゆき見込みのない教会にこれ以上投資は出来まへんのでな、縁が切れて大助かりだっせ。ハハハ……（廊下を通って奥へ——頓狂な声で）何や！　まだこんな所でお祓いを持って突っ立っとるんか。仕納めに景気ようやってんか、ハハハ……（高笑いし乍ら去ったらしい）

すみ、通仁のそばへにじり寄って、

すみ　何で黙ってはったんどす？　このお金は教会の大事な御用に使うのやて一言言うとけばよかったんやおまへんか。まるで泥棒猫みたいな事言うて——
通仁　（じっと正面を凝視したまま無言）

廊下から菊次が入ってくる。

菊次　ほんまに憎たらしい奴ちゃな、あの親父。会長はん、気ィ落したらあかんで。
通仁　お帰りになったか？
菊次　帰りましたやろ。誰も送りに出えしまへんわ。
通仁　古川たちはどうしてる？
菊次　玄関脇の部屋で三人固まってお喋りしてますわ——そらそうと会長はん、先刻チラッと聞いたんやけど、裏の空地を紡績に売るちゅう話、あらほんまか？
通仁　うむ。
菊次　会長はん！　あんた、うちらを置いて、すみ子はんと二人で東京へ逃げるんと違うか？
通仁　なんだ、逃げる？
菊次　何ぼヤリクリが苦しいいうたかてそらあんまりやおまへんか。うちら若い信者は、古川も定三はんも新どんも、みんな今にこの大仁教から吹き起った嵐が日本国中を捲込んで、やがては開祖はんのお筆先通りの「三千世界一度にひらく梅の花」ちゅう世の中にしよう思て、せっせと働いとるんやおまへんか。それを何やね、肝腎のあんたはんが……
通仁　田川、僕が何時逃げると言ったね。
菊次　あんたはん、夜逃げするんと違うか？
通仁　（苦笑）まさか、ここまできたら、逃げたくとも逃げられんよ——実は、その事に就いて皆に話しておきたい事があるんだ。一寸ここへ集る様に言ってくれ。
菊次　へ、さよか……（去る）

再び表通りを駈抜ける馬蹄の音。

すみ　……中村はんどないしやはったんやろ、帰れへんのと違いまっしゃろか……

突然、奥で――

通仁　なに？
菊次　会長はん！　誰も居りまへんで！　三人とも姿見えまへんで！

通仁、驚いてバタバタと奥へ走りこむ。すみ続いて立とうとする時、更に馬蹄――その音で足が止る。奥から通仁と菊次が出てくる。

通仁　……何時頃からだ、そんな風になったのは？
菊次　二月ほど前ですわ、小遣貰おてはよく三人で買い喰いしとりましたさかい。
すみ　どこへ行きなはったんどす、この騒ぎに？
通仁　（むっつりと）倉本に付いて行きおったらしい。
すみ　まあ。
菊次　帰って来たらウンと言うてやらなあきまへん。他の二人はとも角、あの定三いう奴はほんまにタチ悪だっせ、煙草銭を囮にして古川や新どんを顎で使うとるんやさかい。
すみ　古川はんまでいてしまはったんか？
菊次　欲に釣られてみんな行きよったんですわ。

通仁　行ってしまった者は仕方あるまい。それより君、御苦労だが今から中村さんを迎えに行ってくれないか。
菊次　中村はん？　ああ、あの大阪からお出での……
通仁　天王平へ墓参りに行くと言って出たんだがどこか寄り道してるのか、それともこの騒ぎで帰れなくなったのか——とにかく見てきて呉れ給え。
菊次　その前に一寸先刻の話やが……うちにだけ聞かして貰う訳にはいきまへんか？
すみ　あんた、もう言うてもよろしいんやおまへんか。
通仁　……
すみ　菊次はんは、園部の中川はんいう人知ってるか、以前ここの信者はんやった……
菊次　ああ、あの青島の敵前上陸で片腕ないようにしてしまはった土建屋の大将——
すみ　その中川はんが先日お見えになって、京都の警察に親しい方がいやはるさかい、大仁教が公認の独立教会として許可貰えるように頼んであげる言うてな……
菊次　独立教会!?　そらほんまか？
すみ　ええ。
菊次　す、するとこの……金神教や天理教と同じ様に、大仁教学会本部ちゅう看板がかけられるんでっか。そら豪勢な話やないか。（と言って気づく）そやけど、その為に土地売るいうのは……？
すみ　簡単に言うたら運動費たらいうの作らんならんさかい——
菊次　運動費？
すみ　菊次はんは、この丹波地方が昔から金神教の地盤やいうの知っとるやろ。
菊次　へエ、あの金神教の奴ら、うちらのやる事ことごとに邪魔しよって。

すみ　邪魔する訳やないやろけど、信者はん取られるのが怖いさかい新しい教会が出来《でけ》ると、すぐに警察の方へ手え廻して公認されんように頼みこむさかい。
菊次　（やっと判って）なァる程、そうでっか、ハハハ……いや公認教会になれるのやったら土地の百坪や二百坪位安いもんだっせ——会長はんの前やけど、教会いうても表に看板は掛けられへんし、町角で人を集めて話してたら、すぐ邪教や言うて引っぱられるし……ほんまにみじめなもんやった。いや、これで看板かけたら米甚の因業親父め吃驚して腰ぬかしまっせ、ハッハハハ……
通仁　（その笑いを断ち切るように）すみ。
すみ　……ハ？
通仁　お前には悪いが、私はそのお金で許可を貰う訳にはいかない。
菊次　会長はん！
通仁　お金を使って許可を貰う位なら、始めから公認されなくてもよいのだ。
すみ　そない事いうたかて、あんた、始めは——
通仁　米甚さんと話しているうちに考えが変った。私はこのお金で米を買う。
菊次　あんた気でも狂うたんと違うか、この機会を逃したら今度は何時——
通仁　田川、人を救うのは理屈じゃないぞ。大仁精神は祈りだけが総てじゃない。私は、彼等既成宗教団体の縄張争いには興味がないんだ。見給え、職業化した金神や黒住の布教師は口でこそ民衆救済を唱えているが、今度の米騒動でははっきりと警察の立場に立って、参加した民衆は神の祟りを受けると嚇かしているじゃないか。これが庶民の神々と言われる彼等の正体なんだ。田川、教会を認めて貰うよりも、米を分け与える事の方が大事だという風には考えられないか。
菊次　そんな事をして教会が潰れてしもうたら……

通仁　潰れたら又起ち上ればいい。二度潰れたら、二度起ち上ればいい——
すみ　あんたは教会が潰れてもええ言わはるけど、毎日の御飯の仕度をせんならんうちの事を、唯の一度でも考えたことがありますか？　来月は仁美の初めての誕生日やいうのに、新しいべべ一枚買うてやれん有様やおまへんか。米を分け与えるのもええけど、その前にまず教会の方をきちんと始末したらどうなんだす。
菊次　会長はん、この儘やったら信者はん一人も寄りつかなァなる。それやったら元も子もおまへんやないか。
通仁　私にはやはり、神の摂理に反する真似は出来ん。
すみ　あんた！
通仁　（きっぱりと）不服があるのだったら、この家を出て行って貰おう。
菊次　そんな無茶な！（すみ、目頭をおさえて襖より奥へ去る）奥さん、すみ子はん！　あきまへん、そらあきまへん！

菊次、あわててその後を追う。
間——夕闇が急に濃くなり、あたりがトップリと暗くなる。折から遠く微かに、群衆の喚声が聞え出した。（通仁とすみの対話の始め頃、廊下を通って中村うめ——このあたりでは一寸目をそばだてる、かなり派手な服装——が入ってきたのだが、二人の間が険悪になってきた為出そびれて立っていた）——菊次が立上った時、反射的に二三歩身を引いたが、やがて何喰わぬ顔をしてすまして入ってくる。

うめ　会長はん、どうも遅うなりまして。
通仁　（虚をつかれて吃驚）こ、これは——どうしました、中村さん。
うめ　（婉然と）ホッホホ、会長はんこそどないしやはったんどす。暗うなったいうのに灯もつけんと——（とランプに火をともす）
通仁　今、田川を迎えに出そうかと思ってた所なんです。
うめ　米騒動はうち大阪で散々経験しましたさかい吃驚せえへんけど、久しぶりに開祖様のお墓参りさせて頂いたもんやさかい、ついゆっくりと、ホホホ……（知らん顔をして）そらそうと……奥様は……？
通仁　え？　ああ、今一寸、台所に……

菊次がブウブウ文句を言い乍ら出てくる。

菊次　仕様がないなあ、会長はんは。養子の癖して言うことが無茶苦茶や——こら中村はん、何時のまに戻られはったんでっか？
うめ　つい今し方……どうも御心配おかけしまして。
菊次　（奥へ）すみ子はん！　中村はんが戻られましたでえ。（腹に据えかねて）ほんまに会長はんはちいと頑固すぎまっせ。犬の子やあるまいしあんなこと位で出て行け言うてからに……
通仁　（うめを意識して）田川。
菊次　そう言うたやおまへんか——中村はんも一寸聞いておくなはれ……
うめ　（笑い乍ら）うち、もう聞いてしもうたわ。

菊次　へっ？
うめ　悪いと思うたんやけど、廊下の所で立ち聞きしてしもうたんどす。
菊次　なんや、あんたはんスパイしてたんか、ハハハ……
通仁　（バツが悪くなって立上る）
菊次　会長はん、逃げたら卑怯だっせ。
通仁　……べ、便所だ。

通仁、具合悪そうに廊下より去る。残った二人、声を揃えて笑う。すみが茶を持って入ってくる。

すみ　お帰りやす。（笑っているので）どないしたん？
菊次　先刻の喧嘩な、あれ、中村はんに立ち聞きされましたで。
すみ　（赤くなって）まァいややわ……
うめ　すんまへん。別に悪気があって聞いたんやおまへんのでな。
菊次　悪気があって聞くのは泥棒やで、ハハハハ……

三人、愉快そうに笑う。通仁が緊張した表情で入ってくる。

通仁　田川！　すぐに雨戸をしめろ。
菊次　へ……？

通仁　あれが聞えないか、打ち壊しが始まったぞ。

三人、ギョッとなる。かなり遠くで、カンカンカンと半鐘が鳴っている。

菊次　こ、こらあかん！　（立上って廊下へ出る）すみ子はん、台所の戸締りは大丈夫だっか。もう一遍よう見ておくなはれ。
すみ　（立上って右手へ）
通仁　（その背中へ）仁美はどうしてる？　連れてきたらどうだ。
すみ　（駆込み乍ら）奥でよう寝とりますさかい――（去る）

うめ、廊下へ出て菊次と共に雨戸を閉め始める。表通りを疾走する馬蹄の音――半鐘と群衆の喚声が、次第に昂まってくる。

菊次　会長はん！　こらいよいよ軍隊と正面衝突だっせ。

雨戸が閉められて部屋の中は一段と暗くなった。

うめ　（部屋へ入り）雨戸閉めても気ィ許したらあきまへん。大阪では表通りから石ぶつけられて、雨戸を外された家が仰山ありましたさかいな。
菊次　そやけど、この家は町中から大分遠のいてるさかい、まァ、大概大丈夫やろ。

すみが入ってくる。

すみ　……何や知らんが、騒ぎが段々大きなってきたようやな。大事にならなええけど……

通仁、腕組みした儘黙りこくっている。暗いランプの明りの下で、四人の男女がその儘動かない。

うめ　会長はん、こない騒ぎの時になんやけど、うち、折入って頼みがありますんや。
通仁　……なんです？
うめ　一寸待っておくれやす。（立上って廊下より奥へ。間――）
菊次　……中村はん、まさか帰るんじゃおまへんやろな。
すみ　昨日お出でになったばかりやないの。
菊次　そやけど、料理屋いう商売はえろう忙がしいちゅう話やさかいな。
すみ　何ぼ忙がしいいうたかて、今日はお帰しする訳にはいきまへんわ。この騒ぎやもの。

うめが、土産の包みを持って現れる。

うめ　（正座して）会長はん、（紙包を出して）これ、ほんのチョッピリでお恥かしいのやけど、玉串料にどうぞ納めておくれやす。

通仁　ハ？（ポカンとしていたが、やがて我に返り）いや、それはいけません！　そんな！

うめ　いいえ、始めからそのつもりやさかい、どうぞ納めておくれやす。遠慮せんと教会の御用に使うておくれやす。うちに出来る事いうたら精々こんなこと位やさかいな、ほんまに頼りない信者はんどすえ。ホッホホ……

通仁　（頭を垂れて）すみません。では遠慮なく頂かせて貰います。

すみ　中村はん、ほんまにもう色々と……

うめ　いややわ。そんなに言われたらうち居る所がのうなりまんがな。ホホホ……そらそうとな会長はん、いつぞやお話した、ホラ、大阪に……

通仁　布教所を作るという話ですか？

うめ　あの辺は天理教の地盤やさかい、教会いうたら「悪《あ》しきを払おて助け給え」それだけや思うてる人が仰山おりましてな、大仁教の教えが何ぼ有難いいうて説いても、まるで聞いてくれしまへん。この亀山の町の布教も大事やろうけど、一度、大阪へも来てみたらどうだす。お百姓さんと違うて、その日その日、僅かなお金に縛られて暮している都会の人らには、開祖様のお筆先に示された、「一にもカネ、二にもカネのわれよしの恥知らずの四つ足どもがはびこる」という意味がよう分るやろうと思います。

通仁　つまり都会の小市民という訳でしょう。実は僕もね、前からその事を考えてたんですよ。天理教は大和の農村を背景にして成長してきた教会です。あの教会の強さは、そのまま土に生きている農民の強さです。これは僕達も学ばねばならない。（キラキラ眼を輝かせて）田川、何時も言ってるだろう、教会というものは、祈りを通じて、人と人との心を結びつけ、組織して行くものだ。そうだ、天理教は大和の農民の心を組織した。それならば大仁教は、丹波の農民と、関西の小市民の心を組織しよう！
菊次　会長はん。
通仁　中村さん、僕は今、あの米騒動の喚声を聞きながら考えた。米騒動と言い、都会の労働者のストライキと言い、その殆んどが政治の貧困、生活の苦しさからきているものです。僕はね、みだりに事を構えて争うのは好まんが、併し、必要とあれば、この貧しい民衆の先頭に立って戦うつもりですよ。京都の本願寺の奥深くに鎮座しているお上品な宗教家に出来ん事を僕はやる。その為に大仁教は邪教だ、政治結社だ、そう言われたってなあに構わんじゃないか。宗教は形じゃない、心だ、心を動かす力だ……田川、お互に頑張らなきゃいかんな。
菊次　へエ……（ホロッとして）ほんまにやらなあきまへん。
通仁　中村さん、何時か必ず大阪へ行きますよ。
うめ　会長はんに、そないに言うてもらえたら、うちもお参りに来た甲斐がありました（と笑うが）……そうそう……（土産の包みを前に置き）奥さん、これ昨日お渡ししよう思うてましたんやけどうっかり忘れてしもうて――京人形どす。仁美ちゃんの誕生祝いに隅の方にでも飾っといておくれやす。
すみ　まァ……そんな事してもろたら……
うめ　うち話を聞いとったらお人形よりべべを一枚買うてきましたのになァ。
すみ　……
うめ　（すみの粗末な服装を見て、急に胸が詰り）……ほんまに苦労しはりまんなァ、奥さん……（ハンケチを目にあてる）

三人、うつむいた儘――

突然、庭の方でピタピタピタと足音がする。続いて雨戸が烈しく叩かれる。

声　会長はん！　会長はんおりまへんか、一寸開けとくれやす、会長はん！

菊次　だ、だれや!?　おまはん誰や？

声　古川だす！

菊次　何や、古川やと――一寸待っとれ！

菊次、急いで雨戸一枚をあける。そのあいた所から、少年倉本浩一を背負った信者の古川和市が、泥まみれになった顔をニュッと突出す。

古川　菊次はん！　か、会長はんは？

菊次　アコにおるで。

古川　おお会長はん！　えらいこっちゃ！　倉本はんが殺されましたで！

通仁　何っ!?　（皆愕然となる――）

古川　刀をふり廻したもんやさかい、みんなに寄ってたかって頭叩かれて――

通仁　それで奥さん達はどうした？

古川　新どんと木村はんが隣の家へ連れて逃げました、わてだけがボンボン連れて――

菊次　何や、こら浩一はんか？

古川　へエ。

すみ　まァ可哀想に。

菊次　真蒼な顔して震えとるわ。
通仁　すみ、奥へ床をとってやれ。
すみ　はい。さ、あっち行きまほ、さ……（浩一を連れて奥へ――）
菊次　古川、貴様は!?
古川　会長はん！（急に泣き出して）すんまへん、米甚さんがわてらに、金神教へきたら布教師にして、毎月定った給金を呉れるいうたもんやさかい。
菊次　なんやて!?
古川　大仁教はもう見込みないいうて――
菊次　阿呆！ど阿呆！（いきなり古川の頬を張る）一と、会長はんに目え掛けられてた癖して、ほんまに何ちゅう性根の腐った奴ちゃ。かっ！（ともう一度）
通仁　（すっと立上り）田川、祭壇に灯をともせ。
菊次　ハ……？
通仁　すぐにだ！
菊次　はい。（廊下より奥へ）
通仁　（うめに）中村さん、すみにそういって袴を持ってきて下さい。
うめ　はい。（去る）

群衆の喚声がぐうんと昂まってくる。

古川　（おろおろして）会長はん、すんまへん、どうぞ堪忍しとおくれやす。な、会長はん！

うめが袴を持って急いで入ってくる。

うめ　会長はん、お袴を――（と言って、急に黙る）

通仁、心の中で何かを唱えている如く、仁王立ちになったまま動かない。半鐘の音と、喚声が一際高く聞えてくる。

その中で幕

第二幕

広大な亀山城跡に、みろく殿を中心とした大仁教総本苑の各建物が建っている。
舞台は——普通、教務院と呼ばれるかなり宏壮な建物の一部分で左手、コの字型の廻廊下に囲まれた十五畳程の役付信者の控えの間（瑞穂の間）と、右手、次の部屋とを結ぶ渡廊下の一部とからなっている。
瑞穂の間——中央に黒塗りのテーブルと一隅に電話。
客席に面する前廊に階段。階段を下りた舞台正面は教務院の中庭である。渡廊下を通して見える後景は総本苑敷地の一部である。とりどりの花が咲き乱れる花壇と、手入れの行届いた耕地の間を縫って大小の建物が立ち並び、濃い緑に包まれた遠い山脈が、緩やかな線を描いて左から右へ広がっている。
幕あき前に音楽——やがて音楽が止むと同時に、午後の始業を知らせるリアルな大太鼓の音が舞台一杯に響き渡り、その中で幕上る。
昭和十六年（一九四一年）五月中旬。
快晴——廻廊に面した三方の戸障子を取り払った部屋の中に四人の男女が居る。その一人、信者の工藤よしが、今は大仁教の祭司部長になっている田川菊次に神前作法の教えを受けている。即ち——中腰にて片膝をつき、手を腰にあてて正面を見据え、そのままの姿勢で足を交互に出して歩く法——工藤よしが甚だブザマな恰好で歩いている。信者の風間房子が外崎千鶴子と一緒に、ツンとした表情でそれを眺めている。

工藤と風間の胸に大仁教八曜の紋を型造った紫の支部長章が光っている。開け放したこの部屋に、初夏の微風がさやさやと吹き抜けて行く。のどかな本苑の午下り……

菊次　(歩いている工藤の傍らで)……そうそう、もっと胸を張ってもっと！　あかん、あかん、目をキョロキョロさせたらあかんがな。

工藤　(風間達に照れて) 何ぼやってもうまいこといきまへんわ。ええ加減頭が痛うなった。

菊次　頭の痛いのはこっちや。……よろしいか、こう構えたらな、ぐっと頤を引いて、頤やで。あんたはんのは腹をひくさかいお尻が出っぱってしまうのや。ええか、神殿に参るのやさかいジッと気ィ静めて、こうして歩くんや。(と歩く)……擦り音たてたらあかへんで。さ、今の通りやってみなはれ。

電話のベル。

外崎　(受話器を取って) ハイハイ、ええそうです。ハ？　ええいらっしゃいます。工藤さん、事務所からです。

工藤　そら大きに。(電話に出る) モシモシ、工藤だす。え？　ああそうですか、(菊次に) 教祖先生はすぐお見えになりますやろか？

菊次　さァ、来客が多いさかい。何やね？

工藤　事務所に書留が来てる言うてますのや。（電話に向い）……モシモシ、それやったらな、わたい一寸そっちへ行きますさかい。ヘエ、どうも大きに……（受話器を戻し、チラチラ風間達を意識し乍ら――菊次に）今度始まった明光殿の増築工事にと思いましてな。ホッホホ。（妙なシナを作って）ほな一寸……（すまして廊下より去る）

風間　（頰のあたりをピリピリさせていたが）……ねえ外崎さん、大仁教も近頃は、幹部さんの質が下ったもんでございますねえ。

外崎　ほんとですわ、奥様。

風間　田川先生、私も今度、神奈川の支部長に推薦して頂いたんですけど、神前作法も碌に出来ない方と同格に扱われたんでは、支部へ帰って信者さんに会わせる顔がございませんわ。

菊次　まあまあ、そう駄々こねんと仲良うやってえな。今度の異動は特に信仰年数には関係なしに、布教活動の実績が問題にされたのやさかい、信者として多少経験が浅うても、その辺は大目に見てやらなァあかんわ。

廊下より白い着物に黒い袴姿の研修生船岡晃が登場――

船岡　教祖先生がお見えになります。

風間と外崎、急に緊張する。

やがて和服姿の上司通仁が現れる――前幕よりやや肥り、風格が出てきた。既に白髪。二十数年間の厳しい風雪に耐え抜いてきた透徹した信念力が、柔和な表情の中に秘められている——

通仁　（にこやかに）お待たせしました。どうぞお楽に。

風間　教祖先生、お忙しい所をどうも……

通仁　いやいや、それよりお疲れになったでしょう。風間さんは、確か横浜でしたね。

風間　ハア。

通仁　（急に気付いて）菊次さん、（風間に）一寸失礼——横浜で思い出したんだが、今、東京から浩一君が帰ってきたそうだよ。

菊次　浩一はんが？

通仁　京都へ転勤になったので、お母さんに報告旁々、こちらへ寄ったのだそうだ。

菊次　暫く会わんけど、あのボンボン、大きうなりましたやろ。

通仁　久しぶりだからその辺を散歩したいとか言って、今みろく殿の方へ行ったそうだ。会ってきてやりなさい。私も用が済み次第時間をとって会うつもりだから。

菊次　ヘエ。（風間と外崎に）うちはこれで失礼するさかいな、御挨拶、間違わんようにやってや。ほな。（去る）

通仁　（立っている船岡に気づき）君は？

船岡　よろしいですか？

通仁　なんだね？

船岡　実は、この後——教務院の応接間で京都新聞社の方との面会と、それが終って三時から一般信者さんの面接、続いて京都市警察の方の面会と、予定が詰っておりますので、ここでの時間は約十分位に……

通仁　それはいいけど……京都市警察というのは何だね？

船岡　先生に是非お目に掛りたい申しまして。

通仁　教団の用事なら総務部長が居るじゃないか。

船岡　それが遅うなってもいいから是非先生に言いまして――

通仁　併しこう用事が詰っていたんでは。じゃ、仁美に会って貰いなさい。

船岡　教主先生にですか？

通仁　うむ。

船岡　はい……失礼しました。（一礼して左手へ去る）

通仁　（二人に）……お待たせしました。ええと、早速ですが……

風間　（二三歩下って、ベタッと平伏し）教祖先生、私、この度五月一日付を以て神奈川支部長に推薦され、御奉仕させて頂く事になりました。謹んで御報告申上げます。

通仁　御苦労様です。

外崎　（これも平伏して）私はあの……やはり五月一日付を以て、東京別院から本苑の祭司課へ転勤を命ぜられました。御報告申上げます。

通仁　東京別院から来たのは貴女ですか。院長からよろしくって手紙が来てた。元気ですか、古川君は？

外崎　はい。

通仁　こぼしてたよ、手紙で。去年の組織替えから急に布教区域が広くなって、頼まれても中々巡教に行けない。お蔭様であちこちの支部から呶鳴られ通しだってねネ、フフ……（真面目な表情になり）

それはそうと、風間さんは御子息が確か戦地へ行ってらっしゃる筈ですねえ。支那ですか？
風間　いえ、仏印のハイフォンとかいう所に……
通仁　な、風間さん、お筆先に示されている――お照らしは一体、七王も八王も王があるから世に争いが絶えんのだ――という意味、お分りになるかね？
風間　ハ……？（ポカンとしている）
通仁　いや、分らなければよろしい。だがお勤めだけは欠かさん様に――御子息の生命を守っているのは祖霊様ですよ。
風間　ハイ。（と頭を下げる）

渡廊下を通って工藤よしが現れる。

工藤　まあ！　教祖先生。（廊下にペタッと坐り）遅うなってすんまへん。今迄庶務課で、宝生金の手続きしとりましたさかい――（もう済んだのかという様に風間達を見つめ）先生、実は私、五月一日付で今度、大阪西部地区の支部長はんにさせて頂きました。何せまだ経験も浅いし無学やし、こない難しいお務めがうちに出来るかほんまに心配ですけど、一生懸命勤めさせて頂きますさかい、どうぞよろしゅうお願い申します。
通仁　それは御丁寧に。廊下じゃなんだからこちらへお入りなさい。
工藤　へ、ほんなら。（恐る恐る部屋に入る）
通仁　大阪はもう長い事行ってないのだが、西部地区というと……？
工藤　大阪城の向う、向ういうのもなんですけど、先生！　阿倍野、今池のあたりです。

通仁　ホウ、今池……

工藤　覚えていやはりますか。教祖先生が始めて布教所造られたあの今池だす。先刻も田川先生にお聞きしましたのやけど、もう二十三年も前になるいう話ですな。大仁教ゆかりの土地の支部長はんにさして貰うて、わたいはほんまに光栄や思うとります。

通仁　ふむ……（別の考えに捉われていたが）いや、そうですか。すると前任者は辞められた訳ですね。

工藤　そこ迄はうち聞いとりまへんので。先月、こちらへお参りに来ました時、仁美先生に招ばれて突然申渡されたんです。

通仁　……

工藤　（不安になり）あの、教祖先生、何か……？

通仁　いやいや、別に何でもありません。お気になさらないで下さい。

船岡、ふたたび登場——

船岡　先生。時間ですが。

通仁　む。

船岡　京都新聞の方が先程からお待ちしておりますので——

通仁　そうか。（三人に）では、時間がないので私はこれで……（船岡に）応接間だったな。

船岡　はい。

通仁、左手へ去る。三人は、それぞれの所で平伏したまま。やがて通仁に続いて船岡が立ち去ろうとする——

工藤　船岡はん、ちょっと！
船岡　……なんです。
工藤　おかしな事聞く様やけど、教祖先生、何ぞわたいの事を悪う思うてはるのと違うやろうか？
船岡　妙な事を言いますね。（青年らしく腹を立てて）先生の愛は信者さんの上に一律平等です。特定の人を理由なしに排斥する様な事は絶対にありません。疑問があるのでしたら後で教務院の青年会事務所迄いらっしゃい。我々が納得いく様に話してあげますから——（去る）
工藤　船岡はん、船岡はん！（後を追って去る）
風間　ホッホホ……（見送って）まァ、どうでしょう、あの恰好——宝生金の多いのが幾ら御自慢でも、教祖先生にあったらまるで形なしじゃございませんか、ホッホホ。さ、私達も参りましょうか。
外崎　先程教祖先生、妙な事仰言いましたわねえ、謎みたいな事——
風間　お筆先？
外崎　こんな事申上げていいかどうか分りませんけど、東京別院では古川先生のご意向で、お筆先から特にあの件《くだ》りだけ抜いてあるんですよ。
風間　それは又どうして？
外崎　つまり、七王も八王も王があるからという箇所は、何ですか解釈の仕様では今の——（と言って風間と視線が合い、急に黙る）ホッホホ、さ、参りましょうか。
風間　……ええ。
外崎　（立上って）奥様はこれからどちらへ？

風間　久しく御無沙汰しておりますので、天王平へ開祖様とすみ先生のお墓参りに登ろうかと思っておりますの。（ふと渡廊下の中央あたりで足を止め）おや、どなたか歌の練習でもなさっているんでしょうか……

左手奥の方から静かに流れてくる混声コーラス。

外崎　青年部の巡廻布教班の方達じゃございません。教祖先生がキリスト教の讃美歌に負けない様にって、大層御熱心なんだそうですよ。
風間　綺麗な歌……（耳を澄ます）でも、うちの教団は本当に若い信者さんが多うございますねえ。それも特に男の方が。
外崎　何しろ仁美先生がお綺麗でいらっしゃるから。
風間　それにまだお一人ですしね、ホホホ……

二人、笑い乍ら右手へ消える——コーラスが続いている。
やがて渡廊下の向う側に一人の男がニュッと現れる。鋭い視線であたりを見廻し、ソロッと渡廊下を越えてこちら側、つまり中庭へ入ってくる。背広にハンチング姿。手に小さなボストンバッグ。あたりの様子を伺い乍ら、手早くバッグよりカメラを取り出す。レンズの焦点を大屋根の軒先の突端に向ける。
金色に輝いている大仁教八曜の神紋——男、位置を変え乍ら矢継早に二三枚撮る。
通仁の次女、通子が女学校の制服に鞄を下げて（テニスのラケットも共に）右手より中庭へ入ってくる。男の姿を見て不審そうに立止る。

男　（カメラを仕舞い乍ら）いや、写真気違いというのは仕様がないもんですな。所構わずパチリパチリやりたくなりましてな、ハハハ。

男、そそくさと左手へ去る。通子、フンといった表情で見送ると、今度は誰も居ないのでそのまま這うようにして座敷へ上り、客の喰べ残した菓子を、一つ摘んで口の中へ放りこむ。
船岡が左手より戻ってくる。通子、慌てて座敷をおり、庭の植込みに隠れる。船岡、テーブルの上を片付け始める。残った菓子に気づき、あたりに気を配り乍ら、これ又素早く摘んで口の中へ。

通子　（だしぬけに）こらっ、泥棒猫！
船岡　ふわァ！　（モグモグと菓子を呑み下す）何や、通子はんやないか。
通子　うちで好かったやろ。田川のおじさんに見つかったらギュウギュウに絞られた上に、八百畳敷のみろく殿の隅から隅までゾーキン掛けやらされるのやから。
船岡　大きなお世話ですよ。（前廊へ出て来て）学校はもうすんだんでっか？　又早退してきたんでしょう。
通子　土曜日は四時間。船岡はん、それ持って来て、お菓子。
船岡　（菓子皿を持って、前廊の階段の所に通子と肩を並べて坐る）珍しいこっちゃ。土曜日は何時も暗うならんと帰ってきやへんのに。
通子　（喰べ乍ら）お小遣いない様になってしもたんや。船岡はん、あんた、玉串料をうちに寄附する気ないか？　来月利子つけて返すさかい。
船岡　阿呆らし。無給でお勤めしている僕に、お金のある訳がないやないか。
通子　折角映画見よう思っとったのにな。今な、京極の松竹館でギャバンの「望郷」が封切されてるんや。見てきた友達みんな素晴しい言うてたわ。日本の映画いうたら「燃ゆる大空」とか「西住戦車長伝」とか戦争もんばっかりやさかい、見る気せえへんわ。
船岡　映画もええけど、たまには身ィ入れて勉強したらどうなんです。成績のええのは体操だけやっていうやないですか。
通子　軍国日本の女性にふさわしいやないの。お父さんには叱られるかもしれへんけど。
船岡　教祖先生、何か言わはりますか？
通子　別に言わはらへんけど、友達の言うてる事聞いたら、きっとカンカンのカン助になるやろ。
船岡　へエ、なんで？
通子　神様の娘にしてはちと頭が悪すぎる言うてるさかい。
船岡　（ゲラゲラ笑い出す）
通子　笑いごとやないで。
船岡　ほんまに笑いごとやない……（と笑い続ける）
通子　この間もな、うち学校で大恥かいたわ。
船岡　……？
通子　ホラ、家庭調査票いうのあるやろ。あれをこの前学校から貰おてきてネ、翌日、お父さんの書いて呉れはったのをうっかり見んと学校へ持って行ったんや。そしたらな、受持の先生たらみんなの前で——上司さん、あなたのお父様は確か宗教家でしたわねえ言うさかい、ハイ言うて答えたら、今度は先生、ニヤニヤ笑うて、この職業欄には人間改造業と書いてありますが、人間改造業とは一体どんな事をする職業ですか——言うて聞くんやないの。恥かしくって顔から火が出たわ。

船岡　ハッハハ、人間改造業とは如何にも先生らしいな、ハハハ……

通子　お父さんいうたらほんまに人間離れしとるんやさかい、かなわん。

船岡　でも既成宗教人との断絶を宣言して、自ら救世主としてこの地上に君臨されたのやさかい、先生の職業が人間改造業でも僕は別に不思議やとは思わへんなあ。

通子　そらうちかてお父さんは尊敬している、ほんまに偉い人や思う。そやけどお父さんを尊敬する事と、お父さんの仕事に共鳴する事とは違うさかいな。

船岡　先生の仕事を認めん言うんですか。

通子　ほな船岡はんはほんまに信じてはるの？　地上天国とか、みろくの世実現とか、世の立替え立直しとか——貧しい人がこの世の中から一人もおらんようになるいう大仁教の教理を、ほんまに信じてはるの？

船岡　信じなくて、どうして布教活動が出来ます。地球上の総ての人間が神を信じた瞬間、霊界から霊波が照射されて、必ずこの地上に大きな変動が起ります。

通子　霊波？　船岡はんには悪いけどうちは宗教より科学を信じたいネ。霊界の話、何ぼ聞いてもうちには分らへんのや。みんな現実の生活が苦しいさかい神様を信仰するのやろうけど、何や自分を誤魔化してる様に思える……

船岡　無茶言うたらあかんわ。貧しい人や、病のある人は、その人自身に信仰の精神がないさかい、祖霊様が現実に貧乏とか病気とか災害とかになって現れてくるンや。先生の娘さんがなに阿呆な事言うてるんだす。
通子　そやけど、お父さんの言うてる事に一つだけ矛盾があるのや。何時やったかお父さんは、科学は智であり、芸術は美であり、宗教は仁であるいうてたけど、物事を論理的に分析出来るのは智である科学だけやないの。そやから病気で身体が悪うなったら、その原因を突き止める事の出来るのは宗教やのうて科学やないの？
船岡　誰も科学を否定してはいませんよ。僕かて病気になれば医者に診て貰うんですからね。ただ科学万能やなくて、大仁教の教理は、科学は宗教に従属するものだと説いているんです。他の教団を例にとるのはなんやけど、例えば「ひとのみち教団」。通子さん知っとるやろ。あの教団には「お振替」というまるで郵便局みたいな仕事がある。つまり信者さんが病気とか金づまりとかで動きがとれん様になった場合、「ひとのみち」のお守りを押えて——教主様、お助け下さい！——

今度は通子がゲラゲラ笑い出す。

船岡　なんや、人が真面目に話してるのに……
通子　（笑い乍ら）その話前に聞いたことあるわ……そのお守りを押えて「助けて！」いうたらどんな病気でも忽ち治ってしまンやてな、ハハハ。ほんまに郵便局や——（と引っくり返って笑う）
船岡　……通子さんが何ぼ可笑しがっても、ひとのみちの信者には真剣な問題やさかいな、それが果して宗教と言えるかどうかは別としても——
通子　騙されてるのと違うの？　人の弱みにつけこんで神様を利用しているみたい……

船岡　そうとばかりも言えんやろうけど、併し、多くの教団がそういう方法、つまり病気治しとか災害防止とかの現世利益で信者を集めている事は事実やね。その点大仁教は、宗教は政治、経済、科学の一切を指導するという独自の教理で進んでいるのやさかい断じて他の教団とは違いますよ。人は右に宗教、左に芸術を携えて歩め。よくそう仰有ってるでしょう、先生は。つまり我々が毎日唱える短い祝詞の中に――

通子　もうええ、もう沢山や。霊界やとか霊力やとか聞いてると、ほんまに頭がボウーッとしてくるわ。それより先刻の……人は右に……

船岡　宗教、左に芸術。

通子　（一寸口の中で呟いて）……やっぱり違うわ。

船岡　……？

通子　ゲーテはな……

船岡　え？

通子　ゲーテは、人の世には科学と芸術があればよいのや言うてるのや。お父さんとゲーテと較べても仕様ないいけどな。

中庭の左手より国民服にゲートル姿の信者、三川藤次郎が中年の女二人を連れて現れる。徒

三川　（二人に）どやね、やっぱり来てみな分らんやろが。ここは教務院ちゅうてな……（船岡に）お逆お、これは船岡はん、暫くだンな、又新しい信者はん連れて来ましたで。

船岡　（不機嫌そうに）御苦労様です。

三川　今度お蔭さんでわたいも宣伝使にして貰いましたさかい、信者獲得の割当一月五人ちゅうケチな事を考えんと、十人でも二十人でも手当り次第入信さして、行く行くは宣伝使のトップ切ったろう思うてますのや。いずれ九月の立教大祭には、神戸、明石、三の宮、あこの近くから、わての息の掛った信者はんが仰山押し寄せてきますさかいな。教祖先生によろしゅう御報告申上げといて下さい。今年の論功行賞は関西主教会の三川藤次郎やいうてな、ハッハハ……（二人に）さ、行きまほ……（三人、右手へ去る）

通子　（呆れて）何やネあの人、まるで保険の外交員みたい。

船岡　（苦々しそうに）ほんまにイケ好かん奴ちゃ。あれやったら立派な商売人やないか。

通子　ほな、やっぱり外交員か？

船岡　そういう意味やないけど、併し月の半分近くはここの信者宿舎に寝泊りして、新しい信者さんの間をうまい事立廻っては幾らかの報酬を得て生活している――そういう男ですからね。

通子　それでも信者はんか。不正な事があるのやったらどしどし言うてやったらええやないの。

船岡　言いましたよ。言ったけど逆に宣教部長から注意されましたよ。

通子　なんで？

船岡　あの男は、他の誰よりも多く新しい信者さんを獲得しているいわば優秀な布教師やさかい、多少の事は黙認してやりなさいってネ。阿呆らしうて二の句が告げへん。

通子　それやったらお父さんに言うたらええやないの。

船岡　僕の様な研修生の出る幕じゃありませんよ。

通子　又始まった、船岡はんのお得意の劣等意識いうのか、先生に拾われて育てて頂いたんやさかい、ぼくは孤児やさかい――

船岡　阿呆な。今度の異動は先生のお指図と違うんです。
通子　お父さんやなかったら誰や？
船岡　教主先生です。
通子　お姉さん!?　それなら船岡はん、余計言わなァあかんやないの。

廊下伝いに通仁の長女、二代教主、仁美が、今は立派に成人した倉本浩一と一緒に現れる。続いて菊次と工藤よし。

船岡　（あわてて仁美に一礼する）
仁美　……通子、ここは貴女の来る所じゃありません。学校が済んだらまっすぐ家へお戻りなさい。
菊次　（とりなし顔で）まァま、一寸お寄りしたんですやろ。（浩一を指して）通子はん、覚えてはりますか、浩一はんだっせ。
浩一　（快活に）今日は――随分大きくなったなァ、通子ちゃん。
通子　今日は。（簡単に頭を下げ）……さようなら……（右手へ去る）
仁美　船岡さん。
船岡　……は？
仁美　六時から戦没信者さんの慰霊祭を行いますから、みろく殿の仕度をして下さい。
船岡　ハイ。
仁美　それから……これはお分りの事でしょうけど、教団内における風紀問題には充分気をつけて下さい。

船岡、渡廊下より去る――

工藤　教主先生、ほなわたいもこれで失礼させて頂きますさかい。

仁美　そうですか……ではお帰りになりましたら大阪支部の方達によろしく仰有って下さい。

工藤　大きに……

仁美　先刻の事は決して御心配なく、お気になさらないで下さいネ。

工藤　わたいもお話聞いてすっかり安心致しました。ほな、祭司長先生も御機嫌よろしゅう。

工藤よし、渡廊下より右手へ――

浩一　……成程、祭司長先生がすっかり板についたですね。

菊次　年寄からかってえのか。うちはな、あんたのボンボン時代をよう知っとるんやで。

浩一　そら始まった。

菊次　始まったやおまへんがな。忘れもせえへん、あの大正七年の米騒動の時に、浩一はんいうたら、今は東京別院の院長に納っとる古川和市の背中におうてもろうて、オロオロ、ベソかいて来たもんや。

浩一　でも顔色一つ変えなかったと言ってましたがね、先生は。

菊次　阿呆言いなはれ。奥の部屋へ寝かしつけてものの十分も立たんうちに（手で示し）こおーんな大きな寝小便たれよったんや。

浩一　こらいかん、逆襲だな。（三人、どっと笑う）

菊次　ほな、うちは一寸会長はん……（苦笑）あかん、どうも昔の癖が直らん……（笑い乍ら）ほな、会長はんの先生を呼んできますわ……

菊次、左手へ去る。コーラスが再び聞えてくる。
浩一　……いい人ですね、田川のおじさんは。昔と一寸も変らない。
仁美　ええ……（やっと話し出す機会をみつけ）……それでね浩一さん、先刻のお話ですけど……日本宗教会議とか言いましたわね。
浩一　そうです。
仁美　その宗教会議というのは、この前出来た宗教団体法とどんな関係にあるんです。
浩一　簡単に言えば宗教団体法の実践機関でしょうね。現在、文部省の宗教局へ正式登録されている公認宗教団体は全国で四十四だそうですが、この四十四団体に同一の歩調をとらせて、戦時下の布教活動を一本にまとめて行く——これが所謂、宗教会議設置の大体の眼目じゃないんですか。僕はその様に解釈していますし、東京地検にも、司法省からそういう通達があったのですから……
仁美　それじゃ、公認団体は、必ずその宗教会議へ参加しなければいけない訳ですね。
浩一　必ず……という訳でもないでしょうが……併し、強いて反対する理由もないんじゃないかなァ。いや、内容も分らんうちからこんな事を言うのは何だけどね……ハハハ……
仁美　そうね、内容が分らないうちからとや角言っても仕方ない事だけど、でも、数ある団体の中ですから、或いは宗教会議の性格と、教団の布教方針と背反して、参加出来ないという所も現れてくるかも知れないでしょう。そういう場合、仮にネ、仮にですよ、参加を拒絶した教団はどうなるのかしら……？

浩一　（一瞬、キラッと仁美を見る。が、すぐと）さァ、どうなるのかなァ……検事といったって、僕のような新米検察官は例の七・七禁止令といわれている「贅沢は敵だ！」の贅沢を取締る役目を仰せつかるのが良い所で、とてもそういう複雑な問題はねえ……それに、やっぱりまずいんですよ、立場上色々と……

仁美　……？

浩一　何といっても、僕は先生に大学まで卒業させて貰った人間ですからね。単に遊びに来たといっても、ハタが変に誤解するかも知れないんです。とりわけこの前、宗教団体法が成立した時に「信教の自由を侵害するものだ」と言って強硬な反対声明まで出した大仁教ですからね――倉本の奴は挨拶廻りにこと寄せて、或いは検察部内の情報を……（と言って急に笑い出す）ハッハハ……いや、話が馬鹿に飛躍しちまったな。でも仁美先生、それが満更出鱈目じゃない証拠に、先刻、京都市警から刑事が出張《でば》って来たでしょう、僕の後を尾けて――

仁美　それじゃあの人達……

浩一　多分、そうだろうと思います。（探るような眼で）でも、彼等、どんな話してました？

浩一が言いかけた時、左手より通仁が足早に現れる。続いて菊次。

通仁　やァ、よく来たね。すっかり見違えちゃったじゃないか。

浩一　（丁寧に一礼して）先生、御無沙汰致しまして。

通仁　まあまァ、挨拶は後でゆっくり……お母さんお喜びだろう。京都だったらお母さんと一緒に暮せるね。
浩一　お蔭様で。
通仁　よかったよかった。お父さんがあんな事件で亡くなられてから、本当に苦労のし続けだったからね、お母さんは。ま、せいぜい親孝行してあげるんだネ。
浩一　ハイ。
通仁　それはそうと、仁美――
仁美　先刻の京都市警の方ですか？
通仁　用件は何だね？
仁美　別にコレといった用事ではないんですが、要するに一般的なこと、例えば布教活動の実際だとか、お筆先の内容とか或いは現在信者数はどれ位だとか……大仁教の神紋はどなたが決めたのか……
菊次　神紋？　神紋いうたらあの八曜の紋やろ。
通仁　話というのはそんな事だったのか？
仁美　ハイ。
通仁　下らん、実に下らん。一体何の必要があってそういう探索めいた真似をするのかね。ねえ浩一君、私は大仁教立教以来、今日迄に加えられた様々の政治の圧力を、そのまま大正、昭和に渡る日本の民衆の苦難の歴史だと思ってるのだよ。法難は、教団や信者を強く鍛えると開祖さまは言っとったが、無暴な事をすれば今度は教団が法難を受けるより先に彼らの上に神のおさとしがあるだろう――私はそう思っている。
浩一　併し先生……
通仁　……

浩一　僕の様な門外漢がこんな事をいうのは僭越な話ですが、例え信仰一途に生きる宗教人でも、戦時下の日本に生きる一人の日本人としてですネ、自ずから尽さねばならぬ道はあるんじゃないですかね。
通仁　（不審そうに）それはどういう事だね？
浩一　どういうって、つまりですね……支那事変が始まって、この七月七日で丁度満四年を迎える訳ですが、戦局は予期に反してますます拡大されて行く。国内では非常時体制が布かれて、この四月からお米も配給制度になってきた。又一方では大政翼賛会が誕生して、国の総力を結集して聖戦を遂行しよう、我々は陛下の赤子としてひたすら御奉公しようって意気込んでいるのに……ですよ、先生は……
通仁　宗教団体法に反対した——というのかね。
浩一　そうですよ。あれは宗教家も一致団結して国策に協力せねばならんという事で立法されたんですからね。
通仁　浩一君。今日君が来たのはそういう用件なのかね？
浩一　（ハッと顔色が変る）
通仁　ハハハ、まさかそうじゃないだろう。ま、議論なら後でゆっくりやってもいいけど、ハハハ。
菊次　ほんまに偉いもんや、先生相手に議論する様になったんやさかいな、伊達に大学校は出とらんて。
通仁　……所で、もう一つ聞きたい事があるんだがな、仁美。
ハハハ（浩一、苦笑——）
仁美　……？
通仁　私は主義として、人の決めた事には干渉しない方針なのだが、今度の役員異動で一つだけ腑に落ちない点があるんだ。大阪の支部長はどうして更迭したんだ？　前任者が辞退を申し出たのか？

仁美　（平然と）いいえ。
通仁　すると教団の方針、つまりお前の方針という訳だな。
仁美　教団内部の問題は、私に任せると、お父様、仰有った筈ですけど。
通仁　だから聞いてるのだよ。率直に——前任者に落度でもあったのか？
仁美　いいえ。
通仁　ない？　すると辞退でも落度でもない、お前の意向で更迭した訳だな。
仁美　そうです。
通仁　仁美、理由なしに支部長を辞めさせるのは少し問題じゃないか。まして大阪の支部長さんは、教団創立当初からの古い信者さんで、しかもある一時期、潰れかかった教団を救ってくれた、いわば恩人だよ。お前も何回となく会ってるんだし、私もよく話をしてたから、その辺の事は充分知ってる筈じゃないか。取消しなさい。今からでも遅くないから早速取消しの手紙を出しなさい。
仁美　お言葉を返す様ですけど、私が二代教主に就任した時、お父様とお約束した事がありました。
通仁　……私が教団の進むべき方向を指導し、お前が内部を司る。
仁美　お分りになっているのでしたら、私の——
通仁　他の人じゃないぞ、中村さんだよ。大阪の中村うめさんだよ。
仁美　分ってます。あの方はこの半年というもの、支部長の心境順位がずっと最低です。例え、どんなに古い信者さんでも、今現在教団に尽して下さらなければ仕方ありません。
通仁　尽してない？　それは中村さんには難かしい理屈は分らん。併し関西主教会で、大仁教精神を骨の髄まで理解しているのはあの人の他に幾人《いくたり》もいやしないぞ。
仁美　私は大仁教精神を問題にしてるんじゃありません、支部長の心境順位を問題にしているんです。

通仁　同じことじゃないか。
仁美　いいえ、教団の経営は大仁教精神だけでは支えられません。
通仁　仁美！
仁美　（構わず）支部長の心境順位は、信者の勧誘人数と、宝生金の額も参考にされます。中村さんは……
通仁　馬鹿っ！　何という事を言うんだ。大仁教は信者のあがりをかすめて肥えていくマヤカシ教団とは訳が違うぞ！　金の高で心境順位が決るのだったら……仁美、開祖さんや私が、これまでやってきた仕事は一体どうなるのだ。いいか仁美、私はね、貧しい人、心の傷ついている人、病のある人……そういう人達を救いたい、本当に真底から、その人達を幸せにしてあげたい——そう思って、お前のおばァさんである開祖さんと一緒に大仁教を造ったのだよ。それを、今お前の代になって、金が信仰の総てだという事になったら、金を持っている者しか救われないということになるじゃないか。貧しい人達は信仰の自由すら持つ事が許されないことになるじゃないか。私は絶対に反対だ。私は総ての信者さんに公平な愛を与えたい。その為には、金額で順位を決めるという馬鹿げた真似は、今この場で止めるんだ。
仁美　お父様。
通仁　なんだ？
菊次　仁美はん、もうよろしいやおまへんか。
仁美　いいえ、これは大事な事ですから、田川さんも一緒に聞いて下さい——お父様は今、公平な愛と仰有いましたわね。
通仁　それがどうした？

仁美　お聞きしますけど、公平な愛というのは、特定な人を、他の誰よりも強く愛す……ということではありませんね？

通仁　どういう意味だ、それは？

仁美　（皮肉にならず）お父様は、今年へ入って、前後三回に渡って中村うめさんへお金を送っておりますね。

通仁　（ハッと胸を突かれたように黙る）

仁美　無論、お父様がなさる事ですからとや角言う事はありませんし、お金も教団の厚生基金の方から出ているのですから、出費の理由ははっきりしているのですが、公平な愛と仰有っているお父様の行為だとすると、私には理解出来ません。それに、こういう際、こういう問題が表面化すると、それでなくとも私達の私生活が違った眼で見られているんですから……色々誤解されて、世間に伝えられる事になります。

通仁　仁美！　お前、まさか……

仁美　勿論、お父様を信じています。……私、これで部屋へ戻ります。浩一さん、先程のお話、もう少しお聞きしたいんですけど、よろしかったら。

浩一　ええ。

仁美　（立上って）お父様。教団の経営も、十人の時は十人の様に、信者さん百人の時は百人の様に、その都度変えていかなければやっていけないんです。（右手へ去る）

浩一　先生、それでしたら僕もこれで。今夜又お伺いさせて頂きます。じゃ、田川さん。（と去る）

間――再びコーラスが聞えてくる。

通仁　（外の風景に眼を移し）……風が出てきた様だな。菊次さん、麦の穂がすっかりふくらんだね。一寸畠を歩いてみようかね……

菊次　会長はん！　元気出さなあきまへんで、ここでヘコたれたら今迄してきた事は全部無駄になるんやさかい。

通仁　……行こうかね。

通仁、静かに立上る。コーラスが続いている。

幕

第三幕

前幕より四カ月程経った同年の九月中旬。舞台は第二幕に同じ。

黒々と闇に包まれた本苑敷地のそこここに、明日の立教大祭を祝うかの様に信徒寄進の献灯の明りが九月の夜空を美しく彩っている。初秋とはいえ山国の夜気は肌寒く、ひんやりした空気が舞台一面に漂う。渡廊下に二基の高張提灯が立てられ、その灯と折からの月明りとで中庭はかなり明るい。前廊階段の左手に三俵の米俵が積みあげられ、俵に刺しこまれた表札に、

奉納　東北主教会

月の冴え渡った静寂な舞台に、今宵前夜祭を祝う豊年踊りの笛太鼓の音が、高く低く聞えてくる。

部屋の中央に倉本浩一が坐っている。誰かを待っているらしく落着かない。やがて立上り、腕時計を見乍ら廻廊を行きつ戻りつする。右手より、黒紋服姿の東京別院長、古川和市が急ぎ足で登場――

古川　どうも遅うなりまして。お待ちになったでしょう。
浩一　今迄お勤めですってね、東京から着いたばかりだというのに。
古川　（坐り乍ら）教祖先生の代理でね、明日の大祭の祝詞を奏上してました。（語調をかえて）浩一さん、東京以来四カ月ぶりですね、お会いするのは……
浩一　もうそうなるかなァ……
古川　早速ですが、手紙、読んで頂けましたか？
浩一　古川さんの前ですが一寸驚いたな。
古川　……？
浩一　結論から先に言いますとね、お筆先は約二十カ所、「道のしおり」に至っては、全部。
古川　駄目ですか？
浩一　（頷く）
古川　やっぱりね。実は昨夜、東京を立つ前に文部省の宗教局へ呼ばれまして、コンコンとやられたんですよ。というのはつい十日程前、今まであれ程頑張っていた天理教がどういう風の吹き廻しかお筆先の中で誤解をまねく箇所を抹殺し、しかも天理王命を天理大神と進んで改名して、それを文部省へ届出たという事実があったんです。
浩一　聞いてます。
古川　それに対してうちの場合ですが、教団としては中流程度の大仁教が、お筆先はおろか、今以て宗教会議参加の返事を出さないでおるんですからね。どう贔屓目に見てもこれは教団に理がない。文部省が怒るのは当り前なんです。
浩一　古川さん。

古川　……？
浩一　お話はよく分ります。僕も出来る事なら……いや無論教団の主張もあるだろうけど、何といっても戦時下ですからね、ここは一つ穏便に文部省の意向通りにした方がいいと思うのですが、併しですよ、宗教会議参加の是非が未だに決らない理由は、はっきり言って先生が反対しているからでしょう。古川さん、先生を説得出来ますか？
古川　出来ると思う。いやしなければ教団は潰れてしまいます。個人としては先生を尊敬していますが、大仁教十万信者の信仰を裏切る事は出来ない。私はこの際どんな条件でも、当局の命令には従わなければならないと思ってます。
浩一　うむ……
古川　とに角、今日明日中に返事を出さなければ宗教会議の方は参加の意志なしと見なされるんですからね、今夜の会議では先生と刺し違えてもいいから自分の意見を通すつもりです。浩一さん、ここは一つ大仁教にテコ入れするつもりで、お筆先の中で不適当と思われる箇所を指摘して欲しいんです。勿論絶対に他言はしない、改めていうまでもない事だけどね……

左手より船岡晃、登場——

船岡　古川先生、教祖殿で皆さんがお待ちしております。
古川　すぐ行く。
浩一　古川さん、じゃいずれ後で。
古川　仁美先生ともよく相談して、今夜伺いますよ。先生のお宅でしょ、お泊りは？

浩一　（立って右手へ歩き乍ら）いいですよ、どうぞ。
古川　まァ玄関まで。

二人、話合い乍ら右手へ去る。船岡、立止った儘——やがて古川が戻ってくる。

古川　何だ待ってたのか。そら済まん。教祖殿だったね。（古川、左手へ通り抜けようとする）
船岡　（背後から）古川先生。
古川　……
船岡　（緊張した表情で）突然ですけど、お聞きしたい事があるんです。
古川　……うん。
船岡　今夜の主教長会議は、宗教会議参加の是非と、開祖様のお筆先を主に討議すると聞いたんですが、本当ですか？
古川　（空とぼけて）さあ……何の会議かね。とに角出てみなければ分らんよ。（去ろうとする）
船岡　待って下さい！
古川　（不快そうに）何だね？　忙しいんだ、私は——
船岡　この間から僕達青年部の間に、お筆先が廃棄されるという噂が飛んでいてみんな動揺しているんです。教えて下さい。もしもお筆先が消えてしまったら、僕達はこれから何を教典にしたらいいんです。今迄やってきた事は一体どうなるんです⁉
古川　黙んなさい。
船岡　（構わず）ここじゃ誰も教えてくれないんです。いえ、誰も分らんのです。

古川　やめなさい！　人がくる！

　右手より信者（男女）二人、現れる。

信者男　（古川に最敬礼して）お晩でごぜえやす。

古川　（愛想よく）お晩です。豊年踊りですか？

信者男　ヘエ、ちょっくら見せて頂こう思いまして。（二人、最敬礼して去る）

　古川、二人の去ったのを見届けると、急に船岡の腕をつかみ、

古川　こっちへ来給え。（前廊の方へ出てきて小声で）……船岡君、これは誰にも言っちゃいかんよ。いいかね、他言は禁物だよ。

船岡　（緊張して頷く）

古川　実はね、大仁教も愈々くる所まで来てしまったのだよ。いや、大仁教ばかりではなく他の宗教団体も同じなんだがね、これ迄通りの布教方針ではとても教団存続が許されないという事が分った。というのは、無論お筆先もそうだが一番の焦点は教団の祭神であらせられる大仁大神《おゝひとのおゝみかみ》だ。文部当局では、日本の歴史、つまり天孫ニニギノミコトが高天原に御降臨されてから今日までの我が国の歴史だね、その歴史に現れてくる諸々の神様だけが日本の本当の神であり、他の——例えば天理教の天理王命、大仁教の大仁大神、その他の神々は総て人為的に捏造された架空の神であり、その神を信仰の中心に置いている宗教団体は、とりも直さず日本の歴史を否定するものである……とまァこういうのだ。

船岡　併し先生、うちの場合は、単に大仁教の祭神だというだけではなく、この天地を創造された親神様ですから。
古川　いやいや関係があるんだ。解釈の仕様では大変なことにもなる。（あたりに気を配り乍ら）いいかね、天孫ニニギノミコトは日本をお造りになった造物主だね、そして恐れ多い事だが今上陛下はミコトの御子孫であらせられる。我々の考えがどんなに純粋であろうとも大仁大神を造物主としてお祭りする限りは――
船岡　先生！
古川　分ったかね。分ったら徒らに動揺しないで、今後は教団の新方針に進んで協力するようにネ。
船岡　するとあの……教祖先生はそれに就いてどういうお考えなのでしょうか？
古川　それは先生だって無論……いや、君がそんな事まで心配する事はないんだ。（ポンと肩を叩いて）いかんぞ、しっかりせんと。ハハハ……

古川、そう言って急ぎ左手へ去る。船岡、渡廊下の中程まで来てフト足をとめる。やがて何思ったか急に左手へ駈け入る――間。

左手より古ぼけたトランクを下げた中村うめが現れる。めっきり老けこんで昔日の面影はない。ひっつめ髪にモンペ姿。疲れた足を引きずる様にして歩いてくる。懐かしそうに、だが異境へ入りこんでしまった旅人の様にビクビクし乍らあたりを見廻す。

右手より菊次と三川藤次郎の二人が、庭の中央に据えるかがり火の三脚などを持って現れる。

菊次　（舞台へ掛り乍ら、奥へ向って）……そこが済んだら御苦労やけど、この中庭も掃除してや。

右手奥の方で「ハァーイ」と返事する声。

菊次　（三川に）先刻も言うた通り少しは口を慎んでもらァな困るで。ほんまにおまはんいうたら助平みたいな話ばっかりしよるんやさかい。
三川　へへへ……（三脚を置いて）ここらでよろしいか？
菊次　ええやろ。
三川　（据付けに掛り乍ら）……そやけどな田川先生、辞めようかどうしようか迷っている信者はんには、あの話が一番よろしいおますのや。
菊次　なんでもええさかい、もっと高尚な話をしなはれ、高尚な話——（右手より信者が箒を持って出てくる）ここや、ざっとでええさかいな……（と言って、渡廊下の下にポツンと立っている中村うめに気づき）……あんたはん、立教大祭に来はったんですか？
うめ　え？　へえ……
菊次　それやったらな、信者宿舎へ行きなはれ。所属の支部はどこやね？　（急に気がつく）あんた、大阪の……中村うめはんと違うか？
うめ　（吃驚して）まァ、あんた、菊次はん！
菊次　やっぱり中村はんやった。暫く連絡ないもんやさかい、会長はん、どないしたんやろいうて心配しとったで。けど何でこんなとこへ？
うめ　実はな、先刻会長はんのお宅へ参らしてもろたんどす。

菊次　それでか。会長はんはな、一寸重要な会議があって、身動き出けしまへんのや。ま、何時迄も立話してたかて仕様ない。事務所でゆっくり話を聞こうやないか。トランク貸しなはれ。（と素早く取る）
うめ　こら、どうもすんまへん。
菊次　（トランクを一寸上下させて）今度は少しゆっくり泊っていけるのか？
うめ　（ハッとする）えっ？
菊次　ギッチリ詰ってるとみえてえろう重いわ——（三川に）ほな、あんばい頼むで。（信者ABに）掃除すんだら梅香殿で豊年踊りをやってるさかいに見に行きなはれ……（菊次とうめ、右手へ去る）
三川　（見送って）フン、三十年もおるちゅうのに、信者はんの前で説教話一つ出けん癖に。祭司長先生が聞いて呆れるわ。
女A　どないしたんやネ、三川先生？
三川　わてがこの前、修行者道場で新しい信者はんに話をした講話が、低級で助平であかんちゅうのや。
女B　ああ、あの神様のおさとしでっか……フフフ。（思い出した様に笑い出す）
三川　忘れへんやろ。ああいう話はな。へへ……
女A　何やネ、二人して薄気味悪い。三川先生、どういう話やネ？
三川　話してもええけど、こら真面目な話やさかいヘラヘラ笑うて聞いたらほんまに罰あたるで。
女A　ヘエ、そらもう。
三川　おまはんの信仰精神が、もし途中でグラツキ始めたらこの話を想い出したらええ。（一寸説教口調になり）去年の暮の事やった。浜松の酒屋さん……勿論ここの親父さんは信者はんだっせ……その酒屋さんの便所にな、ある時、突然ウジが湧いたんや。

女A　あのウジ虫のウジが？
三川　おまはんも知っとるやろうが、ウジが湧くのは、何ぞおさとしのある前兆や……さあ親父さん、それ見て驚いたの何のって——早速祖霊様にお祈りする、支部長はんに報告して、教会長はんにお祓いして貰う……ちゅうな具合にな、青うなって飛び廻ったんや。所がウジ虫の奴は減る所か、ますます増えて行く一方や。
女B　ほんでな、その酒屋の親父さん、耐え兼ねて便所にガソリンまいて、ウジ虫を皆殺ししてしまいよったんやと。
女A　ガソリンを！
三川　親父さんにしたら苦しまぎれに打った最後の手や。（今度は声を潜めて）……ところがな、丁度そん時、東北地方を巡教なさるんで、教祖先生が浜松へお寄りになってな、その話を支部長はんから聞かはったんや。
女A　教祖先生、何て言わはりました。
三川　たった一言。「悪い息子さんがおるネ」……こう仰言ったんや。
女A　そんな息子はんがほんまにおったんですか？
三川　おったんや。しかも跡取り息子の一人息子や。碌すっぽ酒屋の手伝いもせえへんと、毎日、仕様もない小説ばかり書いている道楽息子でな、小説書いている様な奴やさかい神さんなんぞ頭から馬鹿にしよって問題にしよらへん。所が、恐ろしいもんや。ガソリンまいたその翌日な、息子がくわえ煙草で便所に入った。ほんでな、余りガソリン臭いもんやさかい鼻つまんで用を足そうとした時に、煙草がポトンと落ちて、忽ちガソリンがボウーと燃え上った。
女A　火事になったんか？

三川　火事？　うん、息子の、アコん所がボウーッちゅうて火事になったんや。
女Ａ　まァいややわ、ハハハ……（三人ゲラゲラ笑い出す）
三川　神様を馬鹿にした者が、当然受けるムクイやさかいな。あんたらも、心の中に迷いが出来たら、今の話をよう思い出したらええで。
女Ａ　そやけどな、三川先生。
三川　む？
女Ａ　教祖先生は、酒屋さんにそんな息子はんがおるいう事を知ってはったんですか？
三川　阿呆いいなはれ。何ぼ先生かて、十万もおる信者はんの家族迄一々覚えとられますかいな！
女Ａ　それやったら……
三川　分らんか？　それが何時も話をしとる、ほれ！　霊眼ちゅうもんや。教祖先生はな、わてらと違うて、とりわけ霊衣が厚いさかい、黙って坐っとっても先々の霊界の動きがよう分るんや。
女Ｂ　霊衣ちゅうのは何ですか？
三川　霊衣は、つまり霊の衣と書く。人間の身体は誰でも霊の衣で被われとるのや。ま、普通の人は霊衣の厚さが（指で）……五分位やな、偉い人になる程厚うなる。
女Ａ　それやったら、教祖先生はどの位ですか？
三川　先生は、もう何ちゅうたかて神さんに近い方やさかいな……まァ、三寸位やろ。この辺が霊衣の最高や。
女Ｂ　ほな、三川先生はどの位でんね？
三川　わてか、わてはな……まァ、七分五厘ちゅうとこかな、ハハハ……

渡廊下を通って菊次と中村うめが現れる。

菊次　（三川らに）何や、まだおったんか、早よ行かんと豊年踊り終ってしまうで。今日は全国から集まった信者はんがお国自慢の郷土芸能を見せてくれはるさかいきっと面白いで。

三川　行こか。（三人左手へ去る）

菊次　（感慨深そうに本苑の夜景を眺めているうめに）……どないしたんやネ、気分でも悪いンか？

うめ　……あの太鼓の音を聞いているうちに、何や昔の事想い出しましてな……もう二昔も前やいうのについ昨日みたいな気がする……

菊次　（これも足を止めて）……ほんまにあの破れ障子の布教所時代が懐しいな。まるで夢みたいや……

　二人、その儘でジッと耳を澄ます。風に乗って聞こえてくる笛太鼓の音。

菊次　（我に返って）さ、こっちへ来なはれ。もう間もなくお見えになるやろ。

うめ　（座敷へ入る）

菊次　楽にして楽に。本苑は信者はん達の心の故郷やさかいお里返りしたつもりでユックリ休んでや。

うめ　大けに……

菊次　……中村はんも苦労されたとみえて大分白髪が増えたなァ。

うめ　あきまへんわ、もうこない落ち目になっては……

菊次　なにを言わはる。昔の教団の大恩人に、今度は大仁教がお世話させて貰う番や。気を大きう持たなあかん。

左手より外崎千鶴子、登場――

外崎　田川先生、ちょっと。
菊次　む？
外崎　あの……（とうめの方を見る）
菊次　（外崎に）何やね、かまへんさかい言うてみぃ。
外崎　……実は船岡さんが……
菊次　船岡？　船岡がどうした？
外崎　会議中の教祖殿に突然入りこんできまして、お話中の先生方を呶鳴りつけて会議を目茶々々にしてしまったんです。
菊次　何やて！　主教長会議へ呶鳴りこんだやと？
外崎　田川先生に、すぐ来て頂く様に申されましたので。
菊次　一体どないした言うんやろ……ほんで、教祖先生は？
外崎　それが……お席を立たれてしまわれたので、仁美先生にお話ししました所、会議が再開する迄の短い時間ですが、すぐお会いすると申されました。まもなくお見えになると思います。
菊次　ほうか。仁美先生が会うて下さると言うのか。
外崎　ハイ。
菊次　中村はん、後で戻ってくるけどな、仁美先生によようお願いしなはれや。なァに心配する事あらへん、わざわざ会うて下さる言うんやさかい、きっと相談にのってくれはる……
うめ　大けにな、色々と。
菊次　（立上り）どこにおるんやね、船岡は？
外崎　青年会の事務所です。
菊次　（右手へ歩き乍ら）……中村はん、よう訳を話して頼むのやで——

二人、右手へ去る。
中庭を信者達が通る。奥の方で拍手の音。祝詞を奉唱する声など——間。左手より黒紋服姿の二代教主、仁美が現れる。

仁美　（別人の様な愛想好さで）まあ、お珍しい、よくお出で下さいました。（慌てて坐り直すうめに）どうぞその儘で、どうぞ——
うめ　（ハッと頭をさげて）仁美先生、えらい御無沙汰ばっかり致しまして、ほんまに済んまへん……
仁美　御無沙汰はお互様ですわ。とりわけ中村さんの様な御商売はお忙がしくて普通なんでしょうからね。さ、どうぞお楽に……
うめ　へえ。うちらなんぞ今更ノコノコやってこられた義理やおまへんのやけど。
仁美　そんな御遠慮なんか。ここは皆様のお里の様なものじゃございませんか。今度はごゆっくりなさっていけるんでしょ。大祭を見物なさって、明後日にでもお帰りになればよろしいじゃございません。そうなさいな。
うめ　（おどおどし乍ら）大けに……いえ、あの実はな、仁美先生。

仁美　（微笑し乍ら）ああ、父でございましょう。父は今日、他に用事が出来たものですから、明日にでも又——
うめ　いえ、あの……突然やけどな、うち、お願いがありまして、今日参りましたんです。
仁美　お願い？　さァ、何でございましょう。私に出来ます事でしたら何なりと……
うめ　（ホッとして）そうですか。それやったらお言葉に甘えて……（やっとうちとけた感じになる）……実はな仁美先生。うちも今年で五十三になったんやけど、今度色々考えました末な、出来る事なら、これから神様のお召しにあずかる日までの短い間を、信仰一途に生きたいと、こう思いましてな、それで御相談に上ったような次第なんです。
仁美　まあ、そうですか。よくまあそこ迄思い切って……いえ、私感心致しましたわ、中々出来るもんじゃございませんもの。
うめ　大けに。ほんでな、店の方も後腐れのないようにキチンと整理しまして、もう二度とこのお山を下りんつもりでやって来たんです。仁美先生、どうぞ一つよろしゅうお願い申します。
仁美　あの、するとなんでございますの、お店の方は売ってしまわれたんですか？
うめ　こない世の中が詰ってきますと、料理屋は商売にならしまへん。うちの近くでも転業者がぞくぞく出てきましてな……
仁美　中村さん。
うめ　……ハ？
仁美　私、少し勘違いしてた様ですわ。先程、信仰一途と仰有ってましたけど、失礼ですがお店の方が順調に行っておればそういうお気持には……
うめ　（うろたえて）い、いえ！　決してそういう訳やおまへん、そういう訳やおまへん……

仁美　でしたら信仰一途の生活もなんでしょうけど、それより先にお店の方をまず立て直すとか、或いは他にお仕事を見つけるとかそうなさったら如何なものでございましょう。いえ決して、ここへ来てはいけないなんて、そんな事を申し上げてるのじゃございませんのよ。

うめ　ハイ、そらよう分りますのやけど、今更オメオメとは大阪に戻られしまへんし……

仁美　でも御主人がいらっしゃるんでしょうから……（と言って口をつぐむ）

うめ　（急に眼を伏せる）

仁美　失礼しました。それでしたらもう一度よくご親戚の方とも御相談なさったら如何でしょう。

うめ　仁美先生！　親戚が頼りになるのやったら始めから人の妾になんぞならしまへん。大阪へ帰ったかてうちにはもう行く所があらしまへんのや。どうぞ助けると思うて、ここへ置いておくれやす。庭掃除でも御飯たきでも、どんな仕事でもええさかい、お願いします。

仁美　困りますわねえ。御飯たきといっても支部長さんまでおやりになった貴女に……

うめ　いえ！　そんな事かましまへん。

仁美　貴方は構わなくても教団の方で困りますもの。それにね、中村さん、こんな事申し上げては失礼ですけど、お仕事がうまくいかない、親戚の方と仲違いをしている……こういう心配事は結局、中村さん御自身にどこか反省しなければならない点があるんじゃございません。例えばお筆先にも「よろずわざわいの源をさぐるには一におのれの心得違いをたしかめよ」と仰せられておりますけど、中村さんの場合も、これ迄の信仰生活にどこか至らない点があったんじゃございませんの。

うめ　そらまァ、なんせ長い信仰生活ですさかい、一度や二度は、神様に叱られる様なことをしたかしれまへん。そやけどな仁美先生、今度の場合、店を売らなならん様になったのは決してうちのせいやおまへんで。お上の命令でどうしても店を仕舞わなならんようになったんです。

仁美　御事情はよく分るんですけど、教団の方も非常時体制と申しますか、近頃は本苑職員の数を極力減らして合理的な運営方針をとる様にしておりますので、本当にお気の毒だとは思いますけど……
うめ　(必死に)あの……ほんまにどんな仕事でもええさかい、一生懸命やりますさかい、ここへおいとくれやす。庭の隅っこでもええさかい、な、仁美先生！
仁美　私、これから会議に出なければなりませんので、これで……(立上る)
うめ　(追いすがる感じで)仁美先生！　うちはあんたはんがこない、ちっちゃな時分からの信者はんだっせ！　そ、そうや、うち今でもよう覚えてますわ。あんたはんの初めての誕生祝いに、うちは京人形を買うて……
仁美　そんな、昔の事を仰言られても事情が違いますもの……もう一度よくお考えになって、どうしても困る様でしたら、その時は教団の厚生基金部の方へ申し出て、幾らかでも補助金を出して頂いたら如何でしょう。私からもよく話しておきますから。では……(左手へ去る)
うめ　(痴呆の様に黙っていたが、我に返ると急に狂気の様になり)仁美先生！　仁美先生！
　立上って二三歩ヨロヨロと歩き出したが、やがてガックリと膝をつき、その場に崩れ落ちる様につっぷす。折から、豊年踊りの笛太鼓の音が一際高く鳴り響いてくる

――幕

第四幕

大祭当日。午前十時を少し廻った頃。舞台は第三幕に引き続いて――幕揚る。本苑女子職員の正装である白の着物に朱の袴姿の外崎千鶴子が、一人、部屋の片づけをしている。静かな間――ややあって左手より風間房子が急ぎ登場。

風間　外崎さん、しばらく。

外崎　(振向いて)あら、まァ、奥様、今お着きになりましたの?

風間　すっかり遅くなってしまって――(羽織りをぬぎ乍ら)お式、まに合うかしら。

外崎　さあ?　今からでは一寸……(かなり遠くから式典終了を告げる大太鼓の音が聞こえてくる)終った様ですわ、奥様。

風間　(立ち竦んで)困ったわ、どうしましょう……

不意に、ズドーンと打上げ花火の音。一発、又一発!

右手奥の方でドッと喚声があがる。それをキッカケに今迄しい―んと静まり返っていた本苑の中が、急に活気づいてくる。花火、続いて一発!　やがて話声が一団となってこちらへ近づき、渡廊下に工藤よし、三川藤次郎、信者男1・2、女1・2が現れる。

三川　よォ、こら神奈川の風間はんやないか。
風間　御無沙汰しておりまして。
三川　ははァ、さては京都見物を先にやりなはったな。今着いたんやろ？
工藤　（ソッポを向き乍ら）……支部長はんでも遅刻する人がいやはるんやねえ。一体どういう気持なんやろ。（と信者女1に相槌を求め、扇子を出して風を入れる）
風間　そう仰有られると一言もないんですけど……（外崎に）丁度こちらへ来るのと、甥の出征とが、かち合ってしまいましてね……
外崎　まァ、今度は甥御さんが……
風間　こう申しては何ですけど、同じ御奉公するんでしたら軍需工場とかいうのを経営なさっている方の方が、どれ程リツが良いか分りませんわねえ……結構な指輪もはめられるんでしょうし……
工藤　（カチンときて）おや、それはわたいのことですか？
風間　さァ……
工藤　聞き捨てになりまへんわ。わたいのこの指輪はな、これは金ではありまへんで。
三川　まあまあ、もうその辺でええやないか。何や、お目出度いお祭りの当日やいうのに。（他の信者達に）さ、ここで少し寛がして貰いまほ。
外崎　さ、どうぞお楽に。

外崎、茶を入れて廻る。渡廊下から後廊へ、そして又中庭を式典を終えた信者達が連れ立って通る。

男1　先生も今度は大分御心労されたとみえて、随分お窶れになったようですな。

男2　（東北弁）昨日は夜明しで会議ぶったちゅう話でねすか――

風間　その事なんですけどね、結局どんな風に……

三川　どんな風にって――当局に楯突いて教団が生き伸びられる訳がおまへんやないか。

風間　じゃ、やっぱり……そうですか。いえね、この間も新聞に、大仁教、宗教会議へ不参加を表明。なんて記事が出たもんですから、支部の信者さん達がすっかり動揺しましてネ、私達は主義者ではないんだからって。

三川　主義者やないはよかったなあ……（笑う）

黒紋服姿の古川が現れる。

古川　（愛想よく）やあお揃いで――お疲れになったでしょう。（皆口々に「お疲れ様でした」など言う）

工藤　古川先生、どうぞこちらへ。

古川　いや、私はすぐ宿へ引き上げますから（と気さくにその場へ坐り）……こう言っては何だが、式の最中にもう眠くて眠くて、いやはや弱った、ハッハハ。（皆、笑う）

男2　（先程と同じ調子で）昨日は夜明しで、会議ぶったちゅう話でねすか。

古川　いや、主教長会議の方は一時頃終ったんですがね、その後が私と先生とで……そう、五時近かったかな、東の方がしらじらと明るんできましてね。ですから教祖殿を下ってきて、その儘すぐ朝のお祈りでしたよ。

三川　だが古川先生。信者はんらはみんな言うてまっせ。教団には偉い幹部さんが仰山いやはるけど、教祖先生を説得できるのは古川先生唯お一人やって――

古川　いや、私なんか君……

工藤　（お追従に負けまいと）いえそうだっせ！　ゆうべかて、関西主教会の支部長はんが何人か集って、教祖先生がどうしてもお説を曲げん場合は、関西主教会だけでも結束して、仁美先生と古川先生を教団の中心に頂こうやないか――

三川　（慌てて）工藤はん！

工藤　……ハ？

古川　（一瞬、気まずい間――すぐと笑い飛ばすように）ハッハハ、いけませんよ、そんな無茶を言っては。先生のお説が正しいか正しくないかは別として、開祖様のお筆先……というより、大仁教の教理に忠実たらんとする先生のあの利害を超越された純粋さには全く頭が下がりましたよ。仮によしんば先生の仰有る事が現実離れのした、とり様に依っては大変危険なお説であったとしても、いや、だからと言って私如き人間が、とてもあなた、ハッハハハ……

右手より正装をした研修生1がお祓いを捧げ持って、渡廊下より登場。

研修生1　（皆に）教祖先生がお下りになります。（その儘左手へ去る）

一同、正坐――やがて三宝を高く捧げ持った研修生2に続いて、大仁教の祭典礼装である衣冠束帯に身を固めた通仁が現れ、その後から黒紋服姿の仁美、更に今日は役目柄黒紋服に着替えた田川菊次が、神妙な顔をして登場する。一同平伏した儘。
研修生2は左手へ去る。

古川　先生、お疲れ様でした。
通仁　皆さんもお疲れになったでしょう。暑いから、どうぞ膝を崩して下さい。
仁美　（テキパキと）外崎さん、一寸。（通仁の手から笏を取り、冠を外して、外崎に渡し）それから、御苦労ですけど、こちらへ着替えを運んでくれませんか。
外崎　ハイ。
菊次　（笏と冠を胸に抱くように持った外崎に）コラコラ、そないな持ち方したらあかんやないか。（慌てて持ち直す外崎に）目の上目の上、お人形さんと違うんやで。（左手へ去った外崎の背中に）祭司課の人間がそないな事位知らんでどないするんや。
古川　祭司長先生、中々うるさいんだなァ。
菊次　当り前やがな。おまはんこそ一体、東京で何仕込んどったんや。
古川　こらやられた、ハッハハ……

その間に通仁と仁美は部屋へ入り、着座する。

古川　（坐り直して）先生、改めてなんですけど、立教大祭、おめでとうございます。（丁寧に一礼す

る）

皆、口々に祝いの言葉を述べる。

通仁　おめでとう。皆さんも遠い所をご苦労でしたネ。

仁美　本当に皆さん、お暑い所を大変でしたでしょう。今日はこれから余興を見物なさるなり、或いは又宿舎で休まれるなり、どうぞごゆっくりなさって下さい。

古川　こう申しては何ですが、今年の人出は一寸予想外でしたな、ねえ田川さん。

菊次　あの広いみろく殿が蟻のはい出るすきもない位ギッチリ詰ってしまいよったんやさかい。ざっと五千人位おったやろ。

古川　日支事変の始まったあの昭和十二年以来、初めての事ですな。

風間　そうそう、あの時も大変な人出でござんしたわねえ。

古川　やはり国家の安危を憂える信者さん達の愛国心が、こういう形になって現れるんでしょうな。

通仁　（ポツンと）一概にそうとばかりも言えまい。

古川　……

通仁　国の安否を気遣うと同時に、己の胸の内に広がってくる不安を誰しも感じる筈だよ。こういう時代には民衆は常に権力の前には無力な孤の存在となる。いや国の歩みが正しければ不安を感じたりはしないだろうが……

古川　併し、それでは先生——

古川、鼻白んで再び問い掛けようとする時——右手奥の方からスピーカーで、女の声。

声　お知らせ致します。唯今より大祭第二部の演芸会を行いますが、会場が混雑致しますので、各信者さんは、一旦所属主教会の宿舎へお入り下さい。

三川　ほな、わてらも行きまほか。

風間　そうですね。では教祖先生、失礼致します。（皆一礼して右手へ去る）

工藤　（一番最後で、モジモジしていたが）……あの、仁美先生、一寸お話ししたい事があるんやけど……

菊次　（気を利かして）何や知らんけど後にしたらどやネ、お疲れになっとるのやさかい。

工藤　へ、へイ。（去る）

古川　（にじり寄って）先生、話をぶり返す訳じゃありませんけど、今のお話ですと、昨夜私に約束された事とは——

通仁　いや、今の話は私が感じた事を言った迄だ。例の方は、今朝も君に言った通り、一切を仁美と君にお任せしますよ。

古川　そうですか。いや、私もこれで安心しました。昨日も申し上げました通り、他の宗教団体は勿論のこと、これ迄とかくの噂のあった日本キリスト教団でさえ、昨年の皇紀二千六百年奉祝の際には、いち早く国策協力の声明文を発表して、まさかと思っていた当局を吃驚させた位なんです。うちだけが別に教理を曲げる訳ではないのでして……では先生、私は今夜の夜行で東京へ立って、明朝、その足で文部省宗教局へ出頭し、宗教会議参加の申込みをして参りますから。

仁美　それまで少しお寝みになったら。

古川　そうさせて頂きます。では。

古川、左手へ去る。花火の音が断続的に——

菊次　やれやれ、しんどいこっちゃ。疲れましたやろ（と扇子で風を送る）……そやけど古川の奴も、院長先生とか何とか言われて、ほんまに偉うなりましたなあ。頭のええのと悪いのとではこうも違うてくるのやさかい、全くかなわん。

一同、笑う。外崎が着替えを持って現れる。

仁美　御苦労さま。さ、お父様。（仁美と外崎、その場で通仁の着替えを始める）
通仁　（着替え乍ら、フッと）……菊次さん。
菊次　……
通仁　（言いにくそう。だがそれを悟られまいと却って叱責口調で）船岡はどうしたんだ。朝から姿が見えん様じゃないか。
菊次　その事なんやけどな、今日は朝から食事もせんと、ジッと部屋の中へ引き籠ったまんまやいうんだす。ほんまに近頃の若い者ときたら、やる事はメチャャし注意すればすぐフクれるし、手えつけられへん。
通仁　浩一君もみえん様だな。
菊次　そういうたら朝からおりまへんな、昨夜は確かにおった筈なんやけど……

仁美　（着替えの手伝いを済ませ、衣装を外崎に渡し）……御苦労様でした。（外崎、それを捧げて左へ去る。仁美、着座し乍らさりげなく）何ですか、京都から電話がありましてね。浩一さん、慌ててお帰りになりましたのよ、今朝――

通仁　お前が何か頼んだ訳ではないのか。

仁美　……と、仰有いますと？

通仁　深い事は知らないが、昨日、船岡がしきりとそんな事を言ってた様だから。

仁美　（短い間。やがて自分に言い聞かせるように）……そうですわね。この際はっきり申し上げた方がいいかも知れませんわね。（改った語調で）お父様。お怒りにならないで下さいね。お父様が今度の教団の新方針に賛成なさって下さったので申上げるんですから。

通仁　……

仁美　私――率直に言って、浩一さんをというより、浩一さんの職務上の立場を利用しようと考えていました。

通仁　何だ、利用!?

仁美　大仁教が宗教団体法成立に反対声明を出して以来というもの、日増しに警察からの干渉というんでしょうか、内情調査みたいなものが烈しくなってきまして、仕舞いには大仁教は邪教であるとか政治結社であるとかあらぬ噂まで立てられて、一時はその為に動揺した信者さんの説得に随分苦労した事がありました。お父様、御存知かしら？　町へ流された噂というのは本当に詰らない事なんですけど、例えば、大仁教の神紋は菊の御紋章を梅に替えただけだとか、お父様の法名、つまり通仁は、皇室を意識して作った名前だとか、数えあげればきりがない位です。

菊次　そうや。一頃は信者はんがそんな話ばかりしよってな、頭から叱りつける訳にもいかんで弱った事があった……

仁美　そこへ持ってきて今度の宗教会議と文部省の勧告でしょう。事実、他の教団ではいち早く祭神の名前を変えてしまったり、甚しいのは、教団の教理とは全然関係のない天照大神様を唯一絶対神としてお祭りし、それで少しでも当局の心証を良くしようとした教団もあった訳です。でも、だからといって私にはその人達を批難する気にはなれないんです。仮にお父様が、或いは私が、真理、つまり教典を守ろうと努力して、その為に教団が解散を命ぜられた場合、教団を唯一の心の拠り所としていた信者さん達は一体どうなるんでしょう。お父様は真理を守ったからそれでいい、併しお父様を信頼し尊敬していた信者さん達は最後の所でお父様に突き放されて……

通仁　一寸お待ち——お前の言ってる事は非常に可笑しい。真理とは真の理という事だ。真の理を守ろうとする私が、何故信者さんを突き放す事になる。それじゃまるで、信者さんがみんな正しくないという事になるじゃないか。

仁美　……或いはそうかも知れません。

通仁　何だと⁉

仁美　一部の方を除いて、大半の信者さんは、お筆先に示された広い人類愛に基く「世の立替え立直し」という教団の目的とは、まるで無縁の世界に住んでいる様に思われるんです。むずかしい教理の解釈に頭を悩ますより、現実の自分の生活、病気直し、或いは死んでからの霊の世界……そういった事に信仰の喜びを感じるのじゃないでしょうか。矛盾といえばこれ程の矛盾はないかも知れません。でも私には、大きく成長してきた教団が当然打ち当たる宿命のように感じられるんです。民衆の中から生まれてきた大仁教が、今の様に大きくなってしまうと、お父様の顔すら知らない信者さんが沢山出てくるんですから……

通仁　……
仁美　ホッホ、とんだ所へ話が行っちゃって——あの、それで浩一さんの事に話を戻しますけど……
通仁　もうよい、大体察しはついてる。
仁美　……？
通仁　恐らく浩一君から、当局の見解とやらいうのを聞いたんだろう。
仁美　ええ。それと、大仁教の中心教典となっている、お筆先、道のしおり、霊界講話の三つに就いて、所謂不穏当といわれそうな箇所を予め……
通仁　分った。もうよろしい——どんなに美辞麗句を並べても教理を曲げたという事と、高山に屈服したという事には変りはない。菊次さん、この地上における私の御用もそろそろ終りがきた様だ。（と力なく笑う）

舞台奥から再びアナウンス——

アナ　……演芸会出場者は、各所属の主教会毎に、至急会場へお越し下さい。

アナウンスが終ると音楽。（これはその当時の流行歌など）

通仁　……だがな仁美。一つだけ言っておくが、どんなに親しくても浩一君は既に私達とは立場が違うのだよ。いわば国の支配者の側に立つ高山の人だ。お前は利用などと甘いことを言っておるが、逆に足をすくわれん様に今から注意しといた方がいい。

仁美　それは充分心得ております。
通仁　余談になるかも知れんが、その昔私は、祈りを通じて民衆の心と心を組織し、片手落ちの政事に叛旗を飜して、今日信者十万と言われる大仁教を造ったのだ。所が国民に非常時意識を植えつけるには、宗教が最も理想的だという国の方針から、皮肉な事に今度は、折角組織した信者達をそっくり高山の側へ渡さねばならなくなってしまった。仁美、私は、こんな事になろうとは夢にも思ってなかった。
仁美　それは、私の責任だと仰有るんですか？
通仁　別に責任を問うてる訳じゃない。ただ、昨日の会議に出席した教団の幹部さん達に、もう少しその点の認識があってもよかったのじゃないかと……
仁美　でも――いえ、それでしたらやはりお父様の御自由になさったら如何でしょう。私にはこれ以上議論する気持はありません。何といっても大仁教はお父様の教団なのですから、どうぞ御存分になさって下さい。その代りと申しては何ですけど、私は今日限りで一応、教団の仕事から手を引かせて頂きます。
菊次　そんな無茶言うたらあかん！
仁美　私は決して無茶な事を言ってはおりません。一体、お父様こそ勝手がすぎるんです。今は誰が教団を経営しても同じ事です。宗教家が国の政事に口を出して一体どれ程の事が出来るというんです。私、はっきり申しますけど、宗教の力ではもうこれ以上どうにもなりやしません！　高山の力の前には宗教は無力な存在です――（急にシンと白けた間。やがて我に返った様に）……すみません、大きな声を出したりして。私、少し疲れてる様ですわ。（ホッと息を吐いて、額のあたりを軽く押える）
菊次　お二人共疲れとるんや。仁美はんかて、何も反対しようと思うて会長はんに楯突いてる訳やないんやさかい、今の事はすっかり水に流してやな……
仁美　（柔らかい調子で）私はね、お父様。お筆先に示された世襲制度によって、というよりは、言いかえれば神様の御意思によって二代教主になったのですから、普通人の生活を羨む気持は毛頭ありません。何時かもある雑誌に、大仁教の二代教主は信者集めのお人形だとか、人間性を奪われた世襲制度の犠牲者であるとか、或いは、教団という大きな機械の一つの歯車にすぎないとか色々書かれましたが、私は、自分が歯車ではなく、教団経営の上でも信仰の面でも完全な教主である為に、私の意思で教団を動かして行きたいのです。私の意思で——それともお父様、私に人形でいろと仰有います？（微笑）
通仁　（次第に険しさが消えてくる）……私も、少し言いすぎた様だな。ここ迄きたらもうどうにもならんかも知れん。仁美、お前の思う様にやりなさい、いや、決して嫌みを言ってるのではない。私には時代の流れに歩調を合せる事がどうしても出来ないのだ。大変だろうが、教団は無いよりは、まだしもあった方がよいのだから……
仁美　ええ。
通仁　だが……信者集めの人形だとは、お前——
仁美　まさか、ホッホホ……でも、通子なんか見てると時々羨しくなりますネ。のびのびと育って……。
通仁　（何か新しい発見でもしたように、ジイッと仁美の顔を見る。やがて、フッと右手奥の方に視線を移す）……始まったようだな……
（ローカル色豊かな民謡など流したい）三人、思い思いの姿勢で聞き入る。
間——右手より通子が、そっと中庭へ入ってくる。

菊次　（目ざとく見つけて）何や通子はん、大事な式には出えへんで余興だけ見物でっか？

通子　フフフ、そういう訳やないけど……（笑い乍ら悪びれずに入ってくる）……あのネお父さん、学校で上級学校の進学調査があったんよ。これ、貰うてきたの。（と一枚の紙を出す）

仁美　（優しく）上ったらいいじゃないの。そんな所に立ってないで……

通仁　進学調査って、この春にも一度あったじゃないか。

通子　今度のは確定申告やろ。これで上へ行く人、はっきりするんやないかしら……

通仁　どこを受けるつもりなんだ。なるべくなら家から通える所がいいな。

通子　それやったら京都やろ。京都には医専ないもの。

菊次　医専？

仁美　（笑い乍ら）田川さん、何とか言ってあげて。この子、お医者になりたいってきかないのよ。

菊次　仕様がないなあ。通子はん、あんた、うちらに喧嘩売るつもりか。

一同、声をあげて笑う。再びアナウンス――

アナ　……祭司長先生、お出でになりましたら至急、みろく殿までお越し下さい。

菊次　（気がつかない。三人の顔を満足そうに見廻して）……そやけどこの……一家団欒ちゅうのはほんまにええもんやなあ。会長はん、これからもなるべく暇をみて、仁美はんや通子はんと話をせなあきまへんで。

通仁　（笑い乍ら）御忠告は大変有難いが、君、呼んでるんじゃないか？

菊次　へ？　（耳を澄まし、次に自分の紋服に目をやり）　そやそや——ほな会長はん、お先に。

三人の笑い声を後にして菊次、右手へ。渡廊下の所でウロウロしている工藤とぶつかり——

菊次　どないしたんや？
工藤　ヘエ、わたいは大阪の……
菊次　そら分っとるけど、何ぞ用事か？
工藤　あの……仁美先生にな、一寸……
仁美　（聞きつけて）工藤さん、どうぞこちらへお入り下さい。

菊次、それをキッカケに右手へ去る。工藤、恐る恐る入ってくる。

仁美　（ニコヤカに）何か御用でしょうかしら？
工藤　実はその……（言いにくそうに）昨夜《ゆんべ》遅うに、宿舎へ前の支部長はんが見えはりまして……
通仁　前の支部長というと、中村さんか。
工藤　（改めて通仁に最敬礼）ヘエ……何やえらい泣き事きかされて、どないしても教団辞める言うてきかしまへんのだす。これをほんで……（手紙を渡す）
通仁　（チラッと見て）退信願だ。
工藤　わたいがゆき届かんもんやさかい、うちの支部からこないな人を出してしもうて、ほんまにもう、申し訳ないやら腹が立つやら。
通仁　（表情が変る）何があったんだ、仁美？
仁美　……（無言）
工藤　それがなァ、さっぱり要領ええしまへんのや。ただもう裏切られたァ、裏切られたァ言うて泣くもんやさかい――
仁美　一寸。（とどめて）これには少し深い事情が絡んでますので――貴方には責任のない事ですから、どうぞもうお引きとり下さって結構です。今後もよろしくお願い致します。
工藤　へエ、そらもう……（一礼して去る）
通仁　お前は中村さんに会ったんだな。
仁美　ハイ。
通仁　何故、私に言わなかった？
仁美　別にお父様を煩わせる程の問題ではないと思いましたので。
通仁　用事は？　中村さんは何で来たのかね？
仁美　（冷静に）一口で言ってしまえばお金の問題です。
通仁　うむ、聞いていた……店も潰れたというし、旦那さんとも……
仁美　ですから私、教団の厚生課へ話を通しておくと申したんです。
通仁　それだけか？　それだけの事で来たのかね？
仁美　お父様、宗教家にだって、まして十万信者を腕の内に抱えている以上、やってあげられる限界というものがございます。前々からとかくの噂をまいている中村さんだけに、これ以上お父様が目をおかけになるという事は――

通仁　教団を頼って来たのか？　そうなんだね？
仁美　そんな事でございます。お父様、キリストだって巷で辱しめを受けている姦淫の女の為に「汝らのうち罪なき者、まず、この石にて女をうて」と諭されただけで通りすぎて行かれました。「哀れなる女よ、わが後に従え」とは申されません。それが男性としてのキリストの愛の限界というものではありませんかしら。
通仁　屁理屈は止めなさい！　一人の人間も救えないお前に、キリストの愛を云々する資格があるか。大仁教は営利団体ではないぞ！
仁美　……（無言。立上って左手へ退場）
通仁　仁美！……（続いて立上り）これはいい加減に済ます事は出来ない問題だよ。待ちなさい！（左手へ去る）

通子、足を投げ出して調査票に見入る。右手より船岡が、沈んだ足どりでやってくる。

通子　（おどけた調子で調査票をひろげ）船岡はん、これなァーんだ？
船岡　（興味なく）……紙やないですか。
通子　（鼻を鳴らして）進学調査票やないか。（生き生きと）うちネ、女医さんになって、お父さんやあんたらの人間改造業に競争したるんや。
船岡　そうですか。
通子　何や頼りない返事して。人を幸福にするのは科学か宗教か？　お互いに一騎うちやで。
船岡　……何でもやったらいいです。医者の仕事も中々いいです。

通子　えろ温和しい事言うやないの。さては昨夜の騒ぎで田川さんに怒られたんやな。少うし温和しゅうせんと地方へ送られてしまうで……
船岡　どっちにしたってもうあかんのや。
通子　（不安になる）何があったの、船岡はん？　どうしてあかんの？
船岡　通ちゃん、駄目なんや、一騎うちかてもう出けへん……（ポツンと）……これが来てしもうた。（と召集令状を見せる）
通子　まっ、アカガミ！　兵隊に行くんか!?
船岡　……
通子　船岡はん！　（突然、飛びついて）約束して！　絶対生きて帰るって約束して！
船岡　（吃驚する。やがて苦笑して）……子供やな、通子はんは。もう少し大人かと思った。生きるとか死ぬとかやない、僕が考えてるのは今の気持で一体兵隊になれるんやろうかって事や……
通子　御免ね、つい言ってしもうたんよ。
船岡　そら僕かて生きたいよ。これっきり通ちゃんに会えないなんて考えるのもイヤや。でも行くのイヤや言うたらどうなるか分らへんものなァ……

左手より再び通仁、登場——

通仁　通子。（姿を現わし）通子、先刻の大阪の支部長さんをここへ……
通子　お父さん！
通仁　む？　何だ船岡君じゃないか……

通子　お父さん、（赤紙を突き出して）これ、船岡はんに――
通仁　（黙って受取る――ハッとして船岡の顔を見る。が、務めて冷静に）……明後日だな……
船岡　ハイ。
通子　明後日！

烈しい音をたてて花火がうち上る。誰も何も言えず、ただ息を殺して見つめ合う――突然、激情が一ぺんに噴き出したような熱っぽさで、

船岡　（ギラギラ目を光らせて）先生！　質問してもええですか？
通仁　（……黙って頷く）
船岡　先生は、大仁教の立教精神は仁であり、その基調をなすものは広い意味での人類愛だと説かれた事がありました。もう一度お伺いしますが、仁とは何ですか？　人類愛とは何ですか？　お筆先には「諸悪のうちにて最も悪しきものは戦なり」とありますが教理を信じれば信じる程、僕は……駄目なんです、分らなくなってくるんです。先生！　教えて下さい。この矛盾を一体どうしたらいいんです。何でもいいんです、納得させて呉れれば僕は行けるんです！
通仁　……
船岡　……昨夜僕は、後先の見境もなく会議場へ入りこんで、皆さんに御迷惑をかけてしまいましたけど……でも先生、僕の言った事は間違いでしょうか？　どんな事情が裏に隠されているか知りませんが、立教以来今日まで、沢山の信者達の心の支え、心の糧となってきたお筆先を、簡単に墨で消してしまうなんて、そんな事が許されるもんでしょうか？　それに大正八年に先生がお書きになった「道

のしおり」……あれは廃理とするというんですけど、あの中には、たしか……そうです……「軍備なり戦いは、皆地主と資本主との為にあるなり。貧しき者には、限りなき苦しみの基となるべきものなり」と先生は仰有っておりますが、一度教理に決められたものを、今になって無節操に——（と言って、不意にギクッとなり口をつぐむ。やがて血走った眼で通仁を睨みつけ）先生！　もしや先生は御自分の意志で……いやいやそんな事はない！　もしそうならこれ迄純粋に教理を信じ、先生を信じてきた僕達は先生に騙された事になる。先生！　僕達を置き去りにしないで下さい！　先生が行くなと仰有れば僕は行きません。逃げろと言えば逃げます。何とか仰有って下さい！　先生が本当の宗教家なら、先生が神の御心の顕現者なら、僕を救える筈だ——先生！　どうして黙っているんです、何故答えて下さらないんです⁉

通仁　……（苦悩の色濃い表情で立ちすくんだまま）

船岡　（怒りとも悲しみともつかない悲痛な口調で）……言えないんですね、答えられないんでしょう。（不意に泣きそうな声で叫ぶ）偽善者！　もう貴方の言う事は信じない！　この世に神があるのでしたらどうして戦争を阻止出来ないんです。大仁教世直しの精神とは一体何です？　宗教は欺瞞ですか⁉　貴方は自分が導いてきた信者を泥沼の中へ置き去りにしたんだ。先生！　僕は先生に騙されたくない……騙されたくない……

船岡、力つきた様にその場に泣き崩れる。
何時のまに始まったのか男女混声のコーラスが森閑と静まりかえった舞台に、美しく流れてくる。間——

船岡　（やがて、再び元の柔和な表情に返る）……先生、すみません、つい取乱して、乱暴な事を言ったりして。そうですね、やっぱり僕は行った方がいいんです。何時でしたか、先生はこんな事を仰有った。堅牢で、美しくて、永久にゆるぎない建物を造る為には……無数の名も知らぬ小石や砂を、地中の奥深くに埋めねばならない……覚えてます、今でも——僕は戦争はイヤです、憎みます。でも何時か、遠い遠い何時か……又戦争の始まる危険が迫ってきた時に、世の人達が僕らの事を想い出してくれて……やっぱり平和が一番だ、一番好いのだと悟ってくれれば……ねえ先生、それでしたら僕は行けますよ。勿論、出来るだけ鉄砲は空に向けて打つつもりですけどね。（と淋しそうに笑う）

通子、こらえかねてワッと泣き出す。

船岡　……先生、本当に長い間お世話になりました。どうかお身体を大事にして下さい。僕、部屋へ帰ります……（右手へ歩み乍ら渡廊下の所に立止り、吸いこまれる様に空を見上げる）……綺麗な空やなァ、こんな綺麗な空、もう見られへんやろなァ……（じっと見つめている）

突然、通仁が部屋の一隅に近寄る。

通仁　（震える手で電話の受話器を外す）モシモシ、私だ、上司だ。至急、東京へ電報を打ってくれ。電文は今言う——

船岡、振向いて凝視する。通子もその場で——

通仁　（ぐっと宙を睨みつけ）……宛先は、文部省宗教局……そうだ。いいかね……（一語一語しっかりと）大仁教本部は、日本、宗教会議への参加を、拒否する……

船岡　（吃驚して）先生！

通仁　（構わず）そうだ、いいからその通り打つんだ！（受話器を戻し、やさしく船岡を見つめて）……船岡君、これが私の、君に対する答だ。又君に対する、せめてものハナムケだ……教団というものは大きくなると、創立当初の、純粋な立教精神を失うとよく言われるが、私も、知らず知らずのうちにその過ちを冒していた様だ。だが真理はあく迄も真理だ。大仁教は、戦争に協力する訳にはいかない。だが、無責任の様だが信者さん個人には、私は何とも言えない。ここが宗教家として出来る限界なんだよ。船岡君、元気に行き給え、そして必ず生きて帰るんだ……私も神様にお祈りして、君の身体を守ってあげるよ。

船岡　先生！　（泣き伏す）

通子も泣いている。柔らかい秋の日射しに包まれた本苑の空気を震わせて、又一つ、花火がうち上る。コーラスが何時迄も続いている。その中で静かに幕。

第五幕

同年（昭和十六年）の十二月中旬。

夜明け前。未だ明けやらぬ本苑の闇を縫って朝の勤め始めの「天津祝詞」を奏上する信者達の声々が静かに流れてくる。

幕揚る。舞台は真の闇である。

誰もいない。その儘でやや暫く――やがて渡廊下に手燭を持った菊次が現れる。続いてその鈍い光の中に背広姿の倉本浩一が浮び上る。

菊次　……暗いから足元に気をつけてや。
浩一　ええ。冷えますね、本苑の朝は。
菊次　そやけど、ええ気持やろ。日の出と共に起き、日の入りと共に休む、これが人間の本当の姿や。
浩一　そうかも知れませんね。こんなに早く起きたのは何年ぶりだろ。（渡廊下より外を眺め）……ああ、山の頂きが白んできた。夜が明けますネ、もう。
菊次　（部屋に入り、電燈をつける）こっちへ入って一服したらどうや。食事にはまだ一寸時間があるやろ。

浩一　（入ってきて電燈の覆いに気づく）ホウ、大仁教もいよいよ燈火管制実施ですな。神様も爆弾は怖いですか。

菊次　爆弾より、今の所、亀山の警防団がうるさいさかいな、ハハ……

研修生1、炭火を持って登場。

研1　お早うございます。（炭火をついで去る）

菊次　どやネ浩一はん、朝のお勤めの感想は？

浩一　え？　いや、何ていうか、すがすがしい気持になりますね。成程なと思いましたよ。

菊次　……

浩一　つまりね、みんなが一心不乱になって祝詞を奏上してるでしょう。するとこっちも知らず知らずのうちに引きこまれてしまって、こうして皆さんが一生懸命にお祈りしてる所をみると、こりゃ本当に霊の世界というのがあるのかも知れない……

菊次　ハッハハハ……それや、それ！　（厳粛な口調で）浩一はん、あんたがそういう気持になったのは決して偶然やないで。目に見えない何物かがあんたをこっちへ引き寄せとるんや。分らんか。それが、つまり霊や。事によるとあんたはんのお父さんが……

浩一　（手を振って）分った、分りました。ハハ、そりゃまア、親父はあんな死に方をしたんですから、事によると死にきれんでまだその辺をウロウロさまよってるかも知れませんがね。あの時、先生や菊次さんがもう少し気を配ってくれたらと思い乍ら……

菊次　そらどういう事やネ？

浩一　いや冗談ですよ、ハッハハ……
菊次　（急に真顔になり）そやけど浩一はん、なんで朝のお祈りに出ようという気持になったんや？　何ぞ悩みでもあるのと違うか？
浩一　悩み？　ありませんよ、そんなもの。仕事に疲れて、急にここの空気が吸いたくなっただけですよ。仮に悩みがあったとすれば、それは全部、今朝のお祈りで氷解しました。
菊次　氷解？
浩一　つまり解けて消えたって訳です。はっきりしたって訳ですよ。フッフフ……
菊次　（意味が分らず、不審そうな面持ちで浩一を見る）

右手よりお祓いを捧げ持った研修生2に続いて、通仁が現れる。

浩一　お早うございます。
通仁　お早う。昨夜《ゆうべ》来たそうだね。
浩一　信者宿舎の方へ泊らせて頂きましたので、御挨拶に伺えませんで。
通仁　そんな事は構わんけど——馬鹿に早いじゃないか、今朝は……
菊次　それがな会長はん、今朝はうちらと一緒に天津祝詞を奏上しやはったんだっせ。この恰好でな。
惟神霊魂幸ませ言うてな。ハハ。
通仁　ホウ、そうか。（上機嫌で）たまにはよかろう。私はこれから祖霊社へお参りしなければならんのでネ、失礼するよ。今日はゆっくりしていけるんだろう？
浩一　いえ、それが……

通仁　もう帰るのか？
浩一　ハア……（と腕時計を見、次に通仁の顔を見上げ）……まもなく……
通仁　そうか、じゃ時間が余ったらこちらへ戻ってこよう。（去る）
浩一　……田川さんはいいんですか？
菊次　会長はん一人でお祈りするんや。戦争で亡くならはった信者はんの御冥福と、出征されている信者はんの武運長久をな。
浩一　ホウ……
菊次　十日程前からお始めになったんや。ホラ、大戦の御詔書が渙発された日、十二月八日からな――

右手より朱の袴姿の通子が、窮屈そうに茶を持って登場する。

通子　お早うございます。お茶をどうぞ。
浩一　すみません。（気づいて驚く）何だ、通子さんじゃないか。
通子　（照れて）いらっしゃい。
浩一　驚いたな、どうも。なんですか、その恰好は？
通子　うち本当は、こんな巫女さんみたいなのイヤなんやけど、田川さんがどうしてもや、れ、や、れ、言うてきかんもんやさかい……
菊次　ええ加減にしときなはれ。いえな浩一はん、船岡が兵隊に行ってしまいよった後、外崎いう祭司課の女の子に会長はんの身の廻りのことをやってもろうとったんやけど、例のゴタゴタでな、東京の古川の所へ走ってしまいよったんや。

浩一　そうですか。学校の方はどうなの？
通子　行ってます。
浩一　じゃ、家へ帰って、これから？
通子　ええ、これから少し寝て……
浩一　寝る？
通子　そやかて、（立上り）……春眠暁を覚えず……
菊次　春眠？　春眠いうたら春のことやないか。今は冬だっせ！
通子　あッ、あかんあかん！　間違えや！　（肩をすぼめて、慌てて退場）
浩一　それはそうと、古川さん達とはもうあれっきりですか？
菊次　ああそうや。あんな腹黒い男は始めてや。
浩一　併し、東京では大変な活躍ですよ。実は、五日前だったかな、用事があって東京へ出張しました時に……会ったんですよ、古川さんに。
菊次　会った!?　古川に会ったんでっか？
浩一　皇国真善教とかいうんでしたね。
菊次　まやかしや、あんなもん！　奴らには教理もなあもあらへんのや。金儲けが目的だっせ。その証拠にな、一番始めに考えた教団の名前が大東亜教、それから八紘一宇教会、もう一つはえろう長いんや、ええと……そや、夷狄撃滅決死報国祈願尽忠教というのや。床の間の掛軸をそのまま持ってきたような名前つけとるんや。
浩一　併し、大仁教の信者が大分抜かれたんでしょう、向うに？
菊次　東北、関東の信者はんが、古川に騙されよって……それに、この間から地元の、関西の信者はんらまでが動揺し始めてな……

浩一　ホウ、関西の……

かなり遠くで自動車の止まる音がする。一台――浩一、緊張する。

菊次　何や、えろう早い信者はんやな。

浩一　（さり気なく）……で、教団としては何らかの手を打った訳ですか？

菊次　うん、今、その説得に仁美はんが出向いたはるんやけどな。ほんまに腰抜け信者ばっかりで、腹が立ってかなわん。

浩一　（不審そうに）すると何ですか、仁美さんは今、大阪へでも行ってらっしゃる訳ですか？

菊次　会長はんと意見が合わんで二代教主は辞めてしまはったけど、やはりそこは親子やさかいなァ……

電話のベル。

菊次　（受話器を外し）モシモシ、ああ田川や。うん、ああそうか、ほなすぐ行くさかい、うん……（戻し、浩一に）一寸祭司課まで行ってきますわ。浩一はん、今度太鼓が鳴ったら朝御飯の合図やさかい、勝手に食堂へ行って食べてや。うちもすぐ戻ってくるけど……

菊次、右手へ去る。浩一、一人になると急にソワソワし始めしきりと腕時計を気にする。

夜が次第に明け始め、小鳥の囀る声が聞えてくる。
ややあって右手より私服が一人（第二幕登場のカメラを持った男）忍びこむ様にして中庭へ入ってくる。

私服　（小声で）……倉本さん、倉本検事殿……
浩一　おお……（立って前廊階段の所に行く）御苦労さん。
私服　お疲れになったでしょう、信者さんのお附合で……
浩一　それより玄関の方は大丈夫かね？
私服　山口警部が今深刻な顔をしてお祓いをうけてますよ。（一寸笑う）
浩一　（あたりに気を配り乍ら）後続隊は？
私服　まもなく到着です。この表参道からは立石警部指揮の第一分隊、約五十人。裏参道からは、中原特高課長指揮の第二分隊、約七十人。それぞれ十分以内に目的地に入ります。教団の様子はどうですか？
浩一　全然気づいてない。
私服　そうですか。じゃ私はこの儘信者になりすまして玄関の方へ参りますから（行きかけて戻ってくる、内ポケットから地図を出し）……念の為お聞きしておきますが、最初は月宮殿でしたね？
浩一　人は誰も居ない筈だ。居ない所から始める。もし居たら全部屋外の危険のない場所へ退去させる。いいかね。
私服　ハイ。
浩一　それまでは適当に……（と言ってハッと聞き耳をたてる）……誰か来たらしい。慎重にやり給え。

私服、去る。浩一、素早く座敷へ入る。左手より、先程のお祓いを持った研修生と通仁、登場する。

通仁　（研修生に）私は少しここで休んでいくから、お茶を持ってきてくれんか。
研修生2　御法話はどう致しますか？
通仁　無論時間になったら出講する。（研修生2右手へ去る。通仁、部屋へ入り乍ら浩一に）顔色が悪いな、寒いんじゃないのか、君？
浩一　いえ（無理に冷静さを粧って）……大変ですねえ先生も、朝早くから……
通仁　なあに、慣れてしまえば何でもないさ。（正坐して）所で、ねえ浩一君。君に一つ用事を頼みたいと思って——（だしぬけなので、返事出来ないでいる浩一に気づき）……君、時間の方は大丈夫かね？
浩一　（ドキリとする）は？　いえ、あの……何でしょうか？
通仁　実はね、先月の末に京都別院の主催で、大仁教の青年講座を開く予定だったんだが、どういう訳か、未だに許可がおりないんだ。
浩一　ああ、例の大仁倫理研究会というのですか？
通仁　仕事の管轄は違うだろうが、そこはまあ職掌柄、何とか連絡出来るんじゃないかと思ってね、君なら——
浩一　はあ。
通仁　いや、それというのが、同じ研究会を京都帝大でも開いているのでね、我々が主催する講座に許可がおりないのは可笑しいと思って……
浩一　併し先生、京都帝大の方は大仁教を学問的に研究する事が主で、布教が目的ではないのですから、同一には考えられないいんじゃないですかね。
通仁　(顔色が変る) そうか？　浩一君、そんな通達でもあったのか？
浩一　いや先生！　それは想像です。僕の単なる想像ですよ。
通仁　だが君、とり様によっては大仁教は布教活動をしてはいけないという意味にもとれるじゃないか。許可がおりないのはそういう意味なのか？
浩一　(狼狽して) ですから、それは僕の想像だと言ってるじゃありませんか。とにかく僕は、その問題にはノオタッチですからね、何とも、その点は……(ハンカチを出して、しきりと顔をなで廻す)

菊次が再び登場――

菊次　……なあ会長はん、今日は朝からほんまに怪っ体な事ばかり起ってますわ。浩一はんが朝のお勤めに出たんで、うちらびっくりしとったら、今度は、早朝はやばやとお客さんや。しかもピカピカした車に乗ってな、立派な紳士が一人――
通仁　信者さんか？
菊次　初めて来た方だす。京都の人でな、暮しには不自由せんのやけど、一年中家の中に病人が絶えんので、前々から懇意にしてた京都の支部長はんにみて貰うたら、そら祖霊様の祟りやさかい、一度本部に行って、祖霊様の復祭をお願いしてきなはれ言われたんで、とる物もとりあえず車をとばして来たんや言うてましたわ。昔やったら夜中来る人もザラにおったんやけど、近頃は滅多ない事やさかいな、ほんまにびっくりしましたわ……

右手より研修生2、お茶を持って現れる。

通仁　む。
研2　（茶を置いてから）先生、速達ですが……
研2　昨夜遅く参りましたので……
通仁　後で見るから教祖殿へ持って行ってくれ給え。
研2　ハイ。（左手へ去ろうとする）
通仁　（急に）どこから来たのかね？
研2　（速達の裏を返し）関西主教会本部です。
通仁　関西主教会？　一寸……（速達を受け取り、封を切る。読んでいくうちに顔色が変る。立っている研修生2に）君は行ってよろしい。（研修生2、去る）
菊次　（不安な面持ちで）……何だす？
通仁　（黙って菊次に渡す）
菊次　（読み終えて）な、何や！　こら脱退通知やないか！　大阪西部、東部。奈良。堺。岸和田。吹田。和歌山。支部長連名でハンコまで押してあるがな！
通仁　菊次さん、仁美からは何か連絡があったか？
菊次　いや、おまへん！　（急に）そや！　仁美はんがこんな通知を知らんいう事はおまへんな（ガックリして）す、するとこの……説得があかなんだちゅうことになりますか？　なァ会長はん。

通仁　（静かに）……仁美がここを発ったのは何時だったかな？
菊次　一週間、いや、そろそろ十日近くなりますさかい……ええと、あれは……
通仁　一度、電話で連絡してよこしたな、大阪から……
菊次　あれはやはり……ここを発たれてから三日目……やったと思ったけど……
浩一　あの……横合いからこんな事を申し上げては何ですが、仁美さんなら、僕、最近一度お会いしてますよ。
菊次　ど、どこで？
浩一　東京です。
菊次　とう!?　そ、そらほんまか浩一はん？
浩一　先刻、東京へ出張したと申上げたでしょう、その時ですよ。
菊次　それは何時の話やね、正確に？
浩一　ですから先刻も言いました通り、五日ほど前ですよ。
通仁　どこで会ったのかね、東京の？
浩一　（一寸躊らうが）……あれは、文部省の宗教局でした。尤も、お会いしたといっても二、三言葉を交した位なんですが……
菊次　（不安な表情で）……会長はん……
通仁　……
菊次　（浩一に）仁美はん、何か言うてはりましたか？
浩一　いや、別に……僕も色々と打合せで忙しかったもんですから、どんな用事で上京されたのか、それは聞きもらしましたけども……（探る様に）……まさか古川さんと一緒に、ハッハハ、そうじゃないでしょうねえ。尤も、古川さん達の皇国真善教は、最近中々評判が良いですからね。会社や工場へも積極的に働きかけている様だし――その点、谷口雅春さんの「生長の家」と行き方がよく似ておりますね。例の「非常時に労働争議を停止せしめ反戦思想を抑制するのに最も効果のあるのは光明思想である」という生長の家のお題目と、大体同じような事を言ってますよ、古川さん達は。仁美さん、案外その点に共鳴しちゃって――

通仁　浩一君！　冗談はやめて貰おう。教団内部の問題にとやかく口を出して貰いたくない。君には関係のない事なんだから。

浩一　（次第にはっきりと強い態度になる）無論、関係はありません、個人としては。

通仁　個人としては？

通仁、鋭い視線を浩一に投げる。右手より食事を知らせる太鼓の音。

浩一　（腕時計を見て）食事の時間ですね。

菊次　そや。話は後にして御飯喰べに行くか。

浩一　そうですね。先生も御一緒に如何ですか？

通仁　……

浩一　朝食を差し上げたいと思うんです、京都で。

通仁　京都で!?

浩一　（冷静に）先生。お迎えにあがったのです。

通仁　なに!?（始めて意味が分る）浩一君！　すると君は！

浩一　先生！　どうかもう何も仰有らずに、僕と一緒に来て頂けませんか？　その儘で結構ですから。
菊次　(事態を察する）浩一はん！　あんた、先生を警察へ連れて行くいうんか！　そんな阿呆な真似、うちは絶対させへんぞ！
浩一　(意に介せず）お詫びなり説明なりは後でゆっくり申します。表に車を待たせてありますから。
菊次　あかん！　会長はんの身体に指一本でもふれてみい、うちが承知せえへん！　うまい事うちらを騙しよって、車まで用意させて——

不意に、トラックの止る鋭いブレーキの音。次々と数台——

通仁　(じっと耳を澄まし）……そうか、君が昨夜来て泊ったのは、この事の為だったんだな。浩一君、恥かしくないか、神様の前でそういう欺瞞にみちた行いをして？
浩一　弁解はしません。ただ僕は、先生をお連れする義務があるんです。一刻も早く。
通仁　理由を言いなさい。私は行く必要を認めない。

右手より狼狽して真蒼になった研修生1が駆けこんでくる。

研1　田川先生！　大変です。今、表玄関から警察の人が……
通仁　(呶鳴りつける）静かにしなさい！
研1　ハ。
通仁　騒がないで静かにしている様に皆に言いなさい。

研1　ハイ。（去る）

浩一　先生（きびきびした口調で）はっきり申しましょう。実は、これからある事実が起ります。時間はもう僅かしかありません。恐らくこれを御覧になれば、先生は、我々を腹の底から憎まれるでしょうし、又御自分も同時に、悲しい想いをされると思うので僕はその事実をお見せしたくないんです。理由さえ分れば来て下さると仰有るんですから、この際、その理由をはっきり申上げましょう。（内ポケットより書類を出す）先生、逮捕状です。京都地方検事局は先生を、治安維持法違反、並びに不敬罪の容疑で逮捕します。

通仁　不敬罪!?

浩一　そうです。

菊次（激怒して）そ、そんな阿呆な！　何が逮捕状や！　何が不敬罪や！　浩一！　おまはん、先生に縄打てるか？　もし打てたらおまはんは人間やないぞ！

通仁（制して）待ち給え。とに角聞こうじゃないか。私のどういう点が不敬罪に該当するのか、言って見給え。

浩一　おそらく御存知の事だろうと思います。「お筆先」における神話解釈。「道のしおり」の中での、先生の戦争に就いての解釈。また「菊の御紋章」そっくりの教団の「梅の神紋」も——いや、先生がこれ迄になさった総てが不敬罪の対象になってます。貴方は、万世一系の天皇を奉戴する大日本帝国の君主制を廃止して、上司通仁を独裁君主とし、至仁至愛の国家建設を目的とする大仁教なる結社を組織した。以上が貴方の犯罪容疑です。

通仁　馬鹿な！　私が独裁君主……何を根拠に君は……

浩一　幸いな事に私は、仁美さんから「お筆先」と「道のしおり」の原本を拝見させて頂き、大変参考になりました。誤解なさらんで下さい、我々は仁美さんをも、参考人として留置する予定なのですから……

通仁　……分った。君という人間の正体も分った。同時に、国家という正体も……

浩一　（急に威丈高になり）何を言うか!?　おのれの罪を棚上げして国家を誹謗するとは以ての他だ。貴方はこの上まだ「逆賊」の汚名が着たいのか！

通仁　（全身を震わせ、烈しい口調で）私は絶対に逮捕されんぞ！　不敬罪も認めん！　私は、神への裏切りのみが不敬だと思っている――多くの民衆を苦しみの底に突き落し、戦争へ追いやった者は誰だ！　その者こそ、神へ対する最大の不敬ではないか！

浩一　貴方を逮捕する！

同時に左手奥の方で轟然たる音響――通仁に菊次、ハッと息をのむ。ズシン、ズシンと烈しい音をたてて爆発している。通仁、事態を察して、転がる様に渡廊下に出る。浩一、冷やかな態度で、通仁の動きを見守っている。誰も一語も発しない。（爆発と同時に、右手より数名の武装警官が、中庭へ入り、更にこの三人を見守っている）

通仁　（憎悪に燃える目で）浩一君、君は……

浩一　命令です。

左手より通子が駆けこんでくる。

通子　……お父さん、お父さん！　月宮殿がこわされてしもうたわ！　裏参道にお巡りさんが一杯——

（渡廊下よりじっと前方を見つめたまま身動きしない通仁に）……お父さん……

菊次　（突然）くそっ！　何や温和しそうな面しよって、こ、この恩知らずめ！　（猛烈な勢いで浩一に飛びかかる）

浩一　（不意を襲われて）な、何をする！

二人、組打ちになる。菊次、浩一の胸ぐらをつかんで、グイグイ前廊まで押してきて、殴打しようと右手を振り上げる。が、振りあげた儘で下せず、逆にジリッジリッと後ずさり。中庭にいる警官の一人がピストルを構えているのだ。

浩一、静かに服の乱れを直し、

浩一　先生、僕はこれだけはお見せしたくなかったのですが、もう今となっては止むを得ません。我々は、陛下の御命令によって大仁教の全建物を爆破します。（時計を見て）……色々お仕度もあると思いますので、今から十分間の猶予を与えます。十分たちましたら表玄関までお出で下さい。菊次さん、貴方も。

菊次　ああ、行ったる！　どこへでも行ったるわ！

浩一　そうです。来て頂きます。（右手へ入ろうとする）

通子　浩一はん！　お父さんを騙しよったんやね。自分さえ出世すれば他人はどんなに苦しんでもかまへんのやろ！　人でなし！

浩一、チラッと通子を見るが黙って右手へ去る。爆発音が続いている。間──

通仁　……菊次さん、整理するものがあったら、今のうちにまとめておいてくれないか、私はこの儘玄関へ出ますから……

菊次　へ、へエ……

通仁　何時の世にも、時の権力に迎合しない宗教団体は常にこうなる。それは又逆に、宗教の人に与える力が非常に大きいという事を彼らが認めているからに他ならない。菊次さん、建物は破壊されても、大仁教の世直しの精神は破壊されやしないのだよ。

菊次　そ、そやけどなあ、みんなが苦労して造りあげた建物や思うと、うちは口惜しうて口惜しうて……（声を詰らせる）……ほな会長はん、一寸行ってきますわ。（右手へ去る）

通仁　……夜が明けてきたか。通子、履物を持ってきてくれんか、久しぶりに庭を歩いてみよう。

通子、頷いて去る。やがて戻ってきて、前廊階段の下に揃える。

通子　お父さん。

通仁　む……

二人、階段の所へならんで立つ。

通仁　通子、余り突然なので吃驚したろう。お父さんいなくなっても大丈夫か、一人で生きていけるか。

通子　……大丈夫やと思う。
通仁　人に何と言われても耐えていけるか。
通子　（キラッと目を輝かせ）お父さん、悪い事したんやないもの！　人に何言われてもうち平気や。
通仁　そうか……（優しく通子を見て）なあ通子、お父さんはな、三十年この方少しも変らない気持で、祈りを通じて人々の為に尽くしてきたつもりだが、こうして今、色々考えてみると、結局、新しい宗教が次々と生まれてくる時代というのは、世の中の人が決して幸せに暮している時ではないのだよ。勿論、数多い信者さんの中には現実の苦しみに負けて、というよりは目を背けてしまい、まず自分は何をすべきかという努力を怠って、次の霊の世界に幸福を求めようとする人もいる。だがそれは決して正しい信仰ではない。こういう時代にこそ宗教は、神の御心を体している信者達は、勇気を持って叫ばなければならんのだよ、正しい事は正しいと！　これからの宗教は、目を大きく外に向けて、人間の生命の尊厳を守る為に闘わなければならない。それが本当の宗教というものだ。もし又ここに戻れたら、お父さんはもう一度始めからやり直すつもりでいるよ。フフ、難しい話になってしまったな。さ、行こうかね。
通子　うち、玄関まで送って行く。（二人、中庭へおり、右手の方へ歩み出す）
通仁　（フト歩みを止め）通子、船岡君からは手紙がくるか？
通子　ええ。
通仁　今度、お前が手紙を出す時は、元気で、そして無事に戻るように私が祈ってる……そう書いておくれ。
通子　（堪らなくなって）お父さんもね。
通仁　うむ？　こいつ、ハッハハハ……（二人、静かに右手の方へ）

通子　（立止り）あっ、又……

地軸をゆるがす様な爆発音が再び聞こえてくる。二人、その儘の姿勢の中で——静かに幕。

埠頭

五幕とエピローグ

人物

お内儀　アンコ宿、弁天館主人
敏江　若い女
フケ松　沖仲仕（通称アンコ）
三やん　〃
ケチ政　〃
テッポウ　〃
焼酎　〃
秋田　〃
コンピラ　〃
アカタン　〃
赤平　手配師
新川　〃
刀根　全沖仲仕労組神戸支部
宮武　〃
桐山　〃　書記長
お里ちゃん　蛇沢運輸臨時工
洋子　〃

民　子　　〃
女工1
女工2
しげ乃
婆さん
蛇　沢　　下請業者　蛇沢運輸社長
多々良　　〃　　多々良組社長
仙　崎　　〃　　仙崎海運社長
跡　部　　東洋倉庫神戸支店長
内　倉　　〃　業務課長
ワッチマン（監視および貨物確認担当）

とき
昭和三十五年夏——
ところ
神戸港——
ぶたい
全幕を通して構成舞台とし、中央に固定クレーン風の鉄骨が組みあげられる。鉄骨は、各幕の変転に従って、主要な核体となる。
後景は、黒い海と、白い燈台と、突堤の長い灰色の線——
幕あき前に、しのびこむように霧笛が流れてくる。

1

アンコ宿——
通称三十円宿と呼ばれる弁天館の一室。上下二段になったくすんだ部屋の真ん中に、ポツ

ンと電気のコードが下がっている。(が電球はない)

ななめに射しこんだ夕陽が、シンカンとした部屋の一隅を、ポッと赤く染める。その光線の蔭になった上段の床に黒く盛りあがった毛布。

二人の女が入ってくる。

一人はこの宿のお内儀――見たところ四十五、六だが、耳が遠いためか、おそろしく大きな声で喋る。

今一人の若い女は敏江――目鼻立ちの、かなりはっきりした大柄な女。長い髪を無雑作にうしろで束ね、青白く面やつれした顔に真赤なルージュ。古ぼけた手提鞄を持っているが、身のこなしが、どことなく崩れている。

お内儀　(揚子で歯をせせりながら、あけっぴろげの大声で喋る)そらな、おうちが待ってるちゅうのンなら、ここに居てもかまへンけど、今もって帰らんとこみると、フケ松はん、夜勤の口にでもありついたんと違うか。なにしろ、この一週間ちゅうもんは、忙がして、港は火事場さわぎやさかい、メクラやカタワでないかぎり、アンコは引っぱりだこや。うちらの宿かて、何時もなら仕事にアブレたアンコが二、三人、きまってゴロゴロ寝てくさるちゅうのンに、昨日も今日もみんな出払うてもうて、昼間はこの通りガランドウや。ま、部屋がいたまんよって、それのがええけんどな、ハッハハハ……
敏江　(ニコリともせず)…それで、何時頃出て行かはったん、フケ松はん……?
お内儀　さあ、もう一時間も前になるやろか。地下足袋はいて、コソコソ出て行きおったわ。部屋うちのアンコ達はみんな働きに行ってるちゅうのンに、自分だけヌクヌク寝てもいられへんやろ。
敏江　しゃアけど、フケ松はん、この前の船内荷役で肩の骨いためたさかい、仕事したくても、よう仕事呉れへんちゅうのや。

お内儀　そういう話やな。（と言いながら、傍らのミカン箱にドッカリと腰をおろす）……しかし、肩があかんやったら、猫引きやったらええのやが。うちの宿にも、秋田のおっさんちゅうて、昔はデッキマンでえろ幅利かした人がおるが、なんやらいう毒薬で身体やられてから、デッキマン格下げになってもうてな、今は猫引きやってるわ。要は気迫や。フケ松はんにはその気迫ちゅうもんがないねん。その上、おうちが親切にパンやら煙草やら持ってくるさかい、余計図に乗って怠けてるのやがな。悪いことはいわん、ここらでよう分別せんと、あとあと取り返しのつかんことになるで。おうちかてなんやろ、港で、レッテル張りやら、マーク刷りやらして、一体なんぼ貰うてンねん？　一万円にはならへんやろ。それでお母ちゃん養うて、その上、フケ松はんにまで貢いで——そんなことが何時まで続くと思うのかいな。あんたの前でこんなこというては悪いけんどな、どだいフケ松はんちゅう人は、人間はええけんど、根は怠けもんやで。

突然、上段の毛布がムクムク動く。が、二人は気がつかない。

敏江　（煙草に火をつけ、フゥーと大きく吐き出す）……そうやなア。以前はうちのお母ちゃんが随分面倒みて貰うたさかい、親切で働きもんで、ええ人やと思うとったけど、近頃はもうなんや頼りのうてかなわん。

お内儀　うまいこと、おうちが騙されとったんや。大体な、港の女子で、アンコに惚れるなんちゅうのは、最低やで。アンコなんて人間やないわ。人間のクズや。うちは三十年もこんな商売しとるが、一人として、出世したなんちゅう話は聞いたことあらへん。まあ、たまにはな——おばはん、いつぞやはおおきにお世話になりまして、これはホンの手土産ですが——ちゅうて菓子折りの一つでも持ってこんか思うとンのやが、そんな気の利いたアンコは一人もおらへん。それどころか、逆に、長年おったさかい、勝手はようわかっとるちゅうて、泥棒に来よった奴がおるわ。まア、出世いうたら、ええとこ倉庫会社の常雇いになるか、もう一つ偉うなって、手配師になるか、この辺が出世のピンやな。あとのクサレアンコは、元町のジャン市で、焼酎漬けになったまま、野垂れ死にや。おうちかてな、このままズルズルフケ松なんぞに入れ上げよったら、今に、ケツの毛まで抜かれてまうで。（とリキんだ途端に、ミシミシと音立ててミカン箱がつぶれる）——おっと、フウ……（ペタリと尻もちをつく）

敏江　プウ……フフ、ハッハハ……（といきなり若々しい笑声をあげる）

お内儀　（起き上がると、ミカン箱を元通りに直し、ゆっくりと、敏江の顔を見る）……なにが可笑しいンやねン。

敏江　（急に笑いをやめる）

お内儀　うちは、あんたのことを心配して言うてあげてんのやで。

敏江　（またしょんぼりして）すんまへん。そらな、おばはん、うちかて別れるンなら、この辺が潮時やと思うてますねん。なんぼ真面目やいうても、肩やられてしもたアンコは使いモンにならへんさかいな。

お内儀　そうやがな。そうと心に決めたら、早いとこフケ松はんに会うて、おまはんと別れて、新川はんとお交際《つきあい》するさかいよろしゅうにちゅうて、一本、ドカッとかましとったがええわ。

その言葉で、上段で寝ていたらしい男が、毛布の間からにゅっと鎌首をもたげる。

お内儀　（気づかず、なおも喋りまくる）新川はんかて、もともとおうちのことが好きやったんや。それをあの時分は、フケ松はんも屯拾モンなんかヒョコヒョコかついで景気よかったさかい、あんたの気持が動いたんや。ところが今はどやね。フケ松はんはあの通りの半病人やが、新川はんの方は利口やさかい、うまいこと上の人にとり入って、今じゃ二十人もアンコを使う蛇沢運輸の手配師や。なんぼ昔はアンコ仲間でも、手配師とアンコじゃ身分が違うさかいな。そこんとこ、よう考えンとつまらんで。おうちかて別に生娘いうわけやないのやさかい、、新川はんに奥さんおったかて、お金になるンやったら、それのがええやないか。……こんなええ身体しよって……シラミったかりのアンコに抱かれて……なんちゅう勿体ないことさらすねん。（と手で敏江の身体を撫で廻す。敏江はされるままになっている）……あんたかてな、この、なんや、チャーッとした着物着れば、チャーッとなりますがな。

敏江　（クスクス笑い出す）

お内儀　ええな、うちの言うたことは内証やで。なんぼ、スカタンのフケ松はんでも、こんなことマモに聞いたら怒るやろうからな、ヒッヒヒ――（その笑声が急に断ち切られる）

フケ松　（相変らず毛布の間から首を突き出しおそるおそる声をかける）……わい、ここにおりますねん……

お内儀　――？

フケ松　悪い思うたけど、先刻からここで聞いてましたんや。

お内儀　な、なんや、おったんかいな。それならそうと早う言うてくれはったらええのに黙ってるさかいわからへん。

フケ松　すんまへん。
お内儀　（高飛車に）これからな、外から戻ってきた時は帳場へ一言いうて貰いまっさ。弁天館はな、ゼニ取って客泊めるとこで、駅の待合室とは違うのやさかい。ああ気色わるい。ふん。

お内儀去る。

敏江　（フケ松と二人になると急に投げたような荒ッぽい調子になる）なんや、盗み聴きなんかしよって好かん。
フケ松　別にそういうわけやないがな。出よう思うたら、いきなりフケ松はんは怠け者や、出よう思うたら、フケ松はんはスカタンや、出よう思うたら……
敏江　なにウダウダ言うてンねん。あんた、仕事に行ったンと違うの？
フケ松　行ったけど、貰えんさかい、切戸町へ血イ売りに行った。
敏江　売れたんか？
フケ松　血圧低いさかい、輸血した方がええ言われてもうた。
敏江　そういう時はな（と所作で）こないに腕をこすッたらええのやが。
フケ松　こすッてっとこ、見つかってしもうたんやがな。
敏江　よういわんわ。ほんまにあんたはドンやで。めし喰っとらへんのやろ。
フケ松　朝からノーチャブや。

敏江、手提げからコッペパンを出す。

フケ松　おおきに。（と言うが早いかガツガツ喰べ始める。が、急にその手をやめ）しゃァけど、今の話、ほんまかいな？

敏江　なんや。

フケ松　わいと……その……別れて……新川とつきあうちゅう話や。

敏江　（クスンと笑って）ほんまやったらどないするねん？

フケ松　そら、お前がどないしてもそうするちゅンならしゃァないけど、しかしな、わいかて何時までもこないスカタンな真似しとらへんで。肩さえようなったら、また昔のように屯捨モンをバリバリ担いで、八百円でも九百円でも稼いでくるがな。

敏江　そら何時のことかいな。あんたが怪我してからこっち、もう十日ちゅうもんは、うちがここの部屋代からチャブ代まで全部払うてきたんやで。この先、何時までうちに貢がしたら気がすむねン。

フケ松　そやさかい、またコンピラはんにでも頼んで、ソージの口なり、猫引きの口なり世話して貰うがな。

敏江　コンピラはん、コンピラはんいうけど、コンピラはんかて、あんたと同じアンコ仲間やで。なんぼ顔が広いいうたかて、アンコの世話じゃ知れてるがな。（ニヤッと笑い）……それよりな、あんたがほんまに仕事する気があるンやったら、うちが頼んであげてもええわ。

フケ松　だれに？

敏江　新川はんに。

フケ松　新川？　そ、そらあかん。大体、わいをこんな目に合わしたのはあいつやで。昼勤は仙崎海運ッてちゃァんときまっとったわいを、人手不足やとか、昔なじみやとか、泣き落としで無理矢理わいを蛇沢の受け持ちハッチへ引っぱって行きよったんや。ところがどや。怪我したとたんに、どこの馬の骨かいなちゅう顔してけつかる。お前がなんぼ蛇沢運輸の臨時雇いかて、新川みたいな薄情な奴が——ああ、そうか——ちゅうてわいを使うわけがないわ。やめとき。頭下げるだけ阿呆や。

敏江　それが、使うちゅうたらどないするねん……?

フケ松　(ヘンな顔して敏江を見る)

敏江　なんやねん、けったいな顔しよって——フフ、ホホ、ハッハハハ……(と笑い出す)

急に奥の方で、賑やかな話し声、笑い声がおこる。(アンコたちが帰ってきたらしい)
やがて、ドタドタと廊下を踏み鳴らしながら、ジャン市の三やんを先頭に、ケチ政、テッポウ、焼酎の四人が一杯機嫌で、唄をうたいながら入ってくる。

〽鬼の蛇沢　蛇の多々良
手かぎ　アンコで銭のこす
　ちゃぶ　ちゃぶ　ちゃぶ
菜種　アンコは　絞れや絞れ
絞り残れば　また絞れ
　ちゃぶ　ちゃぶ　ちゃぶ

一番最後に年配のアンコ(秋田)が入ってくる。

三やん　（怒鳴る）おばはん、暗うてなにも見えへんがな。おばはーん。
テッポウ　電気のタマ、早よ持ってこんかいな。
焼酎　なにしとンのや。レッコ、レッコ。（早く早くという意味）
お内儀　（奥から電球とザルを持って現れる）ギャアギャアとやかましいな。騒がんかてわかっとるが。
三やん　電気のタマぐらい、ズッと付けとったらどうや。
お内儀　付けておきたいンは山々やけど、付けたら最後、だれかが外して売りとばしてしまうやろ。
三やん　なにいうてけつかる。
お内儀　（電球をつける。室内がパッと明るくなったところで、みなに糞丁寧なお辞儀をする）みなはん、今日はどうもおつかれはんどしたな。早速で恐れ入りますが宿泊料を頂きますわ。（と鼻ッ先にいる三やんにザルを突き出す）
三やん　（これも馬鹿丁寧に）ヘイヘイ、毎度お世話になります。ほな宿泊料三十円。（チャリンとザルに入れ）くそったれ。
お内儀　おおきに。（と皆の間を順に廻って歩く）
焼酎　（敏江に気づき）なんや、敏坊、来とったんかいな。
テッポウ　へへ、昼間からお楽しみや。
お内儀　ほんまにフケ松はんはええ御身分やで。（モゾモゾと有り金を調べているケチ政に近づき）ケチ政はんは早速ゼニ勘定かいな。何時もしまりのええこッちゃ。
ケチ政　ケチ政、ケチ政、いいないな。これでも客やで。
お内儀　そやさかい誉めとンのやないか。ケチ政はんは今にきっと出世しやはって、うちンとこへ菓子折り下げて来てくれるやろ思うて、楽しみにしとンのやがな。

ケチ政　一円余計に払うとくわ。（チャリンと入れる）
お内儀　おおきに。――フケ松はんの分は、先刻敏江ちゃんに貰うたさかいな。（とまた例の調子で）それでは皆はん、どうぞごゆるりと。へい、おおきに。（と去る）
焼酎　ヘイヘイ、御丁寧に――とっとと去《い》んでくされ、テンプラ婆アめ。
フケ松　（小声で）なア、ケチ政はん。コンピラはどないしたか知りまへんか。昨日も帰ッてきィへんやったけど――
ケチ政　さあ、知らんなア。
焼酎　コンピラはな、昨日、カンヅメをボロッコしよって、警察へあげられてしもうたんや。
フケ松　ほんまかいな、そら……？
焼酎　ほんまやとも。一緒に働いとった港館のウインチマンに今日聞いたんや。
テッポウ　そらおかしいで。わい、今朝、砂糖船の荷下ろしでコンピラと一緒やったが……
焼酎　ホウ……
テッポウ　それで、お前昨日はどこへ泊ッたんやて聞いたら、三ノ宮のホテルへ泊ッたちゅうとったわ。
焼酎　つまりそれがブタ箱のことやがな。大方、微罪釈放で、暗いうちに警察出されて、そのまま港へ行ったんやろ、フケ松、お前からもよう言うとったがええわ。あまり派手にやると、今に手配師連中からヤキ入れられるさかいな。
三やん　へん、アンコからボロッコ引いたら何が残るんや。まともに稼いだかて、月の半分はアブレ続きで、一万も水上げがあったらええとこや、いうたらボロッコも仕事のうちやで。なア敏坊。（と近づき）今日は帰り早いな。レッテル貼りか？
敏江　輸出モンのマーク刷りや。残業せえへんか言われたんやけど、もう三日も続いとるやろ。身体が強《キツ》うてな、かんにんしてもろた。
テッポウ　ほんまになア、えらいこっちゃ。わいはこの一週間にオールナイト三日やで。一体、なんでこないに忙がしなったんやろ。
ケチ政　アカタンの話ではな、なんやら、貿易自由化がどないしたとか難かしいこと言うとったが――なア、秋田のおっさん、朝鮮事変の時も、やはりこないに忙がしかったンかいな？
秋田　（新聞を読んでいたのが、いわれてモッソリと喋る）くらべものにならねえべよ。
ケチ政　どっちが？
秋田　きまってるべ。こんだのはまだ忙しいうちには入らねえ。朝鮮戦争ン時はおらデッキマンをやっとったが、まんずハア、一度船に乗せられたが最後、一週間は陸《おか》へ戻れなかったで。
焼酎　本船カンヅメ一週間かいな？
秋田　ああ、慣れねえ奴は三日目ぐれえで引っくり返ちまってな。仕方ねえから、海水をバケツさ汲んできて、のびてるアンコのツラさ水ぶっかけるのよ。なんしろハア、代わりのアンコ連れてきたくとも、陸には一人も居ねンだからな。
テッポウ　しゃアけど、おっさん、ゴマンと儲けたんやろ。
秋田　ゼンコにはなっただが、なアに、それも戦争が終わっちまったら元の木阿弥だ。アンコなんちゅうもんは、忙しい時は重宝に使われるが、仕事のねえ時はルンペンと同じだでな、お前がたも気イつけてゼンコ使った方がええべな。
三やん　（おどけて）ハイハイ、まことにどうも有難いおさとしで、思わず眼頭が熱うなりましたわ。ところでおっさん、わいに一寸その新聞見せてくれへンかいな。
秋田　おら、まだ見とるんだが……

三やん　いや、わいは一寸その、経済欄が見たいのや。（と強引にとりあげ）なになに経済成長率九パーセント、ふむ、池田も仲々やるやないか。ホウ、大阪株式全銘柄ダウ平均千二百円。えらい値上がりやなア。おっさん、ちょ、ちょっと、この株の欄を見せて貰うで。（というが早いか、新聞の一部を切り取る）へい、どうもおおきに。わいも、これを機会に心がけをあらためて、一意専心、ゼンコ溜めることにしますわ。（言い終えると、途端に紙片をヒラヒラさせ）さあみんな、オープン投資せえへンかいな。弁天証券のオープン投資！

焼酎
テッポウ｝（同時に）やろ、やろッ！

三やん　（ケチ政に）お前もやらへんか？

ケチ政　阿呆らして、そないバクチみたいなことようせんわ。わいは目下、ケーカク経済でいそがしいンや。

テッポウ　ふん、総理大臣みたいなこと言いないな。

三やんを中心にした三人――一隅に座をしめる。

三やん　（鉛筆をなめなめ、紙片を眺め）わいが親やで。……そやな、まず特定銘柄から行きまほか。

焼酎　テンプラしたらあかへんで。

三やん　そやさかい、ちゃアンとつけとくがな。ええか、ほな行きまっせ。――まず、日本郵船に、三越に、味の素を売りに出しますわ。

テッポウ　よッしゃ。わいは味の素に五十円。

焼酎　えろ気張るやないか。ほな、わいは、仕事の上でなにかとお世話になるさかい、日本郵船に三十円。
三やん　ほな、残りの三越がわいやな。（一段と声を張りあげ）では、本日午後二時半現在の出来高を申し上げます。日本郵船、六十五円。
焼酎　六十五円？　六と五。……なんや、チンケやないか。
三やん　味の素。六百十六円。
テッポウ　（いそがしく頭の中で計算する）ええと……六に一に六……。サンタかいなア。
三やん　では最後に三越——二百七十円。
焼酎　カ、カブやないかッ。
三やん　へへへ、おおきにすんまへんなア……（節をつけて）大切なお金で、上手なお買物……。（と金をかき集める）
テッポウ　頭痛とうなったな。わい、今日かぎりでもう味の素買うてやらんわ。
三やん　（自分の箱の中から焼酎を一本出し）まア、そない言わんと、焼酎でも飲んで景気つけいな。（とテッポウの前に置き）では、次に一般銘柄に入りまして、キリンビールに、松下電気に……ええと、あと一つは……そや、今日、わいらを雇うてくれはった親会社の東洋倉庫といきまほ——

フケ松の所では、帰り仕度を始めた敏江が手提げを持ち——

敏江　ほな、おそうなるさかい、うちこれで帰るわ。
フケ松　そうか。じゃ、わい西出町の停留所まで送って行くわ。

敏江　送っていらん。そないシンキ臭い顔して付いてこられたら、うちまで気が滅入ッてまうがな。
フケ松　強《きつ》いこと言いないな。（と立ち上る）
敏江　ええちゅンのに――ほな、さいなら。（と歩みかけて、急に立ち止まる）

奥の方から突然若い男の笑声が聞こえる。次に子供でも相手にしているらしく「なんやなんや大きなナリして青ッ鼻垂らしよって……母ちゃんにシバキあげられるで。ハッハ……」――そして、こちらへ歩いてきながら「おばはん、一寸来てんかいな。おばはんたら……」と騒々しい声。

敏江　（フケ松に）コンピラはんや。何時も賑やかなこッちゃな。（とニコニコする）

やがて、汗と油で汚れたランニングシャツの上に、上衣を引っかけたコンピラが現れる。見たところ腕がない。両腕をうしろへ廻しているらしい。が、その代わり、上衣の両腕がふくらんで、歩くたびにブラブラと棒のようにゆれる。袖口はヒモで結んでいる。ガッシリした身体つきで、潮焼けした顔に汗がふき出ている。だが、なんとなくひょうきんな感じの男だ。

敏江　（急に愛想よく）お帰り。
コンピラ　よう、敏坊やないか。
フケ松　お前、警察へ捕ったちゅうンやないか。

コンピラ　(ひとごとのように) こっちから頼んで、泊めてもろたんや。(奥へ) おばはん、なにしとンのや。おばはん。
焼酎　やかましいな。またキリンビールで負けてもうたやないか。
コンピラ　キリン、キリンと負けたかいな。(また奥へ) おばはん。お——
お内儀　(スウーッと出てくる) なんやねン……?
コンピラ　(急にニコニコして) おばはん毎度お世話になりますが……砂糖買《こ》うてんかいな。
テッポウ　(頓狂な声で) またボロッコやってきよったわ。
コンピラ　外野は黙ッとれ。な、おばはん。
お内儀　なんぼやねン?
コンピラ　そやなア……。おばはんには毎度ご贔屓に願ってるさかい、片腕……百五十円に負けとくわ。
お内儀　高い高い。百三十円なら買《こ》うてもええわ。
コンピラ　(簡単に) じゃ、そういうことにしまほ。
ケチ政　いやにアッサリ負けるンやなア。
コンピラ　原価は只やさかいな。
お内儀　待ちや。今バケツ持ってくるさかい。(と去る)
焼酎　コンピラ。ボロッコすンのもええ加減にしとき。先月から港の下請け会社がな、元請けの倉庫会社にきつう言われて、みんな競争で、抜き荷防止運動ちゅンのを始めたんやで。ブタ箱のうちはまだええけンど、今に、ほんまに監獄へぶちこまれてしまうど。
テッポウ　第一、監獄へ行ッたかてな、窃盗罪じゃ幅きかんわ。
コンピラ　ふん、わいが昨日捕ったのは、窃盗罪ちゅうケチなもんと違うわ。

テッポウ　それやったらなんや。
コンピラ　わいのはな、関税法違反ちゅうて、窃盗罪よりは一段と高級なんや。法律も知らんと黙っとき。
お内儀　(バケツを下げて現れる) これに入れて貰おか。
コンピラ　(また愛想よくなり) ほなすんまへんけど、袖口のヒモ、ほどいてくんなはれ。(と上衣の左腕をお内儀の方に向ける)
お内儀　(慣れた手つきで、さっさとヒモをほどく。とたんに袖口から砂糖が流れ出してバケツの中に入る) ええ砂糖やな。
コンピラ　ええだッしゃろ。たった今、台湾から着いたばかりの本場モンや。
お内儀　砂糖に本場も何もあるかいな。(金を出して) ほな百三十円——
コンピラ　(仰天して) なんや、片腕しか買《こ》うてくれへんのかいな!
お内儀　あかんか?
コンピラ　そんな殺生なッ。わい、これからこの服着てチャブ喰いに行くんやで。こ、こんな丹下左膳みたいな恰好して歩けるかいな。無茶いわんと右腕もついでに買《こ》うてな。
三やん　おばはん放ッとき、放ッとき。ハッハ、お前のおふくろはん、今頃、草葉の陰で泣いとるで、ハッハハハ……
お内儀　まァな、買わんちゅうことは言わんがその代わり、両方で二百円にしとくか?
コンピラ　二百——?
お内儀　悪かったらやめとき、うちかて、馬に喰わせるほど砂糖買い込んでもしょうないのや。
コンピラ　売るがな、売るがな。ああえらいこッちゃ。港では手配師にピンハネされ、弁天館ではおばはんにピンハネされ、……（例の調子を真似て）ほんまにもう無茶苦茶でござりまするがな。

お内儀　（黙って右の袖口のヒモを解き）そうするちゅうと、あと七十円渡せばええのやが、宿泊料三十円頂きますさかい、残りは四十円。（とぼんやりしているコンピラの掌に金をのせ）また、なんぞ安い出物があったら教えてや。（とバケツを下げてトコトコ奥へ去る）

三やん　（突然笑い出す）ハッハハ、みんな見てみ。コンピラが関東煮のガンモドキみたいな顔しよるで、ハッハハ……。（そしていきなり大声で唄い出す）コンピラ　船々　追手に帆かけて　シュラシュシュシュウ

飲んでいた焼酎の利き目で、御機嫌になったテッポウに焼酎が、釣られて唄い出す。（そして、コンピラという歌詞のところへくると、一際、声を張りあげる）

コンピラ　（三やんたちをジロリを横目で睨み、フケ松のところへくる）ふん、げんくそわるい。おい、敏坊と三人して、新開地へ映画でも見に行こか。どや？

敏江　（途端に生き生きして）ええわア！　うち、大川橋蔵が大好きや。

フケ松　行くのはええけんど、わい、明日の仕事のこと考えると、なんや気が重うてな。

コンピラ　なんや、先刻からそないなこと考えとったんか。よし、任しとき。わいな、明日は多々良組の船内荷役にきまっとるさかい、一緒に行ってよう頼んでやるわ。くよくよせんと、もっとドカーッとしとれ、ドカーッと。大体お前は、何時も病人みたいにショボショボした顔しとるさかいつまらんのや。早い話が、わいらと手配師の関係は、売り手と買い手やさかいな。生きの悪いアンコに買い手のつかんのは当たり前の話や。（恰好をする）そやさかい、もっとこう胸張って……フトコロにゼニ

なくとも、銀行に何万五千と貯金してあるような顔して……な……腹がへってても、たった今、天丼三杯喰ってきたちゅうような顔して……それで弁天浜に突ッ立っとらんとあかんわ。（急に）よッしゃ、今日、映画の帰りに、わいジャン市でゲイモツ（鯨モツ）御馳走したるわ。馬力つくでェ。

敏江　ほんまにコンピラはんの言う通りやわ。仕事欲しンやったら、うちからも頼んであげる言うてるンやないか。

コンピラ　（驚いて）敏坊が？　だれに頼むンやねン？

敏江　ふふ、それは内証や。さ、映画行こ。今からやったら一回全部見られるわ。（と上衣を着ようとしているコンピラの腕を引っぱる）

コンピラ　ちょっと待ち。（一度通した腕をまた抜いて）まだ砂糖が付いてるとみえてチクチクするわ。（とパタパタはたく）

秋田　（そんな様子を好ましそうに見ていたが）なア、コンピラさん。

コンピラ　（相変らずバタバタやりながら）なんやねン、秋田のおっさん。

秋田　年寄りが余計なこと言うと思うかも知ンねえが、この辺でボロッコはやめたらどうだな。

コンピラ　（キョトンとして）――はア？

秋田　あんた、この間、蛯沢の社長から指命アンコにならんかと言われたんだべ。

コンピラ　ああそのことかいな。そや。四日ほど前にわいが三突（第三突堤）で仕事しよったら、いきなりうしろから声かけられて吃驚してもうたわ。なにしろ顔見るのは始めてやろ。ステッキ持った怪ッ体なおっさんが来よったなア思うたら、それが蛯沢の親玉やいうンで、思わず足がガクガクとなったわ。さすがにえらい貫禄やなア。

秋田　今でこそ東陽倉庫の下請けで社長社長と言われとるが、昔は手のつけられん暴れン坊でな、今の多々良組の親爺と一緒に、港じゃ有名な悪太郎で通った男よ。ンだで、鬼の蛇沢、蛇の多々良ちゅう唄まで出来たわけだ。が、まアそったなことはどうでもええわさ。おらの言うのは、折角この……指名アンコさなれと声かけて貰ったつうのに、肝心のお前がどこ吹く風でボロッコばアやってたんじゃ、しょうあんめえと思ってな。

フケ松　そら、ほんまやで、コンピラ。おっさんの言うこと、よう聞いとき。

秋田　こんでハア、指名アンコといやア、デズラこそナミの連中よりは安いが、アブレの心配はねえだからな。第一よ、今のように弁天浜に突っ立って、手配師から口のかかるのをウロウロ待ってる心配もなくなるわ。つまり工場の臨時工のようなもんだ。コンピラさんよ、悪いことは言わねえ、ここは一番ようく考えて、命縮めるような真似はよしたがええだぞ。

コンピラ　（さすがにシュンとして）わいかてボロッコがええとは思ってないわ。……しゃァけどやな、おっさん。考えると、わいムシャクシャしてかなわンねん。

秋田　なにがムシャクシャする？

コンピラ　おっさんは腹立ンのかいな。わいら毎日、背中がひん曲がるほど働いても、五百円か六百円しか貰えんちゅうのンに、手配師の奴らは仕事の世話するだけで、わいらの頭を二百円もハネとるンや。こない無茶なことが黙って見てられるかいな。

焼酎　（もう大分酔っぱらっている）ヘッ、そやさかい、ボロッコするちゅうのンか。

コンピラ　そやが。

秋田　まァ、理屈は一応そうかも知んねえが……

コンピラ　理屈やない。これはほんまのことやで。

秋田　しかしな、ピンハネに一々腹立てていたら、アンコは勤まらねえべせ。昔からこの、鶴首洞ちゅうてな、炭坑と、土建の飯場と、港は、人足の頭さハネるのが当たり前とされていた所だ。早え話が、ここにしたかってそうだべ。手配師はアンコの頭ハネる。すると下請けの社長は手配師のピンさハネる。そうするちゅうと、そのまた上の東洋倉庫なり、五井倉庫なりは下請けの頭ハネルちゅう具合に順ぐりにピンハネさやっとるだ。それがやんだつうたところで、おらたちアンコには、なアも出来ねえべ。ためしにお前、それを呶鳴って、港中歩いてみろ。明日からたちまち手配止めだ。いや、わるくすると、消されちまうかも知んねえど。
敏江　（真剣な表情で）ほんまやで。うちな昨日、四突で見たんや。
コンピラ　なにを見たんや？
フケ松　殺しでも見たんかいな？
敏江　そやないけど、うち、昨日残業やったやろ。そやさかい、帰ろ思うて、夜の九時頃民ちゃんと一緒に、四突の川村倉庫の横まで来たらな、アカタンさんともう一人、沖仲労組の事務所にいる刀根さんちゅう若い人がな、五、六人のヤクザみたいのにかこまれとるやないか。
フケ松　ホホウ……
敏江　始めは仕事の相談でもしとンのやろ思うて、なんの気なしに見とったら、いきなり、そのヤクザの一人が短刀抜いて、キラキラ振り廻すのや。
フケ松　刺したんか？
敏江　刺しはせえヘンけど、余計な真似しよッたら消してやるいうて、おどしとんのや。うちら、おそろしなって、急いで逃げてきたわ。
ケチ政　そりゃ、きっとお盆手当のことやで。
敏江　お盆手当ッて？

ケチ政　この間から組合の連中が騒いどるやないか。ホラ、お盆手当をよこせちゅうて。あれや。あれに横槍が入ったんや。
フケ松　しゃァけど、そらどうせ常傭いの連中だけやろ。
ケチ政　違う違う。わいら日傭いにも出せちゅうとンのや。
敏江　ほな、うちらのように組合へ入ッとらんでも貰えるのかいな？
ケチ政　そやが。
コンピラ　（先刻から妙な顔して聞いていたが、たまりかねて口を出す）ちょ、ちょっと待ち。そのお盆手当ちゅうのンは、これのことかいな。（とモゾモゾ上衣のポケットからビラの束を引っぱり出す）
ケチ政　（びっくりして）お前どこでこない仰山拾うてきたんや？
コンピラ　拾うたンと違うねん。先刻、国産波止場の前でアカタンに会うたら、弁天館にコレ貼ってくれいうてポケットにねじこまれたんや。
ケチ政　スカタンやなア、赤の真似しよったら仕事貰えへンど。なんで返さンかったんや？
コンピラ　返そう思うたかて、上衣に砂糖入ってるさかい、両腕利かへンがな。
ケチ政　なんちゅうド阿呆やろ。（ビラを読む）ふうん……お盆手当をよこせ……暴力手配師追放……港の仲間よ団結せよ……全沖仲仕労働組合神戸——（と読みかけて、いきなり秋田にビラを引ったくられる）——な、なん……（と顔色をかえる）
秋田　（かぶせて）こらアおれが預っとくべ。（何か言おうとするケチ政に）いやいや、こったなもんは見ちゃいけねえ、読んじゃいけねえ。ビラ持ってただけで手配止めになったアンコはなんぼでもおるだからな。おらがあとで燃やしちまうべ。（とビラをしまう）

そこへ、ハンチングを阿弥陀にかぶった多々良組の手配師、赤平が黙って入ってくる。気づいたケチ政がコンピラたちに眼顔で知らせ、サッと立ち上がる。ところがオープン投資に夢中の三人は気づかない。

テッポウ　（親をにぎったらしく上機嫌で）エッへへ、さ、いにまっせ、いにまっせ！　なんぼなんぼ！　（と唄い出す）港ダリキと手配師さまは、瀬戸りしながら日をくらす、ちゃぶちゃぶちゃぶちゃぶ……。

焼酎　（赤平を見てたちまち顔色をかえる）ええと、この……おいテッポウ……

テッポウ　（大声で）鬼の蛇沢、蛇の多々良、手かぎアンコで――グゥッ……（いきなり三やんに襟髪をつかまれ、絶句する）

三やん　（しきりにペコペコ頭下げながら）えへへへ……どうもこの、赤平の兄さん、えらいとこ見られてもうて……へッへ……

赤平　ふむ、えろ景気良いなア。どや、テッポウ、今の唄、もう一度聞かせてくれへンかい。

テッポウ　（大仰に）そ、そんな殺生な。かんにんしとおくれやす。

赤平　鬼の蛇沢、蛇の多々良か。その多々良組の仕事で来たんやが、みんな空いとンやろ？

焼酎　今からですかいな？

赤平　（答えず）明日の朝八時までの半夜だ。チャブ付き二回で六百円。中突堤に艀が待ってるさかい、俺と一緒にすぐ行ってもらいたいンや。

テッポウ　（媚びるように）ほな、わい、働かして貰いまっさ。

焼酎　わいも頼ンますわ。
赤平　三やんもくるやろ。
三やん　それがねえ、エッへへ……
赤平　ハチハチで儲けたんか。ふん、イヤならイヤでええわ。その代わり仕事のない時に頼みに来たかて、俺は知らんぞ。
三やん　そ、そんな——だれも行かン言うてへんがな。行きますわ、行きますわ。
赤平　コンピラ。
コンピラ　ヘッ。（と元気良く前へ出てくる）お願いしますわ。（ピョコンと頭を下げる）
赤平　（好意を持っているらしく、語調がやわらかい）お前には明日の昼勤ちゅうとったが、急に船が出よるんで今から働いてもらうわ。その代わり指名やさかい、色はつけるで。
コンピラ　おおきにすんまへん。
赤平　（見廻して）他にケチ政とおっさんか。合計六人やな。よっしゃ、中突堤までタクシー奮発したるさかい、すぐ来てもらおう。
フケ松　（オドオドしながらも必死に）あの……わいも連れてって貰えまヘンでっしゃろか。どんな仕事でもええよって、一生懸命やりますさかい——な、コンピラ、お前からも頼んでえな。
コンピラ　（赤平に）ど、どんなもんでッしゃろ。（フケ松を指して）こいつはもう一週間もアブレ続きやよって、ロクロクちゃぶも喰うてまへんねン。なんとかわいと一緒に働かして貰えまヘンでっしゃろか？
赤平　（あっさりと）せっかくやが、そらあかんわ。
フケ松　——

赤平　沿岸荷役と違うて船内やさかい、肩の利かんアンコはどもならん。本来なら秋田のおっさんかて連れていけへんのやが、人手が足りんさかい、こっちが無理しとるんや。まア肩直してから、ゆっくり相談にのろ。（腕時計を見て、大仰に）やッ、こらえらいこっちゃ。ボヤボヤしとると艀が出てしまうわ。（皆に）おい、レッコ、レッコ。

赤平、一同をうながして奥へ去ろうとする。——と、出会い頭に、黒地のワイシャツの腕をたくし上げ、ゆるく結んだ真赤なネクタイの先をシャツの胸元に押しこんだ蛇沢運輸の手配師、新川（三十歳）が、半長靴をギュッギュッと鳴らしながら、かなり勢い込んだ表情で入ってくる。入るなり、眼の前でキョトンとしているアンコたちの顔を、鋭い眼で見廻す。

赤平　（ニヤリとして）これは、これは新川の兄さん、一足違いでさらわれましたな。ハイ、残念でしたア。（とおどけた調子で言う。その声で瞬間の緊張がとけ、アンコたちが一斉にゲタゲタ笑い出す）

新川　（それには眼もくれず、いきなりコンピラの腕をつかむ）赤平さん、すまんがこいつはわいが貰うとくで。

赤平　阿呆いわんとき。わいが骨折って買うたアンコを、横から気易う持っていかれてたまるかいな。アンコ欲しンやったら他のドヤ探し。人手不足はおたがいさまや。

新川　ほな、わいにコンピラを売ってくれへんか。

赤平　なに売る？

新川　六枚か？　七枚か？　なんぼ払うたらええねん？　（と早くも紙入れを出している）

赤平　（その勢いに呑まれ）ちょ、ちょっと待ち。そら、わいかて同じ手配師や。何時、おまはんの世話になるかわからんよって、理由さえ立てば売らんこともないが……

新川　（それを聞くと、今まで耐えていた怒りが一遍に爆発する）このアクタレ餓鬼、蛇沢の看板に傷つけよったんや！　（というなりコンピラの胸元を烈しく締めあげ）やい！　こら、貴様、なんでカンヅメをボロッコしよった！　なんで警察へ捕まるようなヘマをやりよった！　うちの社長はな、今日警察へ呼ばれて、貴様のために始末書まで取られてきよったんやぞ。

赤平　そらほんまかいな？

新川　ほんまや。おまけに船主と荷主と元請けの東洋倉庫からも強《きつ》ういわれてな、社長はもうカンカンや。おかげで手配したわいまで、おやじにトロクサ呼ばわりされてよ――くそッ、貴様のようなクサレアンコになめられてたまるかい！　こ、この……（とその場にコンピラを突き倒す）

赤平　ふうむ……そら難儀やなア。コンピラ、なんでそないつまらん真似しよったんや。手配師の顔に泥ぬるようなことしくさったら、港じゃ生きていけへんど。

コンピラ　（しょんぼりして）へい……すんまへん……

赤平　しゃアない。そういう事情やったらコンピラをおまはんにトレードするわ。

新川　（礼を言うのも忘れて、ハァハァ息はずませながら、まだ睨みつけている）

赤平　（アンコたちに）さア、時間がないよって急いで行こ。ハバハバ！

赤平にアンコたち――ぞろぞろ出て行く。

急に部屋の中が森閑となる。

港の方から聞こえてくる船のホイッスル。

新川　（冷静になる。と、ジッとコンピラを見つめ、乾いた声で）……おやじが待っとるさかい、事務所まで一緒に来て貰おう。

コンピラ　（床に坐ったまま、黙って頭を下げる）——

新川　港の下請け会社が競走で抜き荷防止運動をやっとるちゅうのンに、こともあろうにボロッコの一番手を蛇沢運輸から出してもうたんや。……他の場合とは違う。覚悟はしとンやろうな。

コンピラ　（ギクリとして、思わず新川を見あげる）

新川　立つんや。

コンピラ　（ノロノロと腰をあげる）

敏江　（突然、それも全く明るい声で）なア新川はん、うち頼みがあるンやけど……

新川　（敏江のことは先刻から意識していたので、間髪を入れず）こないなとこでフラフラ油売ッとるンやったら、なんで残業せえヘンかったんや？　マーク刷りも、小豆袋の縫い屋も、女子が足りのうて困ッてるちゅうのンに、遊び廻るのもええ加減にさらせ。ド阿呆ッ。

敏江　（シャアシャアとして）おお恐《こわ》ッ！　うちにまでガミガミ言わんかてええやないか——（媚びるように）なア新川はん、明日からでもええのやが、なんぞフケ松はんに仕事出して貰えヘンやろか？

新川　（言下に）女子の口出す問題やないわ——さ、コンピラ！

敏江　待ってえな、新川はん！　（そしてズバリと）うちは、フケ松はんとはっきり別れたやろ、そやさかい——

新川　（ハッとして足を止める）

フケ松　敏江！
敏江　（かまわず）そやさかい、このままフケ松はんを放ッて、なにするちゅうのンも気の毒やし、それでこうして頼んどるンやないか。新川はんなら昔の仲間やし、それになんちゅうても手配師やし……な、あんじょう頼むわ。なア新川はん——
新川　（一瞬、フケ松の喰い入るような顔をチラッと見る。と、なに思ったか、いきなり敏江の頬にピシピシッと平手打ちを喰わせる）
敏江　な、なにするねン？
新川　人をコケにするのもええ加減にさらせ。貴様に言われンかて、フケ松はわいの友達や。何時でも面倒見る言うとンやないか。おいフケ松。仕事する気があるンやったら、明日の朝、事務所へ来《き》い。なんぞ見つけとくわ。（そしてむしろ照れかくしに呶鳴る）コンピラ、なにボテーッとしとんのや。トロトロせんと早く行かんかい。（と引きずるようにして去る）

短い間——

敏江　（殴られた頬をおさえ、ボーッと上気した顔で二人の去った方を見つめていたが、やがて、表情が崩れ、クスクス笑っていたが遂にたまらなくなって）フフ、ハハハハ……
フケ松　（さっぱりわからないといった顔つき。おそるおそる）どないしたんや？　なア、敏江……？
敏江　フッフ……男ッちゃ、なんであないに手間がかかるんやろ。始めから——ああそうか、ようわかったさかい、明日から仕事に来てや——そない言えばわかるとこを、照れ臭いもんやさかい、いきなり、うちの頬ッぺたを殴ったりしよって……ああ痛ッ（と頬をおさえる）

フケ松　――

敏江　（やがて冷たい表情に返る）しゃァけど、これでもう済んだわ。フケ松はん、あんたも今見てわかったやろ。なんぼコンピラはんがええアンコでも、手配師におうたら、ひとたまりもあらへん。いちころや。あんたも、そこンとこよう考えて働いた方がええで。ほな、うちはこれで去《い》ぬさかい身体に気イつけてな。さいなら。（というと身をひるがえして奥へ消える）

フケ松――反射的にあとを追おうとするが、あきらめてその場に立ちつくす。ホイッスルがまた聞えてくる。

――幕――

2

全沖仲仕労組神戸支部――

夜。

テーブルを囲んで四人の男が坐っている。右から順に、刀根（瘠せて、顔が蒼黒い。神経質そうな眼。二十六歳）桐山（極く平凡な常識家といった感じ。四十二歳だが、年よりはズッと老けて見える。書記長）続いてアカタン（小柄だが実に良く動き廻る。こうして坐っていても絶えず視線を動かし、落ち着かない。職業はやはりアンコ。二十五歳）その隣で、丼を抱えこむようにしてウドンを喰べているのがコンピラ。頭に真白な繃帯を巻きつけ、左腕を肩から吊っている。

すすけた窓ガラス越しに、燈台の赤い光が明滅する。

風――

桐山　（眠そうな声で）それで、この――木刀でナニしたんか？　木刀ちゅうたな？

コンピラ　（喰べるのにいそがしい。顔もあげずコックリして）木刀――

桐山　フム。（と刀根を見る）

刀根　やり口は四年前の草壁事件と全く同じですよ。違うのはただ、四年前には死んで帰ったが、今度は生きて帰ったというだけの話だ。桐山さん、グズグズすることアないよ。新川を暴行傷害罪で告発しよう。

アカタン　絶対やらなあかん。このまま泣き寝入りしよったら、港の民主化も蜂の頭もあらへんわ。ええ機会やさかい徹底的に締めあげたろ。

桐山　この間、君たちを脅かしたちゅうチンピラも、やっぱりこの手のモンかね？

刀根　どうせ蔓は同じだね。たぐって行きゃア蛯沢とか、多々良とかの名前が出てくるにきまってら。そんなことよりな、おっさん、明日にでも告発の手続きをしよう。被害者はここにちゃンと居るんだし、加害者はわかってるんだし、今さら考えることアないよ。

アカタン　桐山はん。草壁事件の時はどないことになったんどす。判決？

桐山　（ボソリと）懲役六年。

アカタン　えッ六年？　人を殺して、たったの六年かいな！

桐山　それも保釈でもう出てきよッたちゅう噂やな。

アカタン　（憤りでふるえている）ほんまにもう……世間の奴ら、俺たちアンコをなんや思うてんやろ。そら今度の事件かて、せんじつめればボロッコしよったコンピラが悪い。悪いのはわかっとるけんど、リンチまでしてええちゅう法がどこにあるかいな。新川の奴は、わいらアンコを牛か馬かぐらいにしか考えとらへんねん。

桐山　しかし、草壁事件の時は、実刑は六年かも知らへんが、一応、港の暴力手配師ちゅうことで国会でも問題になったし、また、それがきっかけで、港湾労働協議会が出来て、第二次以下の下請けは全部店仕舞いさせられてしもうたんやさかい、まア結論からいえば抗議運動を進めてきた我々の勝利ちゅうことになるのやないか。

刀根　勝利だって？　ヘッ、冗談いって貰っちゃ困るよ。そりゃァなるほど労働協議会が出来て、ピンハネや暴力手配師の巣と見られる第二次以下の下請けは全部営業停止になった。そう、ここまでは良かった。ところがどうだい、その翌日から港の積み荷は全部ストップしちまったじゃねえか。出船、入船、そろって神戸港の中でウロウロチョロチョロだ。へん！　あったりきだよう。港のアンコを動かしてるのは労働省でも、神戸市でも、職安でもない。下請けのボス共と手配師連中なんだ。そこであわてたのが元請けの倉庫会社さ。出来た法律にはさからえねえ。といって積み荷ストップは放ッておけん。とどのつまりが第二次以下の下請けを幾つかのグループにまとめてよ、さっさと第一次下請け会社に昇格させちまったじゃねえか。そうやって出来たのが、今の蛯沢運輸であり、多々良組だあね。変ったといやァその辺が変っただけで、アンコは相変らずガッチリしぼられ、手配師は御機嫌でピンハネに精出してらア。だからだよ、おっさん。だから四年前の草壁事件と全く同じような問題が、今現在、こうして起きてるんじゃねえか。一体、我々の勝利だなんて、どこを押したらそんな音が出るのかねえ！　書記長なら書記長らしく、もう少し弁証法的、科学的、論理的に喋ってもらいてえなア。
桐山　フム……まア、それは一応（ガミガミやられるのは慣れていると見え、あまりこたえない。視線をコンピラの方に向け、相変らず眠そうな声で）で、新川はどういうことを言ったね？
コンピラ　へ？（と言いながら丼の汁を一滴残さず飲んでいる）
桐山　新川がやね、なんか言ったやろ、君に？
コンピラ　へい、蛯沢の看板に泥ぬった――
桐山　いや、その他にさ、なんか？
アカタン　（引きとって）だれかに告け口したら今度は消してやる言うたそうですわ。なア、そやな。

コンピラ　温和ししとったら、また使うてやらんこともないが、喋ったら殺す言いますねん。ほんで医者へ連れて行ってくれよったんですが、医者は働けるようになるまで二週間かかる言うンですわ。それ聞いていているうちに、なんやムカムカとしてきよって――

アカタン　喋るないうたかて、弁天館へ戻れば一遍にわかってしまうンやさかいな、全くナンセンスやで。わいはフケ松から聞いて飛んで行ったんやが、弁天館のアンコは、新川がやったちゅうことをみんな知っとるんや。

刀根　説明はもうその辺で良いだろう。問題は告発の手続きと、全沖仲労組の中央を通して、どうアピールするかということだ。コンピラさん、明日、僕と一緒に警察へ行って下さい。

コンピラ　えッ、警察？

刀根　被害者が行かんことには話にならんからね。

コンピラ　しゃァけど、わい、生まれつき警察ちゅうとこは虫が好かんねん。

刀根　（苦笑して）大丈夫だよ。お宅は被害者なんだから。

コンピラ　さよか。わいもこれで色々わるいことしてきたさかい、藪蛇にならなええけどな。（と元気がない）

刀根　さて――と、告発の方はそれで良いとして、中央への連絡をどうするかだな。概括的には第二の草壁事件が起こったということ、そしてこれは、一個人に対する暴力ではなく、港湾労働者全体へ対する暴力だというふうに持って行くべきだろうな。

アカタン　そや！

刀根　で、まあ、究極的には完全雇傭の実施という点に問題がしぼられるかな。なんといっても、こういう事件の起きる根本的な原因は、手配師とアンコという無責任な、かつ原始的な雇傭関係にあるわけだろう。第一次下請けといっても、下請けはやはり下請けだ。こんな中間ピンハネ会社はドシドシつぶして、元請けの倉庫会社とアンコたちとの直接的な雇傭関係の確立――まァ、こういった点を突っ込んでアピールする。どうかね、桐山さん。

桐山　うむ。ま、趣旨はまったく賛成なんだがネ……

刀根　ン？

桐山　いや、つまりやね、沖仲労組が全体の問題として、この事件をとりあげるかどうかちゅうことには、一寸疑問があるンやないか。

刀根　（ギロッと睨み）どういうことだい、そいつは。はっきり言ってくれよ。

桐山　（言い憎そうに）うむ、この、なんだ……簡単にいえば、コンピラさんは我々とは違うて、沖仲労組には入ッとらん組織外の人やさかい――

刀根　（断ち切るように）わかったッ。わかったよ。大方そんなこったろうと思った。が、じゃ聞くけど、草壁事件の時の被害者はどうなんだ？　やはりアンコで組織外の人間だったが、俺たちは腕組みしたままソッポ向いてたかね。組合の中央は鼻毛を抜きながらマージャンにうつつを抜かしてたかね。冗談いって貰ッちゃ困る。あの時は、俺たちも立ち上がったが、中央からもオルグが来て徹底的に闘ったもんだ。一体全体、今度の事件とどこにどれだけの違いがあるというのかね？　え？

桐山　そう昂奮して貰うてはどうもならんな。しかしあの時は、なんちゅうても一人の人間が殺されたんやさかい。

刀根　てえッ！　するとポスターヴァリューの違いというわけか。いやはやどうも……うちの書記長はマスコミに完全に毒されてるらしいな。（笑いながら）コンピラさん、あんた惜しいことをしたな。もう一寸辛抱して、殺されると良かったらしいぜ。

コンピラ　（眼を白黒させてツルリと顔をなでる）
刀根　そうすると何かね、これがコンピラさんじゃなく、例えば俺なりあんたなり、直接倉庫会社に傭われている組合員の場合だったら、組織は動くというわけかい？
桐山　そりゃ動くやろ。少なくともこちらとしては動かしええな。
刀根　フーン（と言いながら腕組みをして天井を見上げる。ややあって皮肉な口調で）じゃ聞くがね、一体、常傭いと日傭い。つまり組織と未組織とに区分けしたのはだれだ、え？
桐山　そらま、大根をたどれば会社側やろ。
刀根　御名答！　会社側だ。連中は口をひらけば、港は工場と違って仕事の量が常に一定していない。その上、雨とか風とか潮とかの自然現象に左右されるので経営上の安全策がとりにくい――ということを口実にしてだ、港が一番ヒマな時の貨物量を基準にして常傭いの数をはじき出しているんだ。そいで忙がしくなりゃア下請けボスにアンコたちを集めさせる。なんのことはない、安全策がとりにくいと言いながら、もっとも安全な方法で操業しているんじゃないか。つまり、そういう経営上の都合によって区分けされたのが俺たちでありアンコたちだ。だのに何故俺たちまでが、組織だ、やれ組織外だと差別しなきゃならんのだね？
桐山　しかしやね、組織というものは単に同じ仕事をやっとる人間の集まりというだけやなく、横にも、縦にもつながりを持ちながら、同一目的のために結集された集合体――これが組織やと思うね。少なくとも私はそう考えとる。すると、弁天浜に何千何万のアンコたちが集まってきても、これはあくまでも個人の集まりであって、組織体やない。わかりやすく一例をあげれば、今度のコンピラさんの事件に対して、我々全沖仲仕労組は、或いはストライキという手段で抗議運動を起こすことだって可能なんだ。ところがコンピラさんの同じ仲間であるアンコたちはどうやろ。はたして我々に同調してくれるやろうか？　いや、絶対に同調はしてくれへん。同調はしてくれへんよ君——それどころか、ストライキで手薄になった職場へドンドン入りこんできよって、我々の穴埋めを立派にやってしまうわ。事実上のスト破りや。こんなことは刀根君、君かて随分見とるやないか。一昨年《おととし》かてそうや。アメリカの船が原子弾頭を積んできたいうて、組合では荷上げ拒否にストライキをやった。ところがアンコたちの手によってチャーンと陸上げされてしもうた。同じ職場に働く同じ労働者いうても、片方が、必ず片方を喰いつぶしとるんや。そやさかい港では賃上げ一つやるいうたかて、草壁事件のように、人間が一人死なんことには問題にはならへん。こ、こんな阿呆なことがどこの職場にあるかいなッ。

刀根　（また腕組みをし、ブスッとした表情で沈黙）

（と珍しく声をふるわせて言う）

風——

急に階段を駈け上ってくる靴音。それが反響しながら近づいて、やがてゴトゴト戸をあける音と一緒に、ゴマ塩頭の宮武が雨合羽姿で入ってくる。（肩幅のガッチリした筋肉質のタイプ。陽焼けした真黒な顔に、白い歯と、小さくておだやかな眼が印象的だ。右の頰から顎にかけて深い刀の傷跡がある。五十二歳）

宮武　（合羽を脱ぎながら）おそくなってどうもすんまへん。パルプをな、きりずみにしよったら山がきて最初からやり直しや。（と合羽をパタパタやりながら、窓から下を覗いている）

桐山　降ってきたんかいな、雨？

宮武　（窓下を見ながら）うん、ポツポツきよったわ。

桐山　（気づいて）なんや、どうかしたんかい？
宮武　うん……（とまだ見ている）だれやろな、あいつら……？
桐山　あいつらッて……？
宮武　いや、階段の下から若い男が二人立って、この部屋を見あげておったんやが、わしの顔見たら、スウーッとどっかへかくれてもうた。
アカタン　だれですねん？
宮武　わからん。
コンピラ　あの……し、新川と違いまっか？
宮武　（苦笑して）新川なら顔見んかて匂いでわかるわ。安ポマードをコテコテぬりくさっとるさかいな、ハハ。
桐山　……嗅ぎつけてきよったかな（と刀根を見る）。
刀根　フム……（と相変らず仏頂面で沈黙）
コンピラ　（そわそわして）なんや気色わるいな。アカタンさん、大丈夫やろか……？
アカタン　心配せんとき。そんな新川みたいなもんに気イ使うてたら、港で生きていけるかいな。阿呆くさ。
宮武　（コンピラに）心配やったら、今夜はここへ泊ってったらええがな。む。
コンピラ　……へ。
宮武　（桐山に）それで結局どういうことになったんやね？　（照れたように笑い）わしもな、勝手なこと言うてすまんのやが、明日、上のガキが修学旅行たらいうの行くいうんで、安いズボンを一つ買うてやろうと思うてな。そやさかい、今夜は話だけ聞いて、先に帰らしてもらお思うてンねん。

桐山　うむ。……まア結論は、新川を告発するちゅうことになったんやが、問題はその……中央へな、どう連絡するかちゅうことで、一寸もめとったとこや。
刀根　（腕組みしたままブスッという）亡霊だな……
桐山　む？
刀根　桐山さんは亡霊におびえてるんだ。なるほど、あんたのいう通り、アンコたちと俺たちとの間には、埋め難いような溝がパックリ口をあけとるかも知れん。俺たちがストを起こせば、待ってましたとばかり仕事にアブれたアンコたちが殺到してくる。いや、時と場合によっては、同じ労働者同士が血の雨を降らせることだってある。現にあった。だがね、これこそ全く経営者側の思うツボだってことにあんた気づかんのかい。いや、気づかんわけはない。この問題は先月の中執委でも確認されたことだ。そうだろう。同一職場にある労働者が、組織労働者と未組織労働者とに区分けされた場合、経営者側はその両者のバランスの上にのっとって二重の利益を得る――一つは、未組織労働者という産業予備軍の絶え間ない圧力によって、組織の力が弱まるということ。今一つは、底辺を同じくしていながら、待遇その他の差別によって起こる両者間の感情的対立――これだよ！　これが経営者をして、やすやすと利益をむさぼらしている決定的な原因だ。俺はね、あとで中執委の速記録を取り寄せて、一晩がかりでゆっくり読んだ。読んでそして思った。日本の労働運動が、絶えず分裂や切り崩しにあって内部崩壊を続けてきた根本的な原因はここにあったんじゃないかとね。総評の幹部たちが、どんなに躍起になって三池や日鋼室蘭の争議を指導しても、最後のドタン場で引っくり返されるのはここに原因があるんだと思った。組織されている者だけが労働者じゃない。未組織労働者を無視しては、労働運動なんてもう一歩も前進せんよ。そうじゃないかね、桐山さん。しかもだ。そうした縮図が港だ。神戸港だ。今現在、俺たちが立っているこの場所だ！

桐山　わかっとる。わかっとるよ。港で二十年も働いてきた人間が、未組織労働者のことを考えないでどないするねん。少ないときで七千人。多い時には一万を越すアンコたちや。ところが組合員いうたら、倉庫会社や下請け会社の常傭いになっとる連中だけや。なんぼ水増しして数えたかて、アンコに較べたら五分の一そこそこやで。無視せえいうたかてだれが無視出来るかいな。
刀根　だったら何故、今度の問題を組織外だとハジキ出すようなことをするんです。無視出来ないと言っときながらあんたは——
桐山　（さすがに昂奮して）だから言っとるじゃないか。こういう問題は組合だけが立ち上がって、先頭を走ってみたかてどもならん。アンコたちの支持がなかったら絶対に成功せえへん。
刀根　いや違う！　この問題を押し進めながら、同時にアンコたちを組織して行くように持っていったら一遍に解決することだ。
桐山　アンコたちを組織する……？　そんなことは君に言われんかて今まで随分やってきた。こういっちゃなんやが、俺の右足のモモにある傷も、宮武はんの顔の傷も、それをやろ思うて、手配師にカマされた跡や。俺たちに指導力がなかったといえばそれ迄やが、何度、アンコたちにテンプラされ、騙されて泣きをみたか知らへん。なア、アカタンさん、あんたにはようわかるやろ。アカタンさんは今、アンコたちだけで自治労働組合を作ろう思うて駈けずり廻っとんのやが、半年かかってなんぼ集まった？　十二人か……いや十三人か……。そやな。とにかく七千人のうち十三人やで。いやいや決してアカタンさんをどうの言うてるわけやない。これが現実なんや。（刀根に）君かて、この間の、「お盆手当よこせ」の集まりの時に、イヤッちゅうほど経験しとる筈や。あの時は下の会議場に、それでも五十人ほど集まったかいな。ところが話を始めて行くうちにアンコたちはガヤガヤ騒ぎ出した。ほんでどないしたんや聞いたら、そん時なんちゅう返事をした？　「なんや阿呆らし、今日お盆手当くれるのと違うのかいな」……そない言うてみんなゾロゾロ帰ってしもうたやないか。な、これが現実や。君はことあるごとに組織組織いうけど、これを無視して何が出来るかいな。

刀根　（また黙りこむ）

一座は妙に白けてしまう。

戸外を吹き荒れる風——

宮武　（煙草をとり出し一本抜きとると、コンピラに）どや……？

コンピラ　すんまへん。（と貰う）

宮武　（火を点け）わしはおくれてきたもんやさかいようわらんのやが……（コンピラに）あんた、それで明日からどないするねん……？

コンピラ　へ？

宮武　働くいうたかて、その腕が直るまではしゃアないやろ。どないする気や？

コンピラ　そ、それは……（と助けを求めるようにアカタンの顔を見る）

宮武　それとも、新川がチャブ代でもくれたんか？

コンピラ　いえ、そんなもんくれしまへん。

宮武　じゃ、明日からどないして喰うねん。まさかオコモさんするわけにもいかへんやろ。

コンピラ　へえ……そ、そやさかい……（とゆがんだ笑顔で）なあ、アカタンさん……

アカタン　む？　（とこれは怪訝な表情）

コンピラ　いや……その……（と宮武に）アカタンさんが今夜ここへ来て話をしてくれたら、組合が面倒みてあげる言うたもんやさかい……
桐山　面倒をみる?
コンピラ　直るまでのチャブ代も、今夜の日当も組合が呉れるンやないかと思うて——
アカタン　(吃驚して)そら違うがな!　わい、チャブ代のことなんか言わへんで!
コンピラ　しゃァけど面倒みる……
アカタン　面倒みる言うたのはな、お前からよう事情を聞いて、取れるモンなら組合が代わって、新川から慰謝料を取ってやる——そない意味で言うたのやがな、だれもお前の生活費の面倒までみるとは言うとらんわ。
コンピラ　(とたんにしょんぼりして)さようか……わいはまた、ウドンまで喰べさしてくれよったさかい、チャブ付き日当くれるンや思うて喜んどったんや。……そらえらいことになってもうた……
刀根　(突然かん高い笑い声をあげる)ハッハハハ……こりゃどうも……完全に頭へきたな、ハッハハ……
コンピラ　(チラッと刀根の顔を見る)
刀根　いや、失敬失敬。……そうか、生活費か……。桐山さん、組合には——?
桐山　(言下に)一銭もない。あるんやったら俺が貰いたいくらいや。
刀根　ふむ。そいつは困ったな……。
宮武　どやろ。組合のモンに言うて一人一円ずつカンパして貰うたら?　少なく見積っても二千円は集まるやろ。な、桐山はん。
桐山　そら考えんこともないが、コンピラさんがアンコやなくて、組合員やったら一円が十円でもどうちゅうことはないのや。

刀根　（舌打ちして）またそれか！
桐山　またそれちゅうて、ほな、君が一人ずつ説得に歩いてみ。理屈をこねまわすことやったら誰にやって出来る。

その時、突然電話のベルが鳴る。
皆の視線が一斉に電話に集中する。

桐山　（一寸考えていたが、ゆっくりと受話器を取りあげる）ハイ……ええ、そうです……む？　書記長？　書記長は私やけど。……む？　ようわからんな。一体君はだれや？　なに？　男らし名前いったらええやないか、名前——ふむ……さよか……そらわざわざ御丁寧に……まア行けたら行くわ。（と受話器を戻す）
宮武　（おもむろに）なんの電話や？
桐山　中突堤の川菱の上屋の裏まできてくれ言うのや。
刀根　だれ？
桐山　名前は言わん。
刀根　要件は？
桐山　手を引けと——

そのままで会話はプツンと途切れる。
明滅する燈台の光りと、船の汽笛——

コンピラ　（いきなりガタガタと立ち上がる）
アカタン　どないしたんや？
コンピラ　わい、帰るわ。
アカタン　なに？
コンピラ　わい、帰りますわ。
宮武　待ちッ。（とコンピラの腕をつかみ）今出たらやられるで。
コンピラ　やられてもかましめん。こんなシンキ臭いところにおるより増しや。トロクサ！
刀根　（グッときて）トロクサ？　トロクサとはなんだね。坐り給え！
コンピラ　いやや。わいはな、これ以上おまはんらの悠長な話聞いとるわけにはいかんわ。帰らしてもらうで。
刀根　待て——帰るのはお前さんの勝手だがね、だれも好きこのんで悠長な話をしているわけじゃないぞ。君が困ってるというからみんな忙がしい時間を割いてやってきたんだ。それをトロクサとはなんだ、トロクサとは——
コンピラ　そらおおきにすんまへんな。しゃァけどわいらアンコはな、半月先にゴマンと出る慰謝料よりは、今日の百円の方がなんぼか有難いんや。十日先のことをベンベンと考えて生きていられるのは、おまはんらのように月給貰うとる常傭いの連中だけや。組合の仕事をやっとる人間やったら、そないことぐらい覚えとき。
刀根　なんだと？
桐山　よさんか、刀根君。

刀根　しかし、あんまりだよ。一生懸命世話やいてやってトロクサ呼ばわりされたんじゃ俺たちの立つ瀬がねえや。一体だれのために今日は集まってると思うんだッ。

コンピラ　お前のためやちゅうンやろ。わいはな、そういう言い方が一番気に喰わンねん。フン。先刻から黙って聞いとれば、組織やとか未組織やとか大層なゴタクならべよって、あげくの果てになんや、アンコたちも同じ労働者やと！　おおよ、そない立派なこと吐かしくさるんやったら、わいの方にも言い分があるわ。

アカタン　（おろおろして）コンピラ、ええ加減にさらせ。こらッ！

コンピラ　邪魔せんとお前も聞いとき。わいが初めて神戸へ来てアンコになった日のことや。忘れもせえへん……あの日、わいは五、六人のアンコたちと一緒に、六突の沿岸荷役でコンポウ綿の荷下ろしをやっとった。ほと、隣のウインチでも真白なお揃いのユニホームを着た連中が、同じようにコンポウ綿の荷下ろしをやっとった。わいはなアも知らんさかい、アンコに聞いてみたわ。ほしたら、あれは東洋倉庫の常傭いの連中やと教えてくれたわ。（といいながら刀根から視線を離さない）

刀根　――

コンピラ　ところが暫くやっとるうちに、ユニホームの連中がガヤガヤ騒ぎ出して仕事をやめてもうた。わいら、なんやろ思うて見たら、コンポウ綿が終わって、青いドラム鑵が降りてきよったとこや。そのうちに小頭みたいのがわいらンとこへ来て、ユニホームの連中と仕事を交換せえちゅうやないか。なんでやて聞き返せばお払い箱や。わいら黙って交換したわ。そん時、ユニホームの連中はわいらの顔見てニヤニヤ笑っとった。（刀根を見たまま）笑ってコンポウ綿の方へ行きよったんやで――

刀根　（蒼白になっている）

コンピラ　わいら阿呆やさかいな、なアも知らんで一生懸命その青いドラム鑵の荷下ろしをやったわ。

ところが昼の休みになって、まず年とったアンコが一人、口からアブク吹いて倒れよった。ほと一分もたたんうちにまた一人……続いてまた一人……そうやって五分もかからんうちに六人のアンコが全部倒れてもうたわ。わいかてそうや。眼まいがして、身体中がしびれて、一週間寝たきりや。どこへ寝たと思うねん。ドヤ代がないさかい三ノ宮の駅の前の道路にゴロゴロ転がって寝とったんや。あとで聞いたら、そのドラム罐はパラチオンちゅう毒薬やったそうや。（刀根に）な、そやな。あんたわかっとンやろ？　そのユニホームの中にあんたおったんやで！　（と殆んど睨み倒さんばかりの表情で、刀根を指さす）

刀根　（ワナワナと唇をふるわして、直立している）

コンピラ　そら常傭いの連中がええ仕事とるのはかまわん。しゃあけど、何故ひとこと毒薬やちゅうて教えてくれへんかった！　あんたらも生命惜しンやったら、わいらアンコかて生命は惜しンや。なんであん時言うてくれへんかった！

刀根　そ、そりゃ……しかし……ドラム罐にポイソンて英語で書いてあった筈だ……。

コンピラ　ポイソン……？　ヘッ、英語が読めるくらいやったらこんな商売しとらんわ。（窓の方へジリジリ寄りながら）あんたらな、わいらアンコを同じ労働者いうてくれんのやったら、まずそないに扱うてくれたらどうや。それがあかんのやったら、もう偉そうなこと言うのはやめとき。……わいの仲間はやはりアンコや。わいの面倒みてくれはるのはやはり手配師や。新川はんや！

アカタン　コンピラ！

コンピラ　（ガラッと窓をあけ、外へ聞えるような大声で）よう聞いときッ。わいのこの腕はな、船のデッキで転んだ時に怪我したもんや。仕事の怪我や！　組合の連中がなんぼ悪口いうたかて、わいらアンコの面倒みてくれはるのは新川はんや。組合なんぞに用はないわ！　（と言うと勢いよく戸口か

ら外へ駈け去って行く。やがて階段を駈けおりるサンダルのカンカンという音が反響しながら消えて行く）

風――

そして雨――

――幕――

3

突堤の撰別場——

海と上屋倉庫の建物が見える突堤の空地で、蛯沢運輸の女子臨時工たち——しげ乃（三十四、五歳、骨格たくましい女性）、民子、お里ちゃん、洋子、他に女工１・２の、いずれも二十歳前後の女たちが、帽子や手拭をかぶり、手袋をはめてジャガ芋の撰別をやっている。民子たちが袋の口縫いをやっている。そのかたわらの木箱に腰をおろしたコンピラ（腕の繃帯はとれたが、頭の方は依然として巻いている）——が先程からしきりと冗談を言いながら皆を笑わせている。

少し離れた引込み線の方から、入れ替え機関車の汽笛の音がのどかに聞えてくる。気の遠くなるような、静かな、昼近い港の風景——

お里ちゃん　（笑いころげてキャアキャア言いながら）ハッハハ……ほんでコンピラはん、そのストリップちゅうのン見に行ったんか？

コンピラ　（得意になっている）それやが！　わいも後学のためやさかい一度は見とこう思うて新開地へ出かけたんや。ところが湊川神社のそばまできたらな、急にうしろから「兄さん兄さん」て声かけられたんや。

洋子　だれにやね？
コンピラ　二十歳《はたち》ぐらいのチンピラや。なんぞ用かって聞いたら、急にあたり見廻して、「兄さん、ヌード写真買わへんか、三枚一組で五十円に負けとくで」ちゅうて裸の写真を、わいの眼の前に出してチラチラ見せるやないか。
お里ちゃん　どない気持した、そんとき？
コンピラ　どないもこないも、わい思わずフラフラとして買うてしもうた。
お里ちゃん　えッ、買うたんか？
コンピラ　買うたんや。五十円なら安い思うてな。ところがや、ゼニ払うたらそこはわいも男や。早よ見とうてたまらんさかい、写真貰うなり、急いで電信柱の灯りの下へ行って、胸ときめかせながら、ソッと開けてみたら――
洋子　写真がなかったッ！
コンピラ　いや写真はあった。あったんやけど、これがなんと若の花と柏戸と大鵬の写真やないかッ。
女工1　ハッハハ、騙されたんや、ええ気味や、ハッハハ……
女工2　ほんでコンピラはん、どないしたん？
コンピラ　あと追うて行ったがな。チンピラ捕まえて「銭返せッ」ちゅうて呶鳴りつけてやったわ。ほな、その若僧がなんちゅう返事したと思うねん。煙草をプカアッと吹かしながら、兄さん、相撲の写真じゃあかんか？　わいはヌードとは言うたが、女子のヌードとは言わん。相撲かて立派なヌードやないか。文句いうンやったら警察へ行こ――
しげ乃　そらアベコベやなア。
コンピラ　アベコベや。ほんでわいは五十円、簡単にまき上げられてもうた。

しげ乃　ほんでフケ松はんに借金に来た――と、こないなわけや。
コンピラ　（苦笑）別にそういうわけやないがな。
民子　（鋏で糸をプチンプチンと切り）さあ終ったッ！　しげ乃さん、袋縫いはこれでおしまいやね。
しげ乃　ああ。すまンなア、何時もあんたばかりに針持たして。うちら指がゴツうなってもうてあんじょういかんねん。
民子　その代りうちら力仕事出来ンさかいおあいこや。（キビキビと撰別の仕事に加わり）コンピラはん、今なにしとンの？　手配止めになってもうて大変やろ？
コンピラ　（一寸しんみりして）ああ強《きつ》いなア。イロ物拾うて寄せ屋へ持って行ったかて、せいぜい百円ぐらいにしかならへん。ドヤ代払うて、チャブが三回喰えた時は天国へ行ったような気がする。
しげ乃　しゃァけど、忙がしい時には一日、七百円にも八百円にもなるんやさかい、アブレた時の用意に溜めとったらええのやがな。
コンピラ　ヘン、一升めし喰う奴にゼニが溜まるかいな。阿呆いわんとき。
お里ちゃん　そやかて酒のんだりパチンコしたりする金はあるンやろ。
コンピラ　おまはんらにはアンコの気持はわからん。わいらみたいな商売は、何時死ぬかわからんさかい、ゼニ溜めたかてしゃァないのや。夜、寝るまでに、みんな使ってしまわんとなんや損したみたいな気になるねん。しゃァないわ……。
民子　そうやなア。うちらかてそら同じや。毎日毎日、倉庫ン中でマーク刷りしたり、こない空地でジャガ芋の撰別したり、ほんで貰う給料いうたら二八〇円ポッキリや。指名臨時いうたかて手当がつくわけやなし、健康保険があるわけやなし、考えてみたら、うちらもコンピラはんたちと同じようなアンコや。女アンコとでもいうンやろかな。困ったちゅうたかて頼れるような組合はないし……作ろういう人もないしな。
コンピラ　組合なんかあかん。なんぼ理屈がうもうてもゼニのある奴にはかなわんで。ゼニと力や。つまり手配師や。第一わいを見てみ。新川に睨まれてからこっち、もう十日になるが、完全に手配止めや。どこへ頼みに行ったかて使うてくれへん。
お里ちゃん　ほな一層のこと敏江ちゃんに頼んだらどうや？　フケ松はんかて、ほんで新川はんに使うてもらえたんやろ。
洋子　それがええわッ。敏江ちゃん、近頃は、事務員にでもなったつもりで、こない口すぼめて（と真似をし）サッソウと歩いとるがな。
女工1　こないだなんか二寸五分のハイヒール履いてきたんよ。こない高くて（と手で真似し）まるで映画女優みたい。
女工2　今着とるグリーンのワンピースな、あれも元町通りで新川はんに買うて貰うたんやて。
洋子　ネックレスも買うてもろたちゅう話やで。
女工2　ええなア！　しあわせやなア！
しげ乃　（呆れて）なにがしあわせなんやッ。人の妾になって、もの買うてもろうたかてしゃァないやろが。なア民ちゃん。
民子　（微笑して）ほんまや。敏江ちゃんもすっかり人が変ってしもうたね。
洋子　しゃァけどうらやましい話やないの。うちら一月働いたかて靴下一足買うのがやっとやちゅうのンに、敏江ちゃんは半月もたたんうちに上から下まで、全部揃えてもうた。メカケでもハナッカケでも、貢いでくれる人があるンやったらうち喜んでなるわ。
女工1　うちもや！

女工2　うちもやッ。
しげ乃　まるで妾の叩き売りや。なんちゅう嘆かわしいこっちゃろ。
コンピラ　まアま、そない心配せんとき。なんぼ妾になりたいいうたかて、ヒョットコやオカメを相手にするような物好きな男はおらへんさかいな、ハッハハ……

と、一同笑い崩れているところへ、ネコ車を引っぱったフケ松と猫引き婆さん（五十歳前後。地下足袋を履き、向う鉢巻を締めている）が現れる。

婆さん　（入ってくるなり呶鳴るような調子で）さあさ！　もう昼が近いさかいそこにある分だけでも早いとこ片づけてしまお！　民ちゃん洋ちゃん、あんたら二人して、その大きなバイキモン積んで呉れへんか。あるかしたらええのやが、こないにな——（とかたわらにある袋物をヨチヨチ歩きに運び、積む）
フケ松　（コンピラに）何時来たんや？
コンピラ　（これはフケ松の方を手伝い）今来たばかりや。——おばはん、今日は猫引きかいな。
婆さん　今日はちゅうことはないやろ。うちはもう一週間猫引いとるがな。（と言いながら撰別しているお里ちゃんの手許を見て）お里ちゃん、あんたそないに、汚いモンでもつまむような手付きで撰別するさかい、ジャガ芋の大小がキチンと分けられへんのやで。たかがジャガ芋や思うたら罰あたる。もっと精神をこめて！　丁寧に迅速にッ。ちょっとどいてみ。（と代って坐りこみ）——こないにするンや、こないに。（と慣れた手付きで撰別を始める）
コンピラ　（フケ松に）実はやな、チャブ代を少し貸してくれへんやろか？　朝から喰うてへんもんやさかい腹へってたまらんねん。
フケ松　なんや。それならそうと朝出がけに言うてくれたらええのンに。ええと待ち。（とポケットをまさぐるが）そや、上衣ンなかや。倉庫まで一緒に来てンか。
婆さん　（お里に）な、わかったな。（と立ち上がり）フケ松はん、よかったら行こか。
フケ松　ああ行こ。（猫引きに手をかける）
コンピラ　おばはんも大変やな。
婆さん　ああ。この年して猫も引きとうないけど、甲斐性なしの亭主を持つとこないことになるんや。転落の悲劇や。
コンピラ　ほんでみんなに無言の教訓を垂れとるちゅうわけか。
婆さん　まあそういうわけや。ハッハハ……

婆さん、男のような笑い声をたて、ネコ車を引き出す。
そこへ新川が自転車を押しながら、赤平と一緒に現れる。
婆さんにフケ松は一寸会釈して、そのまま車を引いて去る。
コンピラ、バツの悪そうな顔をして頭を下げ、続いて後を追おうとする。

新川　おい、コンピラ。
コンピラ　……へ。
新川　（不機嫌に）用もないのにあまりフラフラ歩いてもろたら困るな。みんなの邪魔になるわ。
コンピラ　すんまへん。

赤平　（笑いながら新川に）顔見るそうそう叱りつけることもないやろ。（親しそうに）コンピラ、どや身体の方は……？
コンピラ　おかげさんで……大分ようなりましたわ。
赤平　ほうか。（新川に当てつけるように）お前も災難やったなア。他のことやったらわいがイの一番に使うてやるンだが、今度ばかりはしゃァないわ。ま、気が向いたら遊びにき。
コンピラ　おおきに。（と一礼して去る）
新川　（フンと言った表情で赤平を見ると、今度は女たちに）みんな、昼やさかい、倉庫へ戻ってめし喰うてええで。
女たち　（口々に「ハイ」と言いながら、仕事をやめ、新川にお辞儀をして去る）

汽車の汽笛――

赤平　（先程からの話の続きらしい）ほんで、わいに何人世話してくれちゅうのンや？
新川　沖仲五人や。
赤平　（大仰に驚いて）五人？　（と真面目な顔になり）おい新川。一体、今何時や思うてんねん。昼の十二時やで。朝のうちならともかく、オテントさんが頭の真上にきとるちゅうのンにアンコ探しをする手配師がどこの世界にある。第一、船内荷役の沖仲が今頃までウロウロしとると思うのンか。
新川　そやさかい頭下げて頼ンどるのやないか。わいの受持ちハッチだけが積み荷おくれて、おやじが眼えむいて怒っとんのや。
赤平　当たり前やがな。そら手配師の責任やさかいな。

新川　赤平さん、わいを助ける思うて五人ほど世話して貰えへんやろか？　な、どやろ。
赤平　うむ。面倒なこっちゃなア……
新川　その代り、アンコ一人につき百円、兄さんにリベート出すわ。
赤平　そら手数料やろ。アンコの日当はなんぼや？
新川　今から夜の十時までを一日として、六百八十円でどやろ？
赤平　なに六八《ロンパチ》やと！　ハッハハ……お前おやじにドツカレて頭へきたんと違うか。ハッハハ……
新川　ほな丁度まで出そッ。七百円！
赤平　（殆んど無視するように大声で笑う）アッハハハ……よさんかい、阿呆らし。ハハハ……
新川　（ムッとして）ほな、なんぼ出したらええねん？　なんぼ出したら世話してくれるちゅうねん？
赤平　（ジロリと一瞥し）八百円やな。
新川　八百？　そ、そんな無茶苦茶なッ。
赤平　なにが無茶苦茶や。徹夜作業で朝帰りしてきたアンコをドヤへ行って無理矢理連れてくるンや。プレミヤつくのは当然やないか。
新川　しゃアけどそない払うたら完全に持ち出しや。おやじからはそない貰うてないねん。とても出し切れんわ。
赤平　（おさえつけるような語調で）おい新川。お前はまだ手配師になって日が浅いさかいようわからンのやろうが、手配師ちゅうモンはな、腕ッ節だけじゃ務まらンのやで。阿呆くさ思うても、忙がしい時はアンコにお世辞の一つも言わんならん。場合によっては札ビラ切って酒を飲まさンならんときかてあるが。わいのように親の代からの、血筋のええ手配師かてそうなんやで。ましてお前みたいに信用も実績もないアンコ上がりの新参手配師やったらなおさらや。たかがアンコちゅうけんど、握りこぶしでアンコが自由になると思うたら大間違いの勘五郎や。まア悪いことはいわん、よう考えてみるとええで。今の話もな、そういうわけで八百円やったら何時でも相談にのってやるわ。(と言い捨てて去る)

新川がっくりして腕組みしたままその場へ坐りこむ。
ややあってこざっぱりした紺の事務服を着た敏江が急ぎ足でやってくる。

敏江　(眼ざとく見つけて)なんや、こないとこにいやはったん。うち六突から七突をグルグル探してまわったんやで。ああしんど。(とならんで坐る)
新川　(ぶっきら棒に)なんぞ用事か?
敏江　社長はんが呼んでるねん。それもすごい権幕で「新川はどこ行ったッ、新川を早よ呼んできい」ッてわめいてるんよ。一体どないしたん?
新川　お前の知ったことやないわ。
敏江　そない言うたかて、あんたのことやさかい気になるがな。積み荷がうまいこといかんのと違うの?
新川　——
敏江　なに一人で考えてンの?　(と言ってから、ポツリと呟くように)なア新川はん、うち、蛯沢運輸やめたらあかんやろうか?
新川　やめる?

敏江　そら、廻りの女子たちが何いうたかて、うちはそんなモン気にせえへん。しゃァけど今日みたいに、社長はんからズバリとあんたの悪口聞かされた時は、つろうて逃げ出しとなった。ほんまにかなわンわ。
新川　悪口て——どんなことや？
敏江　（言いよどむ）
新川　どんなことや？　はっきり言うてみ。
敏江　怒ったらイヤやで。あんなア、新川の奴は、わしから二十人分のアンコの日当を持って行って、実際には十五人しか使わんらしい。ほんで五人分は自分のフトコロに入れるさかい、何時も積み荷がおくれるんや——
新川　（怒って）そ、そないことを！　畜生ッ。（と立ち上がる）

急にガラガラガラとネコ車の音がしてフケ松が現れる。

敏江　（見て）なんや、フケ松はんか。（と素気なく言って、新川に）事務所へ行ってくれるンやろ。怒ったら、うち困るがな。
新川　わかってる！　（と言うと、袋物を積んでいるフケ松を見て）おいフケ松、それ済んだらチャブ喰うてええで。（と言ってから、急に、何か忘れていたことを想い出したような表情になる）おい……お前、肩の方はどや？
フケ松　（突然言われて一寸つまるが）自分ではようなったと思うとンのやが……
新川　どや、昼から船内荷役やってみるか？

フケ松　沖仲かいな？
新川　その代り今の日当に割増しつけるで。どや？
フケ松　そらやらしてくれるちゅンなら、喜んで行くわ。
新川　よッしゃ。ほなチャブ済ましたらすぐ六突へ行って貰おう。それからな、今夜にでもコンピラに会うたら、仕事する気があるンやったら手配してやるさかい、明日の朝にでも俺ンとこへくるように言うてんか。
フケ松　（思わずニッコリして）そら奴さん喜ぶやろ。言うとく。たしかに言うときますわ。
敏江　フケ松はんかて嬉しいやろ。待望の船内荷役やらしてもらえるンやさかいな。ボヤーッとしとらんと、新川はんにお礼いうたらどやねン？
フケ松　そ、そら……（と一寸ベソかいたような顔になり）大きに、どうもすんまへんな……（と新川にお辞儀をする）
敏江　（それを見てプウッと吹き出す）フフ、ハッハハハ……。さ、新川はん、行こッ！（と歩き出す）
新川　俺は一寸寄り道してくるわ。お前、先に帰ってんか。
敏江　（驚いて）どこへ行くねん？
新川　仕事や！　それからな敏坊ッ、昨日お前に渡した二千円、アレ一寸戻してもらお。
敏江　な、なんでや？
新川　急に要ることになったんや。まだ使わンやろ？
敏江　そらまだ持っとるけど、うち、あのお金でネックレス買おう思うとったんやが……。
新川　そんなモン何時だって買えるわ。早よ出し！

敏江　しゃァけど、うちみんなに言うてしもたんや。今日元町通りへ買いに行くって。

新川　出せいうたら出さんかッ。ネックレスなんちゅうモンは何時だって買えるが、仕事の方は待っちゃくれん！　アンコかき集めるには金が要るんやッ。早よ出し、出さんかいッ！　（と敏江からむしり取るようにして受け取ると、そのまま自転車に飛び乗り、去る）

汽車の汽笛――

敏江、ショボンとして新川の去った方を見ていたが、フト背後で自分の方を見つめているフケ松に気づき、たちまち表情を装い、フンといった顔付きで去る。

そのうしろ姿を、うつけたような顔で見つめているフケ松――

――幕――

4

大鷹丸デッキ——

朝。凪。

仕事を終えたコンピラ、フケ松、秋田、焼酎、テッポウ、その他のアンコたちが甲板の上で粗末な折詰め弁当を喰べている。

左右のハッチからは間断なくウインチの音が聞えてくる。時折り「ヘイ、カマス！　スライキスライキ！」とデッキマンの吸鳴る声。

ジェット機が一機、デッキに黒い影を落として去る——

テッポウ　（見上げて）よう飛びやがるなア、ほんまに。（吸鳴る）こらジェット機、ええ加減にさらせ！
焼酎　ハッハ、わしァつんぼで聞えまへんとよ、ハッハ……
フケ松　（弁当をあけて）ひーッ、かなわんなア、また塩ジャケに沢庵二切れや。
コンピラ　なんぼ重労働やるいうたかて、こない塩のカタマリみたいなシャケが喰えるかいな。……しゃアない、水かけて流しこんだろ。（と薬罐の水を折詰めにかけて喰べ始める）
秋田　（パンを喰べている焼酎を見て）お前はパンも貰ったのか？

焼酎　（鼻うごめかし）そやが。わいは船内特一の格付けやさかい、折詰めにコッペパンのプレミヤ付きや。おっさん、パンが欲しい思うたら、コレを強うせんとあかんな。（と自分の肩をポンポンと叩く）

ジェット機がまた近づいて、去る。と同時に左ハッチの方から「おーい航空母艦が来よッたさかい積み荷に気ィつけえよ！」と言いながら、真白な作業服にヘルメットをかぶった宮武が現れる。

宮武　（コンピラに気づき）おおコンピラはんやないか。もう働けるようになったんか。
コンピラ　（素気なく）へい、おかげさんで。
宮武　そらよかった。何時から手配して貰うてんねん？
コンピラ　今日で、船内カンヅメ三日ですねん。
宮武　なに三日？　この船でかいな？
コンピラ　へえ。
宮武　そら強《きつ》いなア。ふむ……（とアンコたちの顔を眺め廻し）いや、わしもな、大鷹丸の積み荷がおくれとるちゅうンで、今朝急にこっちへ廻されてきたんや。この調子やと、フルギャングルにしても出航時間にまにあうかどうかわからんな。
秋田　するとなにか、第五ハッチは東洋倉庫の常傭いがやるんかい？
宮武　おお。こんで大鷹丸の五つのハッチは全部運転開始や。
秋田　第五ハッチは暫く使わなかったちゅう話だで、ウインチがうまく切れねえンじゃねえべかな。

宮武　そのことで今、蛇沢の社長探しとんのやが、あんたら知らんかいな？
焼酎　社長？　社長がこの船に来とるんか。
宮武　先刻わしらと一緒の艀で来たんや。そうか、知らんか。（とコンピラに）ほな、またあとで。
（と忙がしそうに去る）
フケ松　（見送って）ええなァ常傭いの連中は。真白なユニホーム着て、ヘルメットかぶって。
コンピラ　その上、朝は定時に来て、晩は定時に帰ってか。あーア、わいらも早よ帰してくれへんかいな。里心ついてもうた。
テッポウ　今何時頃や？
焼酎　もうそろそろ九時やな。
テッポウ　（舌打ちして）ほんまに新川の餓鬼はなにしとンのやろ。はよ替わりのアンコを連れて来《き》ンかいな。
コンピラ　あのスカタン手配師、またアンコが集まらんかったちゅうて手ブラで帰ってくるんと違うやろか。
テッポウ　そないことしてみ。ドツいたるわ。
コンピラ　ウインチで吊って海ン中泳がしたろか。わいは今日は、絶対に働かへんで。
フケ松　わいもや。第一眠うて、強《きつ》うて、身体がよう利かんわ。
焼酎　まアま、そない力まんと、ゆっくりチャブでも喰いな。わいはな、社長が来たちゅうさかい、きっと交替アンコの手配がついたんや思うてんねん。
コンピラ　それやったら余計はよ帰して貰いたいわ。艀へ乗ったとたんに航空母艦の雷とカチ合ってみ。こわされてまうで。

フケ松　そやそや、あんなモンに捕まったらドヤへ帰ったかて、半日は寝てなならん。
テッポウ　（不審そうに）そら、だれのことやね……？
コンピラ　あ——？
テッポウ　先刻のおっさんも言うとったが、その航空母艦ちゅうのンはだれのことや？
コンピラ　けったいな奴が出てきよったなア。航空母艦ちゅうのンはな（と指さして）ホレ、第四突堤ンとこにアメリカの大きな軍艦が泊ってるやろ。あれやが。
テッポウ　そらわかっとるがな。わいの聞いとんのはな、それがどないして気イつけなあかんのやちゅうてんねん。
コンピラ　なんや、お前知らんのか？
テッポウ　知らん。
コンピラ　難儀やなア。あんなア、航空母艦ちゅうのんはあの通り図体が大きいやろ。そやさかい岸壁に着けよう思うたかて、こまい艀で引っぱったぐらいじゃビクともせんのや。そこでジョージとトムとサムがいろいろ考えた結果、まず航空母艦の甲板にジェット機を十二、三台ズラッとならべて、船を岸に着ける時にはジェット機の尾ッぽを海の方に、離れる時には逆に岸壁の方に向けて、そこで一遍にエンジンかけて、ワーッとふかすんや。するちゅうとその反動で、船がスルスルと動く——とまアこういうわけや。一寸した力学の応用やな。
テッポウ　フーム。アメリカにも智恵のある奴がおるんやなア。
コンピラ　そこで感心して貰うたらどもならんな。問題はそのジェット機の音や。いやもう喧ましいの喧ましくないのちゅうて、神戸の港がワーンと割れ返るようになってもうてな、話も出来へんわ。ウインチの音かて聞えやへん。ほんできまって事故が起きる。アンコが死ぬ。怪我をする。毎度のことや。そやさかい、アメリカの航空母艦には気イつけいちゅうのや。わかったかいな？
テッポウ　わかった。（と怒っている）
焼酎　アカタンに言わせるとな、航空母艦は民衆の敵やちゅうとるわ。
テッポウ　ほな、そんな物騒な船、港へいれなええやないか。
コンピラ　いれなええやないかちゅうて、入って来てまうンやさかいしゃァないやないか。（唄い出して）ここはどこの細道じゃ……ちゅうて入ってくるんやがな。
テッポウ　（むしゃくしゃして）一体、神戸の警察はなにしとんのや！
コンピラ　なんでこんなとこに神戸の警察が出てこなならんねん。
テッポウ　そやないか。わいら罪もないアンコを死なしたり、怪我さしたりするのはそのジェット機の音やろ。それやったら騒音防止法で、アメリカの司令官を豚箱へ放りこんでしまったらええやないか。
コンピラ　無茶いうたらあかんな。ま、あとでわいが司令官に会うたら言うとくわ。（一寸気取って）まア君たちもいろいろ都合があってくるンやろうけど、よそさまの国を訪問する時ぐらいは、そない雷みたいな音立てんと、もう少し静かに、スマートに来たらどんなもんやちゅうて、わいからよう言うて聞かしとくわ。
焼酎　（すまして）わいからもホワイトハウスへ電報打っとくわ。

と言い終らぬうちにまた一機、轟音響かせて、甲板上空を通過する。

コンピラ　（眺めて）とても話をしてわかるような相手やないな。

と言ってるところへジャン市の三やんがうしろの方をチラチラふりむきながら妙な恰好で歩いてくる。

焼酎　今頃までどこウロウロしとったんや。みんな、チャブ済んでもうたで。

三やん　うん。（と気のない返事）

テッポウ　（折詰めを出し）これ、お前のや。

三やん　欲しないわ。だれか喰うてんか。

焼酎　（とたんにサッと折詰めを引ったくり）へえ、めずらしいこともあるもんやなァ、気分でもわるいンか？

三やん　そんなンと違うわ。一寸事情があってめし粒を腹ン中へ入れるわけにはいかんのや。

焼酎　拳闘の選手みたいなこと言いないな。どないしてや。

三やん　（急にあたりを見廻し）喋ったら承知せえへんぞ。ええな。（というとソロッとシャツをまくりあげ、腹をポンポンと叩く）これや、これ。（見ると二十センチ巾ぐらいの鉛板が腹に巻きつけてある）

テッポウ　こら鉛の板やないか！

三やん　そやが。今日は帰れる筈やさかい早手廻しにボロッコしてきたんや。

コンピラ　先刻から面白《おもろ》い歩き方しとンな思うとったら、鉛抱いとったんかいな。

三やん　どうせやるなら、わいのように頭使わなあかへんで、コンピラ。どや、一寸見にはわからんやろ？

コンピラ　なんぼあるンや、これで？　（と言いながらカンカンと腹を叩く）

三やん　そない気易う叩かんといて。お腹がカンカン音したらバレてしまうやないか。そやな、まず一貫五百は固いやろ。
フケ松　ほな、八百円か……
三やん　まアそやな。
フケ松　（探ぐるように）どこにあったんや？
三やん　第二ハッチのおとしこみになんぼでもあるが。（気づいて）しゃァけど、もうあかんで。チェッカー（検数員のこと）の奴が伝票持って員数当たり始めよったさかいな。
フケ松　（あわてて）わい、なにもやる言うてへんがな。
秋田　やれ言ってもフケ松には出来ねえべ、ハッハ……
三やん　あまり大きな声で笑わんといて。腹にビリビリと響くがな。（ノロノロ坐りながら）ああしんど……。女子が妊娠した時も、やはりこないに腹のあたり重いンやろな。
テッポウ　（ニヤついて）女子いうたら、わいも暫く女性には接しとらんな。なんやこう、胸のあたりがズキズキズキンとしてかなんわ。
コンピラ　わいのはな、ノドのあたりガツンガツンとして、それから頭がボーッとして、最後は眼の前が黄色になってまうねん。
三やん　（呶鳴る）ええ加減にせんかいな。船の上で女子の話したかてどもならんわ。寝てる子を起こすような殺生な真似はやめとき。
秋田　まったくだ、ハッハハ……
テッポウ　（フト海の方に眼をやり、顔色かえて立ち上がる）艀や！　艀がきたで！
コンピラ　なに艀やと！

焼酎　ほんまかいな、そら！　（と言いながらアンコたち一斉に立ち上がる）
コンピラ　（見て）うわッ来よった、来よった。さア、これでわいら帰れるでエ！
テッポウ　ああイエス様。水神様。お荒神様。弁天様。（と拝んでいる）
三やん　（はりきって）ほんまにもう……岸に着いたらイの一番にシーちゃんところ行って、キツウキツウ抱いたるわ。
焼酎　鉛の腹巻はどないするねん？
三やん　そ、そんなもん……自慢やないがわいも上がりばなの三やんていわれた男や。女子困らすようなことさらすかい。
焼酎　上がりばなやのうて、鶏の三やんやろ（アンコたちドッと笑い出す）。
コンピラ　（フケ松が急にコソコソ右手へ行くのを見て）フケ松、どこへ行くんや？
フケ松　（ドキッとして立ち止まり）便所や。（と去る）
秋田　（これは海の方を見ていたが突然）おい、みんな騒いでなんかいねえで解さ良く見てみろ。ひい、ふう、みい、よう、五人しか乗ってねえど。
三やん　な、なんやて？
秋田　新川の他にアンコは四人だ。それも二人は女子でねえかッ。
テッポウ　ほんまや。女子や！
コンピラ　（秋田に）おっさん、こら一体どないしたちゅうンやろ？
焼酎　またアンコが集まらンかったやろか？
秋田　ンだべせ。（と海の方を睨んでいる）
テッポウ　するちゅうと、わいらは――

三やん　（被せて）阿呆ッ。今日はどないことがあっても帰して貰うわ。三日もカンヅメされるところは、わいら新川組の第二ハッチだけやで。第一ハッチも、第三、第四ハッチも長うて二日や。この上カンヅメされてたまるかい。
コンピラ　そやそや。もうゼニは要らん。はよ帰して貰いたいわ。
秋田　しかし、帰して貰うには四人ばっかのアンコじゃしょうあんめい。第二ハッチ動かすには二十五人のアンコが要るんだがらな。
三やん　いやや。わいは仕事せえへん。
テッポウ　わいもや。ウインチ止まったかてわいの責任やない。
焼酎　わいもやめや。身体こわしたらめしの喰いあげや。
コンピラ　ほんまや。新川なんどに殺されてたまるかいな。みんな動かんとここに坐ってよ。（とガヤガヤ騒ぎながら、デッキに坐る。アンコたち次々と坐りこむ）

上空を再びジェット機が飛来する。
やがて左手から、アカタンを先頭に、ケチ政、猫引き婆さん、しげ乃の四人が現れる。

婆さん　（しげ乃に）足元に気イつけいよ、ワイヤーが張ったるさかいな。
しげ乃　（キョロキョロ見廻しながら）大きいンやねえ、この船は――
焼酎　おばはんら、一体なにしにきたんや。慰問にでも来てくれたんかいな？
婆さん　阿呆なこと言いないな。船内荷役積まれたさかい手伝いにきたんやないか。
焼酎　船内荷役？　（と言って突然けたたましく笑い出す）ハッハハハ……人からかうのもええ加減に

してんか。おばはんがなんぼ巴御前のような力持ちやいうたかて、そらあかんわ。ハッハハ、ニゴ屋の仕事なら早よホウキ持ってハッチへ降りてんか、ハハハ、ああ腹痛ッ……。

三やん　朝ッぱらからスカタンな嘘だましはやめときや。わいら今日は御機嫌わるいンやさかい。

婆さん　（しげ乃と顔見合せ）やっぱり誰も信用せえへんわ。

焼酎　あたり前やがな。女子に船内荷役が勤まるんならアンコなんど要らんわ。

アカタン　それが違うねん。

焼酎　……？

アカタン　わいも始めは嘘や思うとったらな、人手が足りんよって新川が頼んだそうや。

三やん　なんやて？

しげ乃　嘘だましと違うねん。今朝、うちら倉庫で袋縫いしとったら、新川はんが来て、腕ッ節が強うて肉付きのええ女子おらんか言うて、うちとおばはんを指名したんや。

婆さん　手配師に頼まれたらイヤとも言えんやろ。それに日当もアンコの平人《ひらびと》なみやる言われたら、断わるわけにはいかんわ。

コンピラ　ほな、おばはんら六百五十円か？

婆さん　（黙ってうなずく）

コンピラ　ふうん、それで分ったわ。いや、こう言っちゃなんやが、アカタンのような札つきの赤まで手配されて来よったさかい、先刻からどうも可笑しい可笑しい思うてたんや。しゃァけど、そないに人がおらんのかいな？

婆さん　陸《おか》へ上がったらよう見てみるとええわ。今日び、弁天浜でウロウロしとんのは手配師と、屋台のおばはんと、野良犬ぐらいで、アンコなんど一人もおらへん。

秋田　ケチ政さんはどうしたんだ。病気でもしとったんか？
婆さん　（待ってましたとばかり）この人はほんまにタチわるなアンコやで。なアしげちゃん。
しげ乃　お金溜めこむようなアンコは、どこぞ人間ばなれがしとるわ。なア。（と婆さんに）
ケチ政　へへ、それ言わん約束やないか。
婆さん　言うたる。社会正義のためにうち言うたる。（皆に）あんなア、この人たら朝の六時半頃港へやってきて、先刻までズーッと浜へ立っとったんや。その間に手配師が仕事持ってくるやろ、するちゅうと腹が痛いとか、頭が痛いとか言うて、値段吊りあげよってな、とうとう新川はんは、昼勤で九百円も張りこんだそうや。
テッポウ　九百円！　ほんまかいな？
ケチ政　エへへ、別に吊りあげよう思うて立ったわけやないけどな、六時半には七百円やったのが、七時には七百五十円になり、七時半には八百円、八時には八百五十円て段々上がってくるもんやさかい、なんや面白うなってな、この分ならもう一寸我慢して立っとったら、まだ上がるンやないか思うとったら、新川の阿呆が引っかかってきよってな、新生一箱に九百円出す言うさかい、今度はわいの方が吃驚してもうたわ、へへ、ま、これがケーカク経済ちゅうもんや。
コンピラ　（ムスとした表情で）ケチ政。九百円ちゅうのンはほんまやろな？
ケチ政　ほんまや。
コンピラ　わいらはみんな八百円の約束や。同じ昼勤で百円も違うような阿呆なことがあるかいな。
テッポウ　そや！　先刻からムシャクシャしてかなわンねん。これやったら仕事せんと遊んどった方がええわ。
ケチ政　わいに言うたかてどもならんな。しゃアけど立ちン坊始めたんはわいだけやないで。気の利いたアンコはみんな、おそなって行った方が値が高いちゅうて、八時頃までドヤで寝とんのやがな。それでも人手が足りんで、昨日の夜なんかとうとうアンコの取りッこらで、多々良組の手配師と、仙崎海運の手配師が大喧嘩始めたんや。お前らも陸《おか》へ戻ったらよう分るわ。

左手から蛯沢（白麻の背広にソフトを阿弥陀被りにし、亀甲の縁の太い眼鏡をかけ、手にステッキを持っている。如何にも精力的な港のボスといった感じ。五十四歳）と新川が何事か話しながら現れる。

アンコたち——急に話をやめ、なかば習慣的に立ちあがり、蛯沢にペコリペコリとお辞儀をする。

蛯沢、一寸顎を引く。（これがアンコに対する返礼らしい）そして鷲づかみにしていた書類に眼を落とす。

新川　（アンコ達を見廻し）みんな、チャブ済んだか？　（うなずくのを見て）ほなこれから昨日の分の日当払うわ。昼勤八百円にオールナイト手当六百円で千四百円。（と手にしていた分厚い札束を器用に数え、一人一人渡して行く。渡し終えるとまた一同の顔を眺め、高圧的に）よし！　ほな今夜六時まで引続いてやって貰うわ。ええな。

と言った途端に、小声ではあるが、アンコ達が互いに顔見合わせ、ガヤガヤと私語を始める。

新川　（あらかじめ予期していたらしく、さして驚かない。凄い眼でにらみ）なんや。文句でもあるちゅうのンか？
アンコ達　（一斉に黙る）
新川　三日で五千円も働かして貰うて、まだ文句があるちゅうのンかい。のぼせるのもええ加減にさらせッ。貴様ら、やらンちゅうンなら、代りのアンコなんぼでも連れてくるわ。それでもええのンか？
ケチ政　（急にとりなすように）違うがな、違うがな新川はん。みんな一生懸命やろういうて話しとったとこですがな。怒ったらどもならんわ、へへ……（アンコ達に）……さ、みんなやろや、社長はんの前でけったいな真似しくさったら、新川はんが困るやないか。な、三やん――。
三やん　（モジモジと下を向く）
ケチ政　おい、テッポウ――
テッポウ　（これは横を向く）
ケチ政　なんとか言いな、なんとか。コンピラ、一緒にやろや。（と腕をつかむ）
コンピラ　（そっとケチ政の手を外す）
ケチ政　（呆然として）ど、どないしたんや、みんな？　チョカな真似もええ加減にせえよ。（秋田に）おっさん、おっさんからもみんなに言うてや。
秋田　（腕組みしたまま下をむく）

そのとき右手から宮武が戻ってくる。この場の異常な雰囲気に気づき、そっと立ち止まる。

新川　（カァッと怒りがこみあげてくる）き、貴様らァ！　社長の前でようも俺に恥をかかせよったなッ。よし、働かんちゅうンなら俺にも覚悟があるわ！　一人ずつ前へ出てきい。しばきあげたる！
(と言うなり、傍らにいたコンピラの、首に巻きつけてある手拭をグッと引っぱる)

コンピラ　な、なん——(と不意をくらって前へつんのめる)

新川　この糞虫がッ。(とコンピラの尻を蹴ると) 貴様もかッ！　(と秋田の胸倉をつかむ)

蛯沢　(突然鋭い声で) 新川、やめんかい。

新川　しゃアけど、こいつら——

蛯沢　阿呆ッ、やめい言うたらやめるんや！　アンコもよう使い切らんようなトロクサ手配師が一人前の口利くなッ。引っこんでろ。ド阿呆！　スカタン！　(と頭ごなしに叱りつける)

新川　(一瞬、サッと顔色を変え、蛯沢を見るが、そのままうつむいてしまう)

蛯沢　(アンコ達を充分意識しながら、新川に) われの手落ちを棚上げして、ただ働け働けいうたかてだれが働くかい。みんなを機嫌よう働かせるのが手配師の勤めやないか。(と今度はやわらかい表情になり、アンコ達に) いや、みんな毎日御苦労やな。あんたらが頑張ってくれるンでわしら大助かりや。ほんまに感謝しとンのや。とくにあんたら新川の手のモンは三日もカンヅメされとんのやさかい、陸《おか》へ帰りたい気持はよう分る。みんなが怒るのは当たり前や。要は、新川が交替アンコさえ連れてくればどうちゅうことはなかったのや。

新川　そ、そら、しかし——

蛯沢　貴様は黙ってい。——しゃアけどやな、アンコが集まらん以上は、あんたらに助《すけ》てもらわなどもならん。ちゅうのは、この船は今夜七時までに積み荷を終えて、サンフランシスコへ出帆することになっとるんや。もしこれに間に合わんようなことになったら、わしら蛯沢運輸や元請けの東洋倉庫の責任だけやなく、相手国に対する国際的な信用問題ちゅうことになってくるんや。いうなれば日本の恥や！　——そこでどやろ、強《きつ》いのはよう分るが、今夜六時まで頑張ってくれへんやろか？　その代りわしも蛇沢の社長や。港がヒマになったいうても、あんたらを困らすようなことはせん。トコトン面倒みてやろやないか。な、どや？　機嫌直して仕事やって貰えへんやろか——

焼酎　（感激して）わい、やらして貰いまっさ！

テッポウ　わいもやりますわ。社長はんにそない言われてノコノコ帰れまっかいな。おい、みんな、やるやろ！

みな　（口々に）やるやる！　やるわ！

テッポウ　三やん、お前もやるな？

三やん　（眼を白黒させて）や、やるがな。やりますがな。（と腹をおさえる）

蛇沢　（見て）腹でも痛むんか？

三やん　い、いえ、なんでもおまへん！　やりま。わいもやりま。

蛇沢　（満足そうにうなずき）いや、みんなの気持はよう分った。それでええ、それでええ。（新川に）見てみ、話をすればチャーンと分るンやないか。交替アンコもよう連れてこられんくせして、いっぱし手配師面するのはまだ早過ぎるわ。よう覚えとき。

新川　（思わず）金さえあればアンコなんかなんぼでも連れてきますわ。

蛇沢　なにッ！

新川　（一寸ひるむが、悲痛な表情で）そ、そら、わいはまだ駈出しの手配師ですわ。スカタン手配師ですわ。しゃアけど怠けてるんやおまへんねん。みんな競争で値え吊りあげるさかい、わいも最後の最後や思うて、服も時計も全部質屋へブチこんで、ほんでアンコの日当払うてきたんですぜ。自腹切ってアンコ集めてきとるンでっせ。それでもあかんちゅうんやったら——（と勢いよく喋り立てて、

ハッと口をつぐむ)

蛇沢　(ギロッと睨み) ふむ。それがわしに対する返事やな。

新川　(サッと顔色を変え) い、いや、違いま。わいはそない意味で——

蛇沢　もうええ。かりにも人の上に立とうちゅう人間が、われのフトコロ具合をさらけ出して、泣き言いうようじゃ、とても話にはならん。

新川　あやまりま！　すんまへん！　こ、この通りおやじさん……(と頭を下げ続ける)

蛇沢　苦しい時はだれかて同じや。自腹ぐらいわしかて切っとる。しゃァけど、そのたびにいちいち泣き言いうのやったら、手配師なんか止めてしもうたらええのや。なんぼ苦しくてもわしら港の人間には意地ちゅうモノがある。他の組の奴らには負けとうないちゅう意地がある。それが無いような手配師はわしも使いとうない。他へ去《い》んで働いたらええやろ。

新川　(おろおろして) そ、そない意味で言うたんと違いますねん。かなんなア。あやまりますわ、あやまりま——(と言ってフト傍らの宮武に気づき) おお、宮武のおっさん、黙って見とらんとなんぞ言うてンかいな。おっさんは社長と昔からの友達やろうが。

宮武　(ニヤニヤしながら) 昔は友達でも、今は立場が違うねん。(蛇沢に近づき) ……どこへ雲がくれしとったんや？　ファイブ・ハッチのウインチのことで、先刻からあんたを探しとったんやで。

蛇沢　(親しい口調になり) 聞いとる、聞いとる。第五のウインチは配線の具合でヒーボイ (捲揚げの意) があんじょういかんねん。ま、一緒に行こ。(と左手へ去りながら) 新川、ヌラッとしとらんで早よ手配せんかい。

新川　へ？　へい！　(と急に元気づき) さあ、みんな仕事始めて貰うで！　後口はバイキ物《もん》(袋物) が多いさかい、ひこうきでおとしこみへ放りこんで貰うわ。おばはんらジャミせんように気いつけてや。ええな、みんな！

アンコ達「へいッ」と答えながら、ゾロゾロ右手の方へ歩き出す。
先頭の焼酎とテッポウが右へ消えようとしたとき、突然、奥のハッチから、「ボロッコや、ボロッコや！　へい、つかまえてんかッ！」
「ワッチマンワッチマン！　ホーマンおらへんかッ。鉛板のボロッコや！」
「ツーハッチの責任者、なにしとンのや！」
などの声が起こり、船内を駈ける足音、呶号などで、右手の方がたちまち騒然となる。

新川　（ビリッと顔を痙攣させ）……ちくしょう……ブチまわしたるわ！　（と右手へ駈けこんで行く）

三やん　（血の気が引いて真蒼だ。どうしようかとキョトキョト左右を見廻して落着かない）……だ、だれがやりよったンやろ……？

コンピラ　（小声で）キョロキョロするな。怪しまれるで。

三やん　ど、どないしょう、一斉検査でバレてしまうわ。

焼酎　三やん、捨ててき。海へ捨ててき。

右手の方からピッピーと鋭い呼笛。その音で矢も楯もたまらなくなった三やん――矢庭にパッと左手へ走り出す。が、二三歩踏み出した所で急に棒立ちになる。そして何思ったか廻れ右をすると、一散に右手へ駈けこむ。

呆気にとられて見ているアンコ達の前に、蛯沢と宮武が走りこんできて、これも右手へ消える。

コンピラ　（焼酎に）だれやろ？

焼酎　第二ハッチちゅうさかい、わいらの組やが。新川はもうボロクソやな。

コンピラ　船の上じゃ逃げたかてどもならんやろがな。温和しく謝まってしまえばええのンに。

と言ってる所へ見物に行ったテッポウが泡喰って飛んでくる。

テッポウ　フケ松や、フケ松！　ボロッコしよったのはフケ松やで！

コンピラ　な、なんやて？

テッポウ　捕まってな。今、新川の奴が気狂いみたいにフケ松をカチあげてるわ！　（わが事のように昂奮して）阿呆やでエ、フケ松の奴は。鉛の板を三貫目近くも腹に巻きつけてしもうたんや。（手で）……こ、こんなお前お腹がフクらんでしもうて――

その言葉を断ち切るように再び右手から呶鳴る声――

「ボロッコがもう一人おったぞッ。ワッチマン早よきてんか！」「こっちやこっちや！」

焼酎　（呆れ返って）今度は三やんや。

ケチ政　逃げなええのにな。これがほんまに飛んで火にいる夏の虫や。

コンピラ　（不意に嶮しい顔をして右手へ去る。アカタンも続いて去る）
テッポウ　フケ松も三やんもまたまずい時にやりよったわ。船の積み荷がおくれとるちゅうンで、荷主やら船主やらチェッカーやらがゴチャゴチャ来とるちゅうのンに、それも考えんとボロッコしよるンやさかい……こら、ただやすまへんで。
秋田　三やんたちにすれば、今日は帰して貰えると思ったからだべ。
焼酎　しゃアけど、なんでまたフケ松の奴、ボロッコなんどしよったんやろ。魔がさしたちゅうンやろかな。
ケチ政　喧嘩の一つもようせん男が、不思議やな。
しげ乃　（横合いから）そらなんやで、きっと敏江ちゃんに貢ごう思うてボロッコしよったんやで。
婆さん　そうかも知れんな。うちらハタで見とっても、腹の立つくらい敏坊の御機嫌とってるさかいな。それをまたええ気になってあの女《あま》はフケ松はんをコケにしよって、何様になったつもりでおるンやろ。
焼酎　新川の嬶《かか》になったつもりでおるンやろ。
婆さん　嬶《かか》や妾ならまだ増しや。近頃は新川も金づまりがひどなって、敏坊の給料をむしり取って行くちゅう話や。今にトコトン裸にされて香港あたりへ売りとばされるのが落ちやろ。

右手からまた呼笛。続いて「浮きや浮きや、浮きをおろせッ！」と叫ぶ声。吃驚して眺めているアンコ達の所へ、アカタンが血相変えて飛んでくる。

テッポウ　どないしたんや、アカタン？
アカタン　（舷側に吊ってある〝浮き〟を夢中で外しながら）飛びこんだンや！　おい手伝ってんか！

テッポウ　だれがや？

アカタン　三やんとフケ松や。みんなに顔のはれ上がるほどブチまわされて逃げたんや！　くそッ、手配師のゴロツキどもッ。（と浮きを抱えて去る）

あとに残ったアンコ達、呆然と顔見合わせている。

突然、デッキすれすれにジェット機が飛んで行く。つんざくようなその金属音――

間――

やがて右手からコンピラがポーッと虚脱したような表情で、フラリフラリと歩いてくる。

そのうしろからアカタンがくる。

秋田　（事態を察したらしく、乾いた声で）……どうなっただ？

コンピラ　（黙って皆の顔を見ている）

焼酎　三やんたちはどないしたんや？

コンピラ　（ポソリと）一貫五百目の方は浮いてきよったが、三貫目の方は沈んでもうた。

焼酎　フケ松は死んだんか？

コンピラ　（黙ってうなずく）

テッポウ　（思わずカッとして）そ、そんな阿呆な。フケ松は浜方の人間で水練の名人や。溺れて死ぬわけがないわッ。

コンピラ　なんぼ水練の名人でも、三貫目のオモリつけとったら、沈んでまうわ。……あかんわ。

テッポウ　（その一言でションボリうなだれてしまう）

ケチ政　しゃアけどなんで海なんかへ飛びこんだんや？　黙って頭下げとれば、それで済むことやないか。
しげ乃　ほんまや。なにも二人して飛びこまんかてよかったんや。
アカタン　おばはんら、あの現場を見とらんからそない言うねん。艀のデッキに二人を坐らせて、蛇沢の手配師や子分たちが六人がかりで、棍棒やロープで滅多打ちや。止めに入った宮武のおっさんまでヤキ入れられたわ。あないされたらだれかて逃げとうなるわ。
しげ乃　そないひどいことしはったん？
コンピラ　フケ松も三やんも、海へ飛びこむ時は逃げたい一心で鉛のことなんど忘れとったンやろ。わいは、この前、新川にドツかれたさかいよう分るわ。
テッポウ　畜生ッ。わいらアンコをなんや思うてンやろ。
秋田　（コンピラに）三やんは今どこにおるがね？
コンピラ　艀のロープ小屋に寝かされとるわ。一時間もすれば元気になるやろうから、陸《おか》へ帰さんとまた働かせえッて蛇沢の社長が言うとった。
婆さん　へえ！　むごいこと言うやないかねえ（としげ乃と顔見合わせる）。

やがて宮武が現れ、続いて蛇沢が、制服制帽のワッチマン（監視および貨物確認担当）と、首から画板を吊るした検数員と何か話しながら出てくる。そのあとから長さ一メートルほどの太いロープを手にした新川が続く。

蛇沢　（ワッチマンに）そない事荒立てんと、荷主さんの方には御内聞に願いますわ。

ワッチマン　（苦笑して）わいの方は貨物の確認が担当やさかい、ワッチマンの責任としてやな、盗難物件の事後処理さえきちんとやってくれはったら文句はないわ。ほなキャビンで待っとるで。（軽く一礼して検数員と共に左手へ去る）
蛇沢　（ふりむいて）新川。
新川　なんとも申しわけおまへん。わてが致らんもんやさかいこないな事故おこしてもうて――
蛇沢　詫びはあとで聞こ。すぐアンコ達を働かせい。（と先程とは別人のような高飛車な口調）時間が勿体ないわ。
新川　ほな届けの方はどないしまほ。ちょうど、ワンハッチの三津田の兄《あん》さんが陸《おか》へ戻るちゅうさかい頼んどこ思うんですが……
蛇沢　（ジロッと見て）なんの届けや？
新川　ヘッ？
蛇沢　なんの届けや？　ボロッコの鉛板なら今、チェッカーが調べてるわ。
新川　い、いや、その……フケ松が死んださかい、一応警察の方へ届けなあかんやろ思いまして、ほんでその……
蛇沢　（空とぼけて）フケ松？　フケ松ちゃだれや？
新川　へ？
蛇沢　知らへんで、そんな男。だれが死んだんや？
新川　（混乱して）いや、その――先刻海へ飛びこんで、それきり浮いてきいへんかった男がいましたやろ。あれがフケ松ちゅうアンコですねん。
蛇沢　知らんな。わしは知らへんで。海へ飛びこんだやとか、死んだやとか、先刻からお前なに言うてんねん。

新川　しゃアけど、おやじさんも一緒に——

蛯沢　（大喝）やかまし！　死んだ奴なんか一人もおらへんわ。第一、フケ松なんちゅアンコも最初からおらんかったんや！　そんな奴のために届けを出して、警察が来たら積荷がまたまたストップするちゅうことが分らんのか。余計なことに気を廻さんと早よ仕事にかからんかい、このド阿呆！　（と言うと、呆然と眺めているアンコ達を尻目に、足早やに左手へ歩き出す）

コンピラ　（先刻から蛯沢の顔を喰いつくような眼で見つめていたが、突然、絞り出すような声で）……嘘や。そら嘘や！

蛯沢　（その声で立ち止まり、ゆっくりふりむく）……？

コンピラ　（ギラギラと燃えるような眼を向け）そら嘘ですわ！　わいはフケ松が沈むとこをチャーンとこの眼で見てますねん。フケ松はおりましたわ！

蛯沢　ふむ……。（とおもむろに）……おったちゅうンやな。

コンピラ　そうですがな！　わいの投げた浮きにつかまろう思うて、手えのばしたまま沈んでもうたんですわ。社長はんかて、艀で見とったやおまへんかッ。

蛯沢　ほな聞くが、その男の名前はなんちゅうねん。

コンピラ　しゃアからフケ松ですわ。わいの友達ですねん。

蛯沢　だから名前はなんちゅうのや？

コンピラ　そやさかいフケ松——

蛯沢　（かぶせて）そらアダ名やろ。わしは本名を聞いとるねん。なんちゅうのや？

コンピラ　（たちまちグッとつまる）

蛇沢　人間はだれでも、なんのタロべェちゅう親から貰うた名前がある筈や。わしはそれを聞いとるンや。……ふん、知らんのか……
コンピラ　（蛇沢の真意がわかり、唇をワナワナふるわせて立っている）
蛇沢　（嘲弄するように）……ほな、本籍はどこや？
コンピラ　――
蛇沢　分らん？　フム。名前も本籍も分らん人間をどないして警察へ届けるんや？　どないしておったちゅう証明が出来るんや？　――ほな、家族は？　女房や子供は――
コンピラ　（悲痛に）し、知りまへん。しゃアけどフケ松はおったんや！　わいと一緒に弁天館で寝とったんですわ。（ふりむくとアンコ達に）な、フケ松はおったな？　おったやろ？　おいテッポウ、お前知っとるな？　わいらと一緒に先刻まで働いとったな？　（テッポウ、なにか言いかけるが蛇沢を見て黙ってしまう）――おい焼酎。言うてんか？　おったと言うてんか！　（これもうつむいてしまう）――おいアカタン！……おっさん！　（全員黙っている。コンピラ、半泣きの表情で）……な、なんや、お前らなんで黙っとんのや！　なんで本当のこと言わへんのや！　フケ松はお前らの仲間とちゃうのんかッ。
蛇沢　（だしぬけに笑い出す）ハッハハハ……やめいやめい。わしが言うよりもお前の仲間が証明しとるやないか。もともとフケ松なんちゅう男はおらんかったんや。それでええのや。おい新川。その気狂いアンコを下へ連れて行け。すぐ仕事にかかれ。
新川　へい！
宮武　（突然声をかける）待ち。
新川　……？

宮武　わしは見たで。フケ松が沈むとこをわしは見た。（蛇沢に）名前やとか本籍やとかそない子供だましの屁理屈でこの問題が片づくと思うか！　フケ松は先刻からこの船で働いとった。わしは見とったわ！

婆さん　（断固として）そや。フケ松はんのことならうちもよう知っとるわ。警察へ行《い》て話せちゅうなら話してもええでッ。

しげ乃　うちもや！　うちも行《い》にまっせッ。

アカタン　わ、わいも知っとるでッ。

テッポウ　わいもや。フケ松がドツかれよったとこをわいは見たでッ。

それにつられて焼酎、秋田、ケチ政など他のアンコ達も一斉に「フケ松はおったで」「一緒に働いとったで」とわめき出す。鬱積していた憤懣が一遍に爆発したようにたちまち騒然となる。

この騒ぎで右手から、手に手に棍棒やロープを持った蛇沢の子分たちが駈けつけ、左手からは、ヘルメットに白い作業服の東洋倉庫の連中が続々と集まってくる。

宮武　（蛇沢を見据えたまま）ええか、他の場合と違うて一人の人間が海へ落ちて死んだんや。例え積み荷がおくれたかて警察へ届けるのは当たり前やないか。

蛇沢　お前ら組合のモンにギャアギャア言われることはないわ。これは蛇沢の問題や。余計な差し出口はやめて貰おう。

宮武　蛇沢の問題やさかい言うてんねん。フケ松は死んだちゅうよりも、お前ら蛇沢の連中に殴られて殺されたようなもんや。同じ沖仲の人間として黙って見とられるか！
蛇沢　黙って見とられんかったらどないするちゅうねん？
宮武　（落着いた語調で）お前らがどないしても警察へ届けんちゅうンならしゃアない。わいら東洋倉庫のモンは、第五ハッチの積み荷を拒否するわ。
蛇沢　（驚いて）なんやと！
宮武　ストップさせるちゅうのや。わいらは元請けの人間やが、この船の積み荷の責任者はあんたや。出航時間にまにあわんかてわいらは責任はとらん。（ふりむいて、常傭いの一人に）おい、ウインチをとめさせ。
常傭いの男　（奥へ吹鳴る）おーい、ファイブ・ハッチ！　ウインチ止めッ！

やがてウインチの止まる音。

コンピラ　（今まで気張って構えていたのが、事態が逆転してきたためホッと緊張感がホドける。と同時に野性丸出しの調子になる）……エッへへ……よっしゃ。わいもやめや。仕事はやめや。やめやでッ。
アカタン　（元気づいて）そや！　みんな仕事やめてここへ坐りこもう。
蛇沢　（激怒して）新川、こいつらをハッチへ送りこめ。仕事させろ！
コンピラ　（一歩踏みこんで、動こうとした新川に）おっと。動いてみ、新川。（と言いながら、手早く腰に差している手カギを抜きとり、右手に構える）……わいら、よう分ったわ。わいらアンコよりは、三貫目の鉛の方が大事やちゅうことがよう分った。本籍も名前もない奴は人間やないちゅうことも分った。ほな、わいらアンコはみんな人間やないわ。それやったらどないなことでもしてやるでッ。

テッポウ　そやッ。わいらアンコに怖いモンなどあらへんわ。

コンピラ　（また一歩進み）さ、艀出してんか。陸《おか》へ帰してんか。（急に叩きつけるように）わいはもう蛇沢の仕事は御免や！

テッポウ　わいも御免や！

婆さん　うちもや。

コンピラ　さ、艀出してんか。陸《おか》へ帰してんかッ。（とジリジリ新川の方へ追って行く）

突然、波止場の方からジェット機の排気音がおこる。やがてそれが二機……三機……四機と次々に始動し、またたくまにすさまじい轟音が、港全体を包む。そのつんざく排気音のなかで睨み合っている男たち——。

——幕——

5

東洋倉庫神戸支店――
簡素ではあるが、良く整頓された明るい応接室に、蛇沢、多々良、仙崎の三人の下請け業者と、支店長の跡部（長身。頭髪を綺麗に分け、蝶ネクタイを結んでいる。四十二歳）それに業務課長の内倉（如何にも実直そうな初老の男）――の五人が坐っている。

跡部　（手にしていた書類を丹念に読んでいたが、やがてゆっくりと顔をあげる。おだやかに微笑しながら）……えらいことになりましたな。いや全く――どうこれを解釈したらよろしいものやら……フム……（といいながらもさして困惑した様子もなく、手をのばして卓上の煙草入れから一本つまみ上げる。静かにオルゴールが鳴り出す）

内倉、手早くライターの火を点けて差し出す。
跡部、一服ふかぶかと吸いこむとおもむろに立ち上がり、こちらに背を向けて窓際に立つ。
内倉はソッと煙草入れの蓋をしめる。

跡部　（相変らず微笑を湛えながら）……別に茶化すわけじゃございませんが、港の全下請け業者が要求事項をかかげて一斉に立ち上がったなんてことは、神戸港始まって以来の最大の珍事じゃないですかな。ねえ仙崎さん。

仙崎　（狼狽して）い、いや、そら違いますねん。わしら決して要求なんちゅうような強《きつ》いことというてンのやおまへんねん。

跡部　しかし（と書類を指して）これには善処方を要望すると、かなりはっきり書いてある。

多々良　そら字イに書けばそないことになりますが、わしらの本心としては、この……なんちゅうますか、要求やのうて……お願いをする。つまりこの……歎願、そう歎願！　歎願ですがな。なんぼわしら阿呆やいうたかて、そんなアカみたいな真似ようしまへんわ、ハッハハ……

跡部　だが、歎願も要求も期する所は同じでしょう。一歩もゆずれないというのがこの文面の主旨なんですから。

蛯沢　（これは初手からかなり戦闘的だ。ギュッと跡部の顔を見据えたまま）そらな支店長はん、うちらかて、こない労働組合のストライキみたいな真似はしとうおへん。だれがあんた、十年も面倒みてくれはった元請けさんにヤイバ向けるようなことしとうおますかいな。しゃアけどな、ほんまにもうどうにもなりまへんねん。手配しとうてもアンコはおらん。おったかて高うて使いきらん。使わな積み荷はでけん。しゃアないさかい借金して日当払う。こないことのくり返しでわしらもうホトホト音エあげましたわ。ほんまに二進《にっち》も三進《さっち》もいかへんねん。

仙崎　支店長はん、誤解して貰うては困りまっせ。この問題はうちら東洋倉庫の下請けだけやのうて、昭和倉庫の下請けも、五井倉庫も川村倉庫も、みんな一緒に――

跡部　（さえぎって）いや、存じております。あなた方下請け業者が、先週の、たしか金曜日でしたか、和歌浦の紀奈川に集まって協議なさったということも、またその席上で、それぞれの元請け倉庫会社に対する交渉の日取りを、今日の午後二時とおきめなすったということも、実はその日のうちにキャッチしておりました。いやいや、だから決してどうというわけではございませんけどね。

蛇沢　（ムッとして）そうどしたか。御存知どしたか。ほなかえって都合よろしおますわ。なア支店長はん、一つ、東洋倉庫はんとしてはどないな心づもりでおられるのか、打ち割った所を聞かしてくれしまへんやろか。わしら、こないに二つ要求を出しとりますが、なにも二つが二つとも承知してくれちゅうのやおまへん。例えば積み荷の屯当たり単価を引き上げてくれはるか、それが出けん場合は船の出港を延期してくれるか、このどちらか一つだけ呑んでくれはったら、それでもう充分なんどすわ。

跡部　御事情は良く分りますが、これは単に東洋倉庫一社だけの問題ではないので、今から申しあげることは、港の倉庫会社全体の結論であるということを、あらかじめおふくみおき願いたいと思います。——それで先ず最初の、積み荷の際の屯当たり単価を十五パーセント引き上げて貰いたいという御要望ですが、これはとても不可能です。いや、もっと極端なことを申しあげれば、とてもお話にはならんというのが私共の答です。

多々良　そらつまり、予算の枠が無いちゅうことどすか。

跡部　勿論、枠はありません。が、枠のあるなしにかかわらず、今ここで十五パーセントのベースアップを認めるということはですね、とりも直さず、アンコ達の現在の法外な日当を認めるということになる。そうじゃございませんか？　二カ月前には平均六百円だった日当が、現在では九百円。二月で三百円もハネ上がった！　一体どこにこんな馬鹿げた賃上げを認める職場がありますか？　しかもですよ、あなた方はそれを積極的に認めようとなさっていらっしゃる。そうでしょう、そうじゃございませんか。

仙崎　いや、それについてはですな、業者の間でも随分問題になったんどすわ。早い話が、仕事が忙がしくなるたびに、アンコの日当を吊り上げとったら、今に大変なことになるでちゅうて――

跡部　そうでしょう、そうでしょうとも。大体私共は、この忙がしさを一時的な現象だとしか考えておりません。花に例えれば狂い咲きとでも申しますかね。たまたま貿易自由化の影響で輸入が増えたこと、国内産業のオートメーション化によって、輸出物件が比較的平均に港へ集まってきたというだけのことで、相手国へ対する支払いは、依然として月末集中払いです。つまり品物だけは景気良く港へ集まってきたが、金グリは二カ月前とちっとも変っちゃおらんということです。これでまア中共貿易でも再開され、近海貿易が盛んになれば話は別ですがね。今のようにアメリカ一辺倒の遠距離貿易では、一航海が長いだけに貿易自由化もオートメーション化も港の仕事には殆んど影響はない筈です。まア見てて御覧なさい、あと十日もすれば潮の引くように港はヒマになります。そうなった時にですよ、あなた方は一体、一度吊り上げたアンコの日当をどうやって下げるつもりです？　賃上げはスムーズに行くが、賃金引き下げというのは、下手をすると社会問題にもなり兼ねない。その際の責任をあなた方下請け業者はどのようにしておとりになるつもりです？　（皮肉に）失礼ですが、下請けのみなさんが勝手にアンコの日当を吊り上げておきながら、その尻ぬぐいは元請け倉庫会社へというのじゃア、私共は救われませんよ。

蛯沢　（色をなして）ホウ、わしらが勝手に吊りあげたちゅうンどすか？

跡部　そうじゃございませんか。

蛯沢　そら支店長はんの御言葉とも思えまへんな。わしらは何も好きこのんで、アンコの日当を吊り上げとンのやおまへんで。元はといえば、こちらさんのような倉庫会社が――

多々良　（あわてて）蛯沢君、なにをいうのや！　わいら今日は喧嘩売りにきたんと違うで。お願いに来たんや。支店長はんに歎願に来たんや。阿呆言わんとき。（卑屈に笑って）エヘヘ……ほな支店長はん、単価の問題はそれでよろしいおま。わしらもあっさり引っこめまほ。その代り、第二の船の出港延期の方は呑んでくれまっしゃろな。いや、これはどないしても認めて貰わんことにはわしら仕事出けしまへん。

蛯沢　仕事が出けんよりも首吊らンならんわ。

多々良　（怒って）お前は話をまとめに来たのかブチこわしに来たンかどっちや。チト黙ってい。——なア支店長はん、この方はお金の問題と違うさかい簡単にいきますやろ。例えば三日と日を定めた積み荷なら五日まで時間を延ばすとか、五日なら八日ちゅうような具合に、これまでの積み荷指定期日を大幅にゆるめて貰いたいんどすわ。そないになればわしらかて余裕持って仕事出来ますねん。

仙崎　ほんまや。結局アンコの取り合いも、日当の値上がりも、積み荷をせかされたところに原因があるんどすわ。

蛯沢　だからそれをわしは言うとンのや。値の吊り上がった原因は——

多々良　お前は黙ってえちゅうに——どうだっしゃろ支店長はん。この方はお金のことと違うさかい簡単に行きますやろ？

跡部　いや、お金のことじゃないだけにむしろ難かしいですね。

多々良　な、なんですて？

蛯沢　じゃ、これもあかんちゅうンどすか？

跡部　（表情も変えず）残念ですが……

蛯沢　残念ですがてあんた！　ほな理由を聞かしてもらいまほ。どないしてあかんのかそれを言うてもらいまほ！

跡部　理由は至って簡単です。船の出港は船会社の自由意志で、私共にはなんの権利もございませんからね。

蛯沢　そら表面上のことで、おうちで扱う貨物の殆んどは東洋船舶のモンやおまへんか。つまりは兄弟会社やおまへんか。権利がないちゅうたかてだれが本気にしますかいな。

跡部　（苦笑）それは大変な論理の飛躍です。なるほど、東洋船舶は私共の傍系会社です。が、しかし如何に姉妹会社でも、倉庫は倉庫、船舶は船舶、東洋石炭は東洋石炭と、それぞれ独立した内容を持っておるんです。仮りに資本は同じであったとしても、私共から見れば、東洋船舶はお客さまです。なんでお客の意志を拘束することが出来ますか？

仙崎　しゃアけど、そこをあんじょやってくれはるのが支店長はんの腕まえやおまへんか。

跡部　いや、駄目ですね。現在、積み荷が非常にせかされている原因は、全く船会社側の業務上の必要からおこっていることであって、私共としてはこれに対してとやかく申すことは出来ません。とりわけ東洋船舶は――いや東洋船舶だけじゃなしに、五井郵船も、昭和海運も殆んどの船会社がそうですが、現在、競って経営合理化に乗り出しております。その手始めが昨年暮の船員の大量整理ですが、今年はさらに貨物船そのものが合理化の対象になり始めたんです。……これはあなた方も御存知でしょうが、普通、貨物船の一航海は、海上半分、港半分と言われております。つまり、神戸から南米のサンチャゴまで仮りに一月かかるとすれば、その内訳は海の上が十五日、港が十五日という訳です。そこで経営合理化の第一に考えられるのは貨物運賃の値上げということですが、これは国際運賃協定があるため日本だけ勝手な真似は出来ません。とすると勢い考えられるのは、三十日かかる航海を二十五日にして、五日間の経費節約をはかるというプランです。そのためにはまず船のスピードアップということですが、二十ノットの船は二十ノットしか出ない。そうでしょう、分りますか。そこで最後に出た案というのが、港における船の碇船期間の短縮ということです。つまり積み荷のスピードアップということです。現在、積み荷が非常にせかれている原因はここから来ているわけですが、あなた方の要求はこれと真向から対立しておる。どうして私共がそんな要求を承知出来ますか？　出来るわけがございませんよ。……折角ですが、この方もお断わりさせて頂きます。（と言葉は丁寧だが、ピシリとおさえつけるように言う）

業者三人は意外な結末に言葉もなく、啞然としている。

内倉　支店長、そろそろ銀行連盟の交換会が始まる時間でございますが……
跡部　（腕時計を見て）……そうでしたね。（蛇沢達に）じゃ、私はこれから商工会議所へ参りますので、大変勝手ですが……（と立ち上がろうとする）
蛇沢　（あわてて）ちょ、ちょっと待っとおくんなはれ！　するとなんどすか、単価の方もあかん。積み荷延期もあかん。両方あかんとこないおっしゃるわけどすか？
跡部　お気の毒ですが……
蛇沢　支店長はん、わしらは伊達や酔狂でこないな要求持ってきたんと違いまっせ。あんたはお気の毒ですむかも知れんけど、わしらは明日からどないしたらよろしおますねん。店たたんで夜逃げせえと言わはるんどすか？
跡部　そんなことは申しておりませんよ。ただあなた方の要求は受けいれるわけにはいかないと——
多々良　（かぶせて）ほな、今のままで仕事続けエおっしゃるんどすか？　家財道具売り払うてでも、アンコかき集めて積み荷やれおっしゃるんどすか？
跡部　（微笑して）どうも困りましたね、そうムキになられては……私共としては別に自腹を切ってまで仕事をしてくれとは申しておりません。またあなた方にしても、ことがここまで進展してきた以上は、もっと別な方法……例えば、平人《ひらびと》アンコには六百五十円以上は出さないというような賃金協定を結ばれるなりして、出血を最少限に喰いとめる方法を考慮なさったら如何ですか？
蛇沢　そないことは支店長はんにいわれんかて何遍もやってきましたわ。しゃアけど協定が守られるのはその時だけで、翌日からはまた同じことのくり返しですねん。
跡部　ホウ、それはまたどうしてでしょう。
蛇沢　ど、どうしてでしょう？　そらこっちで言いたいセリフや。元請けはんに積み荷せかされたら、だれかて良い子になりたいンは当たり前でっしゃろが。
仙崎　なア支店長はん、どないしてもあきまへんか？　わしらこないに頭下げて頼んでもあきまへんか？　（と机の端に手をつき最敬礼をする）なア支店長はん！
跡部　弱りましたね。何度おっしゃられてもこれは倉庫会社全体の結論なんですから、私の一存ではどうにもなりません。
蛇沢　（怒りが爆発して）ほな、支店長はんはわしらにどうせい言わはるんどすか？　やるだけやったら死んでしまえとでもいうんどすか？　よろし、よろしおます！　あんたがどないしても聞いてくれヘンちゅンならしゃアない。わしらやりとうないけど、はっきり結着つけてみせますわ！
跡部　と、おっしゃいますと……？
蛇沢　明日から、いや明日といわず今日、今から、東洋倉庫はんの積み荷は全部ストップさせますわ！
跡部　ホウ……あなた方がストライキをやるとおっしゃるんですか。いや、これはどうもハッハハ……
（内倉と顔見合わせて笑う）
蛇沢　笑いごとやおまへんで。こら業者間の申し合わせですさかいおうちの貨物だけやなしに、神戸港全部の積み荷をストップさせますわ。それでもよろしおますのンか?
跡部　(ジロッと冷たく見て)……止むを得んでしょう……
多々良　支店長はん、わしらは冗談いうてンのと違いまっせ。明日から港の業者全部がアンコの手配をとめてしまうンでっせ。積み荷は一切せんちゅうンどっせ。
跡部　ですから止むを得ないと申しあげているんです。
仙崎　(探ぐるように)ほななんどすか、倉庫会社でアンコを直接傭うと、こないおっしゃるンどすか?
蛯沢　そないことさせんわ。出来るわけがないわ。
跡部　そう、出来るわけはありません。
仙崎　(薄気味悪くなってくる)ほな、おうちの常傭いの人間だけで積み荷をやるいうンどすか?
跡部　うちの常傭いだけじゃ全貨物の百分の一も消化出来ませんよ。
仙崎　す、するとこの……積み荷がストップしてもかまンちゅうンどすな?
跡部　(黙ってうなずく)

業者三人、思わず顔見合わせる。

蛯沢　(断ち切るように)よッしゃ!　これでわしら覚悟はきまった!　行こッ。行ってアンコらを帰そ。みんなと相談しょッ。(と立ち上がり)ほな支店長はん、積み荷がとまったかてわしら責任はとりまへんで。よろしおますな。
跡部　承知しました。その代りあなた方も、営業停止は覚悟の上でしょうな。

蛯沢　営業停止？　ああそら覚悟してますわ。失礼ですが、元請けはんの方で頭下げてくる迄は、わしら店はあけまへん。今さらなにを言うてますねん。ハッハハ……

跡部　いや、私の申しあげているのは、永久に営業停止になるということですよ。

蛯沢　なんやて？

仙崎　そらどういうことですねん？　代りの下請けでも探すちゅうンどすか？

跡部　出来ればそうしたいですが、代りはおらんでしょう。

蛯沢　おったかてわしらがやらせんわ。

跡部　ですから、私共としては当然対策を講じなければなりません。ま、これは今までのお交際もあるので御参考までにお教えしておきますが、実はこうした問題——つまりあなた方下請け業者からの突き上げということは、なにも神戸港が始めてじゃございません。最初に口火を切ったのは函館でした。

多々良　そうどしたな。今年の春どした、それは。

跡部　（うなずいて）それから順次南下して、横浜、名古屋、大阪と飛び火をしてきたわけです。まさか全国的な問題とはいいませんが、少なくとも、日本の六大港が次々とこうした元請け倉庫と下請け、或いは下請けとアンコ達との対立の嵐にまきこまれて行ったわけです。そこで当然、私共倉庫会社の幹部会が東京本社で開かれ、さらに各倉庫会社の重役協議会が同じく中央で開かれました。その席上出た結論は先ほど私が申しあげた通りですが、今一つの結論というのは、この際、港の雇傭関係を明確化するために、かねてから社会党が提出中であった「港湾労働者の雇傭安定に関する法律案」という法案を、今国会に通過させようということでした。

仙崎　……港湾労働者の……？

跡部　いや、港湾労働者の雇傭安定に関する法律案です。内容に就いては既に検討済みですが、ただこれの提出を躊躇している最大の理由は神戸港の動向です。つまりあなた方下請け業者の進退です。なんといっても神戸は日本の六大港のトップにくらいする港ですから、神戸港を無視しての法案制定は無意味です。しかしこれではっきりいたしました。

多々良　そ、その、法案のですな、内容ちゅうやつを一寸教えてくれしまへんか？

跡部　簡単にいえばこういうことです。つまり、港の荷扱い業者は、荷主から発註される全貨物の、三分の二を常に消化し得る常傭労務者を持っていなければならない——ということです。つまり、百屯の貨物のうち、最低七十屯はアンコを使わず、自分の所の常傭労務者で消化しろ、というわけです。

三人　（呆然としている）——

跡部　（ゆっくりと三人の顔を見廻し）勿論この法案が成立すれば、私共東洋倉庫としても、現在いる百数十人の常傭を一挙に五百人近くに増やさなければなりません。従って、アンコの中から比較的優秀な人間をピックアップして傭い入れるということになるでしょう。が、その場合にですよ、あなた方はどうなさいます？　……蛇沢運輸さん、多々良組さん、仙崎海運さん……失礼ですが、あなた方の所にいる常傭は、せいぜい十四五人平均でしょう。しかも私共から出す貨物の量は約その十倍だ。すると当然、百人の常傭をあらたに傭わなければならんということになりますね。ま、これは言わずもがなのことですが、常傭というのは仕事があってもなくても、日当はきちんと払わなければなりません。アンコ達のように要る時は使い、要らなくなったら放り出すというわけにはいかんのですよ。よろしいですか。ここは一つようくお考えになって下さい。私共としては皆さんに突きあげられて、止むなく考え出したギリギリの自衛手段です。これによって救われるのはアンコ達であり、逆に決定的な打撃を受けるのは、あなた方下請け業者です。……如何です、おわかりになりますか……？　今、現在、多少苦しくとも、この急場を切り抜けるために元請け倉庫会社と手を結んだ方が得策であるか、或いは、多額の資金を用意してでも百人の常傭労務者を傭った方が得策であるか、失礼ですが、あなた方も経営者のハシクレならば、この辺の利害得失の算盤勘定ぐらいは簡単にハジき出せるんじゃございませんか。……私の申しあげるのはそれだけです。（と言うと、傍らの内倉をかえり見て、立ち上がり、去ろうとする）

多々良　（急に我に返ったように、バタバタと跡部の前に立ちふさがる）ちょ、ちょっと支店長はん、待っとくんなはれ！　わしはな、わしは始めからこないストライキみたいなモン反対だったんどすわ！　積み荷をとめるなんちゅうのはアカのやることやさかい、絶対に承知出来ンて頑張ったんどすわ。そ、それを、ここに居る蛇沢君がなにがなんでもやろういうて——

蛇沢　な、なんやと！　わしが何時そないこと言うた？　わしかて始めは反対したんや。元請けさんに楯つくような真似はやめようちゅうて強《きつ》う反対したんや。

多々良　出まかせ言いないな。これを持って行ったら、支店長がカメレオンみたいに顔色変えるやろちゅうたンはお前やで。

蛇沢　（真赤になり）な、なん——もう勘弁出来ん。（と多々良につかみかかろうとする）

跡部　（苦々し気に）いい加減にしませんかッ。ここをどこだと思っていらっしゃるんです。

蛇沢　はッ？　ど、どうもすんまへん……（しゅンとなる。他の二人も畏まってしまう）

跡部　（三人を眺めて）私の申しあげたことが分って下さればそれでよろしいンです。明日から従前通り働いて頂けますな。

多々良　へッ、それはもう。

仙崎　わしらアンコ達に甘かったんどすわ。支店長はんの言わはった通り、ここは一つ業者全部でよう考えてみんとあきまへん。なア多々良君。

多々良　そや。百人も常傭いを養えなんちゅことを言われたら、わしら一遍につぶれてしまうわ。ほんまに支店長はんのおっしゃる通りや。

跡部　（微笑して）……おわかり願えてなによりです。私共倉庫会社にしても常傭いを増やすということは大変な問題です。これは単に労力が五倍十倍になるというだけではなく、港湾労務者の組織の力がそれだけ強固になるということです。常々申しあげているように、港における健全な経営というものは、組織労務者と、未組織労務者とを絶えず分裂させ、対立させながら、その両者のバランスの上にのって仕事を進めて行くということです。これが一番重要なことであって、そしてこれが総てです。（とゆっくり言い切る）

三人の業者たち、熱ッぽい表情で跡部の顔を注視している。

――幕――

エピローグ

アンコ宿――

夜明け前の薄暗い部屋の中でアンコたちが寝入っている。静寂。

霧笛――

ややあって奥の方からチカチカ懐中電燈を照らしながらお内儀が現れる。部屋うちをゆっくり見廻してから傍らに寝ている三やんをゆり動かす。

お内儀　三やん、三やん、時間やで。（次へ移り）ケチ政はん、何時まで寝てくさるつもりや、仕事行かへんのか。……コンピラはん、コンピラはん……（と言って、いまいましそうに舌うちする）そろいもそろって、なんちゅうシブとい連中やろ。スウともいわへんわ。（と言うと、毎度のことらしく、手に下げていたチリンチリンをいきなり鳴らし始める）さアさ、時間やさかい起きて貰いまっさ。仕事の時間やさかい起きて貰いまっさ。

とたんに寝呆け眼のアンコたちが奇声をあげてハネ起きる。

お内儀　（愛想よく）ハイ、皆はん、お早うさんどす。

焼酎　うわア、かなンなア。起きるがな、起きるがな。
三やん　おばはん、頼むさかい、そないゴミ集めのチリンチリンみたいなモン鳴らさんといてんか。肋骨にヒビが入《い》るがな。
お内儀　（済まして）だれも鳴らしとうないけどな、なんぼ言うても起きんさかいしゃアない。
三やん　今日は八時まで寝かして貰うて言うてあるやないか。まだ二時間も間《ま》があるで。
お内儀　あんたら、ほんまに八時までは働きに行かんつもりかいな。
三やん　昨日言うた通りや。
テッポウ　おばはん、これはわいらだけやないで。前の港館の連中も、錨荘のアンコたちもみんな八時までは動かんことになっとるのや。いうたら共同戦線ですわ。そやさかいもう少し寝かしといて貰いまっさ。
お内儀　ふうん……ええのんか、そないスト……スト……
コンピラ　ストライキやろ。
お内儀　そのストライキや。あとで痛い眼に合うてもうちは知らへんで。
コンピラ　しゃアけどな、おばはん。この間から昼勤の出ズラが、どこもかしこも六百五十円均一に下げられてもうたんやさかい、その分だけ働く時間をちぢめて貰うのんはこら当たり前の話やないか。
お内儀　仮りに出ズラは下がったとしても一時間でも早よ港へ行って、手配師さんの御機嫌をとっといた方があとあとのためにええのと違うのんか。聞けば、港の仕事もひと頃よりはズッと減ってきたちゅう話やないか。
コンピラ　まアま、そこはあんじょうやるよっておばはんは心配せんとき。
三やん　おばはんの心配なンはドヤ銭の払いやろ。なにしろこっちの方は四十円に値上がりしよったさかいな。
お内儀　港がヒマになったらまた三十円に値下げしてやるがな。（と言いながら、フト以前、フケ松が寝ていた寝床を見上げて、急に怪訝な表情になる。いぶかしそうに懐中電灯をそこへ向ける）……だれやそこに寝てんのンは？　女子やな。（皆に）女子を引っぱってきたらあかんて何時も言うてるやないか。
コンピラ　女子は女子でも敏坊やがな。
お内儀　敏坊？
コンピラ　昨夜おそくジャン市の飲み屋で酔いつぶれておったんや。家へ帰りとうないちゅうさかい、わいとテッポウとでここへ運んできたんや。女子のくせに焼酎五杯飲んだちゅうねん。
お内儀　（近寄って）これ敏坊。敏坊。
コンピラ　放ッときいな、おばはん。敏坊の奴、新川に捨てられて頭にきとるんや。昨夜もな、酒飲みながら、新川の奴、うちの時計やら洋服やらみんな質へブチこんで、こっそり大阪へトンボしよったちゅうてワンワン泣いとったんや。
お内儀　そら新川はんかて蛯沢の社長に首切られてしもうたんやさかいお互いさまやろ。（コンピラに）あんたも気イつけたがええで。
コンピラ　なにがや？
お内儀　なにがやて……アカみたいな真似しよったら今に新川はんと同じように港から放り出されてしまうで。気ばるのもほどほどにするもんや。（皆に）ほなまア、八時になったら起きて貰いまっさ。ハイ、おやすみ。（と去る）
焼酎　ヘイヘイ御丁寧に……なんちゅう婆やろ、睡気がいっぺんに覚めてもうた。（と煙草を出し）三やん、マッチ貸してんか。
三やん　（枕元からマッチを取り出し、投げようとするがフト止めて）どや一丁やったろか？
焼酎　そら面白いな。ブツはなんや？
三やん　このマッチの中に軸が何本入っとるか？　当たらんでも数に近い方が勝ちや。
焼酎　よっしゃ。ところでなに賭ける？
三やん　今日の日当ちゅうたらどんなもんや。
焼酎　今日アブれたら？
三やん　明日の日当と行こ。
焼酎　ふうむ、六百五十円か。よし、それでいきまほ。男は度胸ッ。
三やん　女は愛嬌。（マッチをカタカタさせて）ざっとこんな鳴り具合。さアなんぼなんぼ。

みなの視線が三やんの方に集中している時、先ほどからモゾモゾ身支度をしていたケチ政がソッと立ちあがる。

テッポウ　（気づいて）ケチ政、どこへ行くんや。
ケチ政　（ギョッとして）ちょ、ちょっと表や。
テッポウ　なんや、抜け駈けして港へ行くつもりやな。阿呆な真似はせんとき。
ケチ政　（ムッとして）なにが阿呆な真似や、アンコが港へ働きに行くのがあかんちゅうのんか。ああ、わいは港へ行く。今から行って手配して貰うわ。
コンピラ　そら難儀やなア。

三やん　一人だけええ子になるつもりやろうけど、そうはさせへんぞ。
コンピラ　組合の連中かて、わいらアンコを元請け倉庫の常傭いにさせようちゅうンでこの間から会社の偉ら方と話し合ってンのやで、それを肝心のわいらがバラバラやったらうまいこといかへんがな。
ケチ政　なんぼ言われてもわいには組合より手配師の方が信用出来るんや。ゼニ呉れる奴の方がわいは好きや。

そこへ、既に作業服姿の宮武がアカタンと一緒に入ってくる。

宮武　やア、お早う。（ニコニコしながら）まだ寝とるかと思ったけど、珍しく起きとったな、ハッハ……（と言ってその場の雰囲気に気づき）……どないしたんや、けったいな顔しよって？
テッポウ　ケチ政が今から港へ行く言うとんのや。
宮武　（さして驚かない）指名でもついとんのか？
ケチ政　そんなもんついとらへん。わいはストライキみたいなものは好かんさかい一人で行く言うてんのや。
宮武　そらどうなと本人の自由意志やけど、なるべくなら大勢でかたまって行った方が、ものごとはうまく行くんやけどな。けど一人の方がええちゅうんならしゃアない。その代り出ズラをうんと吹っかけてプレミヤをつけさせるようにするンやな、ハッハハ……。

ケチ政、去る。

宮武　ところで、みんなに一寸報告しときたいことがあるんや。実は昨日、昭和倉庫が突然、船内カンヅメにしよったアンコ五十三人を常傭いで新規採用することに決めたそうや。
皆（驚いて騒ぎ出す）
コンピラ　ほんまかいな、そらっ。
アカタン　ほんまや。わいが直接、常傭いになったアンコから聞いてきたんや。
宮武　（苦笑して）常傭いになったちゅうても、七千人からいるアンコの中の僅か五十人やさかい数は知れたもんやけど、しかしな、昭和倉庫が新規採用に踏み切ったとなると、対抗上、他の倉庫会社も一緒に動き出すんやないかとわしは睨んどるんや。わしらも精一杯頑張って掛合うさかい、あんたらの方も手配師なんどに騙されんようにしっかり頼ンまっさ。
三やん　任しとき。
コンピラ　弁天館は大丈夫や。わいら八時になる迄は港へ行かん。
宮武　そうそう手配師といえば、蛯沢の社長が昨日警察へ呼ばれたそうや。御当人はフケ松事件を新川に肩がわりさせたつもりでのんびり構えとるが、なアに調べが始まれば組合かて黙っとらへん。そのうち三やんなんかも呼び出しを受けるかも知れへんが、その時は頼むで。ほな、わしら他のドヤを廻らんならんさかい……

とアカタンをうながして去ろうとする。出会い頭に入口から赤平が入って来る。

宮武　いよう、赤平の兄さんがこないドヤまで人買いにくるとは知らんかった。（笑う）
赤平　おっさんみたいな古狸がアンコらをたきつけるもんやさかいやり憎うてしょうないわ。アンコが可愛い思うたら黙ってわいらに任しといて欲しいな。
宮武　ハッハハ、よっしゃ、まかそ。ここにいる連中はあんたにまかそ。その代り値えが一寸張るさかいあんたによう買い切れるかな。ハッハハハ……。

宮武とアカタンの二人はそのまま笑いながら去る。
この頃から部屋の中が次第に明るくなる。

赤平　（いきなり高圧的な態度で）お前ら身体空いとんのやろ。今から昼勤の船内荷役にきてんか。出ズラは協定賃銀で六五《ロクゴ》や。わいがこうして迎えに来たんやさかい。まさかイヤとは言わへんやろな。どや、コンピラ。
コンピラ　へい、働きますさかい八時からにして貰いたいんどすわ。
赤平　なんや、ここでもまた同じようなことぬかしとんのか。……お前らな、だれに煽られたか知らへんけど、こない気狂いみたいな真似しよって、さきゆきどないするつもりや。港がヒマになった時はどないするつもりや。のぼせるのもええ加減にさらせッ。
コンピラ　わいら、月の半分はアブレと相場がきまっとるさかい、ヒマになったかて別に驚きはしまへんな。
テッポウ　ドヤ代ないようなったら、また三ノ宮駅のベンチでゴロ寝しますわ。
三やん　（ニヤニヤしながら）兄さんの前でこないこと言うたら悪いけど、港神戸には手配師さんも仰山いますさかい、なんとかなりますやろ、エッへへ……
赤平　（あわてて）そ、そら手配師は仰山おる。仰山おるけんどわいのようにほんまにアンコの気持をつかんどる人間はザラにおらへんで。今日かてうちの社長にお前らのことをよう頼んできたのや。弁天館の連中は多々良組の仕事をようやってくれよるさかい、いずれ近いうちに指名臨時にしてやろやないかちゅうて、社長と話し合ってきたとこや。

秋田
焼酎 （ハッと顔をあげて赤平を見る）

赤平　（すかさず）こら嘘やないで。ほんまの話や。わいの仕事を助《ス》けてくれはったら絶対に約束するわ。どや、みんな。

皆　——

赤平　わいかてな、これで八時まで仕事が出来ンちゅうことになると、社長になに言われるかわからへんのや。ここは一つわいを助けると思うて多々良組の仕事をやってくれへんやろかッ、金が要るんやったら、なんぼか下《さが》りしてやるで。（と財布を出す）

三やん　前借りしたらどないしても働かんなりまへんがな。

赤平　そやさかい働いてくれちゅうてんのや。な、どやろ？

一同　（無言）

赤平　ふむ、そうか。これだけ言うてもあかんのやったら、しゃアない。そのかわりヒマになって仕事頼みにきたかてわいは知らへんで。ええな、よう覚えとき！　（と去ろうとする）

秋田　（フラフラと前へ出て行く）赤平さん。わし、行くべ。今から一緒に行くだで、指名臨時の方はよろしく頼むだ。

赤平　よっしゃ。他にはおらへんか。おっさん一人きりか？

焼酎　（どうしようかとキョトキョトしている）

コンピラ　（それを横眼で眺め）そうや、おっさん一人きりや、なんぼ待っても八時まではもう一人もいきまへんわ。
赤平　（顔色を変え）コンピラ、大口叩いてあとでヤキを入れられんように気イつけえよ。
コンピラ　そんなヤキみたいなモン何度も入れられましたわ。こたえまへんがな、ハッハハハハ……

赤平と秋田、去る。
部屋うちに朝日が射しこんですっかり明るくなる。
窓越しの、通りの向こうからアンコ達の唄う「ちゃぶの唄」が聞えてくる。

コンピラ　（赤平を見送って）フン、なにが指名臨時や。人をさんざんしぼりよってスカタン手配師が――
テッポウ　（唄にはせず）港ダリキと手配師さまは、瀬戸りしながら日を暮らす。ちゃぶちゃぶちゃぶとね。……おい焼酎、お前も赤平ンとこへ行きたいんと違うか。
焼酎　冗、冗談言いないな。だれがあんなガキ――
三やん　ほんまかいな、行きたそうな顔しとったで。ハハハ……（一同笑う）

「ちゃぶの唄」がはっきりと聞えてくる。

コンピラ　（小窓を見上げて）畜生ッ、錨荘の連中やな。ようし、こっちも景気づけにやったるか！どや！

テッポウ　やろやろ！　どうせ寝られへんのや。（というが早いか、傍らの薬罐を平手で叩きながら音頭をとって唄い始める）

〽鬼の蛇沢　蛇の多々良
手こぎアンコで　銭のこす
ちゃぶちゃぶちゃぶ

菜種　アンコは　絞れや絞れ
絞り残れば　また絞れ
ちゃぶちゃぶちゃぶ（以下）

敏江　（その騒ぎで眼をさまし、むっくり起きあがる。けだるそうにポソリとつぶやく）……やかましくて寝られへんがな……そやさかいうち港は嫌いなんや……（と言うとまたダラリと寝込んでしまう）

四人のアンコたち、狂ったように踊り出す。
霧笛が包むようにまた鳴り出して――

――幕――

熊楠の家

二幕

登場人物

南方　熊楠（植物学者）
　松枝（熊楠の妻）
　熊弥（熊楠の長男）
　文枝（熊楠の長女）

喜多幅武三郎（熊楠の友人。眼科医）
佐武　友吉（石屋）
金崎　宇吉（洋服屋）
毛利　清雅（牟婁新報社主）
小畔　四郎（熊楠の弟子）

文　吉（熊楠の助手）
油　岩（生花の師匠）
久米吉（床屋）
相　原（役場の吏員）
馬　場（牟婁新報の社員）
汐田　政吉（熊楠の従兄弟）

那屋　（田辺町長）
江川　（宿屋の主人）
奥村　（町の有力者）
大内　（　〃　）
お品　（手伝いの老婆）
つるえ　（南方家の女中）
看守
女行商人
その他

第一幕

㈠

一九〇九年（明治四十二年）晩秋。

南方熊楠の家。紀伊田辺の中屋敷町にある借家で庭に面した書斎兼居間。

夕日の差し込んだ家の中には誰もいない。鵯が鳴いている。

庭から熊楠が木挽の文吉と一緒に入ってくる。熊楠は単衣の着物に冷飯草履を履き、手には魚籠と金鎚を持ち、文吉は胴乱二個を天秤棒で担っている。

熊楠　粘菌はあとで写生をせんならんさか胴乱ごとそこへおいといてよう。
文吉　それやったら枝ごと庭に出ひといたらどないですろう。
熊楠　あかんあかん、うっかり出しとこうもんならなめくじの奴が出てきよって、ぺろぺろみんな舐めてしまいよるが。

文吉　粘菌をですか。

熊楠　ほうよ。そやさかこの間から猫を飼うことにしたのやけど、これがおもしろいことにパッとうまいことつかまえよるんじゃ。藻はどないした。

文吉　藻？

熊楠　谷川にとびこんで、岩にへばりついとる奴をこうして採ったやろうが。

文吉　ああ、ひじきみたいな奴ですろう。ここに入れときまひたけど、（ガラス瓶を出す）紫ともちがうし、緑ともちがうし、先生、綺麗なひじきですのう。

熊楠　顕微鏡で覗いてみんことにははっきりしたことは分からんけど、横にな、筋が通っとるのや。なんやろな。

奥から老婆のお品が出てくる。文吉はその間に道具類を持って上手に去る。

お品　お帰りなしたか。

熊楠　今帰ったとこや。べつに変ったことなかったか。

お品　喜多幅先生からなんべんも使いがみえて、まだか言うてまひた。そういえば石友はんもさっき顔だしたけど、なんぞ約束でもしたんですか。

熊楠　ほかには？

お品　五日も留守にしたさか、手紙が仰山溜まりまひた。（手紙を出す）御飯の仕度をするさか、その間に風呂にでも行っておくれんかい。

熊楠　めしはいらん。

お品　なんでない。
熊楠　今から喜多幅君のとこへ行かんならん。ほう、ミス・リスターから返事がきよった。
お品　のう先生、郵便局の人がこれからは横文字の手紙は勘弁して欲しいて言うてましたで。
熊楠　なんでよう。
お品　田辺郵便局には横文字の読める人がいてへんさか、そんなものがくると仕事にならんで困るちゅうてんのやいて。
熊楠　持ってきたやないか。
お品　そらの、この町で横文字の手紙がくんのはここだけやさか。配達するときには頭使わんでもすむけど、その代わり先生が外国へ手紙出すときには、なるべく日本語で書いて欲しいちゅうてんのやいて。
熊楠　そんなことしたら向うには届けへんで。
お品　切手余分に貼ったらええんちゃうんかい。田辺郵便局困ってるけどのう。（去ろうとする）
熊楠　お婆ん、ここに落葉を仰山置いといたのやけど、どうしたか知らんか。
お品　ああ、あれやったらあてが綺麗に片づけといてあげたよ。
熊楠　どけ片づけた？
お品　燃やひて灰にしたで。
熊楠　なんちゅうことしくさるのやッ。
お品　しくさるとはなんないの。どこの家かて落葉はみんな掻き集めて燃やしますろう。人がせっかく掃除してやったちゅうのにそんな言い方はないやろう。
熊楠　留守番は頼んだけど、掃除までしてくれとは言うてへん。燃やひてしもたら落葉に付いとる菌までがみんなないようになってしまうんじゃ。
お品　黴菌燃やひてどこわるい。
熊楠　その菌とはちがうんじゃッ。

文吉が小さな甕を持って出てくる。

文吉　先生、えらいこっちゃ、蠍がいてへんッ。
熊楠　なに。
文吉　小鳥に水やろう思うて裏に回ったのやけど、気になってひょいと蠍の甕覗いてみたら中は空っぽや。先生、蠍はたしかこん中に入れときまひたのう。
熊楠　おう、入れてたよう。
文吉　ほんなら逃げたのやろか。
熊楠　文やん、上がれ上がれッ。刺されたらおおごとやッ。はよ上がれッ。
文吉　うわーっ。（叫んで座敷に上がろうとする）
お品　蠍やったら死んだよ。
熊楠　……？
お品　今朝はよにあてが庭に埋めた。
熊楠　なんで死んだのや。
お品　猫と喧嘩ひてやられたんやいて。
熊楠　猫……？

お品　今朝起きたら裏の方でごそごそ音がしとるさか、何事や思うて出てみたら、猫ン奴が爪たてて甕をゆらしてんでして。そのうちに口があいて蠍が下に落ちたさか、もし縁の下にでももぐり込んだらえらいことや思うてみてたら、さすがに猫ちゅう奴は利口なもんですのう。蠍の周りをぐるぐる回りだひて隙みてはひょいと爪出しますのや。すると蠍が怒って尻尾を跳ね上げんのやけど、猫の方はそのたんびにぴょーんと二尺ほども飛び上がって、またぐるぐるぐるぐる蠍の周りを回りだすんやいて。あないにいたぶられたら、いかな蠍かてしまいには目が回りますろう。
熊楠　なんで止めんかったのやッ。
お品　なんでて、うっかり手を出そうもんなら猫には引っかかるるし、蠍には刺されるし、どうにもなりませんろう。
熊楠　そやけどあの蠍はの、船乗りの邦やんが土産やいうてはるばるボルネオから持ってきてくれたんじゃ。自慢するわけやないけど、この田辺で、いやこの和歌山県で、蠍飼うてる人間はわし一人じゃ。
お品　まともな人間のするこっちゃない。
熊楠　なに。
お品　いつかもあて言いましたやろ。こちらさんには蠍ばかりやのうて、鯰やら山椒魚やら河鹿やら、ほてから小鳥まで仰山飼うてるさか、この上猫を飼うんはやめなあて。そしたら先生どう言いまひた。猫はなめくじを退治するさか必要なんやて。そらの、なめくじも退治するやろけど、ついでに蠍まで退治してしもたやないかい。
熊楠　お婆んが気いつけて見張っとればこんなことにはならんかったんじゃ。
お品　のう先生、先生がどれほどえらい学者はんかしりませんけどの、そんなに無茶なことばかり言うてるさか、奥さんにも逃げられてしもたんやいて。

熊楠　……。
お品　あてかてなにも好きこのんでこがいな化物屋敷みたいなとこへ来てるわけやないけど、女中が次次とやめてしもて、挙句奥さんにまで逃げられてしもて可哀相やと思うさか居てやってるのやして。先生も葉っぱや虫ばかり大事にせんと、少しは周りの人間にもやさしいしてやったらどうですやろのう。

庭から喜多幅武三郎が入ってくる。

喜多幅　帰ってたんか。
熊楠　おお、喜多幅君。
喜多幅　御坊から電信を貰うたさか、間違いないとは思うたのやけど、なんせお前のことやさか顔みるまでは気になってのう。（と笑い）お品はん、何時も御苦労やな。
お品　ようおこしなして。
熊楠　わざわざ来てもらわんでも、わしの方から伺おうかと思うてたんや。
喜多幅　わしんとこへか？
熊楠　ついでに、ついでと言うちゃなんやけど、あれのおとうはんにも挨拶をせんならんさか、まあ着物ぐらいは着替えていかないかんかなと思うてたとこや。
喜多幅　ほう、人並みのこと言うやないか。そんならこの間わしのまえで約束したこと、守ってくれるのやの。
熊楠　（頷く）

喜多幅　酒はやめる、喧嘩もやめる。もう一つなんぞあったの？
熊楠　裸で歩くのはやめる。
喜多幅　当たり前のことやけどの。そんなら今言うたことを松枝はんにもはっきりと約束できるのやの。
熊楠　できる。
喜多幅　ほんまやな。
熊楠　ほんまや。
喜多幅　（振り向いて）松枝はん、こっちへお入りな。
熊楠　えッ。
喜多幅　松枝はんはの、自分の方にも落度があるのやさか、お前に会うて謝まると言うちょるんじゃ。
熊楠　そ、そんなこと急に言われても……。
喜多幅　なにしてるのや、ここはあんたの家やないか。はよ入りよし。

松枝が赤ん坊の熊弥を抱いて入ってくる。

喜多幅　今聞いたとおりや。
松枝　……。
喜多幅　南方とわしとは和歌山中学の同級生やし、それにあんたら二人を引き合わせた張本人やさか、こんなことになってからちゅうもんは目医者の仕事にも身が入らんで、この間はとうとう小学校の校医を首になった。町長に言わせるとトラホームの患者が全国一になったちゅうのや。そらの、はたからみれば些細なことのように思えても、簡単にいかんのが夫婦ちゅうもんや。ましてお前の場合には仕事が仕事やさか、なんぼ女房いうたかて理解にも限度ちゅうもんがあるやろう。それを判らんさかちゅうて酒呑んで怒鳴ったり、よそへ行って喧嘩したり、そんなことばかりやってたらしまいにはだれも寄り付かんようになってしまうで。お前がほんまに松枝はんのこと大事や思うたら酒はせいぜい慎むこっちゃ。

お品　ほや。

喜多幅　（お品に）なあ。なんでわし一人べらべら喋っとるんや。久しぶりに会うたのやさかなんぞ言うたらどないや。

熊楠　（照れて）ええよ。

喜多幅　なにがええよや。自分の気持をはっきり言わな判らんやないか。

熊楠　なんて言うたらええ？

喜多幅　自分で考えるんや。

熊楠　……済まなんだ。

松枝　うちの方こそ我儘いうて済んまへんでした。

喜多幅　ま、そんなもんでええやろ。熊弥君の顔見るのも久しぶりやろ。抱かひて貰え。

お品　あの、そんなら奥さんはお戻りになるんかい。

喜多幅　訳があってちょっとの間別居してただけや。戻ってくるのは当たり前やないか。

お品　そやけど、ぼちぼち二月になりますやろ。ほんまにお戻りになるおつもりで。

喜多幅　なにが言いたい？

熊楠　（熊弥を抱いて）いやあ、重とうなったのう。ほれほれ、お父ちゃんやで、ヒキ六、お父ちゃん判るか。どこ見とるんじゃ。こっちや、こっち、ヒキ六、こっちやで。

喜多幅　ヒキ六とはだれのことや。
松枝　この人、熊弥が産まれたときにひき蛙に似てる言うて、それからヒキ六ヒキ六言うてます。
お品　奥さん、今お茶を淹れますさかどうぞ上がっておくれ。喜多幅先生もどうぞ。
熊楠　台所に酒があったやろ。わしも一緒に呑むさか持ってきてよう。（言ってしまって慌てて口を噤む）
喜多幅　ま、今日ぐらいはええやろ。
熊楠　そんならついでにビールも持ってきてよう。

通称石友の佐武友吉が酒を携え、洋服屋の金崎宇吉と連れ立ってやってくる。

石友　ほれ！　やっぱり奥さんきてた。
宇吉　ごめんないて。
喜多幅　なんや二人そろうて。
石友　今先生のお宅へ伺いまひたらのう、先生が松枝はんと一緒に出て行ったて聞いたもんやさか、そんならてっきりこちらに来とるにちがいない思うて急いでやってきまひたのや。話の方はどがいなことになりまひた。
宇吉　うまいことまとまりまひたか。
喜多幅　二人の顔見れば判るやろ。今夜から松枝はんと熊弥君はここへ泊まるのや。
宇吉　そらよかったのう。
石友　先生、嬉しやろ。まるで祝言二度挙げるようなもんや。ははは。

宇吉　あとでみんなもくると言うてたけど、とりあえずこれはわしらからのお祝いですわ。（と酒瓶を出す）
石友　今夜はの、先生と奥さん囲んで、夜明かしでめちゃめちゃ呑んでやろ言うちょいまひたのや。
喜多幅　仲間が悪過ぎるわ。（一同笑う）
文吉　そんなら先生、わい、これで帰りますさか……。
熊楠　なんや、一緒に呑んでったらええやないか。
石友　ほうや。お前は先生のお供をして山へ行ったのやろ。ついでにねぎろうてやるさか、わいらと一緒に呑めよ。
文吉　ほやけど、五日も留守にしたさか、おっかさんが心配してるとあかんさかよう。
熊楠　ほうか。お前のとこは二人きりやったの。そんならちょっと待て。（懐から財布を出して）ええと、一日七拾銭の約束やったさか、五日で三円五拾銭。少のうて済まんのやけど、ほな、これ。（と渡す）
文吉　おおきに。
熊楠　ちょっと待っとれ。お品さん。鶏のやつ卵生んでなかったかの？
お品　昨日一つ生んだけど、あて食べた。
熊楠　今朝は？
お品　けさも一つ生んだけど、あて食べた。
熊楠　みんな食べてしまいよるのやな。
文吉　先生、わいやったら要らんよう。ほんまに要らんよう。
松枝　あの、こげなもん食べなはるかどうか判りまへんけど、よかったらどうぞ。アンパンです。

熊楠　アンパン！
松枝　あんたが好きやさか、途中で買うてきたんです。
熊楠　（袋ごと文吉に）これ、おっかさんに持って行ってやれ。
文吉　そ、そらあかん。アンパンは先生の大好物や。
熊楠　わしはええのや。その代わり、その代わりいうたらなんやけど、暮れにはもういっぺん御坊へ行くつもりやさか、そんときはまた頼むわ。
文吉　へい、ほんなら奥さん、どうもおおきに。（と去る）
熊楠　御苦労やったのう。
松枝　御苦労さん。

あたりは次第に夕闇に包まれてくる。
遠くで寺の鐘が鳴っている。
お品が酒と料理を運んでくる。

お品　急なことやさか肴が間に合わんでよう。
喜多幅　ああ、御苦労御苦労。
松枝　済いません、あとは私がやりますから。
お品　しめじがちょっとあるさか、今から油揚げ買うてこうか。（台所へ去る）
松枝　済んませんのう。（続いて去る）
石友　奥さん、わしら勝手にやるさか構わんどいてよう。（酌をしながら）それより先生、御坊いうたら道成寺のあるとこやけど、あがいなとこまでなにしに行ったのや。御坊とはまた珍しいとこへ行ったものやの。
喜多幅　夏には伏菟野の方へ泊りがけで行ったのは知っちょるけど、ふらふらと出て行ったんとちがうか。
石友　先生は幽霊の夢をようみはるさか、安珍清姫に手招きされて、ふらふらと出て行ったんとちがうか。（一同笑う）
熊楠　道成寺の清姫は蛇の化身やさか幽霊とはちがうのやけど、途中立ち寄った茶店のおばばがおもしろい話を聞かせてくれた。安珍がの、清姫の家でめし御馳走になっているとき、お替わりするたびに清姫がその椀をこうして舐るちうのや。そのうち行燈の向うにゆらゆらと大きな蛇の影が出てきたもんやさか、安珍はびっくりして飛び出ひたちゅうのや。
石友　そやけど、なんで蛇が女子に化けるのやろ。
熊楠　そらお前、女子と蛇はよう似とるのや。
宇吉　どこが似てます？
熊楠　昔から蛇も女子も三事ありて人を害すと言われとるのや。つまり三つの害があると言うのや。たとえば蛇の場合は、見て人を害する、触れて人を害する、嚙んで人を害すると言われとるのやけど、これが女子の場合になるとの、目の前にいるだけで、男はついくらくらとなって邪まな気持を抱くようになる。つまりこれが見て人を害するじゃ。居てるだけでそんなことになるのやさか、もしちょいとでも触れたらどんなことになる。心疼きに疼いて、毒素たちまち胎内に発生し身中罪を犯す。つまりこれが触れて人を害するじゃ。触れただけでそんなことになるのやさか、もし交わりでもしたら、こらもうえらいことや。毒素胎内に満ち満ちて、男は悶え苦しんだ末に、南無大聖歓喜自在天、南無大聖歓喜自在天を唱うれども、やがて口からぶくぶくとあぶくを出ひて、ばったりとその場に倒れるのやの。
石友　いやあ先生、わいあぶく出ひてもええさか、毒欲しいのぅ。（頻りに呑む）
熊楠　今三害というたけど、実はもう一つあるのや。それはの、目じゃ。
石友　目？
熊楠　インドでは蛇は邪視を行なうというて昔から恐れられとるのやけど、邪視ちゅうのは、まあひらたく言えば、毒気を発する目のことや。よく蛇に見込まれた蛙のようて言うやろ。あれはの、蛇の目から一種の毒気が出てるという意味なんやけど、女子の場合には邪視とは言わんで愛眼ちゅうのや。つまり愛くるしい目ちゅう訳やけど、この愛眼は邪視よりももっと恐ろしい毒を出すのや。
宇吉　愛くるしいのはあかんのかい。
熊楠　あかんのや。お前らもこんな歌を知っちょるやろ。本町二丁目の糸屋の娘、姉が二十一、妹が二十《はたち》、諸国諸大名は刃で殺す、糸屋の娘は目で殺す。目で殺してしまうのやで、人間を。蛇よりもっと質《たち》悪いのや。
喜多幅　（呆れて）なんの話しとるんじゃ。

松枝が酒を運んでくる。

石友　奥さん、今の先生の話聞いたかい。ひどいこと言うてるで。
喜多幅　松枝はんもここへきて呑んだらどないや。
松枝　おおきに。うちちょっと台所やってますさか。（と去る）
石友　そんなら先生は道成寺へは行ったわけやないのやの。

熊楠　わしの話は脱線ばかりしてあかんのやけど、実は道成寺のそばの矢田村いうところに大山権現社ちゅう神社があるのやけど、わし、そこへ行ってきたのや。
喜多幅　採集やなかったのか。
熊楠　いや、採集もしたのやけど、喜多幅君は二年ほど前に神社合祀令ちゅう法律が出たのを覚えてるか。
喜多幅　そう言えば新聞で見たような気がするの。
熊楠　ま、一口で言うてしまえば、神社ちゅうもんは一つの町村に一つあればええ、余分にあるもんはみんな潰ひて一つの大きな神社にまとめてしまえという、ま、乱暴いうたら乱暴かもしらんけど、神社や祠いうたかて、なかにはお詣りせなんだら目が潰れるとか家が絶えるとか、随分いかがわしい神社もあるさか、わしは正直いうと、反対するほどの強い気持はなかったのや。ところがこの間から矢田村に住むわしの従兄弟が再々手紙を寄越ひて、大山神社が潰されるさか、お前きて加勢してくれと、こう言うてきたのや。
喜多幅　なんぼ従兄弟いうたかて、田辺から拾里も先のとこやないか。
熊楠　ほうや。わしかて滅多に行ったことはないのやけど、実はの、その大山神社ちゅうのはわしらの氏神なんや。
宇吉　先生は、和歌山の御城下で生まれたんですろう。
熊楠　生まれは和歌山やけど、わしの父親は、矢田村から出て、和歌山の南方家に養子に入った人間や。そやさか、大山神社は父方の産土の神なんや。その産土神が潰されるちゅうことになれば、なんぼわしかて黙ってる訳にはいかん。ところが村の連中は、お上の決めたことに逆らえば罪人になるちゅうて、どいつもこいつも芒の穂みたいに頭垂れよって口を利きよらん。従兄弟の奴はそれがまた口惜しいちゅうて、わしの腕摑んでおいおい泣くのや。
喜多幅　そんでどこへ合祀されることになるのや。
熊楠　同じ村にある八幡神社ちゅう神社なんやけど、こっちの神主は棚からぼたもち、濡れ手で粟、財産殖えるさか大喜びや。従兄弟の奴は、お前は多少なりとも世間に名前が知られとるし、新聞や雑誌にもたまにはものを書いとる人間やさか、どうぞ気張って加勢してくれちゅうのや。そんなに言われんでも、わしにとっては御先祖さんのためやさかのう、一丁やっちゃろかいと思うて矢田村から帰ってきたのや。
石友　のう先生、先生の気持は判るけど、そのことやったらべつに御坊の方まで行かんでも、この田辺の町でも起きてるんや。
熊楠　……。
石友　田辺にいくつ神社があるか知らんけど結局二つ残ひて、あとはみんな潰すいう噂やで。
熊楠　ほんまか。
石友　ウキやんも聞いてるやろ。
宇吉　まあ、あの、先生がよう採集にいく糸田の猿神神社とか、磯間の日吉神社とか、あの辺の社はみんなあかんような噂してます。
熊楠　ほんならどこが残るのや。どこへ合祀されるのや。
宇吉　ど、どこて、はっきり確かめた訳やないのやけど、一つは上野山の東神社とか……。
熊楠　東八王子か。
宇吉　へい。
熊楠　もう一つはどこや。

宇吉　先生ッ、そがいな話はもうやめて酒にしよう、酒に！
熊楠　どこや。どこが残るんや！
宇吉　そ、それは。

松枝とお品が料理の小鉢などを持って少し前に入ってくる。

お品　奥さんの御実家やいて。
熊楠　なんやて。
石友　お品さん！
お品　いずれは判ることやし、あてら年寄りらもみんな気にしとることやさかのう。
熊楠　松枝、ほんまか。ほんまにお前とこの闘鶏神社が？
松枝　へい。
熊楠　なんで黙ってたんや。そんなことなんでわしに言わなんだのや！
喜多幅　無茶言うたらあかん。言うも言わんもお前らは二月の間別居してたのやないか。やめやめ、そんな話はもうやめや！
熊楠　お父はんはなんて言うてた？
松枝　お上の決めたことやさか、困ったなあ言うてました。
喜多幅　南方、もうやめとけ！
石友　よっしゃ。わい歌うたうで！　ウキやん、お前も一緒に歌うのや。ほれ、今年機械船が出来たんで、宣伝の歌作ったやろが。あれやろ、あれ。ええか！

石友は〽ハア　オチャヤレ　ここは串本、向かいは大島、中をとりもつ、巡航船、エエジャナイカ、ナイカ　エエジャナイカ、ナイカ　と『串本節』を歌いだす。宇吉も仕方なく歌いはじめる。

舞台暗くなる。

㈡

翌年の春の夜。

仕舞屋風の宇吉の家の窓から明りが洩れている。犬の遠吠え。熊楠が風呂桶を抱え、手拭いをぶら下げて急ぎ足で現れる。

一度通り過ぎるが笑い声に気付いて引き返してくる。

熊楠　ウキやん、済まんけどちょっと出てきてよう。南方やけど、ウキやん。

戸が開いて宇吉が顔を出す。

宇吉　先生。

熊楠　標本箱できてるか。
宇吉　済んまへん。急に仕事が入ったもんやさか……。
熊楠　ああ、それやったらええのや。洋服屋のウキやんに標本箱の直しなんか頼んで済まん思うてるのや。そんなら。
宇吉　先生ッ、ちょっと寄っていってよう。油岩はんと久米やんが来てますのや。
熊楠　わし急ぐのや。

家の中から生花の師匠の広畠岩吉（通称油岩）と床屋の久米吉が出てくる。

久米吉　先生やないか。
油岩　ええとこへ来ました。今先生のはなしをしてたとこ……なに持ってます。
熊楠　桶や。
油岩　えらいまっ黒な桶やけど、風呂へでも行きましたか。
熊楠　（あたりを窺い）言うたらあかんで。内証やで。（桶の底を指し）これやこれ。
久米吉　いやあ、茸が生えたる。
熊楠　松の湯の洗面台の下にの、以前からこの桶が置いてあったのや。湿り具合もちょうどええし、桶も大分腐っとるさか、今にきっと茸が生える思うて楽しみにしてたら、今日見たらなんと生えとるやないか。人に取られたらえらいことや思うて、わしは風呂にも入らんと桶抱えて飛び出ひてきたのや。
油岩　盗んできたんですか。
熊楠　持ってきたのや。

油岩　同じことやないかい。
熊楠　今から家に帰って顕微鏡で調べてみよう思うとるのや。ほんなら。
油岩　ちょ、ちょっと先生ッ。
熊楠　わしの桶や。
油岩　だれもそんなもの取りませんで。それより先生、秋になったらアメリカへ行くて聞いたのやけどほんまか。
熊楠　だれがそんなことを……？
宇吉　石友はんです。

湯呑み茶椀を持って宇吉が家の中から出てくる。

宇吉　先生は長いこと外国で暮らしてたさか、こがいな田辺みたいな田舎よりは、外国の方がなんぼか性に合うてるのとちがうやろかいうて、今も油岩はんらと話してたとこやいて。ま、先生、のどでも湿らしてよう。（茶椀を縁台に置く）
熊楠　アメリカにいるわしの知り合いから翻訳の仕事を頼まれてたのやけど、松枝のことを考えてやめたのや。
一同　……。
熊楠　わしとちごうて肉が嫌いで、匂い嗅いだだけで体が震え出す言うちょる。それにの、あれのお父はんが近頃体を悪うしちょるのや。
宇吉　宮司さんがかい。

熊楠　わしは二十のときに日本を飛び出ひてアメリカへ渡ったのやけど、植物採集に夢中になってキューバから西インド諸島にまで足を伸ばひて、最後はとうとうイギリスのロンドンにまで行ってしもうた。気がついたら日本を離れてから十三年もたってしもうたのやけど、さて帰ってはきたもののどこへ住むという宛もないさか、熊野の山ん中に籠って、毎日毎日好きな粘菌を探しながら暮らしとった。喜多幅君に誘われたんはちょうどその頃やったけど、初めて田辺の町にやってきたときは正直いうてわしはびっくりした。昔から紀伊の国は海も山も自然に恵まれて美しかところやけど、田辺はとくに気候が穏やかやさか、植物はすくすくと育ちよる。浜伝いに磯間へ行ったら六本鳥居のあたりでなんぼでも粘菌が見つかる。あべこべに会津川を渡って山に入れば猿神神社や高山寺の森はすぐそばや。言うたらこの田辺は粘菌の宝庫や。わしにとっては宝の山や。なにも他国にまで行かんでも生まれ故郷の紀伊の国で粘菌の研究ができる。それやったらもう迷わずにわしは田辺で一生を暮らそう、この町に骨を埋めちゃろ。そう思うようになったのや。

油岩　先生、よう言うてくれたッ。

久米吉　先生がおらんようになったらおもしろい話も聞かせてもらえんようになってしまうさかのう。

油岩　エロ話をよう。（と笑う）

熊楠　ウキやん、これ酒やないか。

宇吉　湯上がりにええやろ。

熊楠　わし風呂に入ってへんのや。

油岩　のう先生、先生は粘菌粘菌いうて一生懸命に研究してるけど、粘菌いうのは、つまり苔や歯朶によう似た植物ですやろ。

熊楠　花を咲かせるわけやないさか、大きく分ければ隠花植物に入るかもしらんけど、わしは粘菌は動物やと思うてるのや。

油岩　動物？

熊楠　動物いうたらちょっときつい言い方かもしらんけど、あるときは動物のようでもあり、あるときは植物のようでもある。つまり動物と植物のちょうど境目にいるようなけったいな奴なんや。ま、言うたらふたなりみたいな奴ちゃのう。

久米吉　ふたなりというと、あの、一つの体にチンポとオメコの両方ついちょる？

熊楠　よう知っとるのう。

久米吉　ウキやん、先生に酒や酒や！

油岩　乗り出すなッ。

熊楠　口で説明するのはなかなか難しいのやけど、たとえば糸田の猿神さんの境内なんかへ行くと、裏のじめじめしたところでよう見かけるのや。始めはの、単細胞のアメーバーが水の中でぼうふらみたいにでんぐり返ったり飛び上がったりして遊んでるのやけど、そのうちに追い追い仲間が集まってくると、これが何時のまにかべとべとくっつき合うて痰みたいなものになるのや。わしらはこの痰みたいな奴を原形体と呼んどるのやけど、やがてこいつらがの、枯葉や腐った木に取り付きよってバクテリアを食べ始めるのや。顕微鏡で見るとよう判るのやけど、アメーバーの奴が手え出ひたり口あけたりしてバクテリアをパクパク食べちょるのや。この地球上に何千何万と植物はあるけど、ものを食べる植物なんて聞いたことはない。そやさかわしは動物やと言うとるのや。

油岩　そやけど先生、南洋の方へ行くと虫や肉を食べよる花があるちゅうやないですか。

熊楠　食虫植物やろ。あれはの、葉っぱや茎から胃液のようなものを出ひて虫を溶かしてしまうだけで、花が花であることには変りはない。そこへいくと粘菌いう奴は口や足使うて、そらもう活発に動き回るのや。こっちの方ではバクテリアをむしゃむしゃ食べてるかと思たら、こっちの方ではアメーバー同士がくっつき合うて、せっせと子作りに励んでる。そうかと思うと……。
久米吉　ちょっと先生、なんぼわしらが素人やいうたかてそがいな出鱈目言うたらあかんぜよ。
熊楠　なにが出鱈目や、子供作ってるさか原形体がどんどん増えるのやないか。
久米吉　ほんまですか？
熊楠　ほんまも嘘もわしは毎晩顕微鏡で見とるのや。久米やんも覗きは好きやろけど、わしは毎晩堂々と覗いとるんや。
久米吉　ウキやん、酒や酒！
油岩　乗り出すなちゅうに！
熊楠　ま、覗きはともかくとして、最前話をしたその痰みたいの原形体やけどな、やがて時間がたつにつれて気温が変ってくるやろ。風の向きなんかも変ってくるやろ。そうするとべとべとした原形体の表面がの、何時のまにか少しずつ湧き上がってきて、その湧き上がったところからもやしのような茎がひょこと出てくるのや。おまけにその茎の先端がの、まるでなんかの実でも付けたようにまるうふくらんできて胞壁ちゅう囲いができ上がるのや。ほなその囲いの中にはなにが入ったるかいうと、胞子いうて粘菌の子供が入っとるのや。不思議ともなんとも言いようがないのやけど、バクテリアを食い散らしとったべとべとの原形体が、十時間ほどで植物に変化しとるのや。
油岩　先生も変ってるけど、粘菌ちゅう奴も随分変っとるのう。
熊楠　イギリスのある学者がの、粘菌は地球の生物やのうて、あるとき宇宙の別の星から降ってきたものに違いない言うてるのや。わしもの、こいつを顕微鏡で見ちょると、命というのは一体なんやろ、生物が生きるとか死ぬとかいうのは一体なんやろてそんなことまで考えるのや。

久米吉　なんやろのう。
熊楠　繰り返しともちょっとちがうのやけど、たとえば久米やんのうしろに、粘菌でいうたら茎みたいな陰があるのや。
久米吉　（思わず振り向く）
熊楠　原形体が元気で働いているうちは陰も出てきいへんのやけど、そのうち命のともしびが衰えてくるに従って、うしろの陰が次第にはっきりと大きなって出てくるのや。
久米吉　気色悪いこと言わんといて。
宇吉　ほな、今久米やんの陰はどのくらいですやろ。
熊楠　そうやの。気の毒やけど大分大きなっとるのう。
久米吉　わし帰るわ。

裸で下帯だけの石友が駆けてくる。

石友　先生！　やっぱりここにいてたかッ。
久米吉　どうしたんじゃ。
石友　どうしたもこうしたも先生がわいの着物着ていったのや。
熊楠　あッ。
石友　先生は裸で来たのやろ。
熊楠　済まなんだ。（脱ぎはじめる）
石友　ええんや、着物はええんや。

熊楠　道理で汚い着物や思うた。
石友　なに言うてんのや。それより松の湯の表で奥さんと熊弥ちゃんが待ってんねんで。一緒に帰るて約束したんですろう。
熊楠　しもた！

熊楠は裸になり桶を抱えて元来た道に駆けて去る。

石友　先生！　着物着物！　あっ、これわしのや。

裸のままの石友は着物を持って熊楠のあとを追う。
暗くなる。

㈢

猿神神社の境内。
小さな光の輪の中で、木の根本に蹲った熊楠が粘菌を採集している。
明るくなり、朝になり、蟬の声が聞こえはじめる。
毛利清雅が現れる。

毛利　先生、牟婁新報の毛利ですが。
熊楠　やあ。
毛利　お宅へ伺うたら、先生は猿神神社へ採集に行ったたってお聞きしたもんやさか（覗きこんで）なんぞ珍しいもんでも見つかりまひたか。
熊楠　何時やったかこの境内で Arcyria Glouca という珍種を発見したときは大喜びしたもんやけど、今日はこのレピオタ一つだけや。
毛利　先生には今年の初めにも神社合祀に就いて反対の論文を寄せてもらひまひたけど、田辺の町議会では近く合祀でのうなる神社の御霊をお移ししたあと、社を潰すと言うとるそうです。
熊楠　潰す？
毛利　取り壊すということです。なんぼ政府の命令やいうたかてそんなこと黙って見逃しとったら、この田辺の町からは小さな神社や祠はあらかたないようになってしまいます。そやさかここは一番、世界的な大学者熊楠先生にもういっぺん御登場願うて、町議会の連中をぎゃふんと言わせるような大論文を発表して頂こうかと思うとるんです。
熊楠　そら困ったのう。いや、わし弁解する訳やないのやけど、昼間は粘菌の標本作りと、イギリスの雑誌に出す論文の整理で暇がないのや。それにの、こんなことは言いとうないのやけど、女房の奴があまりいい顔せんのや。
毛利　なんぞ言うんですか。
熊楠　町で決めたことには逆らうなと、ま、そんなことやろ。わしも困っとるのや。
毛利　そうですか。奥さんには奥さんのお立場もあるさかのう。ほなその問題はあらためて御相談に上がるとして、じつはの先生、四年ほど前にうちの牟婁新報に管野スガいう女子の記者が勤めちょったことを覚えてますか。幽月女史いう名前でなんべんか記事を書いたこともありますのやけど……。
熊楠　口を利いたことはないけど、袴はいて、よう靴で歩きよったハイカラの……。
毛利　その管野が、かねてから無政府主義者の幸徳伝次郎と一緒に暮らしてたそうですけど、昨日幸徳をはじめとして、管野やほかの一味の者達が一斉に検挙されたそうです。
熊楠　……。
毛利　どんな理由かくわしいことはまだ判りまへんけど、警察の方から洩れてくる話では、天皇暗殺の大逆計画が発覚したのがどうやらその理由になっとるようです。
熊楠　なにを阿呆な。
毛利　真相がどこまで明らかにされるか判りませんけど、手入れの方はかなりの規模で行なわれたらしくて、新宮では成石君が捕まったそうです。
熊楠　平四郎君がか？
毛利　知ってるんですやろ。
熊楠　知らいでかッ。初めて会うたときはまだ中央大学の学生やった。絵描きの川嶋草堂の紹介やったけど、何時きてもおとなしくわしの話を聞いとった。毛利君、それはなにかの間違いやでッ。
毛利　日露戦争が終って今年でちょうど五年になりますけど、戦争中に抑えつけられていた民衆のエネルギーが、この五年の間に次々に噴き出ひて、一昨年はとうとう無政府共産の赤旗事件で大杉栄君や荒畑寒村君なんかが捕まりまひたやろ。おかげで西園寺内閣は総辞職しましたけど、それだけに締め付けがいよいよきびしなるんやないかと心配してましたんや。おまけに先月はハレー彗星までが接近して、地球がどないかなるんやないかて世間じゃ大騒ぎしてましたやろ。
熊楠　あげなものは科学的に調べればすぐに判ることや。怖いのはやはり人間やで。

毛利　まさか先生のところへまでは警察もよう行かんと思いますけど、どんなことになるか判りませんのでな、一応お耳に入れときます。ほな、夜分にでもまた。

突然斧を使う甲高い音がする。音は続く。

熊楠　なんや。
毛利　見てきましょう。（と去る）

音は別の方角からも聞こえ、数を増し、大きくなる。
相原が人夫達と出てくる。

相原　だれや思うたら南方先生やないですか。役場の相原です。
熊楠　なにが始まるんや。
相原　先生はまだ御存知やなかったんですか。じつはですのう、町議会の決定でここの境内の木をそっくり切り払うことになったんです。
熊楠　なんやと。
相原　猿神さんだけやのうて、例の神社合祀でのうなる社の森は、町の財源確保のために業者に払い下げることになりまひたのや。まことに済いませんけどのう、今から境内は立ち入り禁止になりますのでここから出て行って頂けませんか。

毛利が戻ってくる。

毛利　先生、えらいこっちゃ。あっちでもこっちでも斧や鋸持って木を切り倒しよる。（相原に気づき）お前は役場の！

相原　仕事の邪魔になるさか、済いませんけど出て行ってもらいましょう。

人夫(1)　かまんさか縄張れ！

熊楠　ちょっと待ってくれ。猿神さんがのうなることは知っちょるけど、境内の木を切るとなると話はべつや。第一そんなことは町民のだれも聞いとらんはずや。今から役場へ行ってくるさか、そのままでちょっと待っててよう。

人夫(1)　阿呆ぬかせ。わしら請負でやっとるのや。

人夫(2)　わいとこの大将がのう、銭出ひて、下草から若木から境内の石灯籠まで一切合切買うたのや。文句あるんやったらお前が買い戻せ！

相原　仕事始めてくれ。

熊楠　待たんかい！　お前は役場の人間やさか少しはわしの言うことも判るやろ。かりにやぞ、かりに百歩ゆずって、いや、二百歩も三百歩もゆずって神社合祀を認めたとしても、社の森までなくしてしもたらどんなことになると思う？　わしやお前らの御先祖さんはのう、昔は森の中に神さんが住んでると思うてたんや。いやいや、神さんが住んじょるのやのうて、森そのものが神さんやと思うてたんや。森の中には沢山の木がある。草も生えちょる。水も流れちょる。動物がいて鳥がいて虫がいて、そやつらはみんなおのれのぶんを弁えて暮らしちょるのやけど、なによりも土があるのや。黒くて、しっかりとした土が森の中にはあるのや。人間がどんなに逆立ちしても森を作りだすことはできへんのや。そやさかわしらの御先祖さんは、永い間森そのものを神さんやと思うて崇めてきたのや。その森さえ残れば、たとえ社がのうなっても我慢できると思うてたのやけど、こう根こそぎやるとなればわしかて黙っとる訳にはいかん。

相原　言うときますけど、これ以上学者先生と問答しとる訳にはいかんのや。かまんさか始めてよ！

熊楠　これだけ言うても判らんのか！

相原　なにするのやッ。

熊楠　（摑みかかって）役場へ行ってくるさか、それまで待てと言うとるのや。

相原　放せ。放さんか！

毛利　先生！　乱暴したらあかん。先生！

社員の馬場が駆けてくる。

馬場　社長ッ。

毛利　おお。ちょうどいいところへ来てくれた。先生をとめてくれ。

馬場　そんなこと言うとる場合やありませんで。すぐに社へ戻って下さい。警察が来てるんです。

毛利　なに。

馬場　事務所の書類を引っ掻き回した上に、職工達まで裸にして検査してるんです。

毛利　何でや。

馬場　幽月女史に就いての捜査や言うてます。

毛利　判った。すぐ行く。

馬場　お願いします。（と去る）
毛利　（熊楠に）聞きましたか。幸徳も管野も、ひょっとすると成石君ももうあかんかもしれません。
人間の首斬り落とすのに痛みも感じないような連中やさか、こんなちっぽけな社の木なんか虫けらほどにも思うてへんわ。わしはのう先生、どんなことがあっても牟婁新報は潰しまへんさか、先生も負けんと書いてくれな困りますぞ。（と去る）
相原　仕事の邪魔や。連れ出ひてくれ。
人夫(1)　こんかい。
人夫(2)　おっさん邪魔や。
熊楠　お前ら、たかが木やと思うたら間違いやぞッ。木を払うたら虫や鳥ばかりやのうて、いずれは人間の命かて絶ゆるぞッ。切るな！　切るの待て！　切るな！

熊楠は叫び続けて人夫達に連れ出される。
木を切り倒す音が折り重なるように聞こえてくる。

暗くなる。

(四)

南方熊楠の家。

同じ年。夏の午後。
松枝が女の行商人と話をしている。

松枝　狐の嫁入りやったら、うちも子供の時分に山の麓でなんべんか見たことあるけど、師走狐いうのは始めて聞くわ。どんな話ない。

行商人　死んだ婆さまから聞きましたのやけどの。山に近い村里では、師走になると狐が寂しげな声でこーんこーんと啼くのやそうです。

松枝　なんや、それで師走狐？

行商人　いえ、これにちょっとした訳がありますのや。昔の、狐が神さんに言うたんやそうです。神さん神さん、この世にわしほど不運なものはない。牛や馬はともかくとして、鼠や蛇まで入ってるのに、わしはなんで干支に入れてもらえまへんのやて。

松枝　ああ。そう言うたら狐は十二支には入ってへんね。ちょっと待って。（手帳を出して）それで？

行商人　へえ。ほしたら神さんが、入れてやりたいんは山々やけど、お前を入れると十二支やのうて十三支になってしもて都合《ぐっ》わるい。狸かて入っとらんのやさかい辛抱せなあかん。それから正月が近うなると狐は悲しい悲しいいうて啼くのやそうです。

松枝　おもしろいなあ。

行商人　おもしろいですやろ。

松枝　うちの先生聞いたら喜ぶわ。卵もう一つ貰うとこうか。

行商人　おおきに。それからの奥さん、カシャンボの話やけどの。

松枝　そらこの間聞いた。

行商人　ほうやったかいのう。

庭から馬場が入ってくる。

馬場　ごめん下さい。牟婁新報の馬場ですけど、先生居てますか？
松枝　南方やったら、今朝早うに神島へ行きましたのやけど。
馬場　神島？　田辺湾にあるあの神島ですか。
松枝　調べることがある言うてお仲間と一緒に。
馬場　そうですか。そら困ったのう。
行商人　ほんなら奥さん、あてはこれで。
松枝　おもしろい話があったらまた聞かしてな。
行商人　へい。おおきに。（と去る）
馬場　先生には昨日も言いまひたのやけど、じつは午前十一時から田辺中学校の講堂で県の教育会が主催する夏期講習会いうのがあるんです。神社合祀には関係のない集まりですけど、県庁のえらい役人が何名か出席するいう噂が流れてますさか、一応先生のお耳に入れときたい思ひまひて。
松枝　何時頃帰ってくるのか、なんせ鉄砲玉みたいな人ですさか、ま、帰ってきたら伝えときます。
馬場　お願いします。ほな。（行きかけて）あ、お帰りになったッ。

熊楠が石友と入ってくる。

熊楠　きてたのか。
馬場　神島へ行ったそうですな。
熊楠　いや、海が荒れて荒れてひどい目に遭うた。艀の奴が三角波食ろうて真っ逆様に落ちて行くもんやさかい、さすがの石やんも青うなって泣きだす始末や。仕方ないさか石やんのキンの嚢をぎゅっと握ってやった。
石友　嘘や、そんな。（笑う）
松枝　お帰りなして。
熊楠　海が荒れるのは自然現象やさか我慢もするけど、我慢できんのは神島の森の荒れ方や。無人島やさか人間は住んでへんけど、今日行ってみたらどうや。あっちこっちで木が切り倒されて、まるで虫食いや。神島明神さんが合祀でのうなるもんやさか、対岸の欲張り共が町から三百円で買うたちゅうのや。買う奴も買う奴やけど売る奴も売る奴や。あこにはわしが三、四年前に発見したキシュウスゲいう植物があんのやけど、今日みたらほんの十株ほどしか残ってへん。いや、それはばかりやない。彎珠いうての、豆科の葛があるのやけど、昔の人は、葛にくっ付いてるサヤの中から黒い玉を取り出ひて数珠として使うたのや。日本には神島にだけしかない霊木やけど、その霊木までが切り倒されてのうなってるのや。わしは切り倒されて死骸のように累々ところがっとる大木や切り株を見ているうちに、口惜して涙がでてきた。三百年も五百年も生き続けてきた木を、たかだか、五、六十年しか生きられん人間が、命を絶ってええものか。今にみてみい。島には魚も寄りつかんようになるし、嵐がくれば風は対岸の町に吹きぬけや。そのとき気がついてもおそいのや。役人も阿呆なら村の奴らも阿呆や。
馬場　先生、その役人ですけどの、例の講習会に県庁からも何人か来るというてますけど、先生はどうします？
熊楠　林業の講習会やろ。
馬場　はい。
熊楠　伐採を奨励しとる連中が林業の講習会とは片腹痛いわ。あまり気は進まんけど、もし田村とか秋月とかの合祀賛成の役人が来よったら知らせてくれ。
石友　そんときはわいが伝えにきます。
熊楠　済まんな。
馬場　ほな。

馬場と石友は去る。

松枝　おなか空きましたやろ。今仕度しますさかか。
熊楠　めしやったら石やんから縄巻きずし貰うて食うた。それより済まんけど急いで喜多幅先生のとこへ行ってきてくれへんか。
松枝　目が可笑しいんですか？
熊楠　目やない、金や。来月に入ったらイギリスのネイチャーいう雑誌から原稿料が送られてくる筈やさかきっと返しますて言うてな。
松枝　少しぐらいやったらうち持ってますけど。
熊楠　二円や三円じゃ足らんのや。艀の銭かてまだ払ってへんし、それに今日は写真屋連れて行って証拠の写真を何枚も撮ってもろたんや。

松枝　そやけど、このまえお借りした分もまだ返してませんさか。
熊楠　話はちゃんとつけてあるのや。わしかて今やっとる合祀の問題さえ片付いたら金になる原稿をどしどし書こう思うてるのや。それまでの辛抱や。頼むわ。
松枝　ほな、行ってきます。
熊楠　松枝、ヒキ六はどうした？
松枝　さっき菊重がきて、うちへ連れて行きました。
熊楠　実家へか？
松枝　夕方になったらごんげんさんの境内で花火やるんやそうです。（気づいて）これ、行商のおばさんから聞きまひたのや。（と手帳を出す）
熊楠　（読む）……おもしろいな。
松枝　おもしろいですやろ。
熊楠　こら嘘や。
松枝　台所に空豆ゆでてありますさか。

松枝は去る。

油蟬が鳴いている。

熊楠は畳の上に紙をひろげると、蹲るような格好で島から持ってきた植物の写生をはじめる。そのうち着物を脱いで裸になる。

庭から汐田政吉が入ってくる。

政吉　ごめんなして。こちら南方熊楠はんのお宅やと伺うてきましたのやけど。
熊楠　（尻を向けたまま）南方は留守です。
政吉　（訝しげにそろりと入ってくる）……熊楠はん。あんた熊楠はんやろ。
熊楠　（机の上の十手を摑むと屹度振り向く）動くな！　あ、政やん。
政吉　ああびっくりした。なんの真似や。
熊楠　済まん済まん。暴漢がわしを襲いにきたかと思うたのや。
政吉　従兄弟つかまえて暴漢はないやろ。
熊楠　合祀反対でわしが騒いどるもんやさか、そげな噂が流れとるのや。もし来やがったらこの十手で頭カチ割ってやろう思うてたのや。
政吉　阿呆くさ。
熊楠　それにしてもよう来てくれたの。大山神社のことはわしも気にかけていたのやけど、ここしばらくはお前からの手紙がないもんやさか、折をみて矢田村まで出向いてみよか思うてたとこなんや。ま、上がれ上がれ。
政吉　松枝はんは？
熊楠　近所まで用足しに行った。暑かったやろ。今ビール持ってくるさか。
政吉　わしすぐ帰らんならんのや。
熊楠　積もる話もあるさか今夜は泊って行け。そや。（新聞を出し）先月の大阪毎日にわしのことが出とったのや。大学者はちょっとこそばゆいけど、その上の見出しが気に入らんのや。大変物やて。なにが大変物や。（と去る）

政吉は新聞を手にとる。

やがて熊楠がビールと丼に山盛りの空豆を持って出てくる。

熊楠　井戸で冷やしとったさか少しはつべとなっとるけど、空豆はあかん。ひねたる。さ、呑もや。

（ビールを注いでやる）そろそろ一年になるのう。

政吉　……。

熊楠　和歌山には官幣大社から県社、村社、無格社まで含めて四千社ちかくあるそうやけど、わずか一年の間に半分以上の社が森と一緒に消えてしもた。まさかこんなにひどかことになるとは思わなかったけど、県では合祀ときまった神社は容赦なく潰すというとるさか、油断しとったら大山神社かて何時取り壊されるか判らへん。わしかて気が気やないもんやさか牟婁新報に頼んで反対の論文をなんべんも書かひてもろてんのやけど、肝心のお前からはなあも言うてきやがらへん。ひょっとしたら病気で寝込んどんのやないのかなあ思うてたんやけど、一体どんなことになっとるのや。ま、呑め。

政吉　その前に、一つだけあんたに確かめておきたいことがあるのや。

熊楠　……。

政吉　以前手紙にも書いたことあるのやけど、神社合祀を免れる方法として、もしその神社が無格社やったら五千円、村社やったら二千円以上の金を積み立てれば存続が認められるという抜け道がある。それに就いてどう思うかてあんたに訊ねたら、あんたはえらい怒って返事を寄越ひた。

熊楠　当たり前やないか。わしら合祀の理非を問うてるのに、なんで金が絡むのや。第一、二千円やなんて大金がお前やわしに作れる訳がないやろう。

政吉　そうとばかりも言えんやろ。

熊楠　……。

政吉　例えばやで、例えば和歌山にあるあんたの本家にわしが頼みに行ったとしたら。

熊楠　政やん！

政吉　弟の常楠はんは手広く酒問屋をやってはる。出す出さんはそのときの話し合いでかりに断わられたとしても……。

熊楠　阿呆！　わしと常楠とが仲たがいしとるのはお前かてよう知っとるやろ。いや、かりに金を出ひてくれたとしても金で解決する問題やない。正理を曲げて金に頼ればこっちが負けるのや。そんなこともくらい判らんのかッ。

政吉　あんたは学者先生やさか、二言目には理非やとか正邪やとか、物事をなんでも理詰め理詰めで攻め立てよる。そやけど世の中ちゅうもんは理屈通りにはいかんのや。表があれば裏があるように、そのときそのときに応じてやり方を変えていかな纏まる話かて纏まらんのや。あんたが嫌ならわしが代わって和歌山へ行ってくると言うとるのや。

熊楠　行きたければ勝手に行きさらせ！　その代わりお前とは今日かぎりで絶交やッ。

政吉　……ほうか。あんたがそう言うんやったら仕方ない。勝手を言うようやけどわしは手を引かせて貰う。

熊楠　なんやて。

政吉　あんたとわしは従兄弟同士やけど、矢田村の人間からみればあんたはよそもんや。同じ反対運動をやるにしたかて、わしの場合には地べたに這いつくばるようにして、村の人間一人一人に頼んで回っとるのや。言うてはなんやけど紙に字書いて済ますようなそんな綺麗ごととは訳が違うのや。暮らしが掛かっとるのやッ。

熊楠　政やん、お前そこまで言うのかよう。そらの、お前とこが今村八分に遭うて暮らしにも難儀してるぐらいのことはわしかて知ってる。気の毒やと思うてる。そやけど、もともとこの話を持ち込んできたのはだれや？　手伝うてくれと頼みにきたのはだれや？　村の人間はお上を恐れてだれ一人手伝うてくれへんて、お前はわしの腕摑んで口惜しい言うて泣いたのやで。そのお前が今になって手ぇ引くやなんて、あまりにも自分勝手やないか。

政吉　そらおたがいさまやろ。

熊楠　なにがおたがいさまや。

政吉　事の始まりはたしかにわしの手紙や。わしがあんたに頼んだのや。そやけどわしが頼んだのは大山神社の存続の問題だけでほかの神社のことは言うてへん。ところが合祀が始まって、境内の木が切り倒されるようになってから、あんたは狂ったようにあっちこっちの神社を駆け回るようになった。なんでない？　え？　なんでない熊楠はん？　そら合祀反対いうこともあるやろけど、ほんまは社の森を切り倒されてしもたら、あんたが研究してはる植物がみんなのうなってしまうからやろ。植物や粘菌が大事やさかあんたは反対しとんのやろ。言うたらあんたは自分のためやろ！　自分が可愛いさかやっとるのやろ！　それやったらわしのことを自分勝手やなんて言えん筈や！

熊楠　おんしゃ、もういっぺん言ってみい！

政吉　あんた一人の問題やないさか、少しは回りの人間の意見も聞いてくれと言うとるのやッ。

熊楠　お前のような腰抜けにわしの気持が判ってたまるかッ。おんしゃ、行きさらせ！　（と十手を振り上げる）

政吉　なにするのや。

熊楠　帰れ。帰らんか！　（打ちかかる）

松枝が少し前に帰ってきていたが、熊楠にむしゃぶりつく。持っていた袋の中からアンパンが転がり落ちる。

松枝　やめて。やめて下さい！
熊楠　放さんかッ。
松枝　あんたが間違うてる！　この人の言うとおりやッ。
熊楠　なに。
松枝　矢田村の政吉はんですやろ。悪い思うたけどうちそこで聞いてまひた。
熊楠　お前には関係ないことや。
松枝　いいえ。いつやったかうち、あんたに内証で政吉はんに手紙出ひたことがありまひた。
政吉　奥さん。
松枝　政吉はんから大山神社のことに就いて手紙がくるとあんたは何時もきまって機嫌が悪うなる。なんでうまくいかんのや言うてはお酒呑んで、だれかれかまわず怒鳴り散らひて手が付けられんようになる。なんぼ産土様やいうたかて、こんなことが続いたらしまいには家の中が滅茶々々になると思うたさか、うち思いきって、政吉はんにお願いしました。どうぞもう二度と南方には手紙を出さんで下さいて。
熊楠　（襟首を摑んで）ようもそんな勝手なことを！
政吉　乱暴はあかん。
松枝　なぐりよし！　存分に叩きよし！　その代わりうちにも言わして貰います。

熊楠　……。
松枝　お願いですさか、合祀の運動、今日かぎりでやめて下さい。
熊楠　……。
松枝　あんたのやってはることは正しいことかもしれません。いえ、きっと正しいことですやろ。何時か、熊弥が大きくなった頃には、世の中の人かてきっと判ってくれますやろ。そやけど、うちはこの田辺で生まれて田辺で育った人間やさか……うち、つらい。（泣きだす）……親戚の人らになに言われようと、母にどんなこと言われようと、いえ、父が悩んで死んだことかて我慢するけど、近所の人らに口を利いてもらえんようになってしもたことが、うちつらい。あんたにも言いぶんはあるやろけど、一人でここまでやったのやさかこれ以上はどうかこらえて下さい。
熊楠　……。

庭から馬場が入ってくる。

馬場　先生ッ。県庁から役人が来まひた！
熊楠　だれが来た？
馬場　内務部長の相良と一緒に田村が来たそうです。うちの社長は先生がみえるのやったらすぐ会場へ行く言うてます。
熊楠　判った。……政やん、お前はさっき社の森が切り倒されたら植物や粘菌がのうなってしまうさか、それで合祀反対に立ち上がったのやとわしに言うたの。だれのためでもない、自分のためにやっとるのやとお前は言うたの。その通りや。わしは自分のためにやっとるのや。おのれの命が惜しいさかやっとるのよ。植物や粘菌はわしにとっては命やさか、その命守るためにやっとるのやッ。そやけどの、ほかのことやないさか、何時かは人間みんなの命に係わってくる筈やと思うてんのよ。

石友が宇吉と久米吉、お品を連れて駆け込んでくる。

石友　先生ッ、講習会が始まるそやで！
宇吉　わしも一緒に行きますさか！
久米吉　先生！　わしも一緒や。
お品　あても！
熊楠　（松枝に）なんぼ借りてきた？
松枝　……？
熊楠　金や。
松枝　二十円です。

熊楠は金を受け取ると、今度は落ちているアンパンを一つ一つゆっくり拾ってふところに入れる。

熊楠　……ここまでやってきたのやさか、やめてしもたら一生悔いが残るでよう。政やんにビール呑ましてやってくれ。（十手を持ち、一振りすると）ほな、やっちゃろかい。
一同　行こら！

一同は気勢を挙げて熊楠と共に走り去る。
暗くなる。

(五)

和歌山監獄田辺分監の独房。
鈍い光が斜めに差し込んでいる無人の房内。
庭の方から「運動やめーっ」「整列！」の声が聞こえ、やがて錠をあける音。

看守　（大声で）入れッ。

看守に伴われた熊楠、房内へ入る。

看守　（あたりを窺い、小声で）ほな先生、あとでマッチの空箱を持って参じますさか、内証にしとって下さいよ。
熊楠　だれぞいるのう。
看守　……？
熊楠　そこの壁の隅に、白い奴がぼーっと立っとるわ。見えへんか？

看守　（首を振る）
熊楠　面会人でも来よるのやろか。あ、消えた。
看守　先生ッ、幽霊ですやろか？
熊楠　お前、なんでわしのことを先生いうのや。
看守　あきませんか。
熊楠　わしは役人をぶん殴ってこの監獄にぶちこまれた罪人やで。その罪人つかまえて看守のお前が先生いうたら可笑しやないか。
看守　ほやけど、うちの看守長も近頃は南方先生いうてます。
熊楠　節操がないのや。
看守　わいいっぺんお訊《たん》ねしよう思うてましたのやけど、先生は夜中によう、幽霊が来たーって怒鳴りますのやけど、ほんまにそがいなもんが来よるんですか。
熊楠　ぞろぞろとよう出て来よるわ。むかし熊野の山ん中でなんべんもみたことがあるのやけど、あれ以来やの。
看守　ほやけどここは未決監ですさか、拷問や首吊りで死んだ罪人は一人もおらんて聞いてるけどのう。
熊楠　そんなことは関係ないのや。ここは暗いし静かやし一人でいられるさか、脳の力が自然と昂まってくるのやろ。ついでやさか教えといてやるけどの、幽霊ちゅう奴は目の前に垂直に現れる。こっちが寝てるときでも起き上がったときでも地面から垂直に現れるのが幽霊や。さっき白い奴が立っとると言うたやろ。あれは地面から垂直に立っとったさか確かに幽霊や。
看守　先生、ちょっと中に入ってもええかい？
熊楠　なんでや。

看守　背中のあたりがぞくぞくとしてきよりまして。
熊楠　ほな詰所へ戻ったらええやろ。
看守　話は聞きたいし、居てんのは怖いし。
熊楠　勝手にさらせ。
看守　ほな、ちょっと失礼させて頂きます。（と房内に入ってくる）先生は植物の方の先生やて聞いてましたけど、幽霊の方も研究してるんかい。
熊楠　向うから訊《たん》ねてくるのよ。
看守　幽霊はんが？
熊楠　ほうよ。けどよう似た現象にの、まぼろしちゅうのがあるのや。夢かうつつかまぼろしかいうやろ、あのまぼろしや。そのまぼろしいう奴はの、垂直やのうて目の前に水平に出てきよるのや。こげして横を見れば横に、上を見上げれば顔の前に並行して出てきよる。人間気を病んでいるときにはだれもがよう経験することやけど、幽霊とはちがう。
看守　どがいにちがうんない。
熊楠　まぼろしいう奴は人間の心に写った現象やけど、幽霊はの。
看守　へい。
熊楠　この世のものではないけど、さりとてあの世のものとも言いきれん。あるときは点り、あるときは消える、ともしびのような現実や。ま、言うたら……粘菌みたいな奴や。
看守　ねんきん？
熊楠　そや！　さっき庭で粘菌を一つ見つけたのやさか、マッチの空箱を忘れんと頼むで。
看守　へい。

熊楠　はよ行け、はよ。
看守　どうもお邪魔をいたしまひて。（と去る）

　　熊楠はふところから葉に包んだ粘菌を取り出して眺める。

　　暗くなる。

　　舞台の一隅が明るくなると、机を前にして熊楠が座っている。
　　看守に伴われて松枝が入ってくる。

熊楠　やっぱりお前やったか。さっき電信が入ったのや。
松枝　幽霊ですやろ。
熊楠　さすがに女房や。（笑う）ヒキ六は元気にしとるか？
松枝　お父ちゃん何時帰ってくるのや言うてます。
熊楠　まだ十日やないか。どうせ監獄にぶちこまれるのやったら、あのときもっと暴れといちゃったらよかった思うとるのよう。
松枝　そやけどあんたは、そばにあった信玄袋やら椅子やら手当たり次第に投げた上に、しまいには十手振り上げてお役人を追い回したいうてますよ。それはあべこべやして。
熊楠　そやけどのう、こいつらが木を切れと言うた張本人か思うたら、腹立って口より先に手が出てしもうたのよう。ま、どげなことになるか判らんけど、裁判になったらわしは堂々と言い立てるつもりや。
松枝　じつはそのことですけどの、昨日和歌山から手紙がきまひた。私宛やさけ読まひて貰いまひたけど、常楠さんが至急お金を送る言うてきまひた。
熊楠　なんのお金？
松枝　事の善悪はともかくとして、体のこともあるさか、お金積んで保釈で出ひて貰うたらどうやて……。
熊楠　お前、なんて返事した？
松枝　（首を振る）
熊楠　あの男にしては珍しいことを言うてきたもんやけど、金は受け取れんな。
松枝　……。
熊楠　もし金を積んで牢屋から出られるのやったら、金を持ってる奴はどんな悪いことをしてもすぐに出てきよる。牢屋なんか痛くも痒くもない。なにが保釈や。なにが法律や。阿呆な目にあうのは何時でも貧乏人や。断わってくれ。
松枝　きっとそう言うやろ思いました。判りました。
熊楠　負け惜しみを言うわけやないけど、近頃は監獄の暮らしにも慣れてきての、結構楽しくやっとるのや。この間もお前が来たとき言うたけど、庭に出してもろたときには花やら苔やらいろんな植物を相手にして遊んじょるさけ退屈はせえへんのや。そや、植物いうたらの、今日は珍しい粘菌を一つ見つけたのや。
松枝　どこでよし。
熊楠　庭の隅っこや。顕微鏡で調べてみんことには確かなことは判らんけど、原形体から察すると、どうもその粘菌はステモニチス・フスカの珍種やないかと思うのや。もし珍種やったらえらい発見やで。しかも監獄の中で粘菌の珍種を発見したとなると、これは凄いで。世界でわし一人や。そんなこと考えると、はよ家に帰って、顕微鏡覗いてみたいなあて、それだけが残念でならんのや。

松枝　あの……この間もそんな話を聞いたもんやさか、さっき看守長さんに会うて頼んでみまひた。

熊楠　……。

松枝　規則やさか認める訳にはいかへんけど、黙認いうことで許す言うてくれまひた。

松枝は風呂敷包を解いて顕微鏡を出し、机の上にそっと置く。

松枝　……。

熊楠　おおきに。

熊楠は顕微鏡を手に取る。

暗くなり、スクリーンに柳田國男宛の熊楠の封書や書簡が次々に写し出され、熊楠の声が読んで行く。

熊楠(声)　拝復。拙書差し上げ候ところ、さっそく御返信に預かり多々謝し上げ奉り候。神社合併に関することは政府方はなかなかわけ分りおり、すでに昨年の中村代議士演説また山口主陵頭巡視報告等により、はなはだ寛和の訓令を出しおられ候に、当県のみはいろいろと理屈をこじつけ今に不届きなこと多く、小生はかの神風連ごとき考えは毛頭無之、ただただ学術上一たび亡び候てはなかなか億万金を投ずるも再び得がたき材料の、何のわけもなく族滅されおるをかなしむものに有之。

手紙の上に伐採される大木次々。

熊楠(声) 何とか合祀を全く止めてくれるにあらずんば、これまで紀州に存せし動植物種にして全滅するものはなはだ多からんと憂慮致し候。

粘菌その他、熊楠所蔵の夥しい標本類。

熊楠(声) あわれ貴下は何とか速やかに当国の神社濫滅と形勝古跡の全壊を当県において全く止むるようの御計策を教え下されずや。……貴下何とか速やかに当国の神社と林木のこの上破壊さるるを防ぎ止むるの御名案も無之や。……柳田國男様侍史、南方熊楠。

スクリーンが飛び、紗幕越しにふたたび独房。その独房の中央で一心に顕微鏡を覗いている熊楠。

〈幕〉

第二幕

(一)

一九二六年（大正十五年）春。
神島。
生い茂った林の小道を抜けた海辺は対岸に田辺の町を見る。
海鳥の声と波の音。午後。
小道から熊楠と松枝が現れる。熊楠は足が不自由で杖を突いている。

松枝　足元気いつけて下さいよ。
熊楠　長いこと無理な採集続けてきたさか、とうとうあかんようになってしもた。
松枝　この辺でちょっと休みまひょ。
熊楠　若い頃は気がむくとすぐに船出ひて神島へ渡ったもんやけど、年とるとなかなかそうもいかん。

（木を認めて）おい、ちょっと見てみ。あの木に絡まっとる蔦があるやろ。あれがハカマカズラや。つまり彎珠や。

松枝　ああ、莢の中に数珠の珠が入っとるという……。

熊楠　森に入ると判るのやけど、なかには一尺ほどもあるような太い蔦があってのう、そいつが大木にぐるぐる巻きついとるのや。そやさかなんも知らん漁師なんかは大蛇《おろち》がおるいうてびっくりして逃げ出ひてくるそうや。

松枝　そらびっくりしますやろ。

熊楠　監獄にぶちこまれてからかれこれ十六、七年になるのやけど、やっとのことであの憎っくい神社合祀令が廃止になった。思い出すだけでも腹が立ってくるさか、御陰さんでなんちゅうことは言いともないのやけど、ま、御陰さんでいくつかの社は廃滅をまぬがれたし、この神島の森も県の保安林に指定されて伐採はやんだ。そやけど保安林では人はどんどん入ってくるさか、わしは今度は島が天然記念物に指定されるように運動せなあかんと思うとるのや。

松枝　あんたまだそんなことを考えてるんですか。

熊楠　当たり前や。キシュウスゲにしてもクスドイゲにしても田辺で生えとるのはこの島だけや。粘菌かてわしは珍種を二つも見つけとる。

松枝　そやけど天然記念物やなんてほんまにそんなことになるやろか。

熊楠　今の役人の力では無理やろな。いや、わしが生きとる間はまず無理やろな。

海鳥の声。

松枝　寒いことないですか。
熊楠　今日は海が凪いどるさかぬくい。
松枝　静かな島ですのう。
熊楠　アンパン。
松枝　へい。（包みの中から出して渡す）
熊楠　（半分にして松枝に渡す）
松枝　田辺で生まれたのに神島へ渡ったのは初めてですわ。
熊楠　海の方から見る田辺の町もええもんやろ。
松枝　ほんまに綺麗ですのう。春の霞に田辺の町がゆらめいてみえますわ。あの橋、会津橋ですやろか。
熊楠　そのちょっと上が高山寺や。それからこっちの方にちっこい森が見えるやろ。あれがお前の産まれたとこや。
松枝　ああ、闘鶏神社。

遠く船の汽笛。

熊楠　浮橋丸やの。和歌浦から戻ってきたのや。
松枝　あの……。
熊楠　判ってる。
松枝　熊弥のことですけど。
熊楠　判ってる。

松枝　お医者さんは軽い神経衰弱やさか、気長に養生すればきっと治ると言うてくれはりまひた。そやけど病院ではこまかいとこにまでは手が回らんさけ、このさい家に戻して養生さしてやろ思いますのやけど。

熊楠　熊弥はなんと言うとるのや。

松枝　そらもう田辺に帰りたい言うてます。ただ、あんたの研究に差し障りがあったらあかん思うて……。

熊楠　今度の家は部屋数も多いさかそんな心配はいらんけど、ほやけど田辺には専門の医者がおらんでよう。

松枝　うちが面倒みます。どんなことをしてもあの子治してみせます。もしあんたがええと言うてくれたら、うちは明日にでも和歌浦の病院へ熊弥を迎えに行きます。

熊楠　せっかく四国の高等学校に入学がきまったいうのに、なんで病気になんぞなってしもたのやろ。

松枝　治ります。あの子はまだ若いのやさけ田辺へ戻ってきたらきっと元気になります。

小道から石友がやってくる。

石友　先生、波が出てきたさか、船頭がそろそろ船を戻そう言うてますけど。

熊楠　石やん。まことに済まんのやけど、明日松枝と一緒に和歌浦の病院まで行ってもらえんやろか。

松枝　お父さん。

熊楠　熊弥を家に連れてきたいのや。

石友　……判りまひた。お供させてもらいます。

松枝　済んません。
石友　ほな、船のとこで待ってますさか。

石友は去る。

熊楠　気持のやさしい子やさか、帰ってきたら好きなようにさせてやろ。
松枝　へい。
熊楠　ほな、行こう。

熊楠はゆっくりと歩き出す。
遠く去っていく船の汽笛。
松枝、熊楠の後を追って歩き出す。
暗くなる。

(二)

熊楠の書斎。
八畳の離れ座敷で正面の廊下の下手は母屋へ通じ、上手は一度庭へ下りたあと別棟の書庫へ行けるようになっている。平舞台。

書斎には机、書棚、顕微鏡、煙草盆などのほかに、書きかけの原稿や和漢洋の夥しい書籍類が所せましと置いてある。壁に提灯が掛かっている。（一九一六年、南方家は現在の田辺市中屋敷町に転居した。舞台はその家）

午後。

廊下、上手奥から松枝が小畔四郎を書斎に案内して入ってくる。

松枝　どうぞ。

小畔　失礼します。

松枝　（熊楠が居ないので）お父さん、お父さん。（小畔に）書庫に入ってるかもしれまへんさかちょっとみてきます。

小畔　奥さん、お仕事中でしたら私はここで待たせて頂きますから。

松枝　せっかく東京からおみえになったんですさかちょっと待ってて下さい。

松枝は廊下の下手に去る。

小畔は座敷の中を見回す。座りこんで彩色中の粘菌の図面を見る。

下手から熊弥が黙って入ってくる。

熊弥　だれや。

小畔　（驚いて図面を置く）

熊弥　ここはお父さんの大事な書斎や。出て行って下さい。
小畔　あの、失礼ですが熊弥さんでは？
熊弥　……。
小畔　たしか六年ほど前でしたか、一度お邪魔したことがあるんですけれど、そのときは熊弥さんはまだ中学の一年生か二年生ぐらいじゃなかったかと思いますよ。覚えてませんか？　先生の弟子で東京の小畔と言うのですが。
熊弥　ほなおじさんも粘菌をやってるんですか。
小畔　今でも先生の御指導を受けてます。
熊弥　ほな顕微鏡も使うてるんですか。
小畔　そりゃ微生物の研究には欠かせませんからね。興味あるんですか、顕微鏡に？
熊弥　父は土筆や蕨がうまいこと写生できるようになったら顕微鏡を買うてやるて言うてくれてるのやけど、おもしろないんですよ、土筆なんか写生したかて。
小畔　どうして？
熊弥　単調やないですか。あんなもん。
小畔　単調といえば単調かもしれませんけど、しかし写生というのは大事な勉強ですよ。たとえば顕微鏡を使って粘菌とか淡水藻のような微生物を観察する場合にただ観察してるだけではあまり意味はないんです。それを紙に写生するなり記録するなりして資料として残しておく必要があるんです。先生はそういうお考えから土筆や蕨の写生を勧めていらっしゃるんだと思いますよ。
熊弥　そうやろか。
小畔　そうですよ。ここに先生がお描きになった茸の写生図がありますけどね、勝手に弄ると叱られるかもしれませんけれど、ま、参考のために。（写生図を取り上げて）いいですか、これはシビレタケと言って毒性の茸ですけど、カサを上から見た図と裏側から見た図と両方描いてあるでしょう。とくに裏側からの写生図ではカサの襞が一本一本じつに丹念に書いてあるでしょう。色は全体に濃い茶ですけど水彩画だから色がやわらかく出ているんですよ。先生はもともと絵はお上手ですけど、採集した植物はこうやって一点一点写生をして標本とともに残しておく訳です。採集して観察して捨てるだけでしたら伐採者と変るとこはなくなってしまいますからね。絵の下に採集した場所や状態なんかが英語でこまかく記録してありますね、ここに日付けが書いてありますね、October. 13. 1925。つまり去年大正十四年の十月十三日に採集したということでしょう。熊弥さんは単調だって言うけれど基礎をしっかりやっておかないと微生物の写生なんかとてもできませんよ。

熊弥　そやけどやっぱり顕微鏡欲しいなあ。（二人笑う）

松枝が戻ってくる。

松枝　熊弥、ここへ入ったらあかんと言うてますやろ。

小畔　今まで顕微鏡の話をしていたんですよ、ねえ熊弥さん。

松枝　お客さんのお邪魔になるとあかんさか、ささ、むこうへ行こう。

書庫の扉の閉まる音。

熊弥ビクッとして立ち上がると、無言で去る。

松枝　出てきたようです。ほな、どうぞごゆっくり。（去る）
小畔　（怪訝な顔で見送る）

熊楠が標本類などを持って入ってくる。

熊楠　やあ、しばらくやったね。
小畔　お久しぶりでございます。
熊楠　はるばる東京からでは大変やったろ。船できたのか。
小畔　いいえ、箕島という所から乗合自動車で。
熊楠　そらえらいことや。
小畔　和歌山から箕島までは鉄道で一時間ぐらいでしたけれど、そのあと四時間ちかくかかりました。
熊楠　田辺にまで鉄道がくるのはまだ五、六年も先のことや言うとるさかのう。

女学生の文枝がお茶を運んでくる。

文枝　失礼します。どうぞ。
熊楠　娘の文枝やけど、お前、小畔さんのこと覚えてるか。
文枝　（首をふる）
小畔　そりゃ無理でしょう。熊弥さんですら覚えてないくらいですから。
熊楠　熊弥に会うたのか？

小畔　先程ここへおみえになったんです。いや、熊弥さんといいお嬢さんといいすっかり大きくなられて、先生もこれからが楽しみですねえ。

文枝は去る。

熊楠　熊弥がなにしにきた？
小畔　顕微鏡のことで話をしていたんです。
熊楠　顕微鏡？
小畔　熊弥さん楽しみにしていらっしゃいましたよ。今にお父さんが顕微鏡を買ってくれるって。但しそのためには条件があって土筆や蕨を写生しなければならないんだが、どうもあれは単調でかなわんって。
熊楠　ははは、あいつそんなこと言うてたか。
小畔　うかうかしてられませんよ、先生。
熊楠　生意気に、はははは。
小畔　あの……付かぬことをお訊ねするようですが、熊弥さんは四国の高等学校にお入りになったと伺っておりましたが、今はお休みで……？
熊楠　む？　いや、ちょっと訳があってな。それより君からの手紙で話のあらましは判りまひたのやけど、標本の献上いうことになるといろいろと選ばんならんし、いや、それよりもなによりもどんな経緯で献上いうことになったのか、君の口からじかに聞かしてもらいたいと思いまひてのう。
小畔　私もそのためにお伺いした訳なんですが、じつは摂政宮殿下がかねて生物学に御関心が深いのは先生もあるいは御存知かとは思いますけれど、去年の秋には東宮御所の中に生物学研究所というのをおつくりになられました。その研究所で殿下に御進講申し上げている服部広太郎博士というお方がいらっしゃるのですが、今回の話というのはその服部博士を通して私に伝えられたものなんです。

熊楠　わしは東京の学者達とは付き合いもないし、世間に自慢するほどの業績もない。いわば無位無官の田舎の学者や。そんな人間のことを摂政はんはなんで知ってはるのや。

小畔　私もその点がちょっと不思議に思えたので服部博士にそれとなく伺ってみたんです。そうしましたら殿下は数年前からイギリスの例のネイチャーはもとより、リスターの粘菌図譜までお取り寄せになっていて先生のお名前はすでに御存知だったそうです。

熊楠　ほな粘菌も研究してはるのか。

小畔　お好きなんだそうです。

熊楠　いくつや。

小畔　二十五歳と伺っております。

熊楠　若いのにえらい勉強家やの。

小畔　勉強といえば、先生が大正拾年に発見された粘菌の新属と言われるミナカテルラのことも御存知だったそうです。

熊楠　あれは庭の柿の木で偶然みつけたものやけど、ほうか、ほなわしらの仲間やの。

小畔　服部博士はもし御無理のようなら、とりあえず君が集めた粘菌だけでも御進献するようにとおっしゃって下さったんですが、かりにも日本産粘菌と表記する以上は南方先生がお集めになった粘菌を外す訳には参りません。御面倒なお願いで恐縮ですがなんとか御承諾頂けないかと思いまして。

熊楠　何時頃までや？

小畔　出来れば年内一杯には。
熊楠　そらえらいことやの。
小畔　もし御承諾頂ければ、私はもとより同門の上松蓊君や平沼大三郎君にも声をかけて、共々先生のお手伝いをさせて頂きます。如何でしょう。

裏で宇吉の声。

宇吉　先生、宇吉やけど。
熊楠　おおウキやんか。上がってよう。（小畔に）気にせんかてええ、わしの子分や。
小畔　子分？

廊下の上手から宇吉が入ってくる。

宇吉　標本箱の直しが出来たさか。ああ、お客さんでしたか。
熊楠　洋服屋のウキやんや。東京からきはった小畔君や。
小畔　小畔と申します。
宇吉　金崎宇吉です。先生には何時もお世話になっとりまひて。
熊楠　どっちが世話になっとるか判らへんわ。この人はのう、夜中にわしに呼び出されるのや。
小畔　夜中に？
宇吉　先生のおかげで庭の隅に住まわしてもろてますのやけど、先生もわしも仕事するのは夜中ですさか。

熊楠　まるで盗人《ぬすつと》やの。（と笑う）小畔君とはの、わしが田辺にくる前に那智の山奥で知り合うたのや。

宇吉　那智の山奥？

小畔　もう二十四、五年も前のことになりますけど、私は若い頃から蘭の研究をやってましてね、たまたまその日は会社の休みを利用して那智山へ登ったんです。十二月でしたか一月でしたか、とにかく寒中の山の中ですから人っ子一人通るもんじゃありません。おまけに谷底から吹き上げる冷たい風で体の芯まで冷えてきましてね、これは大変な所へ来てしまった、暗くならないうちに山を下りようと思って……あれは先生、一の滝と言う所でしたか？

熊楠　ほや。

小畔　その滝のそばまでやってきましたら、すぐ近くの岩角で単衣の着物を着て、たしか荒縄の帯かなんかをぐるぐる巻きつけた、ま、先生には申し訳ないのですが、坊主頭の入道みたいなおっさんがしゃがみこんでなにか一心に見ているんです。真冬の山の中でこのおっさん一体なにをやっているのかと、正直言って気味が悪かったんですけれど、思いきって声をかけてみたんです。それが南方先生との最初の出会いでした。

宇吉　いやあ！　その話先生から聞いたことあるわッ。

熊楠　あるか？

宇吉　へい！　そんとき若い男は生意気にも洋服着とったとかて。

熊楠　ほや、洋服なんか着てるさか、これでもし英語でも喋りやがったら金槌で頭引っぱたいてやろ思うてたのや。

小畔　そりゃ危ないところでしたねえ。（三人笑う）

宇吉　ほうでしたか。そら先生も懐かしやろ。ほな、積もる話もいろいろあると思うさか、わしはこれで。（と去ろうとする）
熊楠　ウキやん。これは秘密やで。言うたらあかんで。
宇吉　……？
熊楠　わしの集めた粘菌をの、摂政はんが見たい言うてはるそうや。
宇吉　どこの摂政はん？
熊楠　お前、新聞ぐらい読めや。摂政はん言うたら今の天皇はんの息子はんやないか。
宇吉　えッ、ほな宮さんが。
熊楠　まだ決めた訳やないさか言うたらあかんで。
宇吉　言いまへん。いや、ほうでしたか。お蔵の中に仰山しもてあるさか、どうするつもりか思うてましたのやけど、世の中には物好きな人間が……ほな、標本箱の方はなんぼでも直しますさか先生もしっかりやって下さい。（と去る）
小畔　先生、では御承諾頂けるんですか。話を進めてもよろしいですか？
熊楠　せっかく田辺まで来てくれたのやさか。
小畔　有難うございます。では東京へ帰って早速服部博士に御連絡いたします。
熊楠　その代わりええ機会やさか、君はもとより上松君や平沼君にも粘菌を出してもろて、わしはわしの手元にしかない粘菌を出すようにしたらどうやろ。
小畔　そうして頂ければみんなもさぞ喜ぶでしょう。粘菌学と言っても、専門に研究していらっしゃるのは日本では先生ただお一人で、ほとんどの植物学者は無関心か、それでなければ無視しておりました。しかしこれでどうやら粘菌学の将来が明るくなったような気がします。

熊楠　いずれ標本と一緒に献上文も出さなあかんと思うのやけど、そのときには同じ学者仲間として、粘菌は植物やのうて動物や言うことを摂政はんに教えてやらなあかん。ほやのうては献上する意味はないさかのう。

小畔　あの……じつはそのことですが、原始生物という表現ではいけませんでしょうか？

熊楠　原始生物？

小畔　話があとさきになってしまったのですが、服部博士は動物という表現に難色をお示しになりまして、いえ勿論、私は先生のかねてのお説を縷々御説明したのですが、博士は粘菌が動物だとはまだ学会で正式に認められた訳ではない、認められた訳でもない名称を殿下に申し上げるのは如何なものであろうかとおっしゃられて。

熊楠　なにを言うのやッ。

小畔　ですから私は粘菌学の生態と変化に就いて、いちいち例をあげながら諄いほど説明したのですがどうしてもお取り上げにはなりません。結局最後には博士の方も折れて、原始生物ということにしてもらえないだろうかと。

熊楠　そら君可笑しいで。生物いうたら動物も植物もみな生物や。この地球上の生きとし生けるものすべてが生物や。ほかの世界やったらそんなあやふやな表現でも済むかもしらへんけど、これは君学問やで。粘菌を学問として研究しとる以上は動物か植物か、その境界をはっきりさせるのは当たり前のことやないか。

小畔　おっしゃる通りです。ですから博士も粘菌は植物に非ずという先生のお説はお認めになっているのですが、ただ、殿下に御進献申し上げる場合には一応原始生物ということで……。

熊楠　そらの、わしの独断やったら考えてみんこともないけど、現にドイツのデ・バリーにしてもロシヤのシェンコウスキーにしても粘菌は原始動物や言うとるのや。とくにシェンコウスキーなんかは今から六十年も前に、粘菌の原形が固形体をとり食らうと発表しとる。わしの観察とまったく同じや。バクテリアを食った粘菌は、食った滓を体外へひり出しちょる。こげなことをする植物は地球上にはおらんのや。そもそも動物と植物の決定的な違いいうのは、動物はおのれの力で動き回ってほかの生物を補食するという点や。はな垂れ小僧でも判るようなことがなんでその博士はんには判らんのや。

小畔　先生のおっしゃることはいちいち御尤もだとは思いますが、もしお説をお通しになった場合には御進献は不可能になるかもしれません。御無理は重々承知の上ですがせっかくの機会ですから——。

熊楠　ほなやめよ。

小畔　先生ッ。

熊楠　君が間に立って苦労してはる気持は判るけど、四十年も続けてきた粘菌の研究をそげなことで曲げる訳にはいかん。わしの方からお断わりや。

小畔　ではこう致しましょう。——博士には電信を打って今一度御勘考願えないかと——。

熊楠　その話はもうやめよ。それより君に見せたいものがあるさか一緒に蔵までけえへんか。

小畔　先生、ちょっと待って下さい。先生！

母屋の方で突然松枝と文枝の声。廊下を走ってくる足音。

文枝(声)　お父さん、お父さん！

松枝(声)　やめなはれ！　お客さん居てはるのやッ。文枝！

文枝が一枚の画用紙を持って現れる。
そのうしろから松枝。

文枝　お父さん！　（画用紙を見せる）
熊楠　……。
文枝　描いてはったのや、お兄ちゃん。
小畔　ほう、土筆ですね。よく描けてるじゃありませんか。

熊弥が不安気な顔を覗かせる。

熊楠　お前が描いたのか。
熊弥　（頷く）
小畔　先生、約束なさったんでしょう、顕微鏡。熊弥さん、よかったですね。
熊弥　顕微鏡！　顕微鏡！

熊弥、茶の間をぬけ庭に走り去る。

松枝　熊弥ッ。（あとを追う）
文枝　お兄ちゃん、どこへ行くの！

熊楠　どうした？
文枝(声)　裸足で庭へ下りはったッ。
松枝(声)　熊弥！
熊楠　外へ出ひたらあかんぞ！
熊弥(声)　顕微鏡や！　顕微鏡や！
文枝(声)　お兄ちゃん、庭を駆け回ったらあかん！　お兄ちゃん、お兄ちゃん！

小畔は異様な事態に茫然としている。

熊楠　……君には黙っていたけど、熊弥はどうも脳をやられとるらしい。
小畔　……。
熊楠　……粘菌いう奴は痰みたいな原形体がやがてわき上がって茎となり、その茎をよじ登ったほかの分子共が胞子となり、さらにほかの分子共がそれを取り囲むようにして胞壁をつくる。ちょうど植物が芽を出すようにだ。そやさかなにも知らん人間は茎や胞壁が出そろうた姿を見て、ああ粘菌が生えた、これが粘菌いうもんやと言い囃すのや。ところが出そろう途中でもし大雨なんかが降り出ひたりすると、まるで身の危険を察知するかのように、茎も胞壁もたちまちのうちにとけて元の原形体の中に身を隠してしまう。いや、身を隠すのやのうて原形体の中に取り込まれてしまうのや。つまり人が見て粘菌やと思う生物は、それらしい姿はしとるけど、じつは死物であって、ほんまに生きとるのは原形体の方なんや。奇妙いうたらこれほど奇妙な動物もないのやけど、人間はその上っ面だけ眺めてまるで錯覚をおこしちょる。

庭で〝お兄ちゃん、庭走ったらあかん！　お兄ちゃん！〟と叫ぶ文枝の声。

熊楠　わしはそんなことを考えながら長いこと粘菌を観察しているうちに、ふと涅槃経の中のこんな文句に気がついた。この陰滅する時かの陰続いて生ず、灯生じて暗滅し、灯滅して闇生ずるがごとし。

小畔　……。

熊楠　つまり有罪の人間が今まさに死を迎えようとしているとき、地獄では地獄の衆生が一人生まれてくるぞと待ち受けている。ところがなにかの拍子にそやつが気力を取り戻したりすると、地獄の方では生まれかかった地獄の子が難産で消えてしまうぞ言うて大騒ぎをする。その人間もいよいよ命運尽きて息絶えると眷属の者共は派手に哭き出すのやけど、地獄ではまず無事に生まれてよかった言うて喜ぶ。……涅槃経ではこの世とあの世とがひとつながりでつながっておるのやけど、そのつながっているさまは粘菌の生態を見ているとなんとなく判るような気がする。

庭で再び文枝の声。〝お兄ちゃん！　そっちへ行ったらあかん。お兄ちゃん、お兄ちゃん！〟

熊楠　正気のときにはこんなしっかりした絵も描くのやけど、一度気が狂《ふ》れると裸足で庭を走り回ったりする。正気がにわかに狂気となり、やがてまた潮が引くように正気に戻る。どっちがあの子のほんまの姿やろと思ったりもするのやけど、地獄の衆生は狂気のときやと思いたいし、あれは死物なんやと自分に言い聞かせたりもするんや。

小畔　……。

熊楠　献上の話は承知したと博士はんに伝えて下さい。

　熊楠は去る。

　夕闇の迫った座敷で声もなく見送っている小畔。

　暗くなる。

㊂

　熊楠の書斎。

　前場よりほぼ一年後の夜。

　戸外を強い風が吹いている。

　庭で書庫の扉の閉まる音。障子越しに明かりが近付き提灯を提げ標本箱を持った熊楠が入ってくる。

　明かりを吹き消すと標本箱の整理を始める。顕微鏡を覗きこむ。

　背後の障子が細目にあいて熊弥が顔を覗かせる。やがて気配に気付いた熊楠が振りむく。

熊楠　なにしてんのや。

熊弥　……。

熊楠　お父さんは今大事な仕事をやっとるのやさか自分の部屋に行きなさい。
熊弥　……。
熊楠　喜多幅先生が来てくれたのやろ。先生に診てもろたのか。
熊弥　顕微鏡。
熊楠　顕微鏡はの、なんべんも言うてるように東京の上松はんいう人に頼んどるのや。嘘やないで。ほらこの通り上松はんから顕微鏡の目録が送られてきとるやろ。写真も載っとるさか判るやろ。そやけどの、ここに載っとる顕微鏡はどれもこれも扱い方が難して初めての人間にはよう使いきらんと思うさか、今問い合わしてるとこや。
熊弥　買うてやる言うたやないか。
熊楠　誰も買わんとは言うてへん。もう少し待ってくれ言うとるのや。
熊弥　嘘つき。
熊楠　だれが嘘つきや。少しでも使い易いもん買うてやろ思うてるさか、なんべんも東京へ手紙出しとるのや。そんなことがなんで判らん。これ以上仕事の邪魔をするなッ。

　　奥から松枝と喜多幅がやってくる。
　　熊弥は無言で駆け去る。

松枝　熊弥ッ。（怒って）なんで怒鳴るんです。怒鳴らんかて言うて聞かしたら判りますやろ。相手は病人ですよッ。熊弥！　（追って去る）
喜多幅　仕事の邪魔になっては悪いさかすぐ帰るけど、熊弥君のこともういっぺん考えてみたらどないや。

熊楠　……。

喜多幅　そらの、手元に置いて治してやりたいいう気持は判るけど、このままやったら共倒れでお前かて仕事が出来んようになってしまうかもしれん。いや、なによりも熊弥君の為にならん思うのや。

熊楠　松枝はなんと言うとった？

喜多幅　ほかに方法がないのやったら仕方ないと……。

熊楠　……田辺に戻ってきた当座は話もよう判ってわしの手伝いもしてくれたのや。そやさか学校へ行く気がないのやったらそれでもかまわん。その代わりここに机を二つ並べて、わしが仕込んで、ゆくゆくは親子で粘菌の研究ができるようになったら、それはそれでええことやなと思うてもみたり、いや、せっかく二人でやるのやったら、わしの長年の夢やった粘菌の図譜を伜に手伝うてもろて出版できたらどんなに嬉しやろと、そんなことまで考えたこともあったのやけど、夢はやっぱり夢やった。のう喜多幅君、熊弥はもうあかんのやろか？　正気に戻ることはないのやろか？

喜多幅　冷たいことを言うようやけど、ここに置いといたらあかん。もしお前がそのつもりになったら、京都の岩倉いう所に知り合いの専門の病院があるさか話をしてやってもええ思うとるのや。

熊楠　京都？　そら遠過ぎるよう。

喜多幅　ええ先生がいてるのや。

熊楠　そやけどわしはもう六十一やで。京都になんぞ行ってしもたら二度とあいつの顔見ることできんようになってしまう。

喜多幅　お前がそんな気の弱いこと言うてどうするのや。熊弥君の為や。しっかりせなあかんやないか。

松枝が戻ってくる。

熊楠　どやった。
松枝　部屋に入ったまま口利いてくれません。
喜多幅　やさしい子やさけ叱ったらあかんでよ。ほな、今言うたこと松枝はんとよう相談してみるのやな。遅うまでお邪魔して。
松枝　済んまへんでしたのう。
喜多幅　（熊楠の瞼を引っくり返して）目が真赤や。お前も寝なあかんでよ。明日薬を届けさしてやる。ほな。
松枝　おおきに。（送ろうとする）
喜多幅　ああかまんかまん。勝手に帰るさか結構や。（と去る）

風の音。

熊楠　顕微鏡買うてやらなあかん思うとるのやけど、目録みたら安いもんでも百五十円はするのや。値が張るのは覚悟してたけど、田辺あたりやったら顕微鏡を五台も並べたら家の一軒ぐらいは買えてしまう金額や。
松枝　そやけど約束したんですやろ。
熊楠　金の宛てがないのや。今のところは平沼君から寄付金を送ってもろてるさかなんとか暮らしていられるけど、今年に入ってわしが手にした原稿料はたったの二十八円や。

松枝　随筆の続きはどうなりましたの？

熊楠　南方随筆の続編やろ。わしもそれしか方法がない思うたさか、この間出版元に手紙出ひて続々南方随筆を五百円で買い取ってもらへんやろかて頼んでみたのや。そやけど金出ひてもらう以上はたとえ三十枚でも五十枚でも原稿書いて渡さなならんやろ。その時間がとれへんのや。

松枝　あの、怒らんと聞いてもらいたいのやけど、あんたが今やってはる御献上の仕事、お断わりしたらあかんのやろか？

熊楠　なんやて。

松枝　去年の暮れにえらい苦労して標本を納めたとき、あんたはこれでやっと肩の荷が下りた、これからは自分の研究に専念するのや言うて喜んでましたけど、年が明けたらまた同じようなことを言うてきはったさか……。

熊楠　わしかて初めは断わろう思うたのや。なんせ去年納めた粘菌標本は三十七属九十点にものぼっとるさか、さらに新しい粘菌いうことになると採集するだけでもえらい時間がかかってしまう。ほんまにどうしょうか思うて暫くは返事を出さんでおいたのや。そやけど去年の暮れに大正天皇はんが亡くならはって摂政はんが新しい天皇はんにならはったやろ。その天皇はんがえらい御執心でまだかまだかてなんべんも電信を寄越さはるのや。

松枝　じかにですか？

熊楠　天皇はんが、じかに電信打つ訳やないやろ。生物学研究所や。

松枝　それやったら今度はそこに勤めてはるお方にやってもろたらどうです。

熊楠　なに。

松枝　あんたに口止めされてるさか田辺の人はまだ誰も気付いてまへんけど、もし御献上の話が新聞にでも載ったりしたらお断わりするのがいよいよ難しくなりますよ。なんぼ名誉なことや言うたかて、ここ一年いうものは自分の仕事がなに一つ出来まへんでしたやろ。そやさか訳を話して研究所のお方に頼んでみたらどないですやろ。

熊楠　……。

松枝　……うち、前々からあんたに聞いてみたい思うてたことが一つあるのやけど、ええやろか？

熊楠　……。

松枝　あんたは若い頃神社合祀令に反対して牢屋にまで入れられてしもたけど、あの頃は口を開けばようこんな悪法をなんでお上が出ひたのや言うて怒ってまひたな。ところがあれから十七年経った今、あんたは粘菌の御献上いうことでお上のお手伝いをすることになりましたやろ。そら今の天皇はんはなんも御存知ないことですけど、筋道たどればあんたのやってはることはお上の御用いうことになりますやろ。

熊楠　お前の言うことはたしかに理屈や。そやけど合祀令はわしらの力で廃案にすることが出来たのやさか、傷は残ったにせよ、あれはあれで一応終ったのや。それよりわしが不思議に思うてるのは、東京の学者先生達の殆どが見向きもせんかった粘菌になんであのお方が興味を示さはるようになったのか、いや、生物が好きで生物の研究をしはるいうのやったらほかになんぼでも種類があるいうのに、選りに選ってなんで粘菌を選ばはったのか言うことや。どんな巡り合わせかしらんけど、十七年経った今、あちら側のお方が、わしのようなこちら側の人間と同じ物を研究してはるいうことに口では言えん世の因縁を感じるのや。天皇はんに因縁なんて言うたら不敬罪でまた豚箱へ放り込まれてしまうかもしらんけど、考えてみれば不思議やで。

風の音。

熊楠　世の中にはの、心の世界と物の世界とがあるのやけど、たとえば電気が光を出ひたり光が熱を出ひたりするのはこれは物の動きやさけ物の世界や。しかし人間が石を積み上げて城を造ったり、木を削って社を建立するのは物の世界と心の世界とがまじわって出来ることで、心界と物界とが結合して生じることや。つまり手を伸ばして紙を取ったり鼻をかんだり、あるいはまた人にものを教えて利益を齎してやったりすることも同じですべて因果があることや。もっと判り易く言うたらの、こう両方の拳を出ひて、右の拳で左の拳をこう突いてみるのや。すると突かれた左の拳からみれば右の拳は物で左は心いうことになる。今の学者先生は物の世界と心の世界をべつべつに切り離して研究してはるのやけど、わしは二つの世界がどんなにしてまじわり合うのか、まじわり合うたらどげな結果が生じるのか長いこと考えとったのや。そやさか天皇はんが粘菌に興味を示さはるようになったいうことは、或る意味では因果応報いうことにもなるのやけど、それとはべつにの、わしがお手伝いさせて頂こう思うたのは、お鮨が熊弥に近いもんやさか、なんとかお力になれれば思うて、それでやっとるのや。

風の音。

松枝　ここへ呼んできたらあきませんか。

熊楠　……。

松枝　あのままやったら今夜はとても寝られません。いえ、また何時かのように表に飛び出ひてなに仕出かすか判りません。あの子の気持が治まるようにもういっぺんよう話をしてやって欲しいんです。

そやなかったら熊弥が可哀相です。
熊楠　……。
松枝　あの子はあの子なりにあんたの手伝いをしよう思っているんです。あんたに褒めてもらいたいんです。あんたを尊敬しているんです！　そやけどあんたの前に出るとなにが怖いのか一言も言えんようになってしまうんです。（泣き出して）子供の頃はあんなに可愛いがって、あんなに仲が良かったのに、なんでですの。なんで怒鳴ったりするんです。熊弥と御献上のお品とどっちが大事なんです。
熊楠　……わしが悪かったのや。買うてやることもできへんくせに嘘ついたりして……熊弥にあやまるさか呼んできてくれ。
松枝　……。
熊楠　わしが使うてる顕微鏡は今から四十年ほど前にアメリカで買うた古いもんやさか、使い方が難しいのやけど、仕事の合間みて少しずつ教えてやろ。

　　松枝は去る。
　　熊楠は古い単式顕微鏡から観察中の粘菌を取り出す。
　　松枝が戻ってくる。

松枝　熊弥がいてません！
熊楠　なに。
松枝　廊下の雨戸が開いているんです。表に出たらしいんです！
熊楠　庭と違うのか？

松枝　表みてきます！
熊楠　ちょっと待て。ウキやんにも手伝うてもらうさかお前は庭を探すのや！

二人は廊下へ走り出ようとするが戸外の物音に気づいて足を止める。はじめは微かに聞こえていたが、突然どすんと物の倒れる音。荷崩れでも起こしたような落下音。

熊楠　蔵ん中や！

二人は書庫の方へ駆け去る。
激しい音は間断なく続き、やがて標本類を抱え錯乱状態の熊弥が、しがみついて取り戻そうとする熊楠と争いながら出てくる。松枝が続く。

熊楠　それはあかん！　献上の粘菌や。壊したらあかん！
松枝　熊弥！
熊楠　お父さんが悪かった。謝るさか標本返してくれ！　堪忍や、堪忍や！
熊弥　嘘つきや！
熊楠　この通り謝るさけ、返してくれ！

熊弥は熊楠を突き倒して庭におり、標本を叩きつける。

熊楠　熊弥！
熊弥　嘘つきや。

熊弥は走り去る。

松枝　熊弥！　（と追って去る）

風の音。
熊楠は散乱した標本の前に虚脱したように座りこみ、一つ一つ拾い集めるがやがて声を殺して歔欷《きょき》をはじめる。
松枝が戻ってくる。

松枝　お父さん！　熊弥が表に……。

と言いかけて黙ってしまう。
標本を拾い集めている熊楠。
暗くなる。

(四)

一九二九年（昭和四年）三月。

南方家の茶の間。

正面の廊下の上手は書斎へ通じ、下手は玄関へ行けるようになっている。廊下の上手奥に階段がある。

午後。

松枝が町長の那屋と旅館の主人の江川、町の有力者である奥村、大内ら四人を茶の間に案内してくる。

松枝　せまいところですけど、さあどうぞ。
那屋　突然でえらい済んまへんな。
江川　失礼します。
松枝　主人は今二階におりますさか、ちょっと様子をみてきます。
那屋　奥さん、今日は先生の御機嫌は如何ですやろ。
松枝　さあ、仕事中は口利きまへんさかのう（と出て行きながら）つるえ！　お客様にお茶をお出ししておくれ。（と去る）
つるえ(声)　はい。

奥村　会うてくれるやろかのう。
那屋　気難しいお方やさか、なんて言うか……。
大内　なに言うとるのや。町長は先生とは親しいのやさか、うまいこと話を進めてくれな困らいてよう。

つるえがお茶を運んでくる。

つるえ　失礼します。……どうぞ。
大内　あんた、女中さんかね。
つるえ　はい。
大内　付かぬことを訊ねるけどの、今から二時間ほど前に東京からお客さんがみえたやろ。
つるえ　さあ。
江川　さあて、私らちゃんと確かめてきたんですよ。サイドカーに乗って、サイドカー知ってるやろ。よう軍人さんが乗ってる、ほらオートバイの横に乳母車みたいの奴がくっ付いとる。そのサイドカーに乗って年の頃なら五十ぐらいの、立派な身なりのジェントルマンが、ジェントルマン言うのは……。
奥村　あんたの話はくど過ぎるのや。つまり五十ぐらいの紳士が来はったやろちゅうことなんや。
つるえ　うち、知りまへん。
江川　知らんことないでしょう。
つるえ　なにも知りまへん。ほな。（去る）
那屋　知らん言うとるやないか。
江川　いえ、なんぞ隠してるんです。口止めされているんです。現にサイドカーの運転手がこちらさんに御案内したて——。

松枝が戻ってくる。

松枝　お待たせして済んまへん。ほなお会いする言うてますのやけど、ただあの、仕事が途中なものやさか……。
那屋　判ってます！　話が済んだらすぐ失礼致します。
松枝　そうですか。今二階に仕度させますさかちょっとお待ち下さい。
大内　奥さん、不躾なお尋ねで大変恐縮ですがの……。
那屋　君ッ、それはあとでも……。
大内　今日の昼過ぎに東京からなんとかいう偉い博士はんがおみえになりませんでしたやろか。
松枝　服部博士はんですか。
大内　そうそう、その博士はんや。
松枝　お越しになられました。
奥村　来ましたかッ。
江川　やっぱりそうですやろ。
松枝　前もってお手紙でも頂いておればそれなりの仕度も出来たのですが、なんせ突然お越しになられたもんですさかのう……。それよりなんで博士はんが来られたことを御存知で……？
江川　奥様ッ、お初におめにかかります。私は白浜温泉で旅館を経営しております江川と申しますが、じつは数日前に用事で大阪へ行っとりまひたのですが、滞在中にたまたまこの新聞を見たのでございます。これでございます。（と新聞を出す）ちょっとここを御覧下さい。目下大阪の花屋旅館に宿泊中のお二人の侍従と服部博士のお三方様が、南紀白浜方面を視察のために一両日中に出発の御予定とこないに書いてあります。私はこの記事を見たときにピーンときたのでございます。

那屋　奥さんもすでに御存知かとは思いますけど、近く天皇陛下が（とたんに男達は姿勢を正す）民情御視察のため関西に行幸遊ばされるというお話がございます。

松枝　伺うております。

那屋　その際にですのう、恐れ多くも天皇陛下が（また姿勢を正す）御乗艦遊ばされるお召艦が、紀州沖を御通過ののち大阪湾に御入港遊ばされる御予定やと伺うております。

江川　私はそれが頭にありましたさか、田辺や白浜に電報を打つかたわら、侍従はん方のあとを追うようにして急いでこちらへ帰ってきたのでございます。

那屋　生憎と侍従はん方のお姿は見失うてしもたのやけど、博士はんの方は確認できましたもんやさか、それでまあお邪魔に上がったと、こげな訳なんです。

松枝　そうですか。それはまあ御苦労様でございましたのう。

大内　奥さん、それに就きましてですのう、博士はんはどんな御用があってこちらさんへおみえになられたのですか。

松枝　どげな御用て、おたがい同じ植物を研究してますさか、そのことでお越しになられたのやと思いますけど。

奥村　それだけですか？

松枝　と言われますと？

大内　いや、それだけの御用でわざわざ東京から……。

那屋　君ッ、奥さんに失礼やないか。
大内　ほやけど。

つるえが来る。

つるえ　奥さん、二階に仕度が出来まひた。
松枝　ほな、どうぞ。
那屋　済んまへんな、どうも。
松枝　南方は気が短いもんやさか、お話があまり長うなると癇癪玉を破裂させるかもしれまへんさか、どうぞ気をつけて下さい。こちらです。（と去る）
那屋　（尻込みして）君、どうぞお先に。
大内　なに言うとるのや。町長が先頭や。（と譲り合いながら上手に去る）

つるえが座敷の中を片付ける。
松枝が戻ってくる。

松枝　あんた済まんけどの、先生が煙草を切らしてしもたさかバットを二つ買うてきておくれんか。
つるえ　はい。
松枝　さっきも言ったように人になにを聞かれても知らんと言うのやで。余計なこと喋ったらあきまへんで。ほな十五銭。一銭お釣りやさけのう。（と金を渡す）

つるえ　はい。

文枝が学校から帰ってくる。

文枝　只今。
つるえ　お帰りなして。
松枝　お帰り。
文枝　お母さんえらいことやで。表の騒ぎ見たかッ。
松枝　表の騒ぎ？
文枝　いやあ、知らへんの！　門の前にの、近所の人らが二、三十人も集まらはってひそひそ話してるのや。うちそれ見たとたんに吃驚してしもて、ひょっとするとお父さんが倒れたんとちがうやろか思うて慌てて飛び込んできたのや。
松枝　ほほほ、お父さんやったら今二階で町長はん方とお話してはるわ。
文枝　町長はん？
松枝　議員さん方も一緒にみえてるさか、それで御近所の方達も集まってきてはるのやろ。
文枝　そんなことぐらいで……。
松枝　田辺は静かな町やさかの、ちょっとしたことでも人だかりがするのや。それよりお父さんがまた茸の絵を描いてもらえんやろか言うてたで。
文枝　描くのはええのやけど、なんぼ描いてもお父さんたら合格言うてくれへんのや。とくにギルが難して見るだけで頭痛うなるわ。

松枝　ギル？
文枝　茸の裏側のな、襞のことや。
松枝　あんたも大分詳しなってきたのう。
文枝　そらそうや。お父さんの子やもの。あ、そうそう、手紙がきてはった。岩倉病院から。（と手紙を出す）……中村はんてお兄ちゃんの先生やろ。
松枝　……この前、先生方や熊弥に食べてもらおう思うてあの子の好きな縄巻きずしを送ったのや。きっとそれの御返事やろ。
文枝　開けてみたら。
松枝　（一瞬その気になるが）お父さんにおみせしてからや。
文枝　岩倉へ行ってからぼちぼち一年になるやろ。お兄ちゃんどうしてるやろ。
松枝　去年の暮れに小畔はんがわざわざ岩倉までお見舞に行ってくれたそうやけど、顔もやさしなったし言うこともはっきりするようになったてお手紙を下さった。病院の暮らしにも慣れてきたのやろ。
文枝　長いこと会うてへんさか、夏になったらいっぺん見舞に行ってみよう思うのやけど、あかんやろか。
松枝　お父さんが許してくれたら一緒に行ってみよか。
文枝　うん。

喜多幅が入ってくる。

喜多幅　今日は。町長が来てるそうやね。

松枝　はい、二階に。
喜多幅　さっき電話をよこしての、今から南方先生の家に行くさかか、あんたもちょっと顔出してくれちゅうのや。おるのやね、南方も。
松枝　はい。
喜多幅　（行きかけて）そうそう奥さん、あんた、表の騒ぎ知ってるか。
松枝　ええ、今この子から。
文枝　今日は。（と挨拶をして去る）
喜多幅　やあ。一体だれが触れて回るのかのう。今も門の前で梅干屋のおっさんがわしを掴まえて、あんた南方先生の親友やさか話はそっくり聞いてるやろ。御予定は何時に決まったのか、内証で教えてくれへんかてぬかしやがるのや。
松枝　なんの御予定です。
喜多幅　なんや、町長言うてなかったかい。
松枝　どんな御用件なのかはっきりとは……。
喜多幅　そうかい。いや、じつはですな、今日東京からなんとか言う博士はんがおみえになったやろ。
松枝　はい。
喜多幅　町長が電話で言うにはの、ひょっとすると南方先生は、天皇陛下の田辺行幸のお日取りについて、そのお方から内々でお聞きになってるかもしれん。
松枝　まあ！
喜多幅　そう言うんやいて、町長は。そやさかわしは言うてやりまひた。なんぼ紀州が風光明媚なええとこや言うたかて、この南紀のあたりは未だに鉄道かて通ってへんのやで。とくに田辺は城下町いうたかてお城がある訳やなし、別に自慢するほどの物がある訳やない。選りに選ってなんでそんな所に天皇はんがお越し遊ばされるのや、お前気は確かか、頭冷やせて電話口で怒鳴ってやったんや。

松枝　そうですか。うちには詳しいことは判りまへんけど、そんなお話は出なかったように……。

喜多幅　そうやろ。それが常識ちゅうもんですよ。そやさか町長も怖じ気ついてしもて、南方先生に怒鳴られたら怖いさか、あんたも一緒に来てくれて。はははは、ま、長年の付き合いやさかちょっと顔出ひてきますわ。

松枝　あの……。

喜多幅　む？（足を止める）

松枝　いえ、いずれあとで……。

　　喜多幅は廊下に去る。
　　つるえが戻ってくる。

つるえ　奥さん、買うてきました。これお釣りです。

松枝　御苦労さん。表にまだ人だかりしてるか。

つるえ　はい。それより奥さん、新聞社の人が玄関にみえてますのやけど。

松枝　どこの新聞社？

つるえ　大阪毎日の田辺支局の者や言うてます。先生のお話を伺いたいとかて。

松枝　それやったらの、まことに済んまへんけど、今はお客様で取り込んでますさか夜分にでももう一遍。ええわ、うちが出るさけ。あんたはその煙草を先生の所へ。

つるえ　はい。（と去る）

松枝は玄関の方へ去る。

間——。

松枝が戻ってくる。廊下の様子を窺い、先程の手紙を出して封を切ろうとする。

笑い声に気づいて慌てて仕舞う。

那屋や男達が廊下から入ってくる。

那屋　奥さん、えらいお邪魔をして済んまへんでしたのう。

奥村　さっきは御無礼なことを申し上げて。

松枝　いえ、お話はお済みになりまひたか。

那屋　先生の御機嫌はどうやろ思うてびくびくしとったのですが、なんと今日はようお話もしてくれましてのう、ほっとしましたわ。

大内　今も喜多幅先生からちらっと伺いましたのやけど、奥さんからも是非先生に頼んで下さい。なんせこの田辺の町に畏れ多くも天皇陛下が（今度は直立不動の姿勢）行幸遊ばされるちゅうことは嘗て無かったことですさけ、当日は全町民挙げて御奉迎申し上げなあかんと、ま、そう考えるとる訳ですわ。のう町長。

那屋　そやけど先生はそんな話は聞いてへんと言うてはるのやさけ……。

江川　しかし侍従はんや博士はんが視察のためお越しになったちゅうことは厳然たる事実ですさか、その意味をですな、たとえ先生が御否定にならはったとしても、その意味を深く掘り下げて考えてみる必要があるのやないかと思いますな。
奥村　わしもそれを言うとるのやッ。ほかのこととは違うのやさか、なんぼ早目に準備したかて早過ぎるちゅうことはない！
大内　そうや！　わしら田辺の人間にとってはこの上ない名誉なことやさか、もし行幸のお日取りが決まったら、まず第一に道路の整備をせなあかんでよう。たとえば白浜から田辺に幅六間ぐらいの大通りを真っ直ぐ通すことにしたらどないやろ。君んとこかて助かるやろ。
江川　助かります、助かります。
奥村　ついでに桟橋も新しい奴作ったらどないや、わしが安く請け負うさか。のう町長。
大内　ほんでやの、当日は手に手に日の丸の小旗を持った小学生を五万人ほど沿道にならばせて、おみえになられたら一斉に万歳万歳――。
奥村　阿呆か。
大内　なにが阿呆や。
奥村　田辺の総人口は一万二千やで。どこから五万人の餓鬼が出てくるのや。
大内　天皇陛下が（また直立）お越しになられるのやさか、それくらい盛大にお出迎えせなあかんちゅうことを言うとるのや、もし実現すれば黙ってたかて土地の名前は全国に知れ渡る。そうすれば普段お高く止まっとる京阪神の客かて、どんな所かいっぺん行ってみよか言うて金落しに来てくれるかもしれんやないか。
江川　ええこと言うてくれる！
大内　そやろ。

喜多幅が入ってくる。

喜多幅　まだやっとるのかよう。
大内　おお喜多幅君。
喜多幅　二階にまで筒抜けやで。のう町長はん、あんたはこの町では数少ない南方の理解者の一人やないか、もう少しあの男を大事にしてやらなあかないでしょう。
町長　いや、先生に言われるまでもなくわしが迂闊やった。ほな奥さん、あらためてお詫びに上がりますけど、どうぞ先生によろしう言うて下さい。
松枝　おかまいも致しまへんで。

松枝は町長達を送って去る。文枝がこの騒ぎで廊下に出てきている。

喜多幅　文枝ちゃん、女学校もいよいよ終わりやね、卒業式は何時や？
文枝　十六日です。
喜多幅　ほうか、そらおめでとう。お父さん喜んでるやろ。
文枝　はい。
喜多幅　そや、お父さんにみんな帰った言うてきなさい。

熊楠が入ってくる。

熊楠　大分賑やかやったのう。
喜多幅　下に来たらとたんにぺらぺら喋り出したんや。（と笑う）

松枝が戻ってくる。

熊楠　帰ったか。
松枝　へい。ただ町長はんがの、帰りしなに請願書がどうのこうの言うてまひたけど、判ってますのか？
喜多幅　なんの請願書？
熊楠　天皇はんが、もし関西に行幸遊ばされるとなれば、お召艦は紀州沖を御通過になる筈やさか、そんときは是非田辺湾に御碇泊頂けないやろか――。
喜多幅　なに。
熊楠　そうにお願い申し上げたいので、請願書が出来上がったらわしから服部博士はんに頼んでみてもらえんやろかて……。
喜多幅　なにを言うとるのやッ。行幸の話かてまだはっきり決まった訳やないのに、なにが田辺湾や。みんな頭に血がのぼっとるのや、よっしゃ、明日にでもわしが町長の所へ行って話をつけてきてやるさか、お前は一切耳貸すな。ほんまにもうなにを考えとるのか呆れてものが言えんわ。（立ち上がると、何時ものように熊楠の瞼を引っくり返して）……大分ようなっとるな。ほな、わしはこれで。
熊楠　ああ、ちょっと。
喜多幅　患者待たしとるのや。

熊楠　お前に是非聞いてもらいたいことがあるのや。
喜多幅　……。
熊楠　まだ正式に決まった訳やないさか他言してもろては困るのやけど、今日服部博士はんがおみえになっての、もし天皇はんがこの地に行幸遊ばされたときには、あんたに、あんたというのはわしのことやけどな、あんたに粘菌に就いての御進講をお願いしたいと思うのやけど……。
喜多幅　なんやて。
熊楠　日取りかてまだ決ってへんのやけど、一応、あんたの気持を聞かしといてもらいたいて。
喜多幅　それでなんて言うたのや。
熊楠　あまりにも思いがけないお尋ねやさか、しばらくは声も出えへんやったのやけど、わしのこれまでのささやかな研究が、多少なりとも粘菌学のお役に立てるのやったらと思うて、謹んでお受けした。
喜多幅　……おめでとう。奥さん、文枝ちゃん、よかったのう。おめでとう。
松枝　……。
喜多幅　ほんまやったら今夜は祝盃を挙げるところやけど、お前が酒をやめてしもたさか、今夜はそのぶんわしが一人で飲んでやるわ。（と笑って）それにしてもさっきから奥さんが、なんぞ言いたそうにもぞもぞしてはったさか、どうも可笑しいな思うてたのや。
松枝　済んまへん。
喜多幅　いやいや、なんにしてもめでたいことや。ほな、わしはこれでの。（松枝に）いやいや、そのままそのまま。（と去る）

松枝は送って去る。

文枝　お父さん、おめでとう。
熊楠　また手伝ってくれるか。
文枝　うん。

熊楠と文枝は上手に去る。

松枝が戻ってくる。懐から再び手紙を取り出し、意を決して封を切り手紙を読み始める。


医師(声)　御子息の記憶が戻りしかとのお訊ねにつき、試みに御送付下されし縄巻きずしを示し種々お訊ね申し候。次に記せしはその折御子息との間に交せし問答に御座候。これは御郷里田辺の縄巻ずしなり。知らずや。答、かって知らず。

松枝　……かって知らず。

医師(声)　問、この他に田辺に名産ありや。答、南蛮《なんば》焼というあり。問、南蛮焼とは如何なるものや。答、蒲鉾のことなり。

松枝　判っとるのや。

医師(声)　問、ミカンはなきか。答、あり。問、どのようなミカンなりや。

松枝　答、安藤ミカンなり。問、御宅にありや。答、三本自宅にあり。問、桜ありや。答、桜もあり。問、景色よき地ありや。答、白浜は景色よし。問、その外によき所ありや。答、神島という島あり。

……神島という島あり。

暗くなる。

㈤

南方家の茶の間。

座敷の中央に椅子が置いてある。

花火の音、軍楽隊が奏するマーチの音で舞台明るくなる。（天皇への進講は一九二九年六月一日の午後に行われた）

宇吉が茶の間に座って山高帽にブラシをかけている。

石友が入ってくる。

石友　ウキちゃん、先生がズボンがちょっと長いんとちがうか言うてるで。
宇吉　そがいなことない筈やけどのう。わしゆうべもちゃんと確かめたのや。
石友　歩きぬくい言うてるのや。（見て）おみえになったッ。
廊下からフロックコートを来た熊楠が入ってくる。
石友、椅子を持ってくる。
宇吉　先生、長いかい。

熊楠　歩くたびにどうも引っかかるような気がしてのう。
宇吉　ちょっと済んまへん。（見て）ズボン吊りが下がり過ぎてんのや。
石友　直したらんかい。
宇吉　へい、これでよろしやろ。
熊楠　首が苦しい。
宇吉　着物とちがうのやさか、ちょっとぐらいは我慢せなあきません。
熊楠　石やん。松枝はなにしとるのや。
石友　お客さんが次から次へと来るもんやさか。ちょっと見てきます。（と去る）
宇吉　（ブラシをかけながら）先生からフロックコートを直してくれ言われたときにはわし吃驚しましたで。まさかこんなに立派な物持ってるとは思うてもみらんかったし。
熊楠　わしがアメリカに行ってたときに友達から譲ってもろたのやけど、四十年も前の古着が今日のお役に立つとはわしかて思うてもみんかった。
宇吉　ここちょっと虫食うてるけど、まあ判らんやろ。（熊楠に立つように促し、その姿をしみじみとながめる。）
熊楠　ウキやん。
宇吉　へい。
熊楠　お前とも長い付き合いやけど、洋服の直し頼んだのは初めてやったのう。
宇吉　何時も標本箱の直しばっかりで。
熊楠　ほんまや。（と笑う）ウキやんおおきに。
宇吉　……。

喜多幅が入ってくる。

喜多幅　仕度よかったらそろそろ出発……ほう、変れば変るもんやのう。
熊楠　わし照れ臭い。
喜多幅　と言うて裸で行く訳にもいかんやろ。（と笑い）裸言うたらの、県庁の役人達が神経をピリピリさせとるのや。
熊楠　なんでや。
喜多幅　南方先生のことやさか、天皇はんの前でなに言い出すか判らへん。ひょっとしてエロ話でも始めたらどうしょうて真剣に心配しとるのや。
熊楠　（笑う）

松枝がキャラメルの大箱を大事に持って入ってくる。

松枝　お迎えの車がきた言うてますけど。
喜多幅　ほなぼちぼち行ってもらおか。なんやね、その箱は？
熊楠　御献上の新しい粘菌が入っとるのや。
喜多幅　森永ミルクキャラメルて書いてあるでよう。
熊楠　初めは桐の箱をいくつか用意したのやけど、どうもしっくりいかんでのう。別に箱をお見せする訳やない、大事なんは中身やさか、これでええやろ思うてのう。

喜多幅　そや。その通りや。ほな、わしら先に表に出とるさかのう。ウキやん行こう。

喜多幅と宇吉は去る。

松枝　鼻の具合はどうです。
熊楠　緊張すると青っぱなが出てきよるさかのう。
松枝　今のうちにかんどきまひょうか。（鼻紙を出して）チン。（かんでやる）
熊楠　松枝。
松枝　へい。
熊楠　わしは今日、神島で天皇はんをお出迎えすることになった。
松枝　そうやそうですのう。
熊楠　むろん天皇はんの御希望もあったのやけど、わしからも是非あの島に御上陸頂きたいとお願いしとったのや。生憎と今日は雨やさか、島の奥にある彎珠を御覧頂いたり粘菌を御採集頂いたりすることは難しいかもしらんけど、その代わりお召艦での御進講の際には、粘菌その他の生物に就いて御満足のいくように心を籠めて御説明申し上げるつもりや。ほんでの、無事に御進講が終ったらわしはあらためて、神島を天然記念物の保護区域に指定してもらえるように県庁に頼みに行こう思うとるのや。天皇はんのお名前を使わして頂くのは畏れ多いことやけど、わしはどんなことをしてでもあの島の自然だけは護りたいと思うとる。そやないとなんのために二十年もの間反対してきたのか判らんようになってしまう……。
松枝　……ぼちぼち行きまひょうか。

熊楠　シャッポ。

帽子を被せて貰った熊楠はキャラメルの箱を持ってゆっくりと歩き出す。松枝がそのあとから付いて行く。

幕

〈参考文献〉

『南方熊楠全集』十二巻　平凡社　一九七一―一九九一
『父　南方熊楠を語る』南方文枝　日本エディタースクール出版部　一九八七
『南方熊楠』笠井清　吉川弘文館　平成二年
『南方熊楠』鶴見和子　八坂書房　一九九二
『南方曼陀羅論』鶴見和子　八坂書房　一九九二
『森のバロック』中沢新一　せりか書房　一九九二
『南方熊楠百話』飯倉照平／長谷川興蔵編　八坂書房　一九九一
『南方熊楠の図譜』荒俣宏／環栄賢編　青弓社　一九九一
『南方熊楠　一切智の夢』松居竜五　朝日選書　一九九一
『門弟への手紙』中瀬喜陽編　日本エディタースクール出版部　一九九〇
『菌類彩色図譜百選』南方熊楠　小林義雄監修・萩原博光／長沢栄史編集・解説　エンタプライズ

株式会社　一九八九
『和歌山県田辺町誌』　昭和五年刊
『縛られた巨人』神坂次郎　新潮社　一九八七
『巨人伝』（上・下）津本陽　文春文庫　一九九二
『くまぐす外伝』平野威馬雄　ちくま文庫　一九九一

（雑誌）

『新潮』（「甦る南方熊楠」一九九〇年八月）、『太陽』（「奇想天外な巨人　南方熊楠」一九九〇年十一月）、『現代思想』（「特集　南方熊楠」一九九二年七月）

根岸庵律女

二幕

登場人物

正岡　律　（子規の妹・のちに裁縫教師）
正岡　八重　（律の母）
正岡　子規　（律の兄・俳人）
正岡　雅夫　（律の養子）
子供の時の雅夫
衣川　登代　（子規の弟子・のちに俵屋の女将）
　　　謙一　（登代の息子）
子供の時の謙一
中堀　貞五郎　（律の前夫）
河東　碧梧桐　（俳人）
河東　茂枝　（その妻）
松尾　慎吾　（子規の弟子）
中富　（　〃　）
袋井　（　〃　）
お源　（魚屋の内儀）
仙古堂平吉　（古書店主人）
大龍寺住職

清　　　　（俵屋の女中）
里枝　　　（裁縫塾の生徒）
あや　　　（　〃　　　）
けい　　　（　〃　　　）
くに子　　（　〃　　　）
女学生たち

第一幕

(一)

一八九五年（明治二十八年）晩秋。

下谷上根岸にある正岡子規の家。

庭に面した書斎（のちに病間）と濡縁のある客間。書斎の机の傍らには俳書類が堆く積んである。壁には中村不折の「お茶の水橋景」の油絵。柱に菅笠が掛かっている。客間の床の間には大原観山の掛軸。庭の上手は裏木戸に通じていて、鶏頭が咲いている。下手は建仁寺塀だが（見えない）母屋との間を通り抜けると門へ出られるようになっている。松の枝が庭に伸びている。

夕日が差し込んでいる客間で、八重（五十歳）が、針仕事をしながら玄関の話声に聞き耳を立てている。

すぐ近くを汽笛を鳴らして列車が通過する。

やがて「お邪魔しました」「ご苦労さまです」の声があり、少し間があって律（二十五歳）が菊の一輪差しを持って入って来る。銀杏返しに結い、地味な着物を着ている。

八重　戸籍調べかなもし。

律　東京のお巡りさんは嫌いじゃ。家族の名前はともかくとして、家賃や身分のことまで聞くんぞね。

八重　身分？

律　士族か平民かいうことよ。べつに隠すこともないけん、愛媛県の士族です言うたら、ほう、お宅は士族か、そんならこれからは標札に士族と書いとおきなさいじゃと。

八重　どうして？

律　警察の信用が違うんじゃと。兄さんに聞かしたら怒るぞなもし。母さん、それあたしが縫いましょう。

八重　ちょっと、ここへお座り。

律　（座る）

八重　急ぎの仕事じゃないけん、片側の袖つけはおまえに頼んだんじゃけど、こっちは母さんが縫うた袖じゃ。よう見とおみ。

律　……縫い目が奇麗に並んどります。

八重　ほんなら、こっちはどうぞなもし。おまえが付けた袖じゃ。（片側の袖を見せる）。

律　（クスクス笑い出す）うちの前の鶯横丁みたいじゃ。

八重　どういう意味ぞなもし。

律　曲がりくねっとる。

八重　なあリーさん、なんぼ子供の着物でもこれではお金を頂戴するわけにはいかんぞなもし、縫い目ほどいて、もう一遍おやり直しなさいや。
律　済みません。
八重　おまえは裁縫は苦手じゃ言いよるけど、これからの女子は、手に職の一つくらい身につけとかんと先行き困ることになりますぞ。ましてやうちの場合は、ノボさんが病気勝ちじゃけん、おまえがしっかりせんといかんのぞなもし。（気配に気付く）どなた？

庭の下手より松尾慎吾が入ってくる。

松尾　お邪魔します。
律　あら、松尾さんじゃ。
松尾　庭から済みません。今夜定例の句会があると聞いたものですから……。
律　（八重と顔見合わせて）折角ですけど、今晩の句会はうちじゃないんです。
松尾　違うんですかッ。（八重は奥へ去る）
律　上野公園の中に元光院というお寺さんがあるのを御存知かしらん？
松尾　元光院？
律　そこの御隠殿の坂を上がって、墓地を左へ入ったとこですけど。
松尾　ああ、一度行ったことがあります。
律　今晩は大勢いらっしゃるんで、会場をそちらに決めたんですと。
松尾　じゃ、子規先生も？

律　新聞社の帰りに、そのまま会場へ行くと言うとりました。ほいでも、どなたがおっしゃったの、うちで句会をするじゃので。
松尾　君島渓水さんです。
律　そう言や、渓水さんもあなたも暫くお顔をおみせにならなんだですね。おいそがしかったん？
松尾　はあ。
律　口の悪い兄が、あなたのことを珍しう褒めとりましたわ。松尾秋窓君は素直なええ句を作るお人じゃと。
松尾　（眼を輝やかせ）本当ですか！
律　お仕事がおありになるので大変じゃとは思うけど、まぁ、お続けなさいね。
松尾　はい。では、今から元光院へ行きます。
律　ちょっとお待ちになって。（と書斎から襟巻を持ってくる）お使い立てをして悪いんですけど、兄に会ったら渡して頂きたいの。日が落ちると上野の杜は冷えるから、必ず襟巻をするようにて。
松尾　先生はお体の具合はどうなんです。
律　当人は元気そうにしているけど、腰が痛むから無理はできんのです。
松尾　そうですか。では、お届けします。
律　お願いします。（言いかけて）どなた？　兄さん？
子規（声）　済まんけんど、そこの潜り戸から庭へ回っておくれんかなもし。まだ時間はあるけん、慌ていでも大丈夫じゃけん。

正岡子規（本名常規、のちに升《のぼる》。二十八歳）が座敷に入ってくる。古びた大島紬によれよれの羽織。頭髪は短く、髭を蓄えている。

律　兄さん、どうしたんぞなもし。
子規　袋井君らがあしの体を心配して、新聞社まで迎えにきてくれたんじゃが、忘れ物《もん》に気が付いたんじゃ。
律　なんの忘れ物《もん》？
子規　博文館から出とる俳諧文庫じゃ。ついでじゃけん、酒持って行ってもらおと思うてな。貰い物《もん》があったじゃろが。
律　ああ、抱琴さんからの。
子規　あしは飲まんけん、持って行っておもらい。（気が付く）松尾秋窓君か。
松尾　御無沙汰をしておりまして。
律　会場を間違えて、うちおいでたんよ。

下手より袋井と中富が入ってくる。

袋井　今日は。
中富　お邪魔します。
子規　（松尾に）今晩の句会は、みんなに一題拾句をやってもろて、そのあとで少し時間があったら蕪村の話をしようかと思とるんじゃ。君も俳句の勉強をするんじゃったら、定例の句会だけはなるべく休まんほうがええぞえ。

松尾　はい。
律　これでしょう。（と酒を持ってくる）
子規　ほうじゃほうじゃ。（ラベルを見て）いななき。悪酔いしそうな酒じゃな。あしは用事を済ましたらすぐに行くけん、君ら先に行ってくれんかなもし。（松尾に）知っとるじゃろう、袋井君に中富君。
松尾　（頭を下げる）
子規　ほんなら、頼むよ。（と酒を渡す）
中富　（松尾を無視して袋井に）行こう。
子規　一緒に行ったらええじゃないかえ、上野はすぐそこなんじゃけん。
袋井　（松尾に）君は先月の初めに、君島渓水君と二人でむらさき吟社の句会に出席したでしょう。
子規　（思わず松尾を見る）
袋井　連中は我々根岸派のことを、書生俳句だとか外道俳句だとか、ひどいことを言っているのを君だって知っている筈だ。そんな連中の句会に、雁首そろえて何故のこのこ出て行ったんだ。
中富　むらさき吟社を主宰しているのは尾崎紅葉だが、紅葉が如何に高名な小説家でも、彼にとって俳句は所詮余技だよ。遊びだよ。そんな連中の所へ膝を屈して教えを乞うなんて、君はそれでも根岸派の俳人か。正岡子規を侮辱するにも程があるぞ！
子規　本当に出席したんかね？
松尾　知らなかったんです！　渓水さんから何事も勉強だと誘われて……本当に知らなかったんです！
袋井　知らなかったで済む問題じゃない。連中はね、根岸派の若い俳人二人が、遂にむらさき吟社の軍門に降ったと言い触らしているんだ。尾崎紅葉がそんなに好きなら、さっさと向うへ移ったらいいだろう。二股膏薬は醜いよ！
松尾　二股膏薬？
中富　言われて悔しかったら、潔白を証明してみせろ……。
子規　もうやめんかなもし。松尾君は知らなかったと言うとるんじゃけん、それがなによりの証明じゃ。
袋井　しかし正岡さん――。
子規　ただ、これだけは言うとくけど、あしらとむらさき吟社とでは俳句に対する考え方が違うけん、二つの会に顔を出す訳にはいかんぞなもし。選ぶとすればどちらか一つ。そして選ぶのは、君じゃ。
松尾　僕は先生の俳句が好きです！　これからも先生に教えて頂きたいと思っています。
袋井　口は重宝、心は心。
子規　袋井君！（と制して）ほんなら、会の仕度もあると思うけん、ぼちぼち行っておくれんかなもし。
袋井　（中富と二人で去る）
松尾　済みませんでした。（襟巻を置く）
律　いらっしゃるんでしょう！
松尾　行きます。（と去る）

八重が庭の騒ぎで奥から出てきている。

八重　ノボさん、今晩の句会はお休みするのかなもし。
子規　行くぞな。行くんじゃけど、その前にちょっと母さんと律に相談することがあるんじゃ。

律　忘れ物の本てどれぞなもし。
子規　ああ、机の横に蕪村暁台全集がある筈じゃ。暁台はあかつきに縁台の台。あったら風呂敷に包んどいておくれ。
八重　なんの相談ぞなもし。
子規　会が終わってからゆっくり話をしようかと思たんじゃが、碧梧桐から思いがけない話を聞いたもんじゃけん、ほいで戻《も》んてきたんじゃ。（律に）分かったか？
律　これですか。
子規　ほうじゃほうじゃ。（と本を見る）律、すまんけど、ちょっと腰の辺を揉んどおくれ。
律　痛むんですか。
子規　しんどいんよ。旅の疲れがまだ残っとるんじゃろ。
八重　無理したらいかんぞなもし。ノボさんはついこないだ、四国から大阪、奈良を回って帰ってきたばっかりじゃ。体がきついようじゃったら、今晩の会は高浜の清さんにでも頼んだらどうぞなもし。
子規　そういう訳にはいかんのよ。みんなは旅の話を楽しみにしとるし、それにあしが法隆寺で詠んだ句が、意外なことにみんなの評判になっとるらしいんです。
律　ああ、あれは良い句じゃった！　柿くへば鐘が鳴るなり法隆寺。……しーんとした法隆寺の境内に鐘が鳴っとって、その鐘の音が、高い高い秋の空に吸いこまれて行く。句を詠んでいる自分までがおんなじように吸いこまれて行く。そんな感じがして、あたし好きじゃった。
子規　へえ、おまえに分かるんかえ。
律　失礼じゃわい、もう揉んでやらん！
子規　ははは、御免御免。ほじゃけんど、碧梧桐に言わせると、あの句は可笑しいと言うんじゃ。

八重　どこが可笑しいん。
子規　つまりじゃね、柿くへば鐘が鳴るなり法隆寺というけど、柿を食べているときに鐘が鳴ったのじゃけん、柿くへばじゃのうて、柿食ふて居れば鐘鳴る法隆寺と、こう詠まないかんと言うんじゃ。
律　つまらんつまらん、そりゃ理屈じゃ。兄さん、気にしたらいかんよ。すぐに文句つけるのは秉公《へい》の悪いくせじゃ。
子規　碧梧桐つかまえて秉公という奴がおるか、ははは。
八重　それより、その河東さんの話てなんじゃったんぞなもし。
子規　ほうじゃほうじゃ、肝心なこと忘れとった！　じつはの、コットリ先生が近々松山から上京するらしいんじゃ。
八重　中堀さんが？
子規　今日の昼過ぎ、碧梧桐が新聞社へやってきて、国許から貰うた手紙にそんなに書いてあったと言うんじゃ。
八重　なにしにおいでるんぞね。
子規　松山中学の先生じゃけん、いずれ学校の用事じゃろうけど、はるばる上京するとなると、上根岸にもきっと顔を出す筈じゃと——（律、立上る）どこへ行くんじゃ、座っとれ。
律　（不承々々座る）
子規　碧梧桐はじゃね、コットリ先生がまだ独り身で再婚もしてないんは、お律さんのことが忘れられんけんじゃと言うんよ。
八重　たしかなことかなもし。
子規　たしかじゃろう。

八重　物静かで、ええお人じゃったな。中学校の生徒さんらはあの人つかまえて、コットリさん、コットリさん言うとったけど、ほんとにそんな歩き方をしよった。
子規　あしも何遍か一緒に散歩したことがあるけど、いっつもうつむき加減で、生きとるのが申し訳ないいう顔して、コットリ、コットリ歩いといでた。ええお人じゃった。
八重　リーさん、もしもじゃ、もしもコットリ先生がおみえになったら、リーさんは会《お》うとおみるかなもし。
律　（無言で首を振る）
八重　どして？
律　どしても。
子規　のう律、おまえらのことに就いてはあしにも責任があるんじゃ。いいや、原因は病気で寝とったあしにあるんじゃけん、コットリ先生のこと思うと、あしは心が痛むんじゃ。おまえがもし、も一度やり直してみる言うんじゃったら、あしはコットリ先生に頼んでみるぞね。
律　中堀さんとのことはあたしが自分で決めたことじゃけん、兄さんがそんなに心配することはないんよ。それより、早う行かんとみんなが待っといでるぞね。
子規　（怒って）あしは今、おまえの話をしとるんじゃッ。
律　聞きとないと言うとるんです！
八重　ほんならリーさんは、結婚はせんつもりかなもし。
子規　母さんが心配しといでるんはそのことじゃ。この間も筆庄さんの縁談をおまえはことわった。先方さんはおまえの過去は問わんと言うてくれたのに、おまえは嫌じゃ言うて追い返してしもた。十五や十六の娘なら分るけど、おまえは今年二十六ぞね。

八重　二十五。
子規　おんなじようなもんですよ。コットリ先生には会いとない、筆庄さんは嫌じゃ。ほんならどうするつもりぞね。一生独り身でおいでる訳にはいかんぞなもし。
律　兄さん。
子規　なんじゃい。
律　あたしがはじめて結婚したのは十九のときで、このときは三月でしくじりました。
子規　知っとるよ。
律　二度目がコットリ先生で、半年でしくじりました。今度もし結婚したら、三度しくじることになるんぞね。
子規　なんでしくじることばかり考えるんじゃ！
律　考えとはないけど、二度もしくじりゃ、三度目もいかんもんと、ゆるぎない自信を持つもんじゃ。
子規　そんなことは自信とは言わんのじゃ。始めからあきらめてどうするんぞなもし。
律　ほじゃけんど、兄さんじゃって同じようなことを経験しといでるじゃろ。兄さんは子供の時は弱味噌の泣味噌で毎日のように泣かされて帰ってきた。母さん、そうじゃろ。
八重　ほうじゃほうじゃ。いつもいじめられて、ピイピイ泣きもって帰ってくるんよ。ほしたらリーさんがの、兄さんの仇いうて、棒持って飛び出して行くんじゃ。
律　（子規に）よう聞いとうきなさい。兄さんは小学校の壁に押しつけられては、いっつも小突かれて泣かされとった。そう言うといでたな。そのうち友達がそばへ寄って来るだけで泣声をあげるようになった。なにも手を出さんのに、兄さんはヒィーいうて泣き出した。そうじゃろ。人間はなんべんも痛い目に遭うたらそういうことになるんぞね。兄さんは泣いて済ましたけど、あたしはあきらめた、それだけの違いじゃがなもし。
八重　もうその辺でよろしい。ノボさんはリーさんのことばっかり言うといでるけど、ほんとはあんたにええお嫁さんがきてくれたら、どんなによかろかと思とりますぞね。
子規　いや、あしは無理じゃ。
八重　ほじゃけんどこのままじゃったら、あんたらの代で正岡の家は絶えてしまうことになりますぞね。のうノボさん、俳句のお仲間で、日本橋からきよいでる宿屋の娘さんがおいでるじゃろ。
子規　衣川君ですか。
八重　ほうじゃほうじゃ。明るうて可愛気な娘さんじゃと、あたしは前々から目を付けとったぞなもし。今度おみえになったとき、それとのう話をしてみたらどうぞなもし。
子規　冗談いうたらいかんぞなもし。そんなこと言うたら二度と顔を出さんようになってしまう。（懐中時計を見て）こらいかん。ほんならちょっと行ってきます。

そのとき玄関で「ごめん下さい」と若い女の声がする。

八重　はい。（子規たちに）どなたじゃろ。（と出て行く）
子規　帰りは人力で帰ってくるつもりじゃけん、俥屋に頼んどいておくれ。
律　兄さん、羽織。（着せようとする）

八重が戻ってくる

八重　ノボさん、噂をすれば影がさすじゃ。衣川さんがおみえになったぞなもし。
子規　えッ。
八重　ちょっと御挨拶にお寄りした言よいでるけど、まあ、いつ見ても奇麗なお方じゃなもし。（振り向いて）どうぞこちらへ。散らかっとりますけど、どうぞ。

衣川登代が入ってくる。

登代　御免下さいませ。
八重　さあさあ、どうぞこちらへ。
登代　とつぜんお邪魔をして申し訳ございません。先生、暫くでございます。
子規　道灌山の吟行以来でしょう。
登代　すっかり怠けてしまって済みません。
八重　あのときは、わざわざ芋坂のお団子を買うてきて下さいましたなもし。リーさん、お茶をお淹れせんかなもし。
登代　どうぞおかまいなく。
律　（無言で去る）
八重　（ランプに灯を点し）それにしてもようお越し下さいましたぞなもし。俳句のお仲間いうても殿方が多いもんじゃけん、みなさんがここへお集まりになったときは、まるで四十七士の討入りの晩みたいで、賑やかというのか、うるさいというのか、見とってもあんまり楽しいとは思いませんけど、あなたさまがお越しになったときは、みなさん方のお顔の色ばっかりか、ランプの明かりまでが一段と明るなったように見えますがね。うちの升じゃって、衣川さんがおみえになったときは、ええ俳句がどんどん生まれる言うとりますがなもし。
子規　そんなこと言うてない。
八重　ほじゃけんど、ええときに来て下さいましたなもし。危いとこ入れちがいになるとこでしたぞなもし。
登代　どこかへお出かけですの？
子規　今晩上野のお寺で定例の句会があるんです。
登代　あら、今夜でしたの。
子規　仕様がないな。だれも知らせなかったんだ。
登代　いえ……句会のことでしたら、十日ほど前に袋井さんが、うちへおみえになったんです。
子規　袋井君？　彼だったらさっき来ましたよ。
登代　そうですか……じつは一緒に行かないかって、お誘いをうけていたんですの。
律　（黙って入ってきて、黙って登代の前に茶碗を置く）
登代　済みません。
子規　今晩は久しぶりに内藤鳴雪先生もおいでになるし、碧梧桐君も高浜虚子君も出席する予定です。もし遅なるようでしたらだれかに送らせますよ。みんなも喜ぶから一緒に行きましょう。
八重　せっかく升とも会うたんですけん、そうしたらどうぞなもし。
律　兄さん、急がんと遅れるぞね。
子規　分っとるが！　それとも、なにか御用があるのでしたら……。
登代　いえ、用事はないんですが、じつはこのところ両親とうまく行かなくて、今日も黙って抜け出してきたんです。
八重　どういうことぞなもし。
登代　先生、お気を悪くなさらないで下さいね、父は、女のくせに俳句なんかやるのは怪しからん、しかも選りに選って正岡子規なんかの弟子なるとは何事だって、すごい見幕で怒るんです。
子規　あしは、あんたのお父さんには会うたことはないぞなもし。
登代　先生、父は宿屋のおやじですけれど、俳句をやっているから先生のお名前は知っているんです。それも先生、父の俳句というのは先生が大嫌いな月並俳句なんです。たとえばあの……そうそう、こんな句がありましたわね。出過ぎぬは人も芳し蕗のとう、とか、人の善悪水を打つにも知られけり、とか、おもしろくもなんともない、修身の教科書みたいな句を、父は良い句だと言っているんですから、ほんとに馬鹿じゃないかと思うんです。それだけに子規先生の句は新し過ぎて世間を惑すと言って、全然認めようとはしないんです。その先生の所へ私が通っているものですから、父はとうとう癇癪玉を破裂させて、言うことを聞かなければ勘当だって——。
八重　勘当？
子規　それは困ったな。
登代　いえ、本当は俳句だけが原因じゃないんです。でも先生、よい折ですから、お供させて下さい。
子規　しかし勘当はまずいぞなもし。
登代　その代り当分の間、家でおとなしくしています。御迷惑かもしれませんけれど、お願いします。
八重　（子規）連れて行っておあげなさいや。（登代に）もしお父様から勘当じゃあと言われたときには、ご遠慮なさらんと、うちへ逃げておいでなさい。待っとりますぞなもし。
登代　有難うございます。

律　（頻りに空咳をする）
子規（律を睨んで）……ほんなら行きましょうか。
登代　あの、（風呂敷包を解き）お気に召すかどうか分りませんけれど、これ、先生に着て頂ければと思いまして。（と羽織を出す）
八重　お羽織じゃの。あなたさまがお作りたんかなもし。
登代　お恥ずかしい仕立てですが。
八重　ちょっと拝見（広げて見る）まあ、よう出来とりますぞね。縫い目も奇麗並んどるし、襟元も袖付けも丁寧に仕上がって、これは立派な物じゃ。（登代に）ごらんの通り升が着とる羽織はよれよれになっとります。リーさん、あんたが着せておあげな。
律　（針仕事をしながら）あたし、忙しい。
登代　私でおよろしければ、（と着せる）如何でしょう。
八重　中の着物はお粗末じゃけど、お羽織で引き立ちますがね。
子規　有難う。ほんなら、行きましょうか。

律がつかつかと近付き、子規の首に黙って襟巻を巻きつけると、また針仕事に戻る。

登代　どうもお邪魔を致しました。
律　（無言で頭を下げる）
八重　ほんなら、どうぞお気をおつけになっての。リーさん、なにしとるんぞね。お見送りをせんのかなもし、リーさん。

三人は玄関へ去る
律は子供の着物の片袖を、えいッとばかりに引っぱって取ってしまう。
列車の音がまた近付いてくる。

溶暗

㈡

前場と同じ子規の家。翌年の春。
舞台にはだれも居ない。鶯の声。上手奥で車井戸の音。
玄関の方で「御免下さい」と男の声がする。やがて庭の下手より中堀貞五郎（コットリ先生）が、足音を忍ばせるようにして恐る恐る入ってくる。

中堀　御免下さい。（家の中を覗き込み）どなたもおいでんのかなもし。御免下さい。

上手より水桶を提げた律が現れる。

律　（思わず立止まる）

中堀　表で声掛けたんじゃけど、返事がなかったもんじゃけん。……暫くじゃったなもし。
律　（黙って頭を下げる）
中堀　手紙を出してからと思たんじゃけど、多分ことわられると思たけん……お母さんや升さんはお元気かなもし。
律　おかげさんで。
中堀　そらよかった。あしのことは河東の秉五郎さんからお聞きじゃと思うけど、学校の研修も終ったけん、明日はいよいよ松山へ帰らんならん。ほじゃけんど、その前に是非あんたに会いたいと思うてお伺いしましたんじゃ。升さんはどこぞへお出かけかなもし。
律　俳句のお仲間と一緒に浅草の方へ。どうぞお上がり下さい。
中堀　いいやぁ、ここでええぞね。
律　今お茶を淹れますけん、どうぞ。
中堀　お母さんもおいでんのかなもし。
律　買物に行っとります。

律は奥へ去る。中堀は縁側に腰をおろす。鶯が鳴いている。
律が茶を持って出てくる。

中堀　鶯が鳴きよる。
律　夜になると、向かいの上野の杜で梟が鳴きます。おいでなさいませ。
中堀　あんたも元気そうでなによりじゃわい。ほじゃほじゃ、忘れんうちに、これ、名物のタルトじゃ。

お母さんに食べてもろておくれなさいや。

律　（懐かし気に）タルトを見るのは何年ぶりじゃろ。ありがとう。

中堀　松山じゃあの、升さんのことがよう新聞に載っとるぞね。あしは俳句のことはさっぱり分からんが、地元の若者らは升さんを押し立てて、来年はホトトギスやらいう雑誌を出すんじゃいうて張りきっとるぞね。松山を離れて、そろそろ四年になるんかなもし。

律　……。

中堀　あしらが一緒に暮らしたんは、ほんの半年ほどじゃったけど、あんたが去《い》んでしもうたときはあしはえらい困ったぞなもし。なんせ狭い町じゃけん、近所の連中ばっかりか、中学校の餓鬼らまでが、コットリさんは奥さんに逃げられた、それも……あんた気悪せんといておくれよ……それも、奥さんは前に一遍しくじっとる出戻りじゃ、その出戻りの奥さんにまで逃げられてしもうたんじゃけん、どこぞ体に欠陥があるんじゃないか言われての、あし、気まりが悪うて、道歩くんにも、当分の間は端の方をこそこそ歩いとったんじゃがや。

律　済みません。あたしの我儘からえらい御迷惑をおかけしてしもて……ほんとに済んませんでした。

中堀　なぁんも、あしはなあにも謝ってもらおうと思て来たわけじゃないんぞな。あのときは、升さんが胸患うて血吐いたりしとったけん、あんたにすりゃ看護のために実家へ戻らん訳にはいかなんだんじゃ。それに病気が病気じゃけん、人の噂もあるしの、とどのつまりが松山には居辛うなってしもたんじゃ。だれが悪いわけじゃない。すべては巡り合せというもんぞね。

律　そんなことはありません。なにもかもあたしが悪かったんです。

中堀　過ぎてしもうたことはもうええが。それよりあしが今日来たんはの、もういっぺんあんたと一緒に暮らすことができんじゃろかと思うて、それを頼みにきたんぞなもし。

律　……。

中堀　そらの、四年も経っとるんじゃけん、何時までも昔と同じ気持ちでおるちゅう訳にはいかんじゃろ。仕事もあるし、付合いもあるし、暮らしのこともあるけん、人間は変わって当りまえじゃ。それぐらいのことはなんぼ呆んくらのあしにも分かるぞね。ほじゃけんど、あしが今日思いきってやってきたんは、升さんから手紙を貰うたけんなんじゃ。

律　（驚いて）兄が手紙を？

中堀　（ポケットから封書を出す）去年の暮じゃたけど、升さんからとつぜんこの手紙が送られてきたんじゃ。読んでみたら分かるけどな、四年前とは比べもんにならんぐらい元気になった。近頃は咳も出んし、喀血もない。足が少うし弱っとるけど、これはリュウマチじゃけん、心配はいらん。そう書いて有るんよ。ほてな、それぱっかりじゃないんぞなもし。トッコリさんが、あしのことをトッコリさんと書いてあるけど、これはコットリさんの間違いじゃろうと思うんじゃけどな、ま、そんなことはどうでもええわい。もしトッコリさんが未だに変わらん気持ちでおるのじゃったら、母やあしのことは心配せずに、律をどうぞ四国へ連れて帰っておくれ、ほしてな、最後にこんなことまで書いてあるんぞな。ええかなもし。（手紙を読む）……律は強情なれども純情に御座候。純情なれども向こう気甚だ強き女に御座候。されば上京以来四年に及び候へども、ここが肝心なとこじゃ。上京以来四年に及び候へども、男の噂、哀れ皆無に御座候。哀れとはどんなおつもりでお書きたんか知らんけんど、しかしこの言葉は、あしにとっては力強い言葉ぞなもし。

鶯の声。

中堀　あしは、あんたが好きじゃ。あんたと一緒に暮らせたらどんなにしあわせじゃろと思うとるんよ。あんたは升さんの体を気にしとおいでるんじゃろけど、こんな手紙まで呉れたんじゃけん、これからは自分のしあわせのことだけを考えたらどうぞなもし。リーさんがあしのことを嫌いじゃないなら、一緒に松山へ帰らんかなもし。どうぞね。

庭の上手より笊を持った魚辰の女房おげんが入ってくる。

おげん　御免なさいよ。おや、お客さん？
律　は、はい。
おげん　お話し中済みませんね。おとなりさんに電話が掛かっているんだって。佐藤さんとかいうお医者さんだってさ。
律　佐藤先生！
おげん　今、魚届けに行って頼まれたんだよ。そうそう、魚といえば、鱸の良いのが入ったから持ってきてやった。台所を借りて捌いといてあげるから、すぐに行くといいよ。
律　いっつも済みません。（中堀を一瞬見るが、急いで上手に去る）
おげん　電話というのは不思議なもんですね。何里も先の所からどうして人の声が聞こえてくるんでしょうね。奇体なもんですよ、あれは。（座敷に上がろうとする）
中堀　あの、今お医者さんお言いたけど、どなたかお悪いのかなもし。
おげん　御存知なかったんですか、ここの俳句先生ですよ。
中堀　俳句先生って、升さんのことかなもし。

おげん　そうそう、そのノボルさん。こちらの息子さん。
中堀　ほじゃけど、近頃はすっかり元気になって――
おげん　元気なのはおっ母さんの方ですよ。息子さんは俳句の方では偉い先生らしいけど強情で、言うことを聞かないって、おっ母さんはこぼしてますよ。おまけにここへやってくる友達ってのが、また良くない。
中堀　どんなに良くないのぞなもし。
おげん　どんなに良くないと言われても、なにしろ多いときには、この狭い座敷に三十人ぐらい集まっちゃって、名月がどうしたとか初雪がどうしたとかって訳の分からないことをワァワァ言い合っているんです。俳句なんかひねろうなんて人間は変なのが多いから。お宅さんもそう？
中堀　あしはやりません。
おげん　やらない方がいいですよ、あんなものは、お金にならないんだから。俳句先生に会ったら、ちょっと言ってやったらいいですよ。あれじゃ妹さんが可哀相だもの。（と奥へ去る）

列車が汽笛を鳴らして通過する。
律が戻ってくる。

中堀　升さんの手紙は嘘じゃったんじゃな。あしを安心させよと思てリュウマチと書いてあったけど、ほんとはどこがお悪いのぞなもし。他言はせんけん、言うとくれんかなもし。
律　……兄は、カリエスなんです。
中堀　カリエス！

律　去年の暮まではそれほどでもなかったんじゃけど、年が明けてから歩くのが大儀になって、庭へ降りるにも痛い痛いと言うようになったんです。ほじゃけんど、お医者さんはリュウマチじゃとお言いるし、兄もリュウマチじゃったら気にすることはない、温《ぬく》なったらきっと治るいうて、毎日のように日本新聞社の原稿を書いたり、お仲間の寄合いに顔を出したりしとったんです。ほじゃけんど治るどころか、痛みがますます激しくなってきたけん、おとなりの陸羯南《くがかつなん》先生が見るにみかねて、佐藤博士さんを紹介して下さったんです。十日ほど前のことでした。

中堀　……

律　そのときは、先生はなんにもお言いなんだけど、ただ付添のあたしにだけ、ことによると手術をするかもしれんとおっしゃいました。今の電話はその手術のことで、なるべく早く入院してもらいたい、病名は結核性の脊椎カリエスじゃと――

中堀　結核!?

律　そうに言われても、あたしにはカリエスがどんな病気か分かりませんけん、黙って聞いとるだけでしたけど、先生は、かりに手術がうまく行ったとしても、自分の力ではもう歩くことは叶わんじゃろとお言いた。俳句は作れても、腰から下は赤子と同じになるとお言いた。（にわかに感情が激してくる）四年まえにも血を吐いて倒れたいうのに、どこまで苦しめたら気が済むんかと思たら兄が可哀相で……そんなにみじめな姿になるんじゃったら、いっそ死んでしもた方が兄にとってはしあわせじゃないかとも思たりして……。

中堀　そんなことを言うたらいかんぞなもし！　たとえ赤子のようになっても、俳句は作れると先生は言うておくれたんじゃ。それだけでもよかったと思わんといかんぞなもし。

律　あたしは、俳句は嫌いです。

中堀　リーさん！

律　憎いんです！　踏みつぶしてやりたいくらい憎いんです！　殺してやりたいぐらい憎いんです！　ほじゃけんど、その憎い俳句に兄は取り憑かれてしもたんです。血の海の中で死の匂いを嗅ぎもって、それでもやっとこさ、この世に生き返ってきたと思たら、今度は脊椎カリエスです。それでも兄は俳句を捨てよとはせん。あれは人間の業というもんじゃと母は諦めとりますけど、業では済まんのです。命を縮めとるんです。母の命までも縮めとるんです。兄じゃってそれぐらいのことは分かっとるんですが、どうにもならんのです。俳句は憎い言いましたけど、あたしにとっては俳句なんかどうでもええんです。兄を虜にして、兄を苦しめとる俳句があたしは嫌いなんです。ほじゃけんど、この世でたった一人の兄ですけん、あたしは、兄のそばから離れる訳にはいかんのです。……人が聞いたら笑うかもしれませんけど、俳句は、肺を苦しめとる肺苦じゃと、あたしは思うとります。

中堀　……。

律　それにしても、ようお忘れのうおいで下さって……ありがとうございました。ほんとはあたしも、もういっぺん松山へ戻《も》んて、一緒に暮らすことができたらと思たこともありましたけど……今となってはそんな訳にもいきません。ほじゃけど、あたし、嬉しかった。（と泣き出す）

中堀　リーさん、あしに出来ることじゃったらどんなことでもするけん、遠慮のう言うとくれなもし。夏の休みには、また出て来てもええぞね。

律　いいえ。それよりあたしのことなんかはお忘れになって、今度こそええ奥さんをお貰いになって下さい。ほんとうに有難うございました。

中堀　なんのお役にも立てんで……ほならリーさんも体に気付けてな。お母さんや升さんには、くれぐれもおよろしう言うといておくれなもし。

律　貞五郎さんも、どうぞおしあわせに。

中堀は去る。小鳥の声。

目を真赤に泣き腫らしたおげんが座敷に出てきている。

おげん　そういう人とも知らないで先刻は悪いことを言っちゃった。私は聞くつもりはなかったんだけど、思わず貰い泣きしちゃったよ。

律　おばさん、お魚のお代はおいくら？

おげん　ああ、あとで一緒に貰うからいいよ。それより手術がどうのこうの言ってたけど、もし手が足りなかったら、うちの亭主を使っとくれ。遠慮することはないよ。

律　有難うございます。

おげん　あんたも苦労するね。それじゃ。（去ろうとする）

そのとき玄関で「お律さん！　お律さんはいらっしゃいますか！」と声がして、庭の下手より松尾が駆け込んでくる。

松尾　大変です！　先生がお行の松のところで倒れたんです！

律　倒れた！

松尾　碧梧桐さんが付添って、今人力で先生を運んできます。すぐに布団を敷いて下さい！

律　おばさん、お願いします！

律はおげんと一緒に座敷に上がり、布団を敷く。松尾は玄関へ戻る。人力車が表に着いたらしく、「大丈夫え」「そっちを持って」「静かに静かに」の声。やがて子規を抱えるようにして河東碧梧桐と松尾が座敷に入ってくる。

碧梧桐　リーさん、布団は？
律　敷いてあります。兄さん！　痛むん？　気分が悪いん？
子規　体中が熱いぞね。
律　おばさん、済みませんけど水を汲んできて下さい！
おげん　あいよ！　（と庭に去る）
律　松尾さん、悪いけどお医者さん！
松尾　どこですか？
律　花屋さんのおとなり、宮本医院。
松尾　はい。（と飛び出して行く）
碧梧桐　ノボさんはの、浅草の帰りにどうしてもお行の松に寄りたい言うて利かんのぞなもし。あそこなら何時でも行けるんじゃけんこの次にしよう言うたのに……。
律　秉五郎さん、下駄は困りますぞね。
碧梧桐　あ、こらいかん！　（慌てて下駄を脱ぐ）
子規　秉さんはあわてもんじゃ。
律　黙っといで。（河東に）済みませんけど氷を買うてきて下さいや。

碧梧桐　どこに売りよるんぞね。
律　氷屋。
碧梧桐　そら分かっとるけど。
律　花屋さんで聞いたら分かるけん。
碧梧桐　ほんなら。（行こうとする）
律　履物々々！

碧梧桐は脱ぎ捨てた下駄を持つと急いで玄関に去る。

子規　秉さん上手に氷が買えるかなもし。
律　黙っといで。
子規　説明しとんじゃがや。
律　黙っといで。

律は子規の足首を丁寧に拭いている。

溶暗

㈢

子規の家。同じ年の初秋。
庭の一隅の糸瓜棚に数本の糸瓜がぶらさがっている。座敷には縁に切り込みを入れた文机が置いてあり、さらに「風板」と名付けた大団扇が天井から吊るされてある。
日が翳り始めた庭で八重が植木の手入れをしている。蜩が鳴いている。
とつぜん奥の部屋で子規の絶叫。

子規　あいたたた！　痛い痛い！　馬鹿、阿呆！　そんなに手荒にやったら痛いがや！　やめい、やめえ。痛いいうのが分からんのか！　馬鹿、いたーい！

その声がプツンと途切れ、やがて律の肩に掴まった子規が跛を引きながら出てくる。

子規　（荒い息を吐きながらまだ怒っている）おまえはあしの体をどう思うとるんじゃ。腰ばかりじゃのうて背中にも穴が開いとるんぞ。痛い痛い言いよるのになんで分からんのじゃ！
八重　ノボさん、そんなに大きい声で喚《おら》びたら、御近所の迷惑になるぞね。
子規　ほじゃけんど母さん、ガーゼを剝がすときにはそうろりやっておくれ言いよるのに、律は手加減せんのぞなもし。

律　手加減したがね。ほじゃけど、ガーゼをピッと剝したら、ついでに瘡蓋までピッと剝がれてしもたんよ。
子規　なに、瘡蓋まで剝がれた!?　いたたた……！
八重　急に痛がらんでもええがね。あんたはそれでも武士の子かえ。
子規　武士でも町人でも痛いときは痛いですよ。ほんとにひどいことをするんじゃけん。おい座布団ッ。いちいち言われんでも座布団ぐらい出しとくもんじゃ。
律　出しとります。（と敷いてやる）
子規　座るけん、そうろりやれよ、そうろりと。
律　（子規を座らせる）
子規　お茶。ほれから煎餅。ついでに菓子パンと梨。ほれから牛乳、いっつものようにココアをちょこっと入れておくれ。
八重　食べすぎぞなもし。
子規　律！　蚊じゃ、蚊が止まっとる、蚊！
律　どこ？
子規　ここじゃ、ここ！　首筋！
律　（いきなりぴしゃりと叩く）
子規　痛い！　なんで叩くぞ。
律　叩かんと死なんぞなもし。
子規　おまえはあしになんぞ恨みでもあんのかえ。ええか、根岸という所は蚊が多うて、朝起きてから夜寝るまでぶんぶん飛び回っとるんぞね。おまけにこいつらみんな藪っ蚊じゃ。ほじゃけんあしは、いろいろと思案めぐらした末に、ようようこの風板を発明したんぞなもし。西洋にはエレキで動かす自動電気扇やらいうのがあるそうじゃが、そんなもんは日本にはないけん、苦心の末にあしが考えたんじゃ。これを動かせば蚊が逃げる。どしてそこに気が付かんのか、あしはつくづくなさけのなるがや。

律　ほんなら聞きますけど、お茶を運びもって風板を動かすんにはどうしたらええんぞなもし。

子規　また理屈を言う。

律　理屈でもなんでも、どうしたらええぞなもし。

八重　ええわい、ええわい。お茶はあたしが持ってきたげるけん、リーさんはその団扇のお化け動かしておやり。文句の多い病人じゃなもし。

八重は奥へ去る。
律は柱に垂れ下がっている紐を引く。
すると天井の大団扇が動き出す。

子規　（満足気に）どうぞね、律。……うかときて喰い殺されな庵の蚊に。これじゃったら蚊も近寄らんし、涼しい。どうじゃ、涼しかろ。

律　涼しいのは兄さんだけぞな。

庭の下手より碧梧桐が入ってくる。

碧梧桐　ほう、やっちょるね、鱝《えい》のひれ。
子規　なにが鱝のひれじゃ。今お帰りかや。
碧梧桐　ノボさんの給料が出たけん、早目に引き上げてきた。お律さん、これ、お渡ししときますぞなもし。（と給料袋を出す）
律　今手が離せませんけん。
子規　お金のときは別じゃろが。
碧梧桐　今月から給料を五円上げたいうとりましたけん、一応たしかめてみておくれんかなもし。
律　いっつも済みません。
子規　五円上がりゃ大分助かるけど、こないだ新聞読んどったら、伊藤博文が履いとる薩摩下駄は桐の柾で十五円じゃと書いてあった。あしが今まで貰うとった給料は、伊藤侯の下駄二足分じゃ。三十五円たしかにあるかえ？
律　（数え終わり）はい。ありがとうございます。
子規　ほじゃけんど、出社もせずに給料を貰とるんじゃけん、文句は言えん。
碧梧桐　その代わり日本新聞には、切れ目なしに原稿を書いとるでしょうが。今連載しとる松蘿玉液《しょうらぎょくえき》なんか、えらい面白いちゅう評判になっとりますぞね。

八重がお茶と菓子を持って出てくる。

八重　おいでなさいませ。
碧梧桐　今日は。ノボさんは具合がええようですなあ。

八重　涼しなってきましたけん、ひと頃よりは大分楽になったようじゃけど、その代わりお客さんが少のうなりましたんで、この人、機嫌が悪うて叶いませんがなもし。
子規　母さん、余計なことは言わいでええわい。
八重　はいはい。ほんなら、ごゆっくり。リーさん、枝豆を茹でておくれんかなもし。

八重と律は奥へ去る。

碧梧桐　ほんとですか？
子規　なにがや。
碧梧桐　こないだから例会の出席者が目にみえて減ってきとるもんじゃけん、高浜もあしも気にしよったんです。普段でもほうですか？
子規　会員が少のなってきたんは事実じゃけど、長いことやっとりゃいろんなことがあるがや。その代わり地方じゃ、あしら根岸派に共鳴する俳句団体が次々生まれよるんぞ。京都、大阪、松山、とくに松山ではの、ホトトギスを出すために松風会ちゅう集まりまで出来たんじゃ。それだけじゃないんぞ、暮には創刊号の打合わせのために、柳原極堂《きょくどう》君がわざわざ東京まで出てくるちゅうとるんぞ。
碧梧桐　ほんならなおのこと東京がしっかりせんといかんのじゃろが。肝心のお膝元がこんな有様では極堂さんに合わせる顔がないじゃろが。
子規　秉さん、根岸庵に足音が途絶えるようになったんは、あしの病気が原因じゃ。（碧梧桐がなにか言いかけるので）えぇえぇ、あしは僻みで言よるんじゃない。それぐらいのことは分かっとるぞね。ほじゃけんど物の盛んになるんと衰えるんとは、ほんの紙一重、向上と堕落は隣同士。今頂上におると思たら、その思た瞬間が衰退の始まりよ、あしは会の仲間が減ってきたことについては、さほど気には止めとらん。むしろ一番怖いのは堕落じゃ。ついこないだまでは二十人、三十人と集まって、宗匠俳句を叩き潰せ、明治の新しい俳句を作るんじゃいうて、ワイワイ気勢上げとったけど、いつのまにやらその言葉に酔うてしもて、肝心の主題を忘れてしもたんじゃ。堕落の一歩手前まで落ち込んだんじゃ。ほじゃけん、残る者《もん》だけが残って身軽になった今、勉強を為直すんにはちょうどええ折じゃとおもうて、お前にも手紙出したんじゃ。読んでくれたかなもし。

碧梧桐　読んだどころじゃないぞな。あしはあの手紙を見て憤慨しとるんぞなもし。

子規　なんを憤慨しとるんじゃ。（と言いつつ煎餅やパンを次から次と食べる）

碧梧桐　あしは、ノボさんの批評じゃったら、たいがいのことは黙って聞いとるけんど、あの批評だけは堪忍ならんぞ。ノボさんはあしの詠んだ「二日灸和尚固より灸の得手」という句を、こともあろうに月並じゃと貶したんじゃ。写生が足らんとか下手じゃとか言うんじゃったらまだ我慢もするけんど、あしらが一番軽蔑しとる月並言われたんじゃあ、なんぼノボさんでも許す訳にはいかんぞなもし。一体あの句のどこが月並ぞ。

子規　あれこそ典型的な月並俳句よ。

碧梧桐　典型的！　（怒りに震えて）ノボさん、場合によっちゃああんたとの縁を切らしてもらうかもしれんぞなもし。

子規　切りたかったら勝手に切ったらええ。あしが月並いうんはな、まず二日灸と詠んだ頭の言葉じゃ。季語は春じゃけん、旧暦二月二日のやいとの日のことじゃろが。厳密に言やの、あしはこの二日灸いう題からして、月並の臭気ふんぷんで気に入らんのじゃけど、ま、これは季語じゃけん認めるとしても、どなにしても我慢ならんのはその下の、和尚固より灸の得手。なんじゃこれは！　二日灸和尚固より灸の得手。陳腐も陳腐。ようもこんな俳句を作ったもんじゃ。
碧梧桐　陳腐とはなんじゃ！　句の善し悪しはともかくとして、二日灸は厄病除けに全国どこでもやっとる行事じゃ。たまたまあしはその姿を寺で見たんじゃ。住職は自分でも据えるけど、頼まれりゃ檀家の爺さん婆さんにも据えてやる。慣れた手付きで次から次へと据えて行く。温《ぬく》い春の日の寺の風景じゃ。ああ、ええもんじゃな思て、あしは素直な心で写生したんじゃ。そのどこが一体陳腐ぞな！
子規　なんが素直じゃ。素直な写生句じゃったらなんで、和尚固より灸の得手と詠んだんじゃ。第一固よりとはなんじゃ。嫌味も嫌味、こんな句にぶつかると鳥肌が立つわい。駄洒落や穿ちや風流ぶるのは月並の特色じゃけんど、お前の句みたいに理屈っぽうて嫌味なんは月並の中でも一番悪い。あしがもし添削したら、もっと素直な写生句になるぞ。ええか、あしじゃったら、（得意気に）……二日灸和尚は灸の上手なり。お前の句は二日灸和尚固より灸の得手。もういっぺん言うぞな。あしじゃったら、二日灸和尚は灸の上手なり。どっちが自然じゃ？　え？　どっちが素直じゃ？　考えんかて分かろが。
碧梧桐　（口惜しそうに子規を睨みつけ）ノボさんは卑怯じゃ！
子規　なんが卑怯じゃ。
碧梧桐　あしはなんにも胸張ってあの句出した訳じゃない。自慢の句じゃとは一言も言うてない。ほじゃのにノボさんは、わざわざあの句を引っぱり出してきてあしを貶したんじゃ。あんたがそんなことをするんじゃったら、あしも言わしてもらうぞな。あんたは春にやっぱり山吹の句を二句出したろうが。
子規　それがどしたん？
碧梧桐　あのときは手術の後じゃったけん、あしは黙っとったんじゃけど、ノボさん！　あの句はなんぞ。とくに前の一句、山吹やいくら折っても同じ枝、あしはこれ見たとき自分の目を疑ごうたぞ。月並も月並、極印つきの月並俳句じゃ！

子規　なんじゃと！

碧梧桐　頭冷やしてあしの言うことよう聞いてくれ。いくら折っても同じ枝いうのは、枝を折る動作を具象化したもんじゃない。そういう動作を頭の中で捉えただけの句じゃ。つまりは観念句じゃ。なんべん詠んでも、山吹の枝を折っとる姿も、折った枝を腕いっぱいに抱えとる姿も、あの句からは浮かんでこんよ。それればかりじゃない、山吹を愛する気持ちもこっちには伝わってこん。なんでじゃ言うたら、頭の中でこねくり回しただけじゃけんじゃ。

子規　（激怒して）秉公！　もういっぺん言うてみぃ！

碧梧桐　ああ、何遍でも言うがや。あれこそ典型的な月並俳句じゃ！　昨日今日の新入り会員じゃったら別じゃけど、あんたはかりにも根岸派の頭領じゃ。その親玉があんな俳句を詠んでどうするんぞなもし。

子規　ぶ、無礼じゃ！　無礼じゃ！　（矢庭に煎餅やパンを投げる）お前のようなやつは破門じゃ！　縁切りじゃ！

碧梧桐　ああ縁切り結構。痛《いと》うも痒うもないわい。

子規　帰れ！　とっとと去んでしまえ！

律が梨を持って出てくる。

律　なにしよるんぞね。

子規　律！　秉公に梨なげちゃれ、かまんけんなげちゃれ！
律　ええ加減にせんかなもし。顔を合わせりゃ喧嘩ばっかりして。たかが俳句じゃないかいね。
子規　たかが俳句とはなんじゃ！
律　秉五郎さんもそうじゃ。兄を怒らすようなことはやめて下さい。
碧梧桐　あし怒らしてなんかないぞなもし。勝手に怒っとるんじゃ。
子規　勝手とはなんじゃ！　（と梨を摑んで投げようとするが）いたたた……！
律　ほりゃほりゃ、病気に障ったらどうするんぞなもし。俳句の話はもうやめて下さい。

八重が出てくる。

八重　ノボさん、衣川さんがおみえになったがなもし。
子規　登代さんが。
八重　会のお仲間で袋井さんというお方と御一緒じゃ。
碧梧桐　（思わず）袋井も一緒ですかッ。
八重　（振り向いて）どうぞ。

登代が袋井と一緒に入ってくる。

登代　失礼致します。先生、暫くでございます。
子規　いらっしゃい。

登代　お見舞いに伺わなければと思っていたんですが、忙しさに取り紛れて……失礼を致しました。お体の方はその後如何ですか。
子規　足がすっかりいかんようになってしもたけん、机にこんな切り込みを入れてな、こうやって座って原稿を書いとるんじゃ。（片足を立てて切り込みに入れる）窮すれば通ずるとはこのことじゃな。（と笑う）そりゃそうと袋井君も随分顔を見せなんだのう。
袋井　申し訳ありません。
子規　会の方は毎月やっとるけん、都合がついたら出ておいで。みんなの話を聞くだけでも勉強になるんぞな。

八重が律と一緒に茶菓を運んでくる。

八重　衣川さんは、その後お父様とはうまいこと行っといでるのかなもし。
登代　あの……私、家を出たんです。
八重　えッ、ほんならやっぱり勘当されて？
登代　じつは、今日はそのことでお伺いしたんです。私、先月、袋井さんと結婚しました。
八重　結婚？
子規　一緒になったん？
登代　何度か話合った末に、二人で決めたんです。とりあえず今は牛込の矢来下に小っぽけな家を借りて、そこに住んでいるんです。いろいろと御心配をおかけしまして……
八重　ほうかや。御結婚おしたんかなもし。そりゃまア、おめでとうございます。

碧梧桐　袋井君、君は学校はどうしたん？
袋井　親父から金を止められましてね。でも僕は初めから学校なんかに行くつもりはなかったから、いいんです。
登代　この人、今に小説を書くと言っているんです。ですからこれからは私も働きます。
子規　ほう、そりゃはおめでとう。律、二人にお祝いを上げとおくれ。
登代　先生！　それはいけません！　私たちはそんなつもりでお伺いしたんじゃないんですから。
子規　今日給料を貰たんじゃ。律、どんな紙でもええけん包んどおあげ。
律　いくら？
子規　一円。
碧梧桐　（憤然と）そら多過ぎるぞな！　五十銭でええがや。
子規　お前がなんでそんなこと言うんじゃ。一円。
碧梧桐　三十銭でええ！
子規　一円。
律　（頷いて奥へ去る）
登代　済みません。
子規　当分の間は暮らしのこともあるけん、俳句どころじゃないかもしれんが、ま、焦らず、ゆっくりやったらええ。
登代　（うつむいて、そっと涙を拭いている）
袋井　先生、ついでと言ってはなんですけれど、僕達のためになにか書いて頂けないでしょうか。
登代　あなた！

袋井　厚かましいお願いですが、先生に書いて頂ければ一生の記念になると思うんです。もし御面倒だとおっしゃるのでしたら、そこに書いてある短冊でも結構なんです。

登代　失礼よ、あなた。

子規　いいや、ほかのことじゃないけん、そらかまんけど、ただの、この短冊はの、大阪の露石君に贈ろと思て書いたもんなんじゃ。

碧梧桐　水落露石ですか。ちょっと……（と短冊を手に取り、詠む）……いのちありて　今年の秋も涙かな。

子規　毎年蕪村忌になると、天王寺蕪を送ってきてくれるもんじゃけん。なんぞお礼をせんといかんおもとったんじゃ。ま、ええじゃろ。露石にはあらためて書くとして、これ、君らに上げよ。

袋井　有難うございます。

律　（出てくる）兄さん、これ。

子規　（紙包を受取ると）少ないけど、あしの心ばかりのお祝いじゃ。おしあわせにのう。

登代　なにからなにまで、本当に有難うございます。お母様、お律様、有難うございます。

子規　落着いたら、また遊びにおいで。顔だけでも見せてくれたらみんなも喜ぶけんのう。

登代　（俯いたまま）……済みません。

袋井　では、とんだお邪魔を致しまして……（登代に）君、失礼しよう。

登代　は、はい。では、御免下さいませ。

八重　おかまいも致しませんで……

碧梧桐　（堪り兼ねて）袋井君！　ノボさんはの、いや、正岡先生はの、書は苦手じゃいうて、あしらがなんぼ頼んでも書いてくれたことはないんじゃ。結婚の記念かなんか知らんけど、大事にせなんだら罰当るぞな。
袋井　分かってます。では。（と登代と共に去る。八重は送って去る）
碧梧桐　ノボさんは人が好すぎるぞなもし。お金ばっかりか短冊まで上げてしもて。また登代さんも登代さんじゃ。あんな女蕩しのどこがようて一緒になったんやら、あしには女子の気持は分らん！

八重が戻ってくる。

八重　お帰りになりましたぞな。秉五郎さん、よかったら晩御飯一緒に食べといでんかなもし。
碧梧桐　せっかくですが、女房が待っとりますけん。ノボさん、さっきは無礼なことを言うて済んませんでした。近いうちまた来ますけん、どうぞお大事に。ほな、さいなら。
八重　さいなら。奥さんにおよろしゅう。（碧梧桐は去る）……勘当されたら、うちへ来てもらお思て、心待ちにしとったんじゃけど、世の中そんなにうまい訳にゃいかんの。御飯にしようか。（と奥へ去る）

辺りが少しずつ暗くなり、夕日が赤々と座敷に差し込む。蜩の声。

律　兄さん、疲れたじゃろ。布団を敷くけん、ちょっと横になったらどうぞなもし。
子規　庭に下りたい。
律　大丈夫かなもし。
子規　座り疲れた。手伝うとおくれ。

律　ほんなら今、蚊遣り火を庭に出すけん、ちょっと待っとって下さいや。

律は煙を上げている蚊遣り火を庭に置くと、子規を支えながら庭におろし、杖を持たせる。

律　痛いんかなもし。
子規　大丈夫じゃ。（正面を見詰め）……上野の杜がむらさき色に染まって行くがね。風が涼しい。
律　椅子持ってこうか。
子規　律。この前、コットリ先生が来てくれたそうじゃな。
律　……
子規　魚辰のおばさんに、あとで話を聞いたんじゃ。迷惑ばっかりかけて、済まなんだの。
律　なん言うといでるんぞね。あたしはもうなんもかんも忘れてしもた。ほれより兄さん、もしもな、もしもあたしが俳句を習う言うたら——
子規　なに。
律　ほじゃから、もしも言うとるじゃろ。もしも、あたしが俳句を習ういうたら、兄さん、教えてくれるかなもし。
子規　教えるもなんも、俳句なんちゅうんは勝手に詠んだらええんじゃ。自分の好きなように詠んだらええんじゃ。それにしても、お前が俳句を習うやなんて、あし嬉しいなあ！　ほんと嬉しいなあ！
律　ほんじゃけど、あたしは小学校二年までしか行ってないけん。
子規　俳句は学問で詠むんじゃないんぞえ。自分が見たまんま感じたまんまを、そのまま素直に詠んだらええのぞね。なまじ学問があると、ああでもない、こうでもないとこねくり回して、一番大事な写生の心を無《の》うしてしまうんじゃ。ほうか、律がそんな気持になってくれたんかや。嬉しいなあ。

律　……

子規　（糸瓜を見詰めつつ）……水清く……水清く、瓜肥えし里に隠れけり。水清く瓜肥えし里に隠れけり。

律　水清く、瓜肥えし里に、隠れけり。

寄り添うようにして夕日の中に立っている子規と律。

溶暗

㈣

一九〇一年（明治三十四年）秋。

正岡子規の家。庭に糸瓜のほかに、真赤な鶏頭の花が咲いている。

書斎で子規が寝ている。すぐ近くの八石教会から太鼓と拍子木の音が聞こえてくる。午後。

碧梧桐が庭から入ってくる。

碧梧桐　ノボさん、ノボさん。（と言いながら座敷に上がってくる。覗き込むように見て）……ノボさん。（そっと額に触る）

子規　（目をあける）だれ？

碧梧桐　済んません。起こしてしもて。碧梧桐です。

子規　秉さんか。

碧梧桐　具合はどうですか。お律さんから足に水が溜って、しんどそうじゃ聞いたもんですけん……

子規　動かそうと思てもな、磐石のように重うて堪らんのじゃ。もういかんな。

碧梧桐　なにを言うとるんぞね。今晩はノボさんを元気づけよいうて、虚子と坂本四方太と寒川鼠骨の三人がお伽にくることになっとります。おばさんとお律さんはどしたんぞなもし。

子規　おふくろは買物。律は本郷の病院まで薬を貰いに行った。モルヒネが切れてしもたんよ。

碧梧桐　やっぱりモルヒネ飲まんと痛いんかな。

子規　痛いことも痛いけんど、苦して、夜寝られんようになってしまうんじゃ。ゆうべは胸のへんを掻きむしって、大声で泣きわめいたらしい。夜になるのが怖いんよ。

碧梧桐　ノボさんも辛かろけど、そばで看病しとるおばさんやお律さんも辛いぞなもし。とくにお律さんは、傷口の手当てから下《しも》の世話までしよいでるんじゃけん。あの人の真似だけは到底出来んと、みんな言いよるぞなもし。

子規　松山の従兄弟らもの、律はあしの犠牲じゃと言いよるらしい。あしの看病をするために東京へ連れて行かれたんじゃと言いよるらしい。ほじゃけんど、今のあしにはどうしてやることもできんのじゃけん、それが辛いぞなもし。あしの死んだあと、あの不器用な女子が、母親抱えてどうして生きて行くんかと思うと、あしはせつないがや。

碧梧桐　そんなことを考えたらいかんがや！　あしら俳句の仲間が付いとるけん、くよくよ考えたらいかんぞな。どりゃ、あしがお律さんに代ってノボさんの足を揉んだげよう。そーっと撫でるだけにするけど、痛かったら痛い言うとくれや。
子規　済まんな。
碧梧桐　（掛布団を捲って足を見る）なるほどなァ。かなり水を持っとるようじゃけど、触っても大丈夫かなもし。
子規　ええよ。
碧梧桐　ノボさんがお行の松の所《とこ》で倒れて、あしと松尾君が人力で運び込んだんは、かれこれ五年も前のことじゃ。あしらは手術をしたらすぐにようなるんかと思うたんじゃけど、今の医学では、まだまだいかんのかのう。ほれ考えると腹立たしなってくるがや。（と言いかけて）ほうじゃほうじゃ、医学いうたらの、中江兆民が、この夏一年有半いう本を出したけど、つい二、三日前に、今度はその続篇を出したぞなもし。
子規　とうとう出したんか。
碧梧桐　あの人はノボさんとは違て喉頭癌で、医者から一年半の命じゃと宣告されたんじゃ。あしはいっぺんも会うたことはないけど、若いときから民権運動の指導者として自由新聞を出したり、代議士になって政府相手に闘こうたり、近頃気骨のある人物じゃな思うて、あしはひそかに尊敬しとったんじゃ。ところがあの人の真骨頂は、一年半と宣告されたにも拘らず、気力振り絞って本を書き上げたことじゃ。病気なんか糞くらえいわんばかりに、開き直って一年有半を書き上げたことじゃ。あの強靭な魂には、あしはただただ頭下がるなあ。
子規　兆民はたしかに才人じゃったし、卓識の警世家じゃった。あしなんか足元にも及ばんけど、しかし、あの本は出すべきじゃなかったんじゃ。
碧梧桐　どしてえな？　あの本は初版の一万部がたった三日で売切れて、印刷が間に合わんと言いよるぞなもし。
子規　売れたけん、兆民としては余計出したらいかなんだんじゃ。
碧梧桐　分からんなあ。それだけの価値があったけん売れたんじゃろうが……
子規　売れりゃあなんを書いてもええのかなもし。あしもあの本読んでみたが、取り立てて新しいことが書いてある訳じゃない。自分の病状報告と、あとは新聞の寄せ集め記事みたいなもんを羅列しただけの浅薄《せんぱく》な内容じゃ。あの本がどんどん売れよるのは、今まさに死なんとする人間の心理状況がどな様子なんか、それを知りたいと臨む読者の好奇心にうまいこと嵌ったけんじゃ。覗き見じゃ。際物じゃ。いいや、兆民はそげんなつもりで書いた訳じゃないじゃろけど、結果的にはそういうことになるんぞよ。
碧梧桐　そりゃは兆民に対して酷じゃ。ちょっとひどすぎるぞなもし。
子規　酷かもしれんけど、あしも兆民と同《おんな》じような状況に置かれとるけん、よう分かるんじゃ。……ほんなに偉そうに言うけどな、あしもこないだ、虚子から二十円借りたんじゃ。虚子は黙って貸してくれたけど、借りる方にも貸す方にも、限られた命いうもんが意識の底にあることはたしかじゃ。ま、何万部も売れとる兆民と、二十円のあしとでは比べもんにならんけど、ただな、命を売物にするんはようないな。とくに文学者が、命を売物にするんは卑しい。
碧梧桐　ノボさんは相変らずの強情者じゃの。
子規　ほじゃほじゃ、病気になっても直らんぞなもし。（と笑うが、急に甲高い声で）ほっ！　どこ触っとるんじゃ！
碧梧桐　（夜具に手を入れていたが）済まん済まん！　痛かったかなもし？
子規　いとはないけど、突然じゃけん、どきっとしたぞなもし。

碧梧桐　うっかりしとって……ほんなら足首の方にしようかなもし。
子規　いや、上でええぞな。
碧梧桐　ええのかえ？　ほんなら、この辺を……
子規　いや、もっと上。
碧梧桐　（夜具の中で手を動かし）……ここら辺かえ。
子規　もそっと上。
碧梧桐　行き止まりじゃ。
子規　ああ、ええなあ。ええぞなもし。
碧梧桐　ええか。
子規　なんちゅうええ気持じゃろ。もう堪らんなあ。秉さん、おまえ上手じゃなあ。
碧梧桐　こんなこと褒められても困るぞなもし。
子規　……人間の温か味のある指の先が、こんなにええもんとは思わなんだ。そういや、もう何年も忘れとったなァ。
碧梧桐　ほじゃけど、一向にふくらまんなァ。
子規　ふくらまいでも、気持がええんじゃ。
碧梧桐　ノボさん！　それが生きとる証拠じゃ。ノボさんはまだまだ元気なんじゃ！　あしはこれからもこっそりやってきて、こっそり撫でてあげるけん、元気を出さんといかんぞなもし。ここええか？
子規　もそっと右じゃ。ああ、そこそこ、ああええなあ、ほんとに堪らんなあ。

玄関で「ただ今」と八重の声。碧梧桐は飛び上がらんばかりに驚き、夜具から離れる。八重が入ってくる。

八重　おや、おいでといでたんかなもし。

碧梧桐　はっ！　今日は。

八重　今日は。いっつも済みませんな。今お茶を淹れますけん。

碧梧桐　いいえ、結構です。あしはもう帰りますけん。

八重　なんにもそんな急がいでも……

碧梧桐　ちょっと用事を思い出したんよ。ほならノボさん、あしはまたこっそりくるけん、いやいや、ゆっくりくるけん、気持をしっかり持たんといかんぞな。ノボさんは元気なんじゃ。ちゃんと証明されたんじゃ。ほんならおばさん、またきますけん、さいなら。（そそくさと庭より去る）

八重　さいなら。（怪訝な顔で見送り）……様子が可笑しいな。あんたら喧嘩でもしたのかなもし？

子規　いいや。

八重　ほんならええけど。気分はどうぞね。（覗き込み）あんた、顔が真赤じゃが。熱が出たんと違うんかなもし。（額に触り）ありゃ、こら熱い。

子規　大丈夫じゃ。

八重　今氷を搔いたげるけん……ええと、千枚通しは……ああ、あったあった。（と傍らの硯箱から千枚通しを取る）

子規　氷はいらん。

八重　どしてえな。

子規　体がつめとなる。それより律は遅いな。なにしよるんじゃろ。

八重　あの子が表に出るんは、薬を貰いに行くときとお風呂へ行くときぐらいじゃけん、息抜きに、ゆっくり行っといでと、あたしが言うたんよ。苦しいのかなもし。
子規　寒なってきた。
八重　そう言や来月はお酉様で、冬も間近い。湯タンポを入れてあげようかなもし。
子規　（庭に目を移し）母さん、鶏頭の花がまだ咲いとるな。
八重　ゆうべの雨で、あらかた花を落してしもたけど、まだまだ健気に咲いとるぞなもし。ノボさん、褒めとおやり。
子規　あしは一年中、寝もって物を見よるけん、目の前に高いもんがあると、それがたとえ一尺や二尺のもんでも、胸が塞がれるようで息苦しなってくるんじゃ。その点ここから見る鶏頭は、あしの目の高さじゃ。見よるだけで心が和んでくるわい。（熟と見ていたが、とつぜん大声で）ああ、また始まった！　母さん、あの音なんとかならんかなもし。神経に障って堪らんなあ。堪らんなあ！
八重　お向いは教会じゃけん、どなにもならんぞなもし。今葛湯を作ったげるけん、気持静めて、ちょっとお臥み。

八重は立上って奥へ去る。子規は頭から布団を被ってしまう。太鼓と拍子木の音。八重が葛湯を持って出てくる。（子規は八重に手伝ってもらって布団の上に座る）

八重　ノボさん、葛湯をお飲み。気持が休まるぞね。ノボさん。
子規　（黙って、ゆっくり飲む）
八重　近頃ようよう直ったようじゃけど、あんたは小さいときは左ぎっちょでの、学校の先生から、お弁当を食べるときには右手でお食べて喧し言われるもんじゃけん、そのうちとうとうお弁当を持って行かんようになってしもた。

子規　あし、小さいとき、刀差しとったんかなもし。

八重　松山では、御一新のあと五、六年は、みんな刀を差しとったぞなもし。

子規　あし、兎を斬らなんだじゃろか？

八重　兎？　そんなもん斬るわけないぞなもし。どしてえな？

子規　ゆうべ、兎の夢を見たんじゃ。……花に囲まれた美しい場所で、沢山の動物が賑やかに遊んどるんじゃけど、その中の一匹だけが、死期が迫っとるとみえて、ころげ回って苦しんどるのよ。ほしたらそこへ親切な兎がやってきての、ころげ回っとる動物の目の前に、ひょいと自分の手を差し出したんじゃ。ほしたらその動物は、待っとったかのように兎の手を自分の口に持って行って、嬉しそうに楽しそうに、ちゅうちゅう吸うとったんじゃけど、そのうち眠るように死んでしもた。それを見とったほかの動物らは、われさきに兎の手を自分の口に持って行って、嬉しそうに楽しそうに死んで行くんじゃ。そやってみんな死んでしもた。あしがもし兎を斬らなんだら、あしの所にも兎は来てくれるはずじゃと思とるんじゃ。

八重　（異常を察知して）疲れるけん、横におなり。

子規　母さん、あしが死んだら、律と二人でどやって暮して行くんぞね。

八重　そんなこと分からん。

子規　律じゃっていずれは働かんといかんじゃろ。律はなんをすると言うとるぞね。

八重　（凛として）分からんというとるじゃろ。そんなことあたしら考えたこともないのに、あんたが余計な心配することはないがね。ささ、横におなり。

子規　（一点を見詰め、低い声で）母さん、電信を打ちに行っておくれんかなもし。
八重　電信？
子規　四方太の家へ。所番地はそこの紐に吊るしてあるけん、何時ものように、キテオクレネギシと、それだけでええけん。
八重　気分が悪なったのかえ。
子規　精神が可笑しなった！　（にわかに激昂して）ああ、堪らん堪らん、胸が苦しい。頭が可笑しなってきた！　あしのとこへはどして兎が来てくれんのじゃろ！　ああ、こらどしたんじゃ。母さん、苦しい！
八重　宮本先生にお頼みしようか。
子規　医者では治らん。四方太がええ。碧梧桐がええ、鼠骨も呼んでおくれ。すぐに電信を打ちに行ってくれや。ああ、堪らん堪らん、気が狂いそうじゃ！　（葛湯の茶碗を投げつけ、布団を摑んで跪く）
八重　（あくまで冷静に）何時ものことじゃけん、そのうちには治まるぞなもし。
子規　（絶叫になる）ああ、頭が可笑しなってきた。頭が割れる。母さん、あしは兎を斬らなんだろ。ほじゃろ。斬らなんだと母さんは言うたな。ほんならどして来てくれんのじゃろ？　どしてじゃろ。どしてじゃ母さん！　ああ、堪らんぞ堪らんぞ。どうしようどうしよう！　気が狂《ふ》れる——（言ったとたんにトーンと仰向けに引っくり返る。そのままで荒い息遣い）
八重　（静かに布団を掛けてやる）どうしようていうても、潮の満ち引きみたいなもんでの、治まるまではどうすることもできんぞなもし。とにかく電信を打ちに行ってくるけん、辛抱おしんといかんぞなもし。辛抱じゃ、辛抱じゃ。打ってしもたらすぐに戻《も》んてくるけん……大丈夫じゃな。

八重は紐に吊るしてある紙を取り、羽織を着ると急いで去る。太鼓と拍子木の音。子規は再び起き上ろうとするが、支えきれずに倒れてしまう。渾身の力をふりしぼり夜具から這い出す。硯箱に近寄ると、中から千枚通しを摑み取り、暫く見詰めている。やがて意を決すると、寝巻の胸元をひろげて千枚通しを心臓に当て、突き刺そうとする。
一度、二度とためらい、三度目思いきって突き立てようとするが、出来ない。
子規、遂に泣き出す。

子規　ああ死ねん。あしは意気地なしじゃ。死ぬことも出来ん。意気地なしじゃ。

畳に突っ伏して泣いている。
律が帰ってくる。

律　只今。（と言いかけて）どしたん？　なにしよるんぞね。（握っている千枚通しに気付く）兄さん、なにするつもりじゃったん。こんなもんでなにするつもりじゃったんじゃ！　（千枚通しを取る）

子規　（泣き出して）死ねんのじゃ。あしは死ぬことも出来ん意気地なしじゃ。お前らに迷惑ばっかり掛けとる厄介者じゃッ。

律　（涙が溢れてくる）だれが兄さんのことを、厄介者じゃなんか言うたぞなもし。母さんもあたしも、兄さんのことを誇りに思ても、厄介者じゃなんか思たことは、ついいっぺんもなかったぞなもし。兄さんは、命絶てば、それで気が済むかもしれんけど、あとに残された母さんはどしたらええんぞね。

いいえ、母さんばっかりじゃない。俳句のお仲間もそうじゃ。なんぼ苦しいけん言うても、今の兄さんは十年前の正岡子規とは違うんよ。大勢の若い人らが、兄さんの俳句を慕うて集まってきといでるんじゃないの。沢山のお弟子さんらもおいでるんじゃないの。その人らのことを兄さん少しは考えたことがあるのかなもし。自分勝手じゃ。ほんとに意気地なしじゃ。弱味噌の泣き味噌で、子供のときとなんにも変わらんぞなもし。

律は文机を引っぱってきて子規を寄りかからせ、丹前で包むようにする。

律　こんなことになるんじゃったら、もうちょっとはよ帰ってくりゃよかったんじゃけど、じつはな兄さん、あたしは、年が明けたら、学校に入ろと思とるんよ。
子規　なんじゃい？
律　前から考えとったんじゃけど、今日本郷へ行った帰りに、一ッ橋の通町にある共立女子職業学校という所へ行って案内書を貰てきたんじゃ。
子規　なん習うんじゃ。
律　裁縫。
子規　お前が裁縫？
律　卒業したら人に教えることができるんよ。先生になることもできるんよ。そしたら兄さんも、暮しの心配をおしずに俳句を作ることができるがね、あたしも兄さんの俳句を守るぞね。ほじゃけん、弱音吐いたらいかんのぞなもし。
子規　（律の手を握り）……ありがとう。

律　風邪を引いたらいかんけん横になった方がええぞなもし。あたしの手に摑まって……かまんかなもし。（と抱こうとするが、子規が急に荒い息を吐きながら苦しみ出す）どうした！　兄さん！　苦しいん？　痰が詰まったん？　吐いて！　吐いて！　もっと力《りき》んで。力一杯力んで！　吐くんじゃ！　吐いて兄さん！

律は子規を抱き起すと、背中を摩り、叩きつつ必死になって痰を吐き出させる。
舞台は次第に暗くなり、暗い中から律の声が聞こえてくる。

律　あくる年の明治三十五年九月十九日、兄正岡子規は三十六歳でこの世を去った。亡くなる前日に、絶筆ともなった糸瓜三句を兄は詠んだ。

スライドに次の三句が写し出される。

糸瓜咲て痰のつまりし仏かな
をとゝひの糸瓜の水も取らざりき
痰一斗糸瓜の水も間にあはず

幕

第二幕

(一)

一九一二年（明治四十五年）春。

田端・大龍寺参道。

舞台正面に四阿。そのうしろに満開の桜の大樹。上手の道は山門へ通じ、下手の道は墓地へ通じている。

四阿の前で、碧梧桐の妻・茂枝が墓地の方を見ながら人待ち顔に立っている。

快晴の昼ちかく。小鳥の声。

上手より碧梧桐が中富と現れる。

碧梧桐　雑誌社の人がなにしに来たんじゃ。
中富　お律さんに会いたいというんです。子規先生の七回忌はこの間済ましたばかりなのに、今日のお墓参りはどういうことなのかというんです。
碧梧桐　どういうって、そりゃ君、お律さんがこの春から、母校の共立女子職業学校の裁縫科の助手に推薦されたんで、その報告に来たんじゃないか。
中富　ぼくもそう言ったんですが、それにしてはお身内の方や、昔のお弟子さんまでが大勢来ていて可笑しいというんです。なにか訳があるんじゃないかって……
碧梧桐　（舌うちして）だれが漏らしたんかねえ。とにかくお墓参りは、正岡家の個人的なことですからとそう言うて、今日のところはお引取り願いなさいよ。
中富　分かりました。（と去る）
碧梧桐　（茂枝に）驚いたね。お律さんの墓参りが雑誌の記事になるんかね。
茂枝　そりゃだって、子規先生がお亡くなりになったときの新聞記事なんて大変だったですもの。どの新聞にも大きく写真入りで出ていたくらいなんですから。
碧梧桐　お律さんもこれからが大変じゃ。（気付いて）それはそうと、まだ終らないのかな。
茂枝　お身内の方も御一緒ですから、ゆっくりお参りしていらっしゃるんじゃないんですか。なんでしたら、私ちょっと見てきましょうか。
碧梧桐　せっかくのお墓参りを、せかしたりしたら失礼じゃ。
茂枝　でも、みなさん方は、御門のところで先刻からお待ちになっているんですよ。
碧梧桐　待たせとけ、あとはどうせ料理屋でめしを食うだけなんだから、腹が空って丁度ええ。（と笑う）

下手より登代が健一の手を引っぱって急ぎ足で現れる。

登代　あんたは本当に乱暴なんだから。どうして喧嘩なんかするのよッ。あら、碧梧桐先生ッ。
碧梧桐　お参りは終ったの？
登代　お参りは終ったんですけどね、お婆ちゃまがお住職さんとお話をしていらっしゃるんです。（下手をちょっと窺って）ねえ先生、私、今初めてお目にかかったんですけど、御親戚の奥様が男のお子さんをお連れになっていたでしょう。うちの謙一ぐらいのお子さん。あの坊やはどういう御関係の方なんですか？
碧梧桐　どういう御関係って、親戚の奥さんのお子さんだよ。
登代　そりゃ分かってますけど……
碧梧桐　いずれ食事の席で、お律さんからみんなに説明があると思うんだが、じつはあのお子さんは、内藤雅夫君といってね、今年からお律さんの養子になることがきまったんだ。
登代　えッ、お養子さん！
碧梧桐　このままだと正岡家が絶えてしまうので、お婆ちゃんとお律さんが数年前から考えていたんだ。幸い内藤家の方でも快く承諾してくれたので、今日のお墓参りはその報告もあったんだよ。
登代　そうだったんですか。（謙一に）ほらごらんなさい！　そういう大事なお坊っちゃまをあんたはなんでぶったりしたのよッ。
碧梧桐　ぶったん？
登代　ぶっちゃったんですよッ。（謙一に）あのお坊ちゃまはね、ゆくゆくは正岡子規先生のお跡をお継ぎになる大変なお方なのよ。そのお坊っちゃまをぶったりして、お母さんの立場はどうなるのよッ。
茂枝　お子さん同士の争いですもの、仕方ないじゃないの。

登代　でも奥様、子規先生と私が師匠と弟子なら、あのお坊っちゃまとうちの謙一とはやっぱり師匠と弟子ですもの。
碧梧桐　極端だよ、あんたは。
登代　でも、そうするとなんですか、お律さんはこの先一生、お独り身でお暮しになるおつもりかしら？
碧梧桐　ま、そうだろうね。
登代　勿体ないですねえ。私は以前から松尾さんなんかどうかしらと思っていたんですけど。
碧梧桐　ぼくもひそかにそれを考えていたんだが、お律さんは心を開かなかったんだね。それに松尾君が、この間妙なものを書いて評判を落してしまったから、まず無理だろう。
登代　妙なものって？
碧梧桐　む？　いやまあ、そんなことよりあんたの亭主はどうしたんだ。まだ来てないのは彼だけだよ。
登代　いいんですよ、あんな奴。
碧梧桐　よくはないよ。通知は出したんだから。
登代　出したって来ませんよ、別れちゃったんですから。
碧梧桐　えッ、別れた！
登代　あんな人間だとは思わなかったんです。お酒ばかり呑んで、あんまりだらしないもんですから、去年の暮に別れたんです。
碧梧桐　長続きはしないと思っていたんだが、やっぱりね。それで今はどうやって暮らしているの？
登代　実家が宿屋ですから手伝っているんです。かえって、さっぱりしちゃった。
碧梧桐　よく持った方だよ。

茂枝　あなた。
碧梧桐　はははは。

下手より住職を先頭にして八重に内藤房江、そのうしろから律が雅夫（十一歳）と一緒に現れる。

八重　あれあれ、待っとって下さったんですか。そりゃどうも済みません。
碧梧桐　会場はすぐそこの駒込ですから、みんなで揃って行った方がいいと思いまして。
住職　私がお引止めをしたみたいで申しわけありませんでした。
八重　とんでもございません。結構なお話を有難うございました。

一同も頭を下げる。上手より花を持った二人の女子学生が現れる。

女学生　（住職に）あの、正岡子規のお墓はどこにあるんでしょう。
律　（進み出て）お参りに来て下さったんですか？
女学生　はい。
律　有難うございます。この道を真直ぐ行きますとね、突き当った所に、子規居士之墓と書いてある新しいお墓が建っていますからすぐに分かります。わざわざ有難うございます。
女学生　（周章てて返礼して去る）
住職　どこで聞いてくるのか、近頃はお参りにみえる方が多くなりましてな、一年中香華の絶える間がございません。亡くなられたあともみんなに慕われて、大変な人気でございますな。おかげで当田端大龍寺も大分有名になりました。では、ごゆっくりと。
八重　有難うございました。

住職は去る。小鳥の声。

碧梧桐　ぼちぼち行きましょうか。
登代　（つかつかと進み出て）お律さん、先程は大変御無礼を致しまして、まことに申訳ございませんでした。
律　なあに？
登代　碧梧桐先生にお伺いしたんですが、こちらのお坊っちゃまが、お律さんのお養子さんにおきまりになったとかって……そんなこととも存じませんでぶったり致しまして……（謙一に）あやまんなさい！　お坊っちゃまに御免なさいってあやまんなさい。
律　いいわよ、そんなこと。子供同士じゃないの。それよりお登代さんは初めてだったわね。
登代　はい。
律　うちの遠縁に当る者で、叔母の内藤です。（房江に）兄の昔からのお弟子さんでお登代さん。
房江　お初にお目にかかります。内藤房江と申します。
登代　（恐縮して）衣川登代でございます。知らぬこととはいえ申訳ございませんでした。
律　この子が内藤家の三男坊で雅夫ちゃん。
登代　どうぞよろしくお願い致します。（謙一に）あんたも御挨拶なさい。

律　いいわよ、もう。可哀相に。
一同　（笑う）
碧梧桐　いや、よかったよかった。こうしてめでたくお養子さんもおきまりになったし、お律さんも学校へ奉職することになったし、地下の子規先生もさぞお喜びでしょう。おばさんも苦労の仕甲斐がありましたね。
八重　ほんまに有難いことで……あとはリーさんがうまいことお勤めができるかどうか。
律　できますよッ。
八重　ほじゃけんど、卒業出来ただけでも不思議じゃ思とったのに、今度は先生じゃろ。教わる生徒さんが気の毒じゃ思て……。
律　失礼ね。
一同　（笑う）
碧梧桐　裁縫はともかくとして、これからは雅夫君にも追々俳句を教えていかなきゃいけませんね。雅夫君は俳句って知っとるかな。
雅夫　柿くえば、鐘が鳴るなり法隆寺。
碧梧桐　こりゃ驚いた。
登代　お利口さんねえ。お律さん、良い跡継ぎさんが出来てよござんしたねえ。
謙一　（負けじと大声で）芋くえば、おならが鳴るなり法隆寺。
律　あらあら、面白い俳句を知っているのね。どなたに習ったの？
謙一　お母さん。
登代　（真赤になって）い、いえ、私は人に聞いたものですから……済みません。

八重　活発なええお子じゃ。雅夫ちゃんの遊び仲間ができたぞなもし。（と笑う）
碧梧桐　ほんなら行きましょうか。
律　あの、私、この子と二人きりでちょっと話がしたいんです。終ったらすぐに参りますから。

一同は律と雅夫を残して去る。本堂から木魚の音が聞こえてくる。

律　くたびれた？
雅夫　（首を振る）
律　あとはみんなで御飯を食べるだけだから、もう少し辛抱してね。
雅夫　はい。
律　雅夫ちゃんは今年から五年生になったけど、お母さんといきなり別れるのは淋しいわよね。だから上根岸へくるのは、雅夫ちゃんが中学生になってからにしましょう。
雅夫　はい。
律　そのときになったら、おばちゃんはあらためてお願いするけれど、じつはさっきお参りしたのは、これからは雅夫ちゃんの伯父さんになる人で、正岡子規という偉い人なの。俳句の神様みたいな人なの。俳句って分るわね。
雅夫　柿くえば、鐘が鳴るなり法隆寺。
律　そうそう、その俳句を作った人なの。いずれ一緒に住むようになったら、雅夫ちゃんにはなんでも好きなことをやってもらおうと思っているけど……ただね、おばちゃんは一つだけお願いがあるの。それはね、なるべくなら、俳句は作らないでもらいたいなァって……そういうことなの。

雅夫　どうして？
律　……おばちゃんは、子規伯父さんが苦しい思いをしながら俳句を作っていた姿を毎日のように見ていたでしょう。死ぬまでずーっと見ていたのよ。そりゃ、伯父さんは神様だから特別だったかもしれないけど、でも、雅夫ちゃんまでがそんなふうになったらと思うと、考えただけで、おばちゃんは辛くなってくるの。それにね、俳句の世界っていろいろと難しいことがあるから、できれば近寄らない方がいいんじゃないかしらって……おばちゃんはそう思っているの。（苦笑して）分かるかな、こんな話？
雅夫　分からない。
律　（笑い出して）そうよね、まだ分からないわよね。
雅夫　でも、ぼく、ああいうの好きじゃないから、作らないよ。
律　ほんと！
雅夫　うん。
律　そう。それ聞いておばちゃん安心した。いずれ大きくなったら、またゆっくり話をするけれど、今言ったことだけは忘れないでね、その代り俳句以外のことはなにをやってもかまわないから。
雅夫　うん。
律　よかった。じゃ、行こうか。

上手より松尾が現れる。

松尾　麦秋に載せた原稿、読んで下さいましたか。

律　……（頷く）

松尾　お律さんが怒っていると聞いたので、誤解があれば解きたいと思って……

律　怒ってはいませんよ。子規を批判するのは自由ですけれど、あなただって生前はよく根岸へおみえになっていたのですから、言いたいことがあれば、直接兄に言えばよかったじゃありませんか。死んだ人間は口を利くことはできないんです。

松尾　たしかにぼくはあの中で、正岡子規は自己の美点のみを歴史の中に留めようとしている、自己を崇拝する者には厚く、批判者には冷酷で権威主義の象徴だとも書きました。しかし読んで下されば分かるように、ぼくが批判追及したかったのは、今の俳壇です。先生が亡くなったとたんに、まるで掌を返したかのように子規賛美の大合唱を始めた取り巻きの俳人たちです。馬車に乗り遅れたら大変だとばかりに、だれもかれもが美辞麗句を竝び立てて正岡子規を崇めまつるんです。ぼくはそれに我慢がならなかったんです。

律　それにしてもあなたは、お孤連だとか有難屋連だとか、ずいぶんひどい言葉をお使いになっているじゃないの。

松尾　ひどいのはその連中ですよ。友人の君島渓水君は、小っぽけな俳句雑誌に、子規批判をちょっと書いただけで、みんなから袋叩きにされて俳句の世界から追放されました。追放したのは、取り巻きのお孤連や有難屋連の連中なんです。彼はもう二度と俳句は作らないと言ってます。

律　弱虫よ。

松尾　弱虫？

律　私だってあの現象は異常だと思っています。行き過ぎだと思っています。でも、そういうことはなにも俳句の世界ばかりではなくて、どこの世界にもあることでしょう。大事なのは、あなたが俳句を作ることよ。お菰連や有難屋連なんかどうだっていいじゃない。追放されたっていいじゃない。正面から子規を批判したかったら、あなたがまず優れた俳句を作ることよ。それがなによりもの子規批判じゃないの。

松尾　……

律　あなたはさっき、子規賛美の大合唱とおっしゃったけれど、これから五年経ち十年経つうちには、何時しか子規の名前が世間から忘れられる日がくるかもしれない。世の中というのはそういうものよ。でも私は、最後まで子規を看取った人間の一人として、弟子の一人として、正岡子規の名前と仕事を、これから一生かけて守って行こうと思っているわ。松尾さんもどうか良い句をお作りになってね。

松尾　……お参りさせて頂きます。

松尾は墓地の方へ去る。
律は雅夫の手をとって歩き出す。

溶　暗

(二)

一九一八年（大正七年）初夏。
日本橋の旅館・俵屋。

平舞台の茶の間だが、帳場も兼ねているので縁起棚や茶簞笥のほかに、小机や電話などがある。午後も遅い頃。
神田明神の祭礼とあって戸外から祭囃子が聞こえてくる。
茶の間で先程から電話が鳴り続けている。下手より登代（亡父に代って、今では店の切り盛りをしている）が入ってくる。

登代　（受話器を取る）もしもし、蛎殻町の俵屋でございますが……なんだ、あんたなの。どうしたの、え？　雅夫ちゃん？　雅夫ちゃんならまだ来てないけど、あんた約束でもしたの？　そう、それならすぐに帰っていらっしゃいよ。そうよ。お母さんも忙しいんだから、こんなことでいちいち電話なんか掛けてこないで。そうよッ。（と受話器を戻す）

廊下より女中の清が仙古堂の平吉を案内して入ってくる。

清　女将さん、仙古堂さんがおみえになりました。
平吉　お邪魔します。
登代　いらっしゃい。
平吉　先達ての御本が手に入りましたので持って参りました。
登代　それはどうもご苦労さま。お清さん、お二階のお客様にね、お神輿が通るときに、二階からは絶対に見下ろさないようにって、そう言っといて頂戴。
清　いっそのこと雨戸閉めちゃいましょうか。

登代　そこまですることはないわよ。
清　分かりました。（と去る）
平吉　今年の神田祭は鳳輦が出るんだそうでございますな。
登代　本祭ですからね。お神輿と一緒に、まもなく家の前をお通りになるはずなんです。
平吉　それはまたお取込みのところをお伺いして申し訳ございません。では早速ですが、これが御依頼の嵐雪全集でございます。編と校訂は雪中庵九世の斎藤雀志宗匠。一応お目通し下さい。
登代　御面倒なお願いですみませんでしたね。（と本を見ながら）忙しくて暫く遠去かっていたんですけど、やっぱり淋しくてね、俳句ぐらい作らないと……。
平吉　またお始めになったと伺いましたが……。
登代　若い人達にそそのかされてね。（と笑うが）そうそう、若い人といえば、これが今みんなで出している茜という雑誌なんです。およろしかったらどうぞ（と傍らに積んである雑誌から一部取って渡す。
平吉　お載せになったんですか。
登代　三つばかりね。その代り五十部も買わされちゃって始末に困っているの。（と笑い）これ、有難うございました。おいくらですの？
平吉　お代はよろしうございます。
登代　そういう訳にはいきませんよ。
平吉　いえ、本当に結構なんです。それよりもですね、今日はちょっと珍しい物が手に入ったものですから、もしおよろしければ如何かと思って持って参ったんです。短冊なんです。
登代　どなたの？

平吉　正岡子規です。
登代　(少し改まって) 仙古堂さん、お宅さんが堅い本屋さんだってことは私もよく知っていますけど、先生の書画は数が少なくて、滅多に表に出るようなことはないんですよ。
平吉　それはもうよく存じております。まして女将さんは、お若い時分に子規に師事されたと伺っておりますから、間違っても偽物なぞを持ち込むようなことは致しません。念のために永観堂さんにも鑑定してもらいましたが、正真正銘の子規の真筆だと太鼓判を押してくれました。ま、どうかごらん下さい。(と短冊を出す)
登代　(手に取って見るが、見るうちに顔色が変る)……いのちありて今年の秋も涙かな。
平吉　永観堂さんは、今から二十三、四年前の明治二十八、九年頃に詠んだ句ではないかとおっしゃっていました。なんともはや寂しい句でございますな。
登代　どこから手にお入れになりました?
平吉　出所《でどころ》に就きましては、私を信用して頂くよりほかはございませんが、ただ、伝わっている話では、初めの人が金に困ってこれを処分して、そのあと転々としたようでございます。が、そのわりには、汚れも傷もほとんどございません。せっかくの子規の短冊でございますから、女将さんのような御縁の深いお方にお買い上げ頂ければ思って持参した訳なんでございます。
登代　おいくらですの?
平吉　ええ……それがでございますな。
登代　いいんですよ。はっきりおっしゃって下さって。頂戴しますから……。
平吉　左様でございますか。ではその、四十円では如何でございましょう。いえ、その代りお代の方は今すぐでなくても結構でございます。短冊は女将さんにお預け致しますから。

清が入ってくる。

清　女将さん、上根岸の雅夫さんがおみえになりました。
登代　あら来たの。どうぞお入りなさい。

中学生の雅夫が現れる。清は去る。

雅夫　今日は。
登代　いらっしゃい。大変な人出でしょう。（平吉に）初めてでしたわね。この人、子規先生の跡継ぎ。お養子さんなの。
平吉　えッ、このお坊っちゃまが!?　いや、お噂はかねがね伺っておりましたが、それにしてもまあ奇遇でございますなあ。
登代　（雅夫に）謙一は今、御町内の詰所に詰めているんだけれども、もうすぐ帰ってくると思うから待ってて頂戴。（平吉に）それじゃ、お代の方はお祭が済んでからでもいいですか？　なんでしたら一応お戻ししておきますけど……。
平吉　いえ、御斟酌には及びません。私の方からお願いをして預かって頂くのでございますから。では、とんだ長居を致しまして……御免下さいまし。
登代　わざわざ済みませんでしたね。
平吉　（行きかけて）おや、鳳輦が大分近くなってきたようでございます。（と去る）

登代　謙一ったらなにしているのかしら、ちょっと待ってなさい、おばさん今サイダーを持ってきてあげるから。
雅夫　あの、これおふくろからなんです。佃煮です。（と紙包を出す）
登代　そんなことしなくてもいいのに……お律さんは義理堅いから……（と包を見て）大森佃煮店……大森のお母さんが下さったの？
雅夫　はい。
登代　雅夫ちゃん、あんたは近頃、上根岸の家にはあまり行ってないそうじゃないの。
雅夫　そんなことありません。時々行ってます。
登代　時々っていうけど、今では上根岸が雅夫ちゃんの本当の家でしょう。おばさんはこの間、上野へ用足しに行った帰りに上根岸にお寄りしたんだけれど、中学の帰りに、たまに来てくれるんだけれども、晩御飯を食べたら大森へ帰ってしまうって、お律お母さんは寂しそうにしていたわよ。
雅夫　……
登代　人さまの家のことだから、おばさんにはなにも言えないけれど、でも、来年は高等学校でしょう。そりゃうちの謙一なんかと違って、雅夫ちゃんは頭がいいからどこの学校にでも入れるけれど、お母さんにすれば、大事な進学の問題くらいは膝つき合せて相談したいって、そんなふうに思っているんじゃないのかしら。それにはやっぱり雅夫ちゃんが上根岸へ行くことよ。泊ってよく話をすることよ。そうでしょう。

清が入ってくる。

清　女将さん、頭《かしら》がなんかお話したいことがあるって玄関に来てますけど。
登代　そう。じゃ、ちょっと待っててね。

登代は清と一緒に去る。雅夫は祭囃子を聞きながら所在なげにあたりを見回していたが、やがて積んである「茜」を一冊取って、頁を捲る。次第に興をおぼえて読み始める。登代がお盆にサイダーを載せて入ってくる。

登代　いっそのこと詰所まで行ってみる？　（雅夫が周章てて雑誌を戻そうとするので）いいわよ、見てたって。はい、サイダー。氷で冷やしていたから冷たいわよ。
雅夫　おばさんが何時か言っていた俳句の雑誌って、これのことですか？
登代　（サイダーを注ぎながら）子規先生が亡くなられたあとは、高浜虚子さんが中心になってホトトギスをお出しになっているんだけれど、あのお方、俳句の方は勿論一流でいらっしゃるけど、事業家としてもなかなかしっかりしていらっしゃるから、今では発行部数が毎月三千部とかで、去年の暮には、ホトトギスがとうとう二百五十号にまでなったんですって。それだけ俳句の人口が増えたんですから虚子さんは偉いと思うけど、でも、目立たない所で俳句の種をお蒔きになったのは子規先生なの。雅夫君の伯父様なの。それなのに今では、ホトトギスの俳人でないと、俳人として扱ってもらえないような嫌な風潮があるから、おばさんみたいな帰り新参は敷居が高くなっちゃってね、それで若い人達のお仲間に入れてもらったって訳なの。今にして思うと、子規先生を囲んで俳句を作っていた根岸庵の頃が懐かしいわ。
雅夫　あの……ここに出ている富田木歩《きほ》って、どういう人ですか？

登代　きほ？　ああ、この人ね、この人は木が歩くと書いて木歩《もっぽ》って読むの。
雅夫　もっぽ。
登代　どうして？
雅夫　いや、なんだか凄いなと思って。
登代　どう凄いの？
雅夫　どうって……あの、この人、病人ですか？
登代　足がお悪いの。木歩さんは七句お出しになっていらっしゃるけど……どの句が凄いと思ったの？
雅夫　（無言で一句を指す）
登代　（読む）……我が肩に蜘蛛の糸張る秋の暮。
雅夫　（また黙ったままで一句を指す）
登代　……背負はれて名月拝す垣の外。（真顔になり）……雅夫ちゃん、あんた、俳句を作ってみない？
雅夫　……
登代　俳句の善し悪しといっても、結局は撰ぶ人の好みだけれど、でも子規先生は生前よく、どんな句を撰ぶかによって、その人の俳句に対する考え方とか、感性というのかしら、そういうことが分かるのだとおっしゃっていたわ、木歩さんの句は、みなさんの間でも評判になっているし、おばさんもこの人が好きなの。ねえ雅夫ちゃん、俳句なんてものは紙と鉛筆さえあれば何時でも出来るんだから、勉強の合間に作ってみない？
雅夫　興味ないですよッ。
登代　やり始めたら面白いのよ。ま、一度騙されたと思ってみなさんに会ってみたら？　この茜の主宰者は新井声風さんといって、まだ二十一か二の青年なの。浅草のね、電気館の倅さんだから、お知合いになったら活動写真を只で見せてもらえるわよ。いいじゃない！

雅夫　よかありませんよ！

登代　それじゃおばさんが教えてあげる！

雅夫　余計迷惑です。

登代　余計とはどういうこと？

下手から祭半纏を着た謙一が駆け込んでくる。

謙一　おい雅夫ちゃん！　なに愚図々々してるんだよッ。鳳輦が来るんだよ、鳳輦が！

登代　あんたこそ人を待たしてなにしていたのよ。雅夫ちゃんは先刻からあんたのことを待っていたのよ。（顔を顰める）臭い！　お酒を飲んできたわね。

謙一　御町内の付き合いですよ。

登代　なにが付き合いよ、中学生でしょう、まだ！

謙一　おい、行こう行こう！　（二人は去る）

登代　喧嘩なんかするんじゃないよ！

祭囃子がにわかに昂まってくる。

登代は先程の短冊を手に取って、じっと見詰めている。

溶暗

(三)

一九二一年（大正十年）夏。

正岡子規の家。

座敷の様子は子規存命のころと殆ど変りなく、不折の油絵も柱の菅笠も観山の掛軸も昔のままである。午後。

書斎は裁縫の教場になっていて、長机が二脚置いてある。揃いの前掛けをした塾生筆頭の堀見けいや塚原くに子ら数名の娘達が裁縫をしている。

里枝　（袋を掲げて）出来ましたッ。
あや　なあに、それ。
里枝　お手玉の袋。
けい　そんな大きなお手玉があるものですか。小豆を入れたら重くて上がらないじゃないの。
くに子　ねえおけいさん、先生は今日は学校の御用で遅くなるんでしょう。私、そろそろ失礼してもいいかしら。
けい　どこへいらっしゃるの？
くに子　新富座。

里枝　いいわねえ。なにやっているの、今？
くに子　吉右衛門が出ているのよ、鳥衛の千太で。（柱の菅笠を取ると見得を切って）播磨屋！
一同　（手を叩いて笑う）
けい　駄目よ、その笠に触っちゃあ。先生に叱られるからすぐにお戻しなさい。
くに子　いいじゃないの、少しぐらい。
けい　いけません。子規先生の遺品には絶対に手を触れないようにって言われているのですから、皆さんもお気を付けになってね。

奥から八重が出てくる。

八重　鏝を当てときましたけど、どなたでしたかいの？
けい　私でございます。
八重　（布を渡して）こうしとけば折目が奇麗に見えますじゃろ。
けい　有難うございます。
八重　律先生に言うたらいけませんよ。私が口を出すと、あの人は嫌な顔をしますけんの。（あやを見て）ああ、そんなことをしたらいかんぞなもし。鋏を使わいでも、八重歯でぷちんとやれば切れますが。
あや　私、八重歯ございません。
八重　無うても切れますぞなもし。ちょっとお貸しな。（と布と針を取ると）よろしいか。縫い終ったら、ここで結び目を作りますじゃろ。そうしたらな、こうしてぷちんと切りますんじゃ。（と歯で糸を切る）ほうすと口で切りますけん、糸が濡れて結び目が自然に締まってきますぞなもし。鋏ではこんなわけにはいかん。

けい　お母様はお上手でございますねえ。

八重　そらあなた、律先生は学校を卒業して、もうかれこれ十四、五年になりますけど、その前はあたしが教えとったんですけん。下手でねえ、あの子は。ほんならもう一遍やってみましょか。結び目を作ったら、こうやって糸を噛んで……この噛むときに、首をちょっと曲げますじゃろ。この曲げたときの格好が、なんともいえず愛らしいいて、娘の時分によう言われましたぞなもし。

少し前に律が帰ってきている。このとき五十一歳。けいが気が付く。

けい　お帰りなさいませ。

一同　（周章てて）お帰りなさいませ。

律　只今。遅くなってごめんなさい。（座って）お母さん、只今帰りました。

八重　お帰り。

律　教えて下さるのは結構だけど、鋏を使わずに歯で噛み切れというのは困りますよ。鼠じゃないんですから。

八重　昔はみんなそうしたぞね。

律　昔は昔です。そりゃ歯で切れば、結び目が濡れて締まるかもしれないけれど、慣れない人がやれば、糸ばかりか生地まで濡らしてしまうかもしれないのよ。まして皆さん方は紅をつけていらっしゃるから、紅が生地に付くことだってあるんです。いえ、なによりも衛生によくありませんよ、衛生に。

（一同に）今母が言ったことは、あくまでも応用ですからね、参考としてお聞きになって下さい。

（八重に）御苦労様でした。

八重　（機嫌を損ね）裁縫はの、教科書通りにはいかんのぞなもし。衛生に悪いというんじゃったら、なんでこの齢まで長生きしたんじゃ。（プンとふくれて奥へ去る）

一同　（笑いを嚙み殺している）

律　学校の授業が延びてしまって済みませんでした。今日の埋め合せといってはなんですけれど、日曜日に補習をやりますから御都合のつく方はお越しになって下さい。宿題はそのときに拝見することにします。

くに子　先生！　今年は夏休みはどうなさるんですか？

律　（苦笑して）うっかりしてて御免なさい。じつは今年もまた、息子が仙台の学校から帰ってきますので、去年と同じように八月一杯はお休みさせて頂こうかと思っているんです。

あや　あの、雅夫さんは来年は御卒業だって伺いましたけど……

律　ええ、順調に行けばね。

一同　（笑う）

けい　では皆さん、これで失礼させて頂きましょう。くに子さん、お机を一緒に片して下さい。

律　（糸屑を拾い上げ）糸が落ちてますよ。短くなっても使えるのですから糸箱にお入れなさい。勿体ないですよ。

娘達は机を運び終えると、「先生、有難うございました」「御免下さいませ」と口々に挨拶をして去る。

律　お気をつけになってね。さようなら。
八重　（奥から出てくる）今年もそろそろ本の虫干しをせんならんのじゃけど、だれぞ人に頼んで手伝うてもらおうか。
律　雅夫ちゃんが帰ってきてからでもいいじゃないの。兄さんの大事な本なんだし、この先何年何十年と残していかなきゃならないんだから、あの子にも手伝ってもらった方がいいと思うのよ。
八重　ほじゃけんど、いつごろ帰ってくるのじゃろ。もう夏休みに入っとるんじゃろ。
律　あの子にすれば、仙台で迎える最後の夏休みですからね。今頃は多分、寮のお友達と一緒に、どこか近い所を回って歩いているんじゃないかしら。中尊寺へ行きたいって、お正月帰ってきたときに言ってたでしょう。
八重　おお、言うとった。
律　四、五日もすれば帰ってくるわよ。いくらのんびり屋でも、東京の帝大を狙うとなれば、呑気に夏休みを遊んでいる訳にはいかないもの。それより浴衣をどうしようかしら。去年ので間に合うかしら。（と奥へ行こうとする）

庭より謙一が入ってくる。

謙一　今日は。
律　あら謙ちゃん、暫くね。
謙一　やっと雨が上がったと思ったら急に暑くなっちゃって。お変りありませんか。

律　おかげさんで。お宅はどう？

謙一　夏場は駄目ですね、とくに今年は景気が悪いもんですから、地方からのお客さんがなかなか来てくれないんです。でも、川開きにはまた船を出しますから、よかったら来て下さいって、おふくろが。

律　有難う。

謙一　それからですね、（と籠を出して）これ、うちへ出入りしている佃の漁師が今朝持ってきたんです。穴子に鯒《こち》。穴子は割いてきましたから、このまま焙って食べて下さい。今朝上がったものだからうまいですよ。

八重　いっつも済みませんのう。（籠を受けとって奥へ去る）

律　謙ちゃんがしっかりしているから、お母さんも安心よねえ。お元気なんでしょう。

謙一　元気は元気なんですけど、この間はあのおふくろが、珍しく青くなってましたよ。

律　どうして？

謙一　徴兵検査を受けたんです、ぼく。

律　あら！　もうそうなるの？

謙一　だって満二十歳《はたち》ですもの。

律　うちの雅夫はまだよ。

謙一　学生だからちょっと遅いんじゃないんですか。ま、話には聞いてましたから、べつに驚きはしませんでしたが、検査はね、うちのすぐそばの有馬小学校だったんです。講堂にみんな並ばせられて、一人ずつ、身長とか体重とか目の検査をやるんですけど、最後に下帯一枚の裸のまんまで、髭生やした軍医さんの前に連れていかれて、変な検査をされるんですよ。エム検って言うんですって。

律　なあに、それ？

謙一　恥ずかしくて言えませんよ。軍医さんは性病の検査だって言ってましたけど、見るだけならともかく、触るんですからね。屈辱ですよ、あれは。
律　（笑い出すが）それで、どうだったの、結果は？
謙一　（とたんに直立不動の姿勢になる）甲種合格！
律　まあ、凄いじゃないの。
謙一　みんなはそう言って喜んでくれるんですけど、おふくろが青くなったのはそれなんです。もしなにかあったときには、真っ先に引っぱって行かれるんじゃないかって。学校の成績は、小学校も中学校も乙や丙ばかりだったのに、どうして徴兵検査のときに限って甲になってしまったんだ、お前は親不孝だって嘆くんですよ。そんなことを言われても困りますよねえ。ところが、流石に雅夫ちゃんは違いますね。この間来たから、その話を雅夫ちゃんにしたら、いや、そんなに心配することはない。跡継ぎの、とくに一人息子の場合には、たとえ甲種合格でも、徴兵猶予の恩典があるはずだって、そう言ってくれたんです。おふくろはそれを聞いて喜びましてね、やっぱり高等学校へ行っている雅夫ちゃんは違うって、急に元気になっちゃったんです。単純ですからね、うちのおふくろは。（と笑う）

八重が籠を持って出てくる。

八重　有難く頂戴致しました。お母さんにおよろしうおっしゃって下さい。
謙一　はい。（と籠を受けとる）
律　あの……今雅夫っておっしゃったけど、雅夫にお会いになったの？

謙一　ええ。
律　いつ？
謙一　四、五日前ですけど。家へ来たから……
律　（八重と顔を見合せる）
謙一　（察して）あの、こっちへ帰ってきてないんですか？
律　……
謙一　仕様のない奴だなあ。上根岸へ帰るようにって、あれほど言ったのに。そうですか。今度会ったらよく言っときますよ。どうも済みませんでした。

謙一は去る。
横丁の道を手風琴を鳴らしながら生盛薬館の薬売りが通る。

律　私、大森へ行ってくる。（と立上がる）
八重　どしてな。
律　気になるもの。
八重　ほじゃけんど、あんたが行ったら、房江さんが気を悪うなさるのとちがうかなもし。
律　どうして？　謙ちゃんから聞かなかったら別だけど、聞いてしまった以上は、黙っている方がかえって可笑しいじゃない。あの子が帰ってくるまで知らん顔をして待っているなんて、なんだかよそよそしくて、冷たくて、それの方が変よ。このままだとおたがいに気まずくなってしまって、言いたいことも言えなくなってしまうじゃない。

八重　理屈はほうかもしれんけど、あの子じゃて何時までも子供じゃないのじゃけん、そうそうこちらの無理ばっかりは通らんぞなもし。

律　私はあの子と話がしたいのよ。不満があればなんでも遠慮なく言ってもらいたいの。そりゃ、真面目でおとなしくて申し分のない子だけれど、肝心の話になると、何時もきまって心を閉ざしてしまうような、そんな気がするの。いえ、そうさせたのは私なのよ。私がいけないのよ。でも、雅夫ちゃんにとってはこれからが一番大事なときだから、胸の中に仕舞っておかないで、ああしてくれ、こうしてくれって遠慮なく私にぶつけてもらいたいの。

八重　あんた一人が、そんなにきりきり神経を尖らしてみても、埒のあくことじゃないぞなもし。夏休みいうても始まったばっかりじゃけん、これからゆっくり話し合うてみたらどうぞね。

律　私、ときどき、あの子に嫌われているんじゃないかしらと思うときがあるの。

八重　……

律　中学生になって、初めてここへ泊るようになったけれど、それも一学期の半ばぐらいまでで、あとは大森と上根岸を行ったり来たり。でも、あの頃はまだ小さかったし、それに私達はうちの子だと思っても、あの子にとっては他人の家ですものね。無理はないと思って黙っていたけれど、中学を終える頃になって、突然仙台の第二高等学校へ行きたいって言い出したでしょう。吃驚したわ、あのときは。あの子の実力だったら、東京の一高だって充分通るって先生はおっしゃって下さったのに、どうしてまた、そんな遠い仙台なんかへ行きたいって言い出したのか……そんなに私達から離れたいのかしらと思って……悲しかったわ。ううん、なさけなくなっちゃった。でも、どうしても行きたいって言うんですもの、仕様がないわよねえ。そのとき私、思ったの。精一杯努力をして、母親らしい真似をしていたんだけれど、母親というのは、努力したからといってなれるもんじゃない。とくに私は子供を産んだ経験がないから、やっぱり愛情に欠けるところがあったんだなって、そのとき凄く悩んだ。今でも悩んでいるけどね。

八重　あの子の場合は実家が近いけん、そら住み慣れた家がええにきまっとるがね。まして実のお母さんもおいでるのじゃけん、会いとなったら電車に乗って帰りよる。あんまり自分を責めたらいかんぞなもし。

律　……そうね。来年はどこの大学を選ぶにせよ、東京へ戻ってくるんですから、仙台での三年間は、却って良かったかもしれない。そう思ってあげた方がいいかもしれないわね。あの子だって、自分の望み通り、のびのびと寮生活を楽しんだと思うから、後悔はないと思うの。

八重　ありがたいと思うとるぞね。お正月に帰ってきたときに、あたしはのし袋にお年玉を入れて、これは少ないけど、おばあちゃんからや言うて渡してあげたら、あの子、お母さんやおばあちゃんには学費まで出してもろた上に、我儘ばかりいうて済まないって、何度も頭を下げとった。あの子かて気にしとるのや。

律　そんなことがあったの。

八重　（頷く）

律　私ね、前から考えていたんだけど、来年一緒に住むようになったら、庭の一部を潰して、あの子のために、部屋を一つ作ってあげようかと思っているの。

八重　部屋!?

律　だって母屋はこの通り狭いし、おまけに口喧しい婆さんが二人も住んでいるんですもの、若い人には気詰まりよ。その点自分の部屋が出来れば、何時に起きようと、何時に帰ってこようとあの子の自由じゃない。お金はかかるかもしれないけど、おたがいのためにも、それが一番いいんじゃないかと思うの。

八重　そうじゃの。なんというても正岡の家を継いでくれるんじゃけん、それくらいのことはしてやらんといけんの。

律　兄さんが丹精凝らした庭だから、本当はこのままそっくり残しておきたいけど、一番大事なものは正岡の家と、正岡子規の残した仕事だから、堪忍してもらいましょうよ。

八重　……

律　私、明日の朝にでも、大森へ電話してみるわ。

八重　強《きつ》いこと言うたらいかんよ。

律　分かってますよ。さり気なく話をしてみるわ。（吐息して）難しいわね、なにかと。

　　そのとき、門の潜り戸の開く音。二人は思わず顔を見合せる。

律　どなたですか？（と出て行く）

　　やがて律と一緒に入ってきたのは碧梧桐である。

碧梧桐　（笑いながら）雅夫君じゃのうてがっかりでしたね。ははは、おばさん、今日は。

八重　おいでなさいまし。

碧梧桐　お元気そうですね。この前縁側から転げ落ちて足を怪我したって聞きましたけど、もうええんですか。

律　おかげさまで歩けるようになりました。
碧梧桐　それはよかった。おばさんにはノボさんの分まで長生きしてもらわんとね。
八重　ありがとう。今お茶を淹れますけん。
碧梧桐　ああ、どうぞおかまいなく。勝手を言うようですけど、そこの豆腐料理屋に客を待たしているものですから、雑誌をお渡ししたらすぐに失礼しようと思っているんです。
律　雑誌って、一碧楼さんと御一緒にやっていらっしゃる海紅ですか。
碧梧桐　いや、自分の雑誌じゃありません。地方から出ている俳句雑誌なんです。（ぴしゃりと首筋を叩き）いますねえ、やっぱり蚊が。
律　済みません。母さん、蚊燻し。
八重　気がつきませんで。（と持ってくる）
碧梧桐　大正も十年になったんだから、蚊の方も少しは遠慮してくれたらええんだ。（と笑い）ところで、今日は雅夫君は？
律　あの、まだ仙台から……
碧梧桐　そうですか。じつはですね、先月東北地方を旅していて、たまたま塩釜にいる俳句仲間の所へ寄ったんです。その晩は例によって俳句談義に花が咲いたんですが、そのときこの雑誌を見せられたんです。（と雑誌を出す）同人も少ないから、向うでもあまり知られてはいないのですが、ここにね、投稿句で、第一席になった俳句が載っているでしょう。これですよ、これ。大森孤舟と書いてあるでしょう。これ、だれだか分かりますか？　雅夫君なんですよッ。
律　えッ、雅夫が！
八重　ほんとですか？

碧梧桐　ぼくも驚きましてね、この作者がどうして雅夫君だということが分かるんだ、当人に会ったことがあるのかって聞いたら、いや、会ったことはないが、去年あたりからいくつかの雑誌に投句しているので、仙台ではもっぱら評判になっているというんです。

律　どういう評判です。

碧梧桐　正岡子規の血縁者だということですよッ。当人は、自分の素性に就いては一切口を噤んでなにも言わないそうですが、そこは隠れたるより見《あら》われるはなしの譬えもあるように、今では噂が広まって、流石に子規の血を引いている人間はちがう、彼は俳諧童子だ、そんなことまで言っているそうですよ。

律　俳諧童子。

碧梧桐　つまり、俳句を自在に操る、すぐれた子供、とでも言うのでしょう。ぼくは御存知のように高浜君達とは別れて自由律俳句を始めた人間だけど、句の善し悪しを見る目は同じです。ぼくの目からみても、たしかにきらりと光るものがありますよ。お律さんにはなにも言わないんですか、俳句を作っているとか、雑誌に発表しているとかって？

律　（頷く）

碧梧桐　ははは、照れているんですよ、雅夫君は。ぼくも昔は、子規先生を見習って今に俳句を作りなさいって言った憶えがあるけれど、まさか本当に作っているとは思わなかったなあ。（と笑う）しかしお律さん、子規先生のよき後継者が生れて本当に良かったですね。これからは彼の天才を如何に伸ばして行くか、そのことですよ。大事なのは、ははは（時計を見て）近いうちにまたお伺いしますけれど、雅夫君が帰ってきたら是非御一報下さい。前途を祝して飲みたいから。（と笑い）では。

碧梧桐は上機嫌で去る。

八重　……俳句を作っとったんじゃねえ。

律は憮然たる表情で雑誌を見ている。

溶暗

㈣

子規の家。前場に続く夜。

庭に降りた登代が、団扇で足元の蚊を払いながら糸瓜を眺めていたが、フト下手の松の木の梢に視線を移す。怪訝な顔で、月光に明るく照らされている下草を見る。貨物列車の通過する音。

八重が奥からお茶を持ってくる。

八重　お茶をどうぞ。

登代　済みません。お婆ちゃま、お庭が以前より明るくなったような気がするんですけど、松の枝をお伐りになったんですか？

八重　庭の木はなるべくいじらんようにしているのですが、放っておくと、下の草が日に当らんようになってしまいますのでな。

登代　そうですわね。

八重　むかし、あの子がまだ元気だった時分に、松の木のことで家主さんと揉めたことがおましたのや。家主さんは、たとえ枝一本といえども家主のものじゃのに、店子が勝手に伐り落とすとは何事じゃいうて、えらい見幕で怒鳴り込んできましたのや。ところが、あの子も負けとりゃせん。あしは下の草花が可哀相じゃと思うたけん、枝を伐らしてもろうたんです。まあ見てごらんなさい。ごつごつと元気に育っとる松の木は、家主さんに似とるけど、それに引き替え、滋養が足らんで縮こまっとる草花は、まるであしみたいじゃ。哀れじゃとは思いまへんか。そう言うたら家主さんは、お酢を一升も飲まれたような顔をして、黙ってお帰りになりましたわ。

登代　（笑い出して）そうでしたわね。私もそのお話を伺ったことがありますわ。あのとき先生は、俳句ではなくて、たしかお歌をお詠みになりましたわね。ええと、私、お歌の方は憶えが悪いんだけど……そうそう。ええと……下蔭の草花惜み日を蔽う松が枝伐らん家主怒るとも。

八重　よう覚えてますな。（と笑うが）……あの頃は、升《のぼる》も元気やったのや。

庭から提灯を持った律が戻ってくる。

律　あら！

登代　お邪魔してます。

八重　あんたが出て行ったすぐあとにおみえになったんよ。

律　それはそれは、お待たせしちゃって済みませんでした。変な電話でね、困っちゃったわ。ま、どうぞお上りになって。
登代　夜分、とつぜんお伺いして済みません。
律　いいえ、こちらこそ御無沙汰をして……
八重　なんの電話ぞなもし。
律　この間から再々言ってきているでしょう。句碑を建てたいって。
登代　どこへ出来るんですの？
律　それがね、江戸川のなんとかいう神社なんですって。桜の名所でもあるから、是非正岡子規の句碑を建立したいっていうのよ。でも考えてみたら、子規には縁もゆかりもないところなの。
登代　客寄せですね。
律　私もそう思ったから、丁寧にお断りしたわ。そうしたら、ふつう俳人の方は、句碑を建てましょうと言ったら、みなさんお喜びになりますけどねって嫌味を言われちゃった。私、量見が狭いのかしら。
登代　そんなことはありませんよ。お律さんがしっかりしていらっしゃるから、先生の御遺品は昔のままでそっくり残っているんじゃありませんか。神社の宣伝に先生のお名前を貸すことなんかありませんよ。
律　お登代さんにそう言って貰って、私、安心した。（と笑う）うっかりしていたわ。今日は美味しいお魚をわざわざ済みませんでした。穴子がとっても美味しかったわ。
登代　新しいうちにと思って謙一に頼んだんですけど……それより今日は済みませんでした。あの子ったら、図に乗っていろいろとお喋りをしたらしくて……
律　まさか仙台から帰ってきているとは思わなかったわ。……夏休みだから、自分の好きなようにすればいいとは思うんだけど、たまにしか会えないでしょう。せめてお休みのときぐらいゆっくり話をしたいと思っても、なかなか来てくれないのよ。

登代　……

律　お宅へはよく伺うようだけど、あの子、どんな話をしているの？　根岸は窮屈だから嫌だなんてことを言ってるのかしら。そうなんでしょう、きっと。

登代　（意を決して）じつは、今夜はそのこともあってお伺いしたんです。あの、お気を悪くなさらないで頂きたいのですが、雅夫ちゃんに俳句を作ってはいけないっておっしゃったそうですけど、本当なんですか？

律　……

登代　大分まえに、噂として聞いたことはありましたけど、そのときはべつに気にも留めなかったんです。ところが四、五日前にうちへ遊びにきたときに、あの人、初めて漏らしたんです。吃驚しましたよ、私は。いくらなんでも今どきそんな非常識……いえ、ですからまあ、半信半疑で聞いたんです。そうしたら小学生のときにも言われたし、大きくなってからも再々言われた。言わばお義母さんと二人だけの約束なんですって、そう言うんですよね。雅夫ちゃんが俳句に関心がなければ、悩んで私なんかに打ち明けたりはしなかったでしょうけど、あの人、もともと好きだったんですよね、文学とか絵とか、俳句とかが。ですから仙台へ行ってから地元の雑誌に投句したりして、お仲間も沢山出来たらしいんです。いえ、じつを言うと、私も勧めた一人なんです。俳句を作ってみないかって。

律　……

登代　まさか、お二人の間でそういうお約束があるとは知らなかったから、今思えば、私も迂濶だったかもしれませんけど、でも、本当にそういうお話し合いをなさったんですか？

律　（頷く）
登代　どうしてですの？　根岸庵は俳句の家なんですから、俳句を作れとおっしゃるのでしたら話は分かりますけど、どうしていけないんでしょう。
律　うちの中の問題だから、今までだれにも言わなかったんですけど、お登代さんにそんな心配かけているとは思わなかったわ。ごめんなさいね。
登代　いえ、そんな……。
律　私は以前から、正岡子規に後継者は要らないと思っていたの。
登代　後継者？
律　あなたもよく御存知のように、兄が根岸句会を作ったのは、宗匠俳句を批判することだったけれど、それともう一つは世襲制度があったのよ。宗匠のお眼鏡にかなえば、力はなくても後継者に選ばれる。そんなしきたりは俳句の退廃だって、口癖のように言っていたわ。まして子規の俳句は一代限りのものだと私は思っているから、間違っても、身内の人間を後継者に仕立てあげることだけは避けたいと思っていたの。
登代　それは少しお考え過ぎじゃないんですか。雅夫ちゃんはなにも後継者になりたいと言っている訳じゃないでしょう。俳句が好きだから俳句を作りたいと言っているだけなんですよッ。
律　世間はそうは取らないのよ。子規の血縁者が俳句を作れば、あの子の意志にかかわらず、なにかと取り沙汰するのがこの世界です。問題にするのが俳句の世界なんです。
登代　そんな連中のことは放っておけばいいじゃありませんか。お律さんは、雅夫ちゃんがどんな俳句を作るか、それが心配なんでしょう。ひどい句を作って、みんなに笑われたら困ると思っていらっしゃるんじゃないんですか。つまり世間体なんでしょう。

律　お登代さん！

登代　好きなことをさせてあげましょうよ。もしこのまま断り続けたら、俳句の問題よりも、この先自由に生きて行けるかどうかって、雅夫ちゃんはきっとそこまで考えてしまうと思うんです。そんなことになったらお律さんだって、きっと一生後悔なさると思うんです。いいじゃありませんか、下手であろうとなんであろうと。楽しいから俳句を作るんです。そんな頑なにお考えにならないで、好きなことをさせてあげましょうよッ。たとえ途中で駄目になったとしても、青春時代の良い思い出になるじゃありませんか。私からもこの通りお願い致します。（と頭を下げる）

律　あなたはさっき、世間体とおっしゃったけれど……そりゃ長い目でみたら、あるいは雅夫だって良い句の一つや二つを作るかもしれないわ。でも、どんなに努力をしても正岡子規を超えることはできないと思うの。一つの家から、すぐれた芸術家が並び立つほど、この世界は甘くはないのよ。

登代　でも、子規先生はお亡くなりになりました。

律　子規は亡くなっても、子規の俳句は時代を超えて、今に生きています。そんな中に雅夫を放り出したら、みじめな思いをするのはあの子なんです。嗤われるのは私たちなんです。

登代　それじゃどうしてお養子さんにお迎えになったんです！

律　……

登代　なにも分からない子供を摑まえて俳句をつくらないようにって一方的におっしゃったんでしょう。それは約束ではなくて押し付けではないんですか。

律　押し付け！

登代　そうでしょう。俳句は作ってはいけない、その代り正岡の家を継いでくれ。それじゃ雅夫ちゃんは一体なんですか。家を継ぐだけの道具じゃありませんか！

律　（激怒して）失礼でしょう！
登代　失礼なのはお律さんの方でしょう。あなたは雅夫ちゃんを人間として扱ってないじゃありませんか！
律　お登代さん！　私はね、専門の俳人になるのがどんなに大変なことか、兄のそばでずーっと見てきたんです。他人さまは、好きなことならさせてやれって奇麗ごとをおっしゃるけど、奇麗ごとで俳句は作れないんです。命を賭けても叶うかどうか分かりはしないんです。それを道具だとか、人間扱いしていないとか、あなたのように口先だけの朦朧俳人に、そんなことまで言ってもらいたくないわ。
登代　朦朧俳人とはなんですか！　思いあがるのもいい加減にして下さい！
律　帰って頂戴ッ。
登代　ええ、帰りますとも。これほどの分からず屋だとは思わなかったわ。（奥から出てきてオロオロしている八重に）お婆ちゃん、お騒がせして済みませんでしたね。
八重　せっかくおいで下さったというのに。リーさん、謝りなさい。
律　謝ることないわよ。弟子なんかに。
登代　（怒って）私はあんたの弟子なんかじゃありません！

玄関で「今晩は。雅夫ちゃんを連れてきましたよッ」と謙一の声。

八重　謙ちゃんや。（と玄関へ去る）
謙一　（声）自分の家なんだから遠慮することはないじゃないか。上れ上れ。

酒に酔った謙一が（おれは河原の枯れすすき……）と歌いながら、雅夫と一緒に入ってくる。八重が続く。

謙一　お邪魔します。（登代を見て）あれ、おっかさん、帰るの？
登代　どこでお酒なんか飲んできたの？
謙一　坂本の鍵屋だよ。
登代　馬鹿だね、こんなときに。
謙一　（律に）おばさん、大森へ行って雅夫ちゃんを引っぱってきた。おい、只今ぐらいのことは言えよ。
雅夫　（ぎこちなく頭を下げる）
謙一　（見回して）なんだか変な感じだねえ。（登代に）話はついたの？
登代　帰るのよ。お婆ちゃん、いずれあらためてお婆ちゃんにだけはお詫びに参りますけど、夜遅くまで済みませんでした。
謙一　ちょっと待ってよ。どうなったの？
登代　あとは雅夫ちゃんがよく頼んでみるのね。多分駄目だと思うけれど。
謙一　おばさん、おおよそのことは雅ちゃんから聞きました。正岡子規は神様だから名前に傷がつくようなことをしちゃいけないんだってね。
雅夫　謙ちゃん。
謙一　おれ笑っちゃったよ。子規子規って有難がっているのは、おばさんやうちのおふくろぐらいのものので、おれの周りの連中なんかだれも知らないよ。さっきも飲屋でね、となりのおっさんに子規を知ってますかって聞いたら、なに、てめえは人相見か。ひとの面みて、死期が迫っているとはなんてことを言いやがる！　怒鳴られちゃった。要するに骨董品でしょう。仏さんでしょう。雅夫のように前途有為な青年と一体どっちが大事なのか――

登代　馬鹿ッ。（いきなり頬を叩く）酔っぱらって先生の悪口なんか言ったら承知しないよッ。

謙一　痛えなァ。

登代　（八重に）どうもお邪魔をしました。雅夫ちゃん、また遊びにいらっしゃい。（謙一に）帰るよ。

謙一　ぶたれにきたようなもんだ。（雅夫に）じゃ。

登代と謙一は去る。省線の通過音。

八重　おなかはどうなん。

雅夫　（頷く）

八重　ほんなら、今のまにお風呂に行っといでなさい。汗掻いて気持が悪いじゃろ。手拭と石鹸今出してあげるけん。

律　母さん、私、ちょっと話があるんだけれど……。

八重　……

律　（雅夫に）お登代おばさんがなにしに来たのか、多分謙ちゃんから聞いていると思うけれど……私は、何時かはこういう日がくるんじゃないかしらと思って、心のどこかで恐れていたわ。あの人にね、雅夫ちゃんは、正岡家の跡を継ぐための道具ですかって言われたの。いきなりそう言われたの。そのとき私は真底腹が立って、怒鳴り返してやったわ。でも、今になって考えてみると、私があんなに怒ったのは、一番触れて欲しくないところに、あの人が触れたからだと思ったの。自分では意識していなくても、心の底の方には、雅夫ちゃんを何時しか道具だと見ている気持が、私の中にあったんじゃないかと思っているの。跡を継いだ人間は、正岡子規だけを守ればいい、俳句なんか作ってもらっては困る。それが私の本心だったの。雅夫ちゃんがこの家へきても、だんだん座る場所がなくなってしまったのは、みんな私のせいよ。悪かったと思っているわ。

雅夫　……

律　でも、そうは思っても、今まで通してきた考えを急に改めることは出来ないの。俳句を作って下さいとはどうしても言えないの。ねえ雅夫ちゃん、勝手を言って本当に申し訳ないけれど、もし雅夫ちゃんが承知してくれるのなら、私はこの際、養子縁組を白紙に戻したらと――

八重　リーさん！

律　いいじゃない、正岡の家は絶えてしまっても！　（雅夫に）お願いしてうちへ来てもらったのに、今度は元へ戻して下さいだなんて……本当に済まないと思っているわ。でも、正岡の家を離れれば、私なんかに気兼ねすることもなくなるし、子規伯父さんを意識しないで、好きな俳句だってどんどん作れるようになるわ。大学へ行っても、自由にのびのびと暮らして行けるようになるわ。たとえ縁は切れても、気が向いたら、何時でも遊びにきてくれても結構なんだから……そしてね、学費の方は、失礼だけど、出させて頂きますから……本当に済みませんでした。（雅夫の前に手を突き、心から頭を下げる）

八重　（泣いている）

雅夫　……お義母さん、お義母さんは富田木歩という俳人の名前を聞いたことがありますか？

律　……

雅夫　ぼくはお登代おばさんに教えられて、去年あたりから文通するようになったんです。どうして文通するようになったかというと、あるとき、おばさんが参加している茜という俳句雑誌を見ていたら、背負はれて、名月拝す垣の外、という句が目に留ったんです。一瞬ぼくは子規伯父さんのことを思い出しました。背負はれてと詠むからには、木歩さんがだれかに背負われていたんです。それ以来ぼくは、木歩さんのことが気になって仕方がなかったんですけれど、この間仙台から帰ってきたときに思いきって、向島の家まで木歩さんに会いに行きました。……足が悪いんです。両足が駄目なんです。胸も悪いんです。ぼくが行ったときには、木歩さんの机の上に、一番愛読しているという伯父さんの子規遺稿が置いてありました。その傍らでお母さんが針仕事をしていました。まもなくして妹さんが帰ってきました。妹さんは、向島の須崎という所から芸者に出ていて、木歩さんの面倒をみているんだそうです。ぼくはお三人の姿を見ているうちに、ぼくはなにも知らなかったけれど、二十数年も前に、お婆ちゃんやお義母さんが、この上根岸の家で同じような暮し方をしていたんだろうなと思った、大変だったろうなと思ったんです。お二人の御苦労が、そのときやっと分かったんです。帰りぎわに木歩さんは、境遇は子規先生と似ているけれど、句境の高さは比べようがない。一生掛っても駄目だよと笑っていました。それを聞いているうちにぼくは、俳句はやめようと思ったんです。いえ、手帳に書きとめるぐらいのことはするかもしれませんが、生半可な気持では到底専門の俳人になんかなれるものじゃない。それよりもぼくは、この家を継いで、正岡子規を守ろうと、そう思ったんです。
律　（泣いている）
八重　世の中には似たようなお方がおいでるのじゃのう。お気の毒にのう。
律　雅夫ちゃん、あんた本当にいいのね。もし私に気を遣ってそんなことを言うのだったら……

雅夫　気なんか遣ってないよ。もう自分で決めたんだから！
律　本当ね。
雅夫　本当ですよ！
律　有難う。……有難う。
雅夫　ぼくがお登代おばさんの所へ相談に行ったのは、むろん俳句の問題もあったけど……お義母さん、気を悪くしないでね、じつは来年の大学受験に、文科を選ぶか、それとも他の科にするか、仙台にいる間悩んでいたからなんです。でもそのことはもういいんです。自分なりに結論を出したから、それはもういいんです。それよりお義母さんに、一つだけお願いがあるんだ。
律　……
雅夫　来年、仙台の二高を卒業したら……ぼく、京都の大学へ行きたいんです。
律　京都！
八重　東京ではいかんのかなもし。
雅夫　ぼくなりに随分考えたんだけど、それが一番いいんじゃないかと思うんです。その代り、と言ってはなんですけど、ぼく、文科には行きません！　俳句もやりません！　我儘を言って悪いけど……行きたいんです。行かして下さい！　（と手を突く）

遠く省線電車の通過音。

律　そう……京都へ行きたいの。京都はいいところですものね。……むかし、お婆ちゃんと一緒に松山から出てきたとき、兄さんが神戸まで迎えにきてくれて、途中、京都の町を見物して歩いたことがあったわね、お婆ちゃん。……秋も終りの時分だったから風が冷たかったけど、賀茂川で友禅流しをやっていたのを覚えているわ。目も覚めるような友禅の絵模様を橋の上から眺めていたら、兄さんが、東京へ行ったら一枚買《こ》うてやるぞだなんて……どういうつもりで言ったのかしらね。でも、あの頃は楽しかったわ。（雅夫に）……あんたがそう決めたのなら、義母さんはもうなにも言わないから、お行きなさい、京都へ。

雅夫　済みません。（と泣き出す）

八重　来年は一緒に暮らせるものじゃと思うて楽しみにしとったのに……ほじゃけど、大森のお母さんはなんと言うてなさるのや。

雅夫　根岸のお義母さんが許してくれたら好きなようにしてもいいって。ぼく、今から大森へ行ってきます。

八重　泊まるんじゃないの？

雅夫　荷物も本も向うに置いてあるんですよ。明日の朝、それを持って、あらためてお伺いしますから、いえ、帰ってきますから。

律　無理にそんなこと言わなくてもいいわよ。それじゃ私、鶯谷の駅まで送って行ってあげる。

雅夫　いいよ、遅いから。

律　一緒に歩きたいのよ、久しぶりだもの。お婆ちゃん、すぐにもどってくるから、あとお願いしますね。

八重　気をつけてね。

雅夫　じゃ、おやすみなさい。

八重　おやすみ。お房さんによろしくね。

律と雅夫は玄関を出て、庭へ回る。
虫の声。

雅夫　お義母さん、本当にいいのかい。鶯横丁は暗いよ。
律　夜道は暗いにきまっているじゃないの。（見上げて）まあ、いい月。……子規伯父さんが逝ったときは、十七夜の月の夜で、今夜と同じように、月の明りが怖いくらいに輝いていたわ。あの日、高浜虚子さんが、兄を悼んで詠んでくれたの。……子規逝くや十七日の月明に。……子規逝くや十七日の月明に。

やがて二人は去る。
縁側に出てきた八重が月光を浴びている糸瓜を見つめている。

八重　……あんたは、俳句の神さん言われてさぞええ気持じゃろけど、あとに残ったものはえらい難儀をしとるんぞなもし。あんたが一番悪いんぞなもし。

舞台は暗くなり、その暗い中を長い貨物列車の通過する音。
紗幕ごしに次の三句が写し出されて、子規の声が詠んでいく。

妹が頰のほのかに赤し桃の宴

いもうとが日覆をまくる萩の月
母と二人いもうとを待つ夜寒かな

幕

あとがき

　戯曲集の校正を済ませて、柄にもなく感傷に浸っている。それは劇作が、とうとう一生の仕事になってしまった、ということである。

「悲劇喜劇」の戯曲公募に入選して、作品が初めて活字になったのは、一九五〇年だから、今年で半世紀になる。好き嫌いはべつにして、今日まで書き続けてきたのは、融通の利かない私の性格のせいである。

　戯曲集に収めた五編のうち、「埠頭」（新劇所載）をのぞく四編は、すべて「悲劇喜劇」に発表した作品である。楽に書いた作品は一編もないのに、読み返してみて不満が残るのは、私の拙さであり、多少緩めて言わせてもらえれば、戯曲というものの難しさでもある。

　そうは言っても、それぞれに思い出があるだけに、青年時代から、なにかと御縁の深かった早川書房から上梓して頂けるのは、私にとっては望外の喜びであり、出版して下さった早川浩氏の御好意に深く感謝している。

　また、収録戯曲の相談にのって頂いた上に、校正やそのほかの面でも、一方ならぬお世話になった編集部の高田正吾氏にも、心からのお礼を申し上げたい。

二〇〇〇年三月　　　　　　　　　　　　　　　小幡欣治

上演記録

畸型児　五幕六場

掲載　一九五六年（昭和三十一年）「悲劇喜劇」一月号　第二回新劇戯曲賞（現・岸田國士戯曲賞）
上演　大阪新劇合同公演（一九五六年十月　大阪　毎日会館）
スタッフ　演出＝岩田直二（五）　装置＝田中照三（五）　照明＝小林敏樹　効果＝作本秀信（放）
合唱指導＝川島孝敏　舞台監督＝しばたたかし（民）
キャスト　三神敬二＝波田久夫（民）　大沢＝高桐真（制）　小林＝川田甫（放）　蒲原＝西山辰夫
（放）　田中＝橘正己（五）　作間＝峰啓梧（放）　柳＝宮本修（制）　久保内＝福山博寿
（放）　松前＝酒井哲（五）　山本＝山村弘三（五）　山本悠子＝矢部安子（五）　畑中＝
筧田浩一（フ）　千野五郎＝松田明（五）　阿部光枝＝河東けい（民）　館野＝寺下貞信
（制）　丘部＝飯沼慧（民）　室井＝梶本潔（五）　稲葉＝満田繁（民）　高坂＝小倉徳七
（五）　塚本＝浜崎憲三（制）　日比野＝中西弘光（五）　村瀬＝宗方茂夫（制）　堀＝楠
義孝（放）　深見＝仁木幹（制）　横山夏子＝大島節子（制）　井上＝矢部文彦（五）　小
池輝子＝米山房枝（五）　木村＝柳川清（五）　社員1＝中西弘光（五）　同2＝大津礼三
（五）　女事務員1＝中村隆子（民）　同2＝笹部芙美子（五）　工員A＝片山樹美（民）
同B＝井実昭明（制）　女工1＝北尾はるみ（制）　同2＝佐名手ひさ子（制）　同3＝木

田伸子　同4＝桜井敦子（五）　同5＝古江寿子（五）　記者1＝渡辺泰秀（民）　同2＝遠山二郎（五）　同3＝半田陽一（五）　カメラマン＝浜崎憲三（制）　守衛＝国田栄弥（五）　小使＝渡辺泰秀（民）　その他

注　（五）―五月座　（制）―制作座　（民）―民衆劇場　（放）―大阪放送劇団　（フ）―フリー

上演　劇団炎座第五回公演（一九五七年五月　東京　一橋講堂）

スタッフ　演出＝小幡欣治　装置＝谷畑美雪　照明＝原英一　効果＝飯田茂彦　衣裳＝北浜理慧　合唱指導＝山崎百世　舞台監督＝大野宏

キャスト　三神敬二＝五十嵐康雄　大沢＝桜井貞治　小林＝川上博久　蒲原＝谷津勲（生）　田中＝中村守成　作間＝藤原いし緒　柳＝谷山信一　久保内＝杉田俊也（生）　松前＝山本祐司　山本＝松山斐夫　山本悠子＝園田早苗　畑中＝千北栄二　千野五郎＝伊藤亨治　阿部光枝＝丸島悦子　館野＝加勢和昭（客）　丘部＝本庄史郎　室井＝番場美雅　稲葉＝山田福孝　高坂＝小宮悠二（生）　塚本＝荒貞憲　日比野＝鈴木喜八郎　村瀬＝瀬下幸伸　堀＝鬼靖代志（客）　深見＝土田啓次（稲）　横山夏子＝佐々木絢子　井上＝渋沢洋俊（稲）　丸長＝田中省吾（生）　小池輝子＝金井佳子　木村＝細井仁（生）　社員1＝乙津雅彦（生）　同2＝荒貞憲　女事務員1＝草野昌子　同2＝八木のぶ子　工員A＝池田生二　同B＝由美川俊　女工1＝北浜理慧　同2＝赤井妙子　同3＝山崎百世　同4＝坪井郁子　同5＝荒井道子　記者1＝小幡欣治　同2＝矢島正明（生）　同3＝大野宏　カメラマン＝久保田猛　若い男＝斎藤光也　小使＝池田生二　場内アナ＝出野晃　同＝本庄史郎　同＝金井佳子

注　（生）―生活劇場　（稲）―稲の会　（客）―客演

上演　劇団文化座新人公演1（一九六四年九月　東京　一橋講堂）
スタッフ　演出＝貝山武久　装置＝田口勝也　照明＝原田進平　効果＝矢野昭　衣裳＝文化座衣裳部
舞台監督＝高木馨
キャスト　三神敬二＝高角宏暁　大沢＝小倉馨　小林＝山中淳　蒲原＝樫村志郎　作間＝田崎晴彦　柳＝今村忠純　久保内＝西村惇二　松前＝南治　山本＝松熊信義　山本悠子＝土屋文枝　畑中＝山崎純資　千野五郎＝田中勝　阿部光枝＝菅原チネ子　館野＝鈴木昭生　丘部＝丸山持久　室井＝新健二郎　稲葉＝金親保雄　高坂＝仲川博　塚本＝山口武雄　日比野＝甲賀寿雄　村瀬＝小金井宣夫　堀＝外山高士　深見＝黒沢孝夫　横山夏子＝宮原由美子　井上＝山中淳　小池輝子＝平沢千代子　木村＝川崎桂　社員1＝田村錦人　同2＝佐藤輝昭　女事務員＝友近恵子　工員A＝矢野昭　同B＝山崎純資　女工1＝伊井利子・浅井礼子　同2＝建部道子・中沢敦子　同3＝和田勝子・安藤フジ子　同4＝中沢敦子・友近恵子　同5＝恩田恵美子・笠井三規子　記者1＝坂井泉　同2＝金親保雄　同3＝西村淳二　守衛＝矢野昭　丸長＝鈴木昭生　小使＝田村錦人　その他

上演　劇団文化座第五十八回公演（一九七六年三月　東京　都市センターホール）
スタッフ　演出＝貝山武久　装置＝栗谷川洋　照明＝原田進平　音響＝射場重明　舞台監督＝入谷俊一
制作＝坂部計美・田村錦人
キャスト　三神敬二＝楠高宣　大沢＝森居利昭　小林＝佐藤光夫　蒲原＝南治　作間＝鈴木武仁　柳＝

小金井宣夫　久保内＝金親保雄　松前＝小倉馨　山本＝鈴木昭生　山本悠子＝佐々木愛　畑中＝徳山富夫　千野五郎＝吉村道雄　阿部光枝＝藤あゆみ・有賀ひろみ　館野＝加藤忠　丘部＝川崎桂　室井＝丸山信二　稲葉＝丸山持久　高坂＝綿貫宏和　塚本＝岡嘉洋　日比野＝渡会洋幸　村瀬＝木島豊　堀＝伊藤孝男　深見＝佐々木雄二　横山夏子＝いわかね栄・高柳葉子　井上＝小金井宣夫　木村＝谷口巌　社員＝大野紀志夫　女事務員1＝高島雅子　同2＝小林真喜子　工員A＝古川信　同B＝山口久雄・倉田清二　女工1＝野村須磨子　同2＝山崎勢津子　同3＝新井悦子　同4＝小林真喜子　同5＝中田和子　記者1＝綿貫宏和　同2＝伊藤孝男　同3＝鈴木武仁　守衛＝大野紀志夫　掃除婦＝遠藤慎子　その他

逆徒（教祖小伝）　五幕

掲載　一九五六年（昭和三十一年）「悲劇喜劇」九月号
上演　劇団炎座創立三周年記念　第四回公演（一九五六年九月　東京　一橋講堂）
スタッフ　演出＝小幡欣治　装置＝金子和一郎　照明＝原英一　効果＝黒沢清　音楽・作曲＝清水信治
　パイプオルガン演奏＝富永哲郎　衣裳＝出口四三司　舞台監督＝中村誠次郎
キャスト　上司通仁＝池田生二　すみ＝庄司登美恵　仁美＝山崎百世　通子＝金井佳子　田川菊次＝伊藤亨治　中村うめ＝佐々木絢子　倉本甚吉＝山田福孝　倉本浩一＝桜井貞治　小山松夫＝谷畑美雪　古川和市＝五十嵐康雄　工藤よし＝丸島悦子　外崎千鶴子＝石川真弓　風間房子＝二宮しげみ　三川藤次郎＝宇多史郎　船岡晃＝松山斐夫　信者A＝伊森富久江　同B＝赤井妙子　信者男1＝川上博久　同2＝荒忠則　研修生1＝貴船寿夫　同2＝内田仁三郎　女子

研修生＝園田早苗　私服1＝松井宏二　私服2＝内田仁三郎　警官1＝樋口壮太　同2＝川上　久　その他

上演　劇団炎座第八回公演（一九五九年四月　東京　一橋講堂）
スタッフ　演出＝谷畑美雪　装置＝伊藤寿一　照明＝穴沢喜美男　効果＝吉田貢・中村準一　作曲＝早川正明　パイプオルガン演奏＝二俣松四郎　衣裳＝中林茂子　舞台監督＝浜の上猛
キャスト　上司通仁＝池田生二　すみ＝中西桂子　仁美＝山崎百世　通子＝金井佳子　田川菊次＝伊藤亨治　中村うめ＝佐々木絢子　倉本甚吉＝山田福孝　倉本浩一＝桜井貞治　小山松夫＝高田忠　古川和市＝五十嵐保夫　工藤よし＝丸島悦子　外崎千鶴子＝八木とし子　風間房子＝北浜りえ　三川藤次郎＝川上博　船岡晃＝千北栄二　若い男＝石原節　信者A＝今村充子　同B＝名雪智子　信者＝佐藤信夫・佐藤浩平・深沢潤・草村礼子　研修生＝木村宮治　私服＝樋口功（劇団葦）　その他

埠頭　五幕

掲載　一九六二年（昭和三十七年）「新劇」五月号
上演　劇団文化座第二十七回公演（一九六一年四月　東京　都市センターホール）
スタッフ　演出＝佐佐木隆　装置＝伊藤寿一　照明＝篠木佐夫　効果＝園田芳龍　舞台監督＝宮沢俊一
キャスト　お内儀＝鈴木光枝　敏江＝河村久子　フケ松＝鈴木昭生　三やん＝大矢兼臣　ケチ政＝斎藤三勇　テッポウ＝石橋雅美　焼酎＝矢野昭　秋田＝大久保正信　コンピラ＝森幹太　赤平＝

関登美雄　新川＝蔭山昌夫　桐山＝高橋正夫（客演）　刀根＝八木貞男　アカタン＝田村錦人　宮武＝加藤忠　しげ乃＝遠藤慎子　民子＝五月女道子　洋子＝佐原妙子　お里ちゃん＝伊堂寺和子　女工1＝竹内弘子　同2＝高橋照子　女工＝三浦曙美・藤田陽子・阿部寛子　ワッチマン＝飯田和平　チェッカー＝高橋努　常傭の男＝小池安満　猫引き婆さん＝荒木玉枝　蝦沢＝恩田清二郎（客演）　跡部＝外山高士　仙崎＝西村惇二　多々良＝伊藤亨治（客演）　内倉＝山下与一　協力出演＝早大劇団自由舞台

上演　劇団文化座第三十二回公演（一九六三年二月　東京　新宿厚生年金会館小ホール）

スタッフ　前回との異同　舞台監督＝友谷文孝

キャスト　前回との異同　女工3＝佐々木愛　同4＝菅原チネ子　蛯沢の児分1＝南治　同2＝高角博夫　同3＝丸山持久　仙崎＝松熊信義　多々良＝西村惇二　内倉＝小池泰光

熊楠の家　二幕

掲載　一九九四年（平成六年）「悲劇喜劇」一月号　第十九回菊田一夫演劇特別賞

上演　劇団民藝公演（一九九五年五月　東京　紀伊國屋ホール）

スタッフ　演出＝観世栄夫　美術＝向井良吉　装置＝内田喜三男　照明＝山内晴雄　衣裳＝料治真弓　効果＝岩田直行　音楽＝林光　舞台監督＝尾鼻隆　方言指導＝尾鼻隆　制作＝菅野和子・金本和明

キャスト　南方熊楠＝米倉斉加年　松枝＝津田京子　熊弥＝上野日呂登　文枝＝若杉民・中地美佐子

お品＝北林谷栄　喜多幅武三郎＝内藤安彦　佐武友吉＝棟方巴里爾　金崎宇吉＝高橋征郎　毛利清雅＝岩下浩　小畔四郎＝鈴木智　文吉＝内田潤一郎　油岩＝塙恵介　久米吉＝横島亘　女行商人＝船坂博子・浅野亜子　相原＝助川汎　人夫1＝山梨光國　同2＝大嶋賢利　馬場＝貞永淳　汐田政吉＝嶺田則夫　看守＝杉本孝次　つるえ＝浅野亜子・石原亜季　那屋＝今野鶏三　江川＝山本勝　奥村＝齋藤尊史　大内＝山梨光國　医者（声）＝観世栄夫

上演　劇団東宝現代劇七十五人の会第十一回公演（一九九六年七月　東京芸術劇場小ホール）

スタッフ　演出＝丸山博一　美術＝上田淳子　照明＝小木直樹　効果＝井口潤　衣裳＝風戸ますみ　方言指導＝杉原あつ子　舞台監督＝吉田光一　制作＝劇団東宝現代劇七十五人の会

キャスト　南方熊楠＝横澤祐一　松枝＝下山田ひろの　熊弥＝秋田宏　文枝＝中原尚子　お品＝渡瀬由美子　喜多幅武三郎＝児玉利和　佐武友吉＝今藤乃里夫　金崎宇吉＝柳谷慶寿　毛利清雅＝内山恵司　小畔四郎＝鷹西雅裕　文吉＝清水進一　油岩＝松川清　久米吉＝安宅忍　女行商人＝村田美佐子　相原＝松波寛　人夫1＝大森輝順　同2＝岡部和泰　馬場＝板倉歩　汐田政吉＝山田芳夫　看守＝那須いたる　つるえ＝棟形寿恵　那屋＝佐藤富造　江川＝三上春樹　奥村＝桃井政春　大内＝荒木将久　医者（声）＝山口勝巳

上演　劇団東宝現代劇七十五人の会　特別公演（一九九七年八月　東京　芸術座）

第二十二回菊田一夫演劇大賞受賞記念

スタッフ・キャストは前回に同じ（制作＝東宝演劇部・吉田訓和）

根岸庵律女　二幕

掲載　一九九八年（平成十年）「悲劇喜劇」一月号
上演　劇団民藝公演（一九九八年六月　東京　芸術劇場中ホール）
スタッフ　演出＝小幡欣治・本間忠良　装置＝中嶋正留　照明＝山内晴雄　音楽＝池辺晋一郎　衣裳＝貝沼正一　効果＝岩田直行　舞台監督＝児玉庸策　制作＝菅野和子・金本和明
キャスト　正岡律＝奈良岡朋子　八重＝北林谷栄・披岸喜美子　正岡子規＝伊藤孝雄　正岡雅夫＝武藤兼治・中村啓士　子供の時の雅夫＝土井裕介・斉藤慧・関田敦・森田雄治　衣川登代＝樫山文枝　謙一＝内田潤一郎・和田啓作　子供の時の謙一＝高村嘉・越尾寿人・杉田祐紀・香川佑太郎　中堀貞五郎＝高橋征郎　河東碧梧桐＝里居正美　河東茂枝＝河野しずか　松尾慎吾＝竹内照夫　中富＝森良夫　袋井＝小杉勇二　お源＝塩屋洋子　大龍寺住職＝大場泉　内藤房江＝石原亜季　平吉＝山本勝　清＝中山エミ　里枝＝小泉千鶴子　あや＝河村理恵子・片岡めのら　けい＝石巻美香　くに子＝山崎裕子　女学生＝片岡めのら・河村理恵子

著者略歴

1928年，東京生まれ。都立京橋化学工業卒。
劇作家。1956年，「畸型児」で第二回新劇戯曲賞（岸田國士戯曲賞）を受賞。60年代以降，商業演劇の作家として多数の脚本を執筆。代表作に「あかさたな」，「横浜どんたく」，「三婆」，「喜劇・隣人戦争」，「遺書」などがある。94年，「熊楠の家」で菊田一夫演劇大賞を受賞。99年，〈山本安英の会〉記念基金を受贈。

熊楠《くまぐす》の家《いえ》・根岸庵律女《ねぎしあんりつじょ》
—小幡欣治戯曲集

二〇〇〇年四月二十日　初版印刷
二〇〇〇年四月三十日　初版発行

著者　小《お》幡《ばた》欣《きん》治《じ》
発行者　早川浩
発行所　株式会社 早川書房
郵便番号　一〇一 - 〇〇四六
東京都千代田区神田多町二ノ二
電話　〇三 - 三二五二 - 三一一一（大代表）
振替番号　〇〇一六〇 - 三 - 四七七九九

印刷・株式会社亨有堂印刷所
製本・大口印刷製本株式会社

検印廃止

© Kinji Obata　Printed and bound in Japan
ISBN4-15-208280-1 C0093

早川書房の話題作

ニール・サイモン戯曲集Ⅰ～Ⅴ

NEIL SIMON

酒井洋子・鈴木周二・鳴海四郎・青井陽治・安西徹雄・福田陽一郎訳

46判上製

Ⅰ　カム・ブロー・ユア・ホーン　はだしで散歩
　　おかしな二人　プラザ・スイート

Ⅱ　ジンジャーブレッド・レディ　二番街の囚人
　　サンシャイン・ボーイズ　名医先生　第二章

Ⅲ　浮気の終着駅　カリフォルニア・スイート
　　映画に出たい！　おかしな二人（女性版）

Ⅳ　思い出のブライトン・ビーチ　ビロクシー・ブルース
　　ブロードウェイ・バウンド

Ⅴ　噂　ヨンカーズ物語　ジェイクの女たち

早川書房の話題作

アーサー・ミラー自伝（上・下）

ARTHUR MILLER'S TIMEBENDS A LIFE

倉橋　健訳

46判上製

『セールスマンの死』『るつぼ』などの作者として一貫して社会のモラルと人間の心理の問題に関心をよせ、追求し、世界的に知られる劇作家が、八〇年にわたる人生を顧みる。ユダヤ人の両親の下で大恐慌を体験し、マッカーシー旋風が吹きすさぶ中での非米活動調査委員会との対決、マリリン・モンローとの結婚、第十代目の国際ペンの会長就任など、迫力と臨場感に満ちた待望の自伝！

アーサー・ミラー全集

倉橋 健／訳

四六判上製函入

Ⅰ セールスマンの死／みんな我が子

初演以来、世界的な評価を受けた著者の代表作「セールスマンの死」と、第二次大戦後の青年の悩みを緊密な構成で描く「みんな我が子」を収録する。

Ⅱ るつぼ／橋からのながめ

一七世紀、セイラムの魔女狩りを描いてマッカーシズムをきびしく批判した傑作「るつぼ」と、イタリア移民の破滅を描く「橋からのながめ」を収録。

Ⅲ 転落の後に／ヴィシーでの出来事

マリリン・モンローとの関係を描いて自叙伝的な内容をもつ「転落の後に」と、ナチ支配下のテロリズムの恐怖を描く「ヴィシーでの出来事」を収録。

Ⅳ 代価／二つの月曜日の思い出

ユダヤ人の家庭における父子の相克を描く「代価」と三〇年代の働くひとりの若者の悩みと希望を表現した自伝的作品「二つの月曜日の思い出」を収録。

Ⅴ 世界の創造とその他の仕事／アメリカの時計

聖書に材をとり、作者の家族を神話的に描く「世界の創造……」と、一九三〇年代の大恐慌を背景に家族の崩壊を描いた「アメリカの時計」を収録する。

Ⅵ 壊れたガラス／大司教の天井

ローレンス・オリヴィエ賞を受賞した「壊れたガラス」と元大司教邸でくりひろげられるスリルとサスペンスの人間ドラマ「大司教の天井」を収録する。